国学经典丛书
名家注评本

宋词三百首

[清]上彊村民 选编
王兆鹏 黄崇浩 注评

长江出版传媒
长江文艺出版社

图书在版编目（CIP）数据

宋词三百首 /（清）上彊村民选编 ；王兆鹏，黄崇浩注评. -- 武汉 ：长江文艺出版社，2015.7（2023.9 重印）
（国学经典丛书）
ISBN 978-7-5354-8028-6

Ⅰ. ①宋… Ⅱ. ①上… ②王… ③黄… Ⅲ. ①宋词—选集 Ⅳ. ①I222.844

中国版本图书馆 CIP 数据核字（2015）第 105096 号

责任编辑：张远林　　　　责任校对：毛季慧
封面设计：新华智品　　　　责任印制：邱　莉　杨　帆

出版：长江出版传媒　长江文艺出版社
地址：武汉市雄楚大街 268 号　　邮编：430070
发行：长江文艺出版社
电话：027—87679360
http://www.cjlap.com
印刷：三河市百盛印装有限公司

开本：880 毫米×1230 毫米　1/32　　印张：11
版次：2015 年 7 月第 1 版　　2023 年 9 月第 3 次印刷
字数：292 千字

定价：78.00 元

总　序

郭齐勇　武汉大学国学院院长

国学大师钱穆先生曾说“今人率言‘革新’，然革新固当知旧”。对现代人尤其是青年一代来说，缺乏的也许不是所谓的“革新力量”，而是“知旧”，也即对传统的了解。

中国文化传统的源头，都在中国古代经典当中。从先秦的《诗经》《易经》，晚周诸子，前四史与《资治通鉴》，骚体诗、汉乐府和辞赋，六朝骈文，直到唐诗、宋词、元曲和明清小说，在传统经典这条源远流长的巨川大河中，流淌着多少滋养着我们精神的养分和元气！

《说文解字》上说“经”是一种有条不紊的编织排列，《广韵》上说“典”是一种法、一种规则。经与典交织运作，演绎中国文化的风貌，制约着我们的日常行为规范、生活秩序。中国文化的基调，总体上是倾向于人间的，是关心人生、参与人生、反映人生的，当然也是指导人生的。无论是春秋战国的诸子哲学，汉魏各家的传经事业，韩柳欧苏的道德文章，程朱陆王的心性义理；还是先民传唱的诗歌，屈原的忧患行吟，都洋溢着强烈的平民性格、人伦大爱、家国情怀、理想境界。尤其是四书五经，更是中国人的常经、常道。这些对当下中国人治国理政，建构健康人格，铸造民族精魂都具有重要意义。经典是当代人增长生命智慧的源头活水！

长江文艺出版社历来重视中华民族优秀传统文化的传播及普及，近年来更在阐释传统经典、传承核心文化价值，建构文化认同的大纛下努力向中国古典文化的宝库掘进。他们欲推出《国学经典丛书》，殊为可喜。

怎么样推广这些传统文化经典呢？

古代经典和现代读者的阅读习惯及趣味本来有一定差距，如果再板起面孔、高高在上，只会让现代读者望而生畏。当然，经典也不是任人打扮的小姑娘，一味将它鸡汤化、庸俗化、功利化，也会让它变味。最好的办法就是，既忠实于经典的原汁原味，又方便读者读懂经典，易于接受。在这个原则的指导下，《国学经典丛书》首先是以原典为主，尊重原典，呈现原典。同时又照顾现实需要，为现代读者阅读经典扫除障碍，对经典作必要的字词义的疏通。这些必要精到的疏通，给了现代读者一把迈入经典大门的钥匙，开启了现代读者与古圣先贤神交的窗口。

放眼当下出版界，传统文化出版物鱼目混珠、泥沙俱下，诸多出版商打着传承古典文化的旗号，曲解经典，对现代读者尤其是广大青少年认知传承经典起了误导作用。有鉴于此，长江文艺出版社推出的《国学经典丛书》特别注重版本的选取。这套丛书30个品种当中，大多数择取了当前国内已经出版过的优秀版本，是请相关领域的名家、专业人士重新梳理的。这些版本在尊重原典的前提下同时兼顾其普及性，希望读者能有一次轻松愉悦的古典之旅。

种种原因，这套丛书必然会有缺点和疏漏，祈望方家指正。

导言

王兆鹏

在20世纪以来流行的各种宋词选本中，选目最精粹、影响最深远的，无疑应首推朱祖谋的《宋词三百首》。

说《宋词三百首》选目最精粹，是因为它选的词作绝大多数都是历来公认的名篇佳作，据我们统计有150首。在同类选本中，它的名篇入选率是最高的。由此可见朱祖谋敏锐深刻的审美眼光。

说《宋词三百首》影响最深远，是因为20世纪20年代此书问世以来，各种评笺、注释本层出不穷，截至目前，应该有近300种。其发行量之多、传播面之广、重版率之高、影响力之大，20世纪以来的宋词选本无出其右者。

《宋词三百首》的编者朱祖谋（1857—1931），一名孝藏，字古微，号彊村、又号上彊村民，归安（今浙江湖州）人。清光绪九年（1883）进士。历官翰林院侍讲、礼部侍郎等职。后辞官归苏州、上海。朱氏早岁工诗，四十岁后始专力为词。与王鹏运、况周颐、郑文焯并称为清季“四大词人”。辑有大型词集丛刊《彊村丛书》等。他不仅是著名词人，对现代词学研究也深有影响。现代几位著名的词学家，都曾受教于他。如词学大师龙榆生先生和夏承焘先生，都曾入室受教。刘永济先生也曾得到过他的指点。词学大家唐圭璋先生虽未曾直接受教于他，但服膺其观点。

《宋词三百首》有过三次增删，所以其版本也有差异。初编辑本录词312首，刻本收词300首，重编稿本收词283首。《宋词三百首》选词不持门户之见，兼收"豪放""婉约"等各流派的名篇，但仍不可避免带有一定的倾向性。朱氏的选词标准"以混成为主旨，并求之体格、神致"。因过于注重体格、神致，故而选姜夔、吴文英两者的词作较多。此两人之词皆格律严密，空灵含蓄，雅正雍容。在现代读者看来，美则美矣，但读来终觉隔了一层。而对直抒性灵，却不一定合律的词人，比如李清照、辛弃疾等人的词作入选较少。此外还有一些接受度很高的经典篇目，也没有入选。这是此选本欠缺的地方。

一代有一代的文学，在中国文学的长河中，宋词是不可或缺的重要一环。

在这里简单介绍一下词的发展历程，供读者参考。

先说唐词。

刚刚兴起的唐代词，大致有两条发展线路，一线是敦煌民间词，一线是诗客曲子词。

敦煌民间词，具体产生在唐代什么时期，已经无法确定。这些词原是保存在1900年敦煌石窟发现的写本上，经过近人的整理，大约有二百首左右。其中最受人注意的是以词集形态出现的《云谣集杂曲子》，这是现存最早的曲子词集。《云谣集》收词30首，艺术上相对成熟，题材内容也比较集中，大多是写爱情婚恋的悲欢离合。其他散见的词作，内容就比较广泛，歌唱边防将士、塞外居民、商人士子、平民百姓的喜怒哀乐。由于敦煌民间词不是一时一地的作品，因此题材内容既没有什么限定，表现形式上也没有统一固定的规范标准，艺术上还比较稚嫩，但也别具一种原始素朴的美感。

唐代的诗客曲子词，是指文人诗客尝试写的词作。现存最早的作品，应该是初唐沈佺期等人写的《回波乐》，但这几首词说不上有什么艺术性，形式上与齐言体诗歌没有太大的区别，只是作为最早的文人词，具有一种词体“标本”的意义。到了盛唐，相传是李白作的《菩萨蛮》和《忆秦娥》词，倒是相当成熟的长短句体，但是否确为李白所作，历来有争议。即使《忆秦娥》等词确是李白所作，那也只是盛唐时期一个超越时代数十年的特例，不能代表词史的进程，因为他没有呼应者和跟进者，虽然同时的玄宗皇帝李隆基也传有一首词作，但真伪同样难定。到了中唐，文人词日渐增多，但还是处在试验模仿阶段，习惯于写与齐言体诗相近的词调如《杨柳枝》、《浪淘沙》等。这时最有影响的是张志和的《渔父》词五首，问世不久就传到日本，当时嵯峨天皇有唱和之作，日本填词从此开山。白居易和刘禹锡是唐代诗客中存词最多的两位，也是首次明确标明“依曲拍为句”即依调填词的两位词人。他俩写的五首《忆江南》，是中唐时期艺术上比较成熟的长短句体词。

到了晚唐温庭筠手里，词体才宣告成熟。温庭筠最大的贡献，是定型了词体。在敦煌民间词里，同一词调之词，字句平仄往往不统一，而温庭筠的词，是调有定句，句有定字，字有定声，从而在艺术形式上为词体确立了统一的规范。他还建立了一种抒情范式，以女性为题材，以柔情感伤为基调，以语言的香艳亮丽和意境的精致小巧为审美理想。后来的花间词人都是以他的词为艺术典范，效法他的抒情范式。

次说五代词。

五代词有两个创作中心，即西蜀和南唐（因而唐五代词可概括为“双线两点”）。西蜀词人，主要是赵崇祚所编《花间集》

里收录的十八位词人，习称“花间词人”或“花间词派”。这十八词人是：温庭筠、皇甫松、韦庄、薛昭蕴、牛峤、张泌、毛文锡、牛希济、欧阳炯、和凝、顾琦、孙光宪、魏承班、鹿虔扆、阎选、尹鹗、毛熙震和李珣。其实温庭筠和皇甫松是晚唐人，唐代亡国前早就去世，生活年代比五代西蜀词人要早得多。因为温庭筠是西蜀花间词人效法追随的偶像，所以他的词也被收录在《花间集》内，并与其他西蜀词人并称为“花间词人”。

花间词人中，艺术成就和影响力能跟温庭筠比拼的是韦庄，他俩并称为“温韦”。韦庄词的风格与温庭筠大不相同，温词追求浓妆，韦词喜爱淡抹，以清淡为美。温词是典型的“男子作闺音”，代女性言情，抒发的是超时代、类型化、普泛化的情思，而韦庄词开始表现自我独特的人生感受，即使是写相思恨别，有的也是写他自己的情感经历。孙光宪和波斯裔李珣，也各具特点。特别是李珣词写的岭南热带风光，给五代词坛增添了一道别具一格的靓丽风景。

南唐词坛，比较知名的有李璟、李煜父子和做过宰相的冯延巳。李璟存词四首，以名句“小楼吹彻玉笙寒”（《浣溪沙》）著称。李煜和冯延巳不仅存词较多，而且成就也高。

如果比照当代歌坛的评比，在唐五代词人中评选出四大“天王”，那么，非温、韦、冯、李（煜）四人莫属。如果大家允许我再给这四位天王排座次，那么，温庭筠肯定是头号天王，李煜居第二，韦庄和冯延巳并列第三。温庭筠在词体词艺上的定型开创之功，是任何人无法比拟的，当然要坐第一把交椅。而李煜词无论是情思的深度还是艺术的精度纯度以及在后世的影响力和知名度，韦、冯都稍逊一筹，所以李居第二，韦、冯大概也不会产生“耻居李后”的想法。韦、冯词各有特色和创意，打个平手，难分高下。

再说两宋词。

10世纪下半叶的宋初词坛，没有延续南唐和西蜀的发展势头，显得不太景气，专力写词的词手很少，只有王禹偁、寇准、潘阆和林逋等诗人玩过一两把，写过几首词。他们作词的成就既没法跟晚唐五代的四大天王相比，也无法跟后来的柳永等人相提并论。他们的兴趣原本也不在词的创作上，而是在诗歌里。

进入11世纪上半叶，宋词就逐渐走上了辉煌的星光大道。大腕明星辈出，名篇佳作纷呈。这时的词坛大腕有柳永、张先、晏殊、欧阳修、范仲淹和宋祁等人。

柳永是北宋时期最受欢迎的词坛偶像，直到北宋末年还有追星族传唱他的经典词作《雨霖铃》。他熟悉当时流行的市井新声，创制了不少慢词新调，扩大了词体的表现能力。唐五代宋初，词坛流行的主要是短小的令词，自柳永大力创作慢词后，小令与慢词并行，词调日益丰富。柳永还特别注意面向市民大众创作，用通俗易懂的语言歌唱大众的心声，因而深受市民大众的喜爱。文人士大夫很有些看不惯，时加指责，说他"骫骳从俗"，但写词时又暗地里学习模仿。后来苏轼、秦观和周邦彦等著名词人，都受惠于柳永。同时的张先，善于创造名句，以"云破月来花弄影"等写影名句著称于时，人称"张三影"；内容上侧重写"心中事，眼中泪，意中人"，所以又有人称他为"张三中"。

晏殊少年发达，官运亨通，一直做到宰相，位高权重，在当时词坛上很有影响力。他写起词来雍容华美，志得意满之中流露出一些淡淡的人生感慨。欧阳修是文坛领袖，在词里头也偶尔展示他"文章太守"的个性风采。年轻的时候他曾经浪漫过，而且有点放荡不羁，所以也写了一些温柔缠绵风流浪漫的爱情词。至于范仲淹，曾经到边疆做过戍边的将帅，有军旅生活的体验，创作了一首《渔家傲》（塞下秋来风景异），表现塞外风光，歌唱将士们的理想与苦闷，大大开拓了词境。

柳永们谢幕之后，11世纪下半叶的词坛更加星光灿烂。王安石、苏轼、晏几道、黄庭坚、秦观、晁补之、贺铸、周邦彦和张舜民、王观、李之仪、毛滂、谢逸、万俟咏等明星词人相继登场。而苏轼和周邦彦各自开宗立派，影响更大。

后柳永时代，词史朝着两个方向分流发展。一是继续把词当作音乐文学的歌词来写，强调词的音乐性、可歌性，这在当时是主流，是“本色”、“正宗”。另一个方向是把词当作一种新型的诗体，强调词的文学性，在大体遵循词体音乐特性的基础上，更强调抒情言志的自由。这在当时被认为是“非本色”、非主流而受到指责与批评。前者以周邦彦为代表，后者以苏轼为领袖。苏轼注重的是词作文本内容的创新，便于案头阅读；周邦彦更注重词调音乐上的美听和新调的创制，更适于口头吟唱。苏轼力图拉近诗词的界限与距离，使诗词“一体化”；周邦彦是尽量维护词体自身的独立性而力避与诗同化。

王安石、黄庭坚、晁补之、张舜民、王观与苏轼走的是同一路向，而晏几道、秦观、贺铸、万俟咏与周邦彦的取径相近。

王安石年长于苏轼，但词风与苏轼相近，他的词摆脱了写柔情艳思的轨道，表现他对社会、人生和历史的反思。《桂枝香·金陵怀古》是他的代表作。黄庭坚和晁补之是苏轼的门生，不仅人格精神上受到苏轼的感召，作词也是效法苏轼开创的抒情范式，注重写自我的人生感受。

晏几道为人比较倔强孤僻，是政治边缘化的人物，仕途上落伍，生活上落魄，作词也固守传统，不写新兴的慢词，而专写小令，用小令建构他独特的情感世界。秦观虽是苏轼的得意门生，写词却是另辟蹊径，在普泛化的悲欢离合之情中融入自我的生命体验，艺术上情韵兼胜，协律可歌，雅俗共赏。文人士大夫赞不绝口，市民大众也是传唱不衰。北宋时，秦观被认为是最佳词手。贺铸是身兼英武豪侠与柔情文士于一身，既擅长抒豪情壮志，也能写柔情软调；既儿女情长，又英雄气盛。人的长相是奇丑无比，词却写得美不胜收。

12 世纪上半叶宋室南渡前后，苏轼、周邦彦们先后退出词坛，李清照和叶梦得、李纲、陈与义、张元干、吕本中、陈克、岳飞、赵佶、赵鼎等词人相继登台献艺。这时虽然缺乏东坡、清真那样领袖级的人物，但女词人李清照的横空出世，也足以让此期词坛放射出耀眼的光芒，让后世的词迷们高山仰止。两宋三百多年的词坛，基本上是男性“天王”们独霸天下，惟有此时女性“天后”打破了男性一统江山的格局，与天王们平分秋色，所以这时的词坛并不寂寞。更何况还有岳飞这样顶级的民族英雄、赵佶这样多才多艺的亡国之君加入大合唱呢！

从词史的进程来看，南渡词坛是重要的转型时期。唐五代以来，词一直是作为娱乐性的艺术形式为大众所喜爱，为社会所认同，并不负载政治道德的教化功能，没有社会政治功利的目的。而到了南渡时期，因为民族的灾难，国家的破亡，社会的战乱，促使各种文学艺术形式都要面向社会现实，词体也就承载起歌唱民族苦难、激励民族抗战的功能。从此词体由娱乐性、非功利性的体制向着政治性、功利性的体制转变。张元干、李纲、叶梦得、赵鼎和岳飞的词就充满了政治色彩。吁请抗战复国、反对和议投降，一度成为他们词作的主旋律。过去远离时代现实生活的词作，到此时开始与社会现实、时代生活密切相关，同步发展，词中充满了鲜明的时代感和强烈的现实感。南渡后词坛的主流，是沿着苏轼开启的方向进一步向诗歌贴近，在表现功能上逐步走向诗词一体化。

12 世纪下半叶，词坛再度辉煌。文武双全的英雄辛弃疾，天下仰慕的状元张孝祥和陈亮，引领时代风气的大诗人陆游，名动天下的江湖游士刘过和姜夔，都是词坛高手。韩元吉、史达祖、高观国等词人也活跃在这一时期。

辛弃疾和姜夔是此期词坛的两大领袖，各树大纛，各成一派。辛弃疾以他英雄的胆识和才气在词境上开疆拓土，打破了原来词体的诸多清规戒律，进一步解放了词体，没有他不能使用的语言，没有他不能表现的情事，真正达到了“无意不可入，无事不可言”的自由无碍的境界。就像书法大家各体皆工一样，辛疾弃词也是风格多样，刚柔相济，雅俗兼融，庄谐并收。嬉笑怒骂，皆成文章，随意挥洒，自成妙境。他的创作路向与苏轼词相近，成就地位也是旗鼓相当，所以二人并称为“苏辛”，后世称他们所开创的词派为“苏辛词派”。

姜夔以他音乐家的天赋和艺术家的气质，创作了众多字正腔圆律美的雅词，成为后来雅词的艺术典范。跟辛弃疾致力于开拓词境不同，姜夔更执着于词艺的精致和音律的精美。他写词的方式也与众不同，晚唐五代以来，词人填词，都是先乐后词，即按规定的乐律谱式填词，而姜夔则是先词后乐，先随意写出长短句，然后再谱上相应的乐曲。他传世的部分词作保留有工尺谱，是研究宋代音乐不可多得的文献。他的词往往有较长的小序，犹如写景抒情的小品文，与词作正文相得益彰。他在后世的影响非常大，清代曾出现过“家白石而户玉田（张炎）”的热潮。

辛派的张孝祥，跟苏轼一样是天才型的作家，平生也最敬服苏轼，写起词来奇思幻想，富有浪漫情调，同时也不乏悲壮激昂的篇什。陆游虽然才气超然，但观念上瞧不起词，写词不像写诗那样专注投入，所以词的成就相对逊色。毕竟他是大手笔，写起词来虽然有点漫不经意，但也自具面目。陈亮是政论家，他的词也好发议论，常常在词中表达他的政治主张。人们常说苏轼是

“以诗为词”，辛弃疾是“以文为词”，陈亮几乎可以说是“以词为文”了。陈亮词以气势见长，洋溢着满腔的政治热情和民族感情。

姜派词人史达祖和高观国，以词艺的精湛见长。特别是史达祖，工于咏物，一首自度曲《双双燕》，把一双春燕描写得活灵活现，是宋词的经典名篇之一。

历史的车轮驶入13世纪后，随着南宋王朝的日益衰败，词坛也呈现出下滑的趋势，虽然也有一批著名词人支撑着词坛，但毕竟难以重振宋词曾经有过的辉煌。

这时的词人大约可以分为两个创作群体，禀承着两种创作倾向，吴文英、周密、王沂孙和张炎等属于姜派传人，写雅词，唱雅调。他们特别爱写咏物词，在咏物中寄托国家破亡之悲和人生失意之苦。而刘克庄、文天祥、刘辰翁和蒋捷等人属于辛派后劲，他们的词风虽然有些粗豪，但充满着抗争的激情和批判现实的精神。

在这批词人中，艺术成就最高、创造力最强的是吴文英。他的词在艺术结构和表现方式上都独具匠心，常常将不同时空场景中的情事安排穿插在跳跃式的结构之中，精工巧妙，但有时晦涩难懂。

宋末亡国之际，用词唱出民族不甘屈服的心声的，是民族英雄文天祥。他曾经高歌：“人生翕欻云亡，好烈烈轰轰做一场！”(《沁园春》)这与南渡时期岳飞高唱的“莫等闲白了少年头，空悲切”(《满江红》)，前后辉映，永远激励着中华儿女自强不息，不断进取。

目　　录

木兰花　钱惟演

城上风光莺语乱，城下烟波春拍岸。绿杨芳草几时休？泪眼愁肠先已断。　情怀渐觉成衰晚，鸾鉴朱颜惊暗换①。昔年多病厌芳尊②，今日芳尊惟恐浅。

【注释】　①鸾鉴：鸾镜，梳妆所用之镜。传说古代某国王猎获一只鸾鸟，却不鸣叫。三年后，国王的夫人建议：悬挂一面镜子，让鸾鸟来照。结果，这只鸾鸟看见镜中的影子，发出悲鸣，声震云霄，随即气绝。故后世称镜为鸾镜。事见南朝宋人范泰《鸾鸟诗·序》。②芳尊：芳香的酒樽。尊，同樽（zūn），古代的酒具。

【评析】　作者生为贵族，复又仕宦显达，然而晚年却被贬外放，自觉政治生命与人生旅途都到了尽头，故而词中借春光抒发迟暮之悲。终于步李煜后尘，创作出《虞美人》的最新翻版。假使吴越国未能亡于其父之手，拖延到钱惟演之世，其结果也是一样。

词的上片用清丽的语言描绘了春鸟、春水、春树、春草诸般春日景物，似乎要表达愉悦兴奋之情。而且首句的“乱”字用得极好，将春景渲染得十分生动热闹。然而，词人突发一问：绿杨芳草几时休？仿佛南唐后主李煜问“春花秋月何时了”！情绪变化之剧，令人始料不及。而其原因，则是词人“以情观物”，预先已经满怀一腔愁绪了。所以，城上城下的满目风光，给词人带来的并非美感，而是痛感。

下片紧接上片愁字予以发挥展现。衰晚一词，应当包括了政治与肉体两方面的含义。朱颜暗换，又还是“只是朱颜改”的再版。而结拍两句，最为凄婉传神。昔年因为好运乘时，故颇为自珍，节制饮酒。而今对酒不独不厌，反而爱之；不仅爱之，且又爱其深；不独爱其深，且又惟恐其浅！其实质是：不独不畏病，而且是毋宁病，甚至是毋宁死！

相传钱惟演晚年谪居汉东，心境悲凉，撰《玉楼春》，自己每每于酒后歌之，都禁不住落泪。他家中有一个白发歌姬名叫惊鸿，是他父亲吴越王钱俶当年的侍女，听了这哀伤的歌词后，说道：“先王将薨逝的时候，预先为自己制作了挽歌《木兰花》，辞意与这首词很相似，难道如今相公也将要死亡了吗？”不久，钱惟演果然死于随州。《木兰花》与《玉楼春》实为同一词牌的异名，钱俶的旧曲，有“帝乡烟雨锁春愁，故国山川空泪眼”之句，与钱惟演此词“泪眼愁肠先已断”颇为相似。此等语，真是断肠之语，难怪当日“酒阑歌之，必为泣下”（《侍儿小名录》）。

曲玉管 柳永

陇首云飞[①]，江边日晚，烟波满目凭阑久。一望关河萧索，千里清秋，忍凝眸？　杳杳神京[②]，盈盈仙子，别来锦字终难偶[③]。断雁无凭[④]，冉冉飞下汀洲，思悠悠。　暗想当初，有多少、幽欢佳会，岂知聚散难期[⑤]，翻成雨恨云愁[⑥]？阻追游。每登山临水，惹起平生心事，一场消黯[⑦]，永日无言[⑧]，却下层楼。

【注释】　①陇首云飞：语本南朝梁柳恽《捣衣诗》：“亭皋木叶下，陇首秋云飞。”陇首：犹陇头，陇山之上。陇山在陕甘之间，古时曾为戍守之地。这里泛指山头。②杳杳：犹渺渺，迷茫之状。神京：指北宋京都开封。③锦字：犹锦书。北朝前秦将军窦滔以罪戍边，其妻苏氏若兰作“织锦回文璇玑图”以寄。全诗八百四十一字，排成纵横各为二十九字之方图。其中纵、横、斜交互。正、反读或退一字读、选一字读，均可成诗。诗有三言、四言、五言、六言、七言不等，据说可组成三千七百五十二首诗。事见《晋书·窦滔妻苏氏传》。后世用指情书。难偶，难以对答。偶，对语。④断雁：失群孤雁。无凭：没有依托，进退失据。⑤期：预料。⑥雨恨云愁：云雨指男女幽会。雨恨云愁指男女间的离愁别怨。⑦消黯：黯然消魂。⑧永日：长日。

【评析】 柳永在仕途上长期不能得志，滞留京师甚久，又不得不离去。故别离之情每每见于词曲。这首词应当是作于外地，以表对于在京情人的思念。

词分三片。第一片写眼前秋景。景以萧瑟迷茫为特征，引人伤感，故歇拍说“忍凝眸”但是这种伤感的内容尚未言明。第二片始揭出主旨。先说因怀念京城旧好，却又无书回答问候，暗示有难言之隐。再用眼前景作喻，表明自身的处境艰难，相思悠悠。

第三片追述当日在京情事，所谓“幽欢佳会”，令人难忘。然而欢乐难以持久。聚散难期，雨恨云愁，其实、都与“平生心事”相关。尽日无言，却又表明这心事无人可诉，最终只得退下层楼。

全词以“登山临水”为枢纽，写景、叙事、抒情交错铺展，言浅而意丰。这首词的第一、二片字句数相同，比第三片短，如双双拽出第三片，称为“双拽头”。

雨霖铃　柳永

寒蝉凄切[①]。对长亭晚，骤雨初歇。都门帐饮无绪[②]，留恋处、兰舟催发[③]。执手相看泪眼，竟无语凝噎[④]。念去去[⑤]、千里烟波，暮霭沉沉楚天阔。　多情自古伤离别，更那堪、冷落清秋节！今宵酒醒何处？杨柳岸、晓风残月。此去经年[⑥]，应是良辰好景虚设。便纵有、千种风情[⑦]，更与何人说？

【注释】 ①寒蝉：蝉的一种，似蝉而小，寒露降时仍能鸣叫。②都门：京都城门。帐饮：设帐摆酒以送别。《汉书·疏广传》载，太傅疏广辞官归里，公卿大夫设帐饯行于长安东门之外。南朝梁人江淹《别赋》："帐饮东都，送客金谷。"③兰舟：即木兰舟，以香木木兰树造船，即兰舟。后引作船之美称。④凝噎：喉咙哽咽说不出话。⑤去去：去了又去，即远行。⑥经年：历时一年甚至更久。⑦风情：男女间的爱恋深情。

【评析】 作者科举不利，又久困选调，故长期漂泊，深谙别愁。尤其善写秋日的情景。

词上片以景起，先写别境的凄凉，继写别时的无奈（饮无绪，言无语），后写别意之无尽。

下片以情起，继续就别情生发，由别前、别时延伸到别后，运用想象，表达此后必定会产生的情感，而写别后之事又是由近及远，将离愁别恨集中到最高程度。其中，"杨柳岸、晓风残月"系千古名句，后人常以之概括柳词的风格特点。

全词情景相间，虚实相生，或点或染；既有宛转曲折，又有一泻千里；风格清和朗畅，意致绵密，具有极强的艺术感染力，确实不愧宋元时期流行的"宋金十大金曲"之一。

蝶恋花 柳永

伫倚危楼风细细[①]。望极春愁，黯黯生天际[②]。草色烟光残照里，无言谁会凭阑意。 拟把疏狂图一醉[③]。

对酒当歌，强乐还无味[4]。衣带渐宽终不悔[5]，为伊消得人憔悴[6]。

【注释】 ①伫倚：倚栏久立。②黯黯：心情沮丧的样子。③疏狂：放纵，狂放不羁。④强乐：勉强作乐。⑤衣带渐宽：形容身体消瘦。《古诗十九首》："相去日以远，衣带日以缓。"⑥消得：值得，能忍受。

【评析】 这首词的词牌又作《凤栖梧》。词意仍然是写别后相思。但在语言方面颇有特色。

上片写春景春愁。凭栏极目，暗示所思之人远在天际。下片先说无奈愁何，所以要以酒浇之，以歌解之，以乐消之。然而都无济于事。由此可知，彼此之间情深义重。终于，在结拍处，词人发出"九死不悔"的真诚呼喊。

"衣带渐宽终不悔，为伊消得人憔悴"为千古名句。首先是因为，它在表情方面一反含蓄温和的旧风格，而出以鲜明果决的新态度，所以引人注意。王国维以这两句词比喻"古今之成大事业、大学问者，必经过三种之境界"的第二境，即锲而不舍、不惜献身的精神，并说此等语"非大词人不能道"(《人间词话》)，遂使此词此句流播更广。

采莲令 柳永

月华收，云淡霜天曙。西征客、此时情苦。翠娥执手[1]，送临歧[2]、轧轧开朱户[3]。千娇面、盈盈伫立，无言有泪，断肠争忍回顾[4]？ 一叶兰舟，便恁急桨凌波去[5]。贪行色[6]、岂知离绪。万般方寸[7]，但饮恨[8]、脉脉同谁语？更回首、重城不见，寒江天外，隐隐两三烟树。

【注释】 ①翠娥：美女名。②临歧：临近歧路。指到了分别之处。③轧轧：象声词。这里是开门声。④争：怎么。⑤恁（rèn）：如此，这么。⑥行色：出行前的准备。⑦万般方寸：万种心情。⑧饮恨：暗自抱恨，却不说出。

【评析】 这首词写离别情景。而以“情苦”二字笼罩全篇。

上片写别时情状。月收云敛，霜天晴晓，正是出行好天气。然而词人却说“情苦”。可见此别非常。执手相送，伫立流泪，正面摹写彼此情苦实况。

下片写别后惆怅与留恋。回想当时因为整顿行装，未能充分表达惜别之情，不免自责“岂知离绪”。待到独处行舟，却又无人可与诉说。结拍写回望寒江烟树，则是表达望人不见的失落感。

全词以景起，以景结，中间或写翠娥哀怨之态，或抒自身留恋之情。情景相生，铺叙有致。

浪淘沙慢 柳永

梦觉、透窗风一线，寒灯吹息。那堪酒醒，又闻空阶、夜雨频滴[①]。嗟因循、久作天涯客。负佳人、几许盟言，更忍把、从前欢会，陡顿翻成忧戚[②]。　愁极。再三追思，洞房深处，几度饮散歌阕[③]。香暖鸳鸯被[④]，岂暂时疏散，费伊心力。殢雨尤云[⑤]，有万般千种，相怜相惜。　恰到如今、天长漏永[⑥]，无端自家疏隔。知何时、却拥秦云态[⑦]，愿低帏昵枕[⑧]，轻轻细说与，江乡夜夜，数寒更思忆[⑨]。

【注释】 ①又闻句：本于南朝陈诗人何逊《从镇江州与游故别诗》：“夜雨滴空阶，晓灯暗离室。”②陡顿：陡然，顿时。③饮散歌阕：

饮酒尽兴，唱歌尽欢。④鸳鸯被：绣有鸳鸯的被子。即合欢被。⑤殢（tì）云尤雨：比喻男女之间的缠绵爱惜。⑥恰：却。漏永：夜长。古时用铜壶滴漏以计时辰。⑦秦云：秦楼云雨。或谓秦女的轻柔体态。⑧昵枕：男女共枕相亲。⑨寒更：寒夜深更。

【评析】 这首词分三片。按照“今——昔——今——来”的时间次序来抒发思念之情。

第一片是现在时。寒夜风窗，灯熄梦破；空阶滴雨，孤枕难眠。于是自嗟自忆，往日欢会如在目前。

第二片是过去时。接上片“欢会”，续写“洞房深处”风情，揭示自感辜负佳人的原因。

第三片复又接写现时苦况。“自家疏隔”的话，再次表明自责的态度。“知何时”以后数句，则是期待将来有机会向情人诉说此间此时的思念之切。颇有唐人李商隐“何当共剪西窗竹，却话巴山夜雨时”（《夜雨寄北》）的韵味。

本词抒写相思之情淋漓尽致，描写洞房情事也露骨周详。声态虽近于市民，却因直抒胸臆、感情真挚，因而不觉得浮薄轻佻。

戚　氏　柳永

晚秋天，一霎微雨洒庭轩。槛菊萧疏，井梧零乱，惹残烟。凄然。望江关[①]。飞云黯淡夕阳闲。当时宋玉悲感[②]，向此临水与登山[③]。远道迢递，行人凄楚，倦听陇水潺湲[④]。正蝉吟败叶，蛩响衰草[⑤]，相应喧喧。

孤馆，度日如年。风露渐变，悄悄至更阑。长天净，绛河清浅[⑥]，皓月婵娟。思绵绵。夜永对景[⑦]，那堪、屈指暗想从前。未名未禄，绮陌红楼[⑧]，往往经岁迁延[⑨]。

帝里风光好[10]，当年少日，暮宴朝欢。况有狂朋怪侣，遇当歌、对酒竞留连。别来迅景如梭[11]，旧游似梦，烟水程何限。念利名、憔悴长萦绊。追往事、空惨愁颜。漏箭移[12]，稍觉轻寒。渐呜咽、画角数声残[13]。对闲窗畔，停灯向晓[14]，抱影无眠。

【注释】 ①江关：见于杜甫《咏怀古迹五首》："庾信平生最萧瑟，暮年诗赋动江关。"江关：本指三峡中的瞿塘关。杜甫晚年曾流居于此。②宋玉：战国时楚人，屈原弟子，辞赋家。其《九辨》开端云："悲哉！秋之为气也。"③临水与登山：宋玉《九辨》："萧瑟兮草木摇落而变衰。憭慄兮若在远行，登山临水兮送将归。"④陇水潺湲：语本北朝民歌《陇头歌辞》："陇头流水，流离山下。念吾一身，飘然旷野。陇头流水，鸣声呜咽。遥望秦川，心肝断绝。"⑤蛩（qióng）：蟋蟀。⑥绛河：即天上银河。清浅，清澈。《古诗十九首》："河汉清且浅。"⑦夜永：夜长。⑧绮陌：繁华的街市。绮陌红楼指花街柳巷。⑨迁延：留连，消遣时光。⑩帝里：帝城，京都。⑪迅景：迅速消逝的时光，犹言流光。⑫漏箭：古代计时器漏壶上的箭形指示浮标，刻节文，随水浮沉以计时。这里借指光阴。⑬画角：军中号角。因画有文饰，故称。⑭向晓：到晓，直到天亮。

【评析】 这首词可能是柳永晚年的作品。词分三片。明人李攀龙说："首叙悲秋情绪，次叙永夜幽思，末勘破名利关头，更透。"（《草堂诗余隽》）大致符合本篇的内容层次情况。

第一片写晚秋景象。集合杜甫流居夔州、宋玉登山临水、北朝人流离陇头的种种苦寒感受于己身，以表达此时此地的苍凉境遇。

第二片在时间上紧承上一片的雨后暮色，写凉夜晴空的动人景致，并因此勾起对"未名未禄"的"年少日"的旧游生活的回忆。这种回忆一直延续到第三片的前半部，"对酒留连"。

第三片自"别来"以后回转现实处境，时间上更往后推，直至向晓。憔悴，惨愁，是正面自画；轻寒，呜咽，是侧面烘托。总之是落拓凄凉，致辞而极。

柳永年轻时曾过了一段奢华浪漫的生活，曾“论槛买花，盈车载酒，百琲千金邀妓”，但一生只做过几任小官，又长年南北转徙，词中多以宋玉自况，可谓“贫士失职而志不平”。本词几乎概括了作者一生的思想和生活状况。王灼《碧鸡漫志》引前人语云：“《离骚》寂寞千载后，《戚氏》凄凉一曲终。”

全词篇幅宏阔而针线细密，层次分明。语言清丽，音律谐美。

夜半乐 柳永

冻云黯淡天气，扁舟一叶，乘兴离江渚。度万壑千岩，越溪深处。怒涛渐息，樵风乍起[①]，更闻商旅相呼，片帆高举。泛画鹢[②]、翩翩过南浦。　望中酒旆闪闪[③]，一簇烟村，数行霜树。残日下，渔人鸣榔归去[④]。败荷零落，衰杨掩映，岸边两两三三、浣纱游女[⑤]。避行客、含羞笑相语。　到此因念、绣阁轻抛，浪萍难驻。叹后约，丁咛竟何据？惨离怀，空恨岁晚归期阻。凝泪眼，杳杳神京路[⑥]。断鸿声远长天暮。

【注释】　①樵风：顺风。汉时郑弘采薪，拾得一箭，恰有人来觅。因与之。知其为神人，遂诉采薪之难，希望若耶溪上旦南风，暮北风。后果遂其愿。事见《会稽记》。②画鹢（yì）：指船只。鹢，是一种大水鸟，古人以为水神，遂画于船头，以压波涛。③酒旆（pèi）：酒旗。④鸣榔：本指渔人在捕鱼时，足踏木条发声，以驱鱼入网。这里是指唱渔歌者打拍子。⑤浣纱：在山溪中浣纱。相传春秋时越国美女西施在若耶溪浣纱。⑥神京：京都，指北宋都城汴梁。

【评析】 此篇叙写越中旅况。词有三叠。

一写舟行所经，二写舟行所见，三写舟行所感。

舟行所经，由江渚而越溪，而后南浦，又见酒旗霜树，渔人浣女。所闻则有涛声风信，渔唱商呼。动静明暗，交错成文，浓淡如画。一叠已有过南浦之语，遂暗含离别之感。二叠写渔人浣女之归，更从反面兴起主人公归期阻隔之悲。既已蓄势已久，第三叠，离情别绪乃喷薄而出。最后以景作结，荡出远神，更增婉曲蕴藉之趣。

柳永善作长调，本篇即是代表。清人陈锐称柳词能大开大合，近人陈匪石谓柳词多清劲沉雄之气，都颇为精当。本篇中词人善于捕捉渔人鸣榔、越女相语等细节，用以点缀画面，更使词作充满诗情画意。

定风波 柳永

自春来、惨绿愁红，芳心是事可可①。日上花梢，莺穿柳带，犹压香衾卧。暖酥消②，腻云亸③。终日厌厌倦梳裹④。无那⑤！恨薄情一去，音书无个。 早知恁么⑥，悔当初、不把雕鞍锁。向鸡窗⑦，只与蛮笺象管⑧，拘束教吟课⑨。镇相随⑩、莫抛躲⑪。针线闲拈拌伊坐⑫。和我，免使年少光阴虚过。

【注释】 ①可可：不关紧要，不在意。②暖酥：指女子肌肤。③腻云：喻浓密的头发。亸（duǒ）：下垂貌。④厌厌：同“恹恹”，精神不振貌。⑤无那（luò）：无奈。⑥恁么：这么。⑦鸡窗：书窗、书房。⑧蛮笺象管：纸笔。蛮笺：古时四川所产的彩色笺纸。象管：象牙制的笔管。⑨拘束：管束，约束。吟课：读书。⑩镇：镇日。整天。⑪抛躲：离开。⑫针线闲拈：一作彩线慵拈。

【评析】　这是柳永俚词的代表作之一。作者以第一人称的角度，直接地表述一位女子的相思之意。

上片陈叙自己别来百无聊赖的情态：无心赏春，无心起早，无心梳妆。为只为薄幸情郎"一去，音书无个"。下片别开生面地写后悔之意：想象自己设计用各种方式留住情郎。锁雕鞍，使得情郎不能出外；给纸笔，使得情郎只好吟颂；紧相随，使得情郎无计脱身。凡此种种，都是要留住人、留住心，共度"年少光阴"。

渴望爱情生活的一片痴心，被词人表现得细致入微，真实动人。语言明白通俗，几乎口语化。

少年游　柳永

长安古道马迟迟[①]，高柳乱蝉嘶。夕阳鸟外[②]，秋风原上，目断四天垂。　归云一去无踪迹[③]，何处是前期[④]？狎兴生疏[⑤]，酒徒萧索[⑥]，不似去年时。

【注释】　①长安：汉唐都城。喻北宋京城汴梁。②夕阳鸟外：此句及下句，化用唐人李商隐《乐游原》诗意："向晚意不适，驱车登古原。夕阳无限好，只是近黄昏。"③归云：喻已离去的所爱女子。④前期：预期的约会。⑤狎兴：狎妓的兴致。狎：冶游。⑥酒徒：酒徒，指酒友。萧索：零落，稀少。

【评析】　作者在京落魄潦倒，往往茕茕独处，景况凄凉。

上片写秋色秋声。平原空旷，西风残照，词人独骑瘦马，缓缓前行。颇似李白《忆秦娥》词境。下片抒发此时之所感，实际上是揭示悲秋情绪的根源。所爱离去，难寻难期，自己也因怀念旧好而无意于狎游。待要饮酒消忧，可能因为囊中金尽，昔时酒友也寥寥无几。世态炎凉，隐隐见于笔下。

秋景照秋心，令人凄然。

迷神引 柳永

一叶扁舟轻帆卷，暂泊楚江南岸。孤城暮角，引胡笳怨①。水茫茫，平沙雁，旋惊散。烟敛寒林簇，画屏展②。天际遥山小，黛眉浅③。　旧赏轻抛④，到此成游宦⑤。觉客程劳，年光晚。异乡风物，忍萧索，当愁眼。帝城赊⑥，秦楼阻⑦，旅魂乱⑧。芳草连空阔，残照满。佳人无消息，断云远。

【注释】　①胡笳：古代管乐器，从西域传入。其音哀怨。②画屏：有画的屏风。比喻山水风光佳美如画。③黛眉浅：山色暗淡如浅画的眉黛。④旧赏：旧日的欢乐游赏。⑤游宦：离家在外作官。⑥赊（shē）：遥远。⑦秦楼：本指春秋时秦穆公为爱女弄玉及书生萧史所建造的楼台。后人引指妓院。⑧旅魂：羁旅的情绪。

【评析】　这是柳永晚年行役之中怀念京都佳人之作。全篇内容，可以用词中“旅魂乱”一语予以概括。但上下片的具体题材不同。

上片写楚江暮色。在茫茫大江的一隅，舟是孤舟，城是孤城，由此奠定孤寂的色调。而后是哀怨的角声，惊散的雁群，对主人公具有烘托的作用。再往后就是画屏般的树林与眉黛般的遥山。这画屏与眉黛，起着勾起主人公联想、引发下片内容的作用。

下片果然转入抒情。情感内容主要有两方面。一是忆念旧时、旧地、旧人，二是厌倦此时、此地、此景。二者交替出现，显示出所谓“旅魂乱”的真实。上片所谓画屏，到了下片就显现出“萧索”色彩了。结拍突出最为难忘者是那位秦楼佳人，表明词人此刻最为苦恼的是情感的孤独，从而与词的发端处的“孤寂”意味相呼应。

玉蝴蝶 柳永

望处雨收云断，凭阑悄悄①，目送秋光。晚景萧疏，堪动宋玉悲凉②。水风轻、蘋花渐老③，月露冷、梧叶飘黄。遣情伤④。故人何在，烟水茫茫。　难忘。文期酒会⑤，几孤风月⑥，屡变星霜⑦。海阔山遥，未知何处是潇湘⑧。念双燕、难凭远信⑨，指暮天、空识归航⑩。黯相望。断鸿声里，立尽斜阳。

【注释】　①悄悄：忧愁貌。②宋玉悲凉：如同宋玉那样的悲秋之感。③蘋：一种多年生于浅水的草本植物，夏秋间开小白花，也称白蕨。老：凋谢。④遣：使得（人）。一说排遣。⑤文期酒会：定期在一起饮酒做诗文的聚会。⑥孤：辜负。风月：清风明月，喻良辰美景。⑦星霜：星空一年一周转，霜每年遇寒而降。因以星霜指年岁。⑧潇湘：故人所在地。南朝梁柳恽《江南曲》："洞庭有归客，潇湘逢故人。"⑨凭：凭借（它）。⑩归航：归舟。南齐谢朓《之宣城郡出新林浦向板桥》："天际识归舟，云中辨江树。"

【评析】　这首词，通过描绘秋日萧疏景象，以抒发羁旅怀人的愁情。上片以一"望"字领起全篇。景物按照昼夜的时间次序逐步展开，蘋老、梧黄，证实"萧疏"一语。中间交错表达触景而生的悲秋怀人情绪。下片由今返昔，重提往日文期酒会的欢乐，反衬此时的孤寂。"断鸿声里，立尽斜阳"二句，声色兼备，极尽黯然魂伤之情。柳词工于写羁旅风光。有人甚至认为"其写景处，远胜其抒情处"（蔡嵩云《柯亭论词》）。柳永确实善于铺叙景物，间以情感表达，从而收到情景相生的艺术效果。

八声甘州 柳永

对潇潇暮雨洒江天[①]，一番洗清秋[②]。渐霜风凄紧，关河冷落[③]，残照当楼。是处红衰翠减[④]，苒苒物华休[⑤]。惟有长江水，无语东流。　不忍登高临远，望故乡渺邈[⑥]，归思难收[⑦]。叹年来踪迹，何事苦淹留[⑧]。想佳人、妆楼颙望[⑨]，误几回、天际识归舟[⑩]。争知我[⑪]、倚阑干处，正恁凝愁[⑫]。

【注释】　①潇潇：风雨急骤的样子。②洗：洗出。③关河：山河关隘。④红衰翠减：语本李商隐《赠荷花》："此荷此叶常相映，翠减红衰愁煞人。"⑤苒苒：同"冉冉"，渐渐。⑥渺邈：遥远。⑦归思：思归的心绪。⑧淹留：逗留。⑨颙（yóng）望：凝望，久望。⑩"误几回"句：南齐谢朓《之宣城郡出新林浦向板桥》："天际识归舟，云中辨江树。"又温庭筠《梦江南》："梳洗罢，独倚望江楼。过尽千帆皆不是，斜晖脉脉水悠悠。肠断白蘋洲。"⑪争知：哪里知道，怎能知道。⑫恁：如此，这样。

【评析】　本词亦属柳永的名篇。依然是抒发思故乡、怀亲人的愁情。上片主景，以一"对"字领起，写主人公对雨，对残阳，对红衰翠减，对江水东流，虽未见情语，作者之悲凉感受已不待言，读者亦自觉神魂欲断。其中"渐霜风"数语，境界雄阔，格调高古，被认为"不减唐人语"。下片由景入情，又由"不忍"二字领起。望故乡、想佳人，皆不忍（难受、那堪）之事。其间写归思与淹留的矛盾，设问而不作答，颇为含蓄。而想佳人以下数语，先由己度人，复由人度己，往复曲折，更添蕴藉之致。全篇以雄浑苍茫的景物为深曲悲凉的情怀作烘托，确能使读者获得一种超乎个人悲剧感的体验。清人陈廷焯谓此词“情景兼到，骨韵俱高”（《白雨斋词话》卷五），可见推崇之至。

竹马子　柳永

登孤垒荒凉[①]，危亭旷望[②]，静临烟渚[③]。对雌霓挂雨[④]，雄风拂槛[⑤]，微收烦暑。渐觉一叶惊秋，残蝉噪晚，素商时序[⑥]。览景想前欢，指神京、非雾非烟深处。

向此成追感，新愁易积，故人难聚。凭高尽日凝伫[⑦]，赢得消魂无语。极目霁霭霏微[⑧]，暝鸦零乱，萧索江城暮。南楼画角，又送残阳去。

【注释】　①孤垒：孤立的堡垒。②危亭：高处的亭子。③烟渚：烟雾弥漫的沙洲。④雌霓：彩虹出现双环时，内环色彩鲜艳为雄，称虹；外环色彩暗淡为雌，称霓，又称副虹。⑤雄风：强劲的风。战国楚宋玉《风赋》倡风有雌雄之说，谓君王之风为雄风，庶人之风为雌风。⑥素商：指秋季。按古代五行说法，西方属金为白，以商声配秋。故称秋季为素商。⑦凝伫：因凝视而伫立。⑧霁霭霏微：雨后云气飘动。

【评析】　这是一首登高望远、忆昔怀人的词。

上片写暑后因雨微凉，秋色初现。荒凉的旧垒，迷茫的烟水，嘶哑的残蝉，构建出一幅凄清的《危亭旷望图》。而这正好是词人追想前欢的触媒。

下片以“向此成追感”接上片“览景想前欢”，直抒所谓“新愁”，其内容便是“故人难聚”。极目等句，全写暮景，其色调更加灰暗，与前片的画面遥相连接，直至融为一体。

多丽 聂冠卿

想人生，美景良辰堪惜。向其间、赏心乐事，古来难是并得[1]。况东城、凤台沁苑[2]，泛清波、浅照金碧。露洗华桐，烟霏丝柳，绿荫摇曳，荡春一色。画堂迥[3]，玉簪琼佩[4]，高会尽词客。清歌久，重然绛蜡[5]，别就瑶席[6]。　有翩若惊鸿体态[7]，暮为行雨标格[8]。逞朱唇、缓歌妖丽，似听流莺乱花隔。慢舞萦回，娇鬟低亸[9]，腰肢纤细困无力。忍分散、彩云归后，何处更寻觅？休辞醉，明月好花，莫谩轻掷[10]。

【注释】　①古来：一作就中。②凤台沁苑：指皇家公主的园林。凤台：即秦楼，是秦穆公为其女弄玉及女婿萧史所造的住处。沁苑：汉明帝女儿沁水公主的园林。③画堂：雕画为饰的堂舍。迥：高。④玉簪琼佩：华贵的饰品。⑤然：同燃。绛蜡：红烛。⑥瑶席：玉石装饰的座席。⑦翩若惊鸿：语出三国魏曹植《洛神赋》。形容体态飘逸。⑧暮为行雨：语出宋玉《高唐赋》。赋中说，楚襄王曾游高唐，梦与巫山神女相会。神女临去时说，自己“旦为朝云，暮为行雨”。标格：指风采，风范。此句形容风度有如神女。⑨亸（duǒ）：下垂。⑩谩：随意，胡乱。

【评析】　这首词，据南宋人吴曾记载，是聂冠卿任翰林学士时所作。当时李良定宴客，聂于席上赋之，迅即传于朝野。词写宴游之娱。但上下片各有侧重。

上片主要写京都园林胜景，或是帝王宫苑，或是权贵第宅，总之是春光明媚，一片欢乐。这正应了起首的“美景良辰堪惜”的话。其中“露洗华桐，烟霏丝柳”等句，被认为是“玉中之拱璧，珠中之夜光”。下片则着重写歌筵舞榭之所见。所见者，集中目光于歌舞妓一身，既写其体态、风韵，更极力描摹其技艺，情不自禁地流露出思慕之意。这又应了发端时的“赏心乐事”“难是并得”的话。

总而言之，这首词暗中以南朝晋宋间人谢灵运“天下良辰、美景、赏心、乐事，四者难并”（《拟魏太子邺中集序》）之语为筋脉，着力铺张排比地描写北宋初期京畿的升平景象，声色具备，淋漓尽致。可以说开了柳永词之先声。

苏幕遮 范仲淹

碧云天，黄叶地，秋色连波，波上寒烟翠。山映斜阳天接水，芳草无情，更在斜阳外。　黯乡魂[①]，追旅思[②]，夜夜除非、好梦留人睡。明月楼高休独倚，酒入愁肠，化作相思泪。

【注释】　①黯乡魂：黯，沮丧愁苦。黯乡魂，指思乡之愁苦令人黯然销魂。②追旅思（sì）：追，追缠不休。旅思，羁旅的愁思。

【评析】　这首词题作《别恨》或《怀旧》，一般认为是抒写秋天思乡怀人的感情，也有人说是表达“去国之情”的（《张惠言论词》）。或者二者兼具，也并非没有可能。因为词人辗转诸州，“去国怀乡”（《岳阳楼记》），这类情感积累甚多，触景而发，岂可进行绝对的分割？

上片所写之景，似乎是南国秋色。或天或地，或是天地之间的烟水，五色杂陈，交相辉映，画面绚丽、高远。“碧云天，黄叶地”传为名句；而“芳草无情”，更引人遐想。

词的下片直书客思乡愁，极其缠绵婉曲。一是旅思扰人，乡梦难成；二是独倚高楼，乡愁更增；三则把酒浇愁，乡思更甚！尤其是倚楼之事，暗示词人望乡之举，乃是“夜以继日”。由此可见，其情之深，超乎常人。

这首词景语清丽，情语婉曲，与《渔家傲》风格迥然相异，而两词俱堪流传千古，足见词人善于别开生面。范仲淹是宋代的名儒贤臣，他在外守边，防御西夏，西夏人称赞“小范老子胸中有数万甲兵”，为之胆寒；在朝主持“庆历新政”，整顿吏治，革除弊政，敢作敢为。他的“先天下之忧而忧，后天下之乐而乐”，更是流传千载的忧国忧民的励志格言。但范仲淹也不乏儿女深情，此词就是抒写相思之情。俞文豹《吹剑录》评此词结尾三句就说：“情之所钟，虽贤者不能免，岂少年所作耶？”清李佳《左庵词话》也说：“希文，宋一代名臣，词笔婉丽乃尔。比之宋广平赋梅花，才人何所不可，不似世之头巾气重，无与风雅也。”

渔家傲　范仲淹

塞下秋来风景异，衡阳雁去无留意[①]。四面边声连角起[②]。千嶂里，长烟落日孤城闭。　浊酒一杯家万里，燕然未勒归无计[③]。羌管悠悠霜满地[④]。人不寐，将军白发征夫泪[⑤]！

【注释】　①衡阳：衡阳，地名，在今湖南南部，地有衡山，山有回雁峰，相传北雁南飞，到此而止。②边声：边塞上的各种声音。③燕然：山名，即今蒙古国内的杭爱山。勒：刻石记功。东汉时，大将军窦宪率军出塞，大破北匈奴，登燕然山，勒石以记汉朝功德。故后世称战功告成曰“燕然勒石”。④羌管：即羌笛。羌为西北民族。笛本出羌中，故称。⑤将军：词人自指。

【评析】　此词别本有题作“秋思”。范仲淹于宋仁宗康定元年（1040）任陕西经略副使，兼知延州（今延安），庆历二年（1142）调知庆州（今甘肃庆阳），防御西夏。本词正是反映这一时期的生活的。

上片以“风景异”开篇，从听觉、视觉两方面写足边地秋天景象。雁无留意，暗示边地之苦寒；边声四起，渲染边情之紧张；长烟落日，看似本于王维《使至塞上》“大漠孤烟直，长河落日圆”诗句，其实情调迥异：王诗气象壮阔高远，范词则景象廖廓荒寒。千嶂、孤城，对比悬殊，更突出了肃杀悲凉的气氛。

下片转入抒情，表达边地将士破敌立功的决心与思念家乡的矛盾心情，苍凉激切。所谓“燕然未勒归无计”，与唐人王昌龄“不破楼兰终不还”的诗意相承继，而又略显伤感。“羌管悠悠霜满地”，绘出军中月夜之景，极富典型意义。而满地寒霜，与词人的满头白发，相映生悲。

此篇词境开阔奇异，格调悲壮苍凉，写边塞风光与边将情绪，真实而深刻，可以说是用词的形式再现了边塞境界。这首词给宋初吟风弄月的词坛，吹来一股清劲的雄风，对以后的词风革新产生了积极影响，堪称有宋豪放词的开拓之作。

菩萨蛮 张先

哀筝一弄《湘江曲》[1]，声声写尽湘波绿[2]。纤指十三弦[3]，细将幽恨传。　　当筵秋水慢[4]，玉柱斜飞雁[5]。弹到断肠时，春山眉黛低[6]。

【注释】　①哀筝：哀怨的筝声。指用筝演奏《湘江曲》而发出的哀怨之声。弄：演奏乐器。又，一曲音乐叫“一弄”。②写：描绘，抒发。③十三弦：指筝的弦数。筝弦原为十二根，后添为十三根。现代筝已改进至二十五弦。④秋水：形容演奏者美目明澈如秋水。慢：迟滞，指演奏者目光凝滞。⑤玉柱：筝上支撑弦的装置，排列形如雁阵斜飞。玉柱，是对筝柱的美称。筝身为木制长方形，面上张弦，每弦用一柱支撑，柱可移动以调节音高。⑥春山：形容演奏者双眉淡如远山。《西京杂记》写卓文君面容姣好，“眉色如望远山”。

【评析】　这首词所描绘的主人公是一位弹筝的歌伎。但是，词人的着笔处，并不在其美貌，而在其高超的技艺，以及她内心深处的哀怨。

若就词中写人处，不过纤指、春山二语，虽然本色，毕竟简约。而上片的基本内容还是写其演奏技艺，所谓写尽、细传，正是词人会意处，也是演奏者骄人处。下片侧重表现女主人公的内在情绪。秋水凝滞，眉黛低，都是断肠心绪的外化。但是，我们尤其不能忽视的是，女主人公的哀怨，也是和所演奏的曲目《湘水曲》分不开的，而且，“湘波绿”与“秋水”这两个意象也是具有关联性的。如果这样理解是言之成理的，那么，女主人公的内心世界就更值得深入探求了。或者，词人要借这么一个典型形象来表达自己的某种情志罢？

全篇语辞清美婉丽，情感凄婉深沉。

一丛花令　张先

伤高怀远几时穷[1]？无物似情浓。离愁正引千丝乱，更东陌、飞絮蒙蒙。嘶骑渐遥[2]，征尘不断[3]，何处认郎踪！　双鸳池沼水溶溶，南北小桡通[4]。梯横画阁黄昏后，又还是、斜月帘栊[5]。沉恨细思，不如桃杏、犹解嫁东风[6]。

【注释】　①穷：穷尽，终止。②骑（jì）：备有鞍辔的马，即坐骑。③征尘：道路上的风尘。④桡（ráo）：船桨。此处代指船。⑤帘栊：指窗户。栊：窗棂。⑥解：懂得，知道（应该）。嫁东风：语本唐人李贺诗《南园十三首》中的诗句：“可怜日暮嫣香落，嫁与东风不用媒。”

【评析】　据杨湜《古今词话》记载，这首词是作者与一位尼姑相恋后所作的。此说可供理解词意时参考。无论词中的女主人公是出家修行的尼姑还是独守空闺的怨女，都是不幸命运的承担者。所以，词的发端就以无穷的“伤怀”笼罩全篇。“无物似情浓”的差比，既以极度概括的语言强调了真爱的浓度，同时也揭示了伤怀无尽的原因。目中所见的缭乱柳丝、迷蒙柳絮，全都成为离愁与思绪的象征。渐行渐远的路人和连绵不断的路尘，该是消磨了女主人公多少期待的目光！

下片中，远望者将失望的眼神移回近处，落到鸳鸯双宿双飞的池水上。曾经渡过情郎的小舟，曾经登过情郎的横梯，曾经见证共度良宵的斜月帘栊，如今都成为引发伤怀的触媒。上下两片中众多的感伤意象，交织成特定人生的特定场景与悲剧氛围，最终逼出女主角的心理自觉：红颜薄命，不如桃李！

本词全篇以情起，又以情结，中间则是由远及近、由外及内的意象布置，最后直入女主角内心，灵魂深处。层次井然，引人入胜。

天仙子　张先

时为嘉禾小倅，以病眠不赴府会①

《水调》数声持酒听②，午醉醒来愁未醒。送春春去几时回？临晚镜，伤流景③，往事后期空记省④。　沙上并禽池上暝，云破月来花弄影。重重帘幕密遮灯，风不定，人初静，明日落红应满径⑤。

【注释】　①嘉禾小倅：张先为嘉禾（今嘉兴）判官时，在仁宗庆历元年，年五十二岁。嘉禾，旧郡名，宋代为秀州，治所在今浙江省嘉兴市。倅，副职，此指宋代州府中佐理知州知府处置政务的通判。府会：知州举行的宴会。②《水调》：古曲名，相传为隋炀帝游江南时所制，唐宋时十分流行。③流景：如水一般逝去的年华。④记省（xǐng）：清楚记得。省，明白。⑤落红：凋落的花瓣。

【评析】 这首词是宋词名作。内容似乎平泛，而表现艺术却颇为独到。

上片发端直叙自身饮酒聆歌，直至沉醉，因而与词前小序所说的“以病眠”相映成趣：原来所谓病乃是病酒！此中消息不难体味，“嘉禾小倅”所透露出的怀才不遇情绪，正是通过因酒称病而发泄的。所谓愁未醒，伤流景，无不与此相呼应。

下片续写未醒之愁。但不是直抒愁情，而是以愁眼观物。所观的乃是夜景，有三个画面先后推出：池边，花下，幕中。禽之并眠，反形自己的孤独；花之弄影，拟人式的写出花的自惜，又见出主人公的惜花之情；而风之摇烛，则表现出词人对风之摧花的忧虑，从而与上片的“伤流景”相整合。

在下片中，“云破月来花弄影”一句，深被称道，广为流传。其根本原因在于，词人于以我观物之际，苦心捕捉住了“花弄影”这一自然美景，并且准确地表现出来，被王国维认为最具境界。究其实，这一境界不仅由于花之弄影而具有朦胧的动态美，更见出其中寄托着赏花者珍惜这种美的心灵。

千秋岁 张先

数声鶗鴂[1]，又报芳菲歇。惜春更把残红折。雨轻风色暴，梅子青时节。永丰柳[2]，无人尽日花飞雪。

莫把幺弦拨[3]，怨极弦能说。天不老[4]，情难绝。心似双丝网，中有千千结。夜过也，东窗未白孤灯灭[5]。

【注释】 ①鶗鴂：杜鹃鸟。屈原《离骚》中有“恐鶗鴂之先鸣兮，使夫百草为之不芳”的句子，是说杜鹃鸣叫之时，即是春去之日。②永丰柳：见于唐人白居易《杨柳枝》：“一树春风千万枝，嫩如金色软如丝。永丰西角荒园里，尽日无人属阿谁？”永丰，唐代洛阳永丰坊。其西南角荒园中，有垂柳一株。这里乃是泛指。③幺弦：琵琶的第四弦，又叫小弦、细弦、危弦，因其最细，故称。其音细而哀。④天不老：语出唐人李贺《金铜仙人辞汉歌》“天若有情天亦老”句。但是，这里的“天不老”的老字是衰老的意思。⑤孤灯灭：一作“凝残月”。

【评析】 这首词抒写惜花伤春的情怀，暗寓相思之意。词中主人公应该也是一位女性。

上片写暮春之景，鹃啼花谢、雨轻风暴、梅青絮飞，种种景象，交织成浓重的伤春氛围，至歇拍，则特地点出此乃“无人”之景，引出相思之意。

下片是满腔幽怨的倾诉。“天不老，情难绝”，是说：天既无尽，我情亦难灭。而情之郁结，词人用双丝千结作喻，十分新颖有味。结拍写拂晓情景，侧面提示主人公彻夜无眠，见其相思之苦至于斯极。

此词通过用双关手法，以“丝”谐音“思”，反映了主人公心中强烈的爱恋相思之情，造语奇特，颇为新颖。全词上景下情，相映相生。

浣溪沙　晏殊

一曲新词酒一杯，去年天气旧亭台[①]。夕阳西下几时回？　无可奈何花落去，似曾相识燕归来。小园香径独徘徊[②]。

【注释】 ①去年天气旧亭台：句出唐人郑谷《和知己秋日伤怀》诗“流水歌声共不回，去年天气旧亭台”。②香径：小路铺满落花，故称香径。

【评析】 本词为晏词的精品。尤以“无可奈何花落去，似曾相识燕归来”二句闻名。据清人张宗橚《词林纪事》卷三引《复斋漫录》，晏殊与王琪步游池上，言曾得句书于墙壁间，弥年未曾强对。因出“无可奈何花落去”一句，王琪应声答以“似曾相识燕归来”。后人称为“天然奇偶”（杨慎《词品》），“对法之妙无两”（卓人月《词统》）。作者甚爱此二语，后复用于律诗中。

必须指出，此二语虽为这首小令增色不少，然而，它也需置于此词之中方能见其高妙。作者身为太平宰相，生活雍容闲雅，于词之起首即已见出。但是，全词所写到的意象，却始终被置于新与旧、今与昔、去与来的对照之中，表现出词人对自然界和人事的循环与变化的敏锐感悟。只是作者不是将理性的思考用理语说出，而是用景中含情的对语来表达，因而博得古今读者的吟赏。在进行多重对照之后，词人更写到独与不孤的对照，其中固有怀人之意，恐怕更含领悟自然规律之后的孤独感。

全词以理性观照笼罩时空，艺术感染力极强，但明白如话，篇幅亦短。以小见大，足见功力。

浣溪沙　晏殊

一向年光有限身[①]，等闲离别易销魂[②]。酒筵歌席莫辞频。　满目山河空念远，落花风雨更伤春。不如怜取眼前人[③]。

【注释】　①一向：即“一晌”，片刻。指年光易逝。②等闲：平常。③怜取：即怜悯。取为语助词，无义。这句词出自唐代元稹的小说《莺莺传》（又名《会真记》）：英俊潇洒的张生对容貌秀丽的崔莺莺一见钟情，几经周折，二人有了私情，但张生始乱终弃，另娶名门女，而莺莺也另嫁他人。后来张生路过莺莺居所，想以表兄的身份求见莺莺，莺莺拒不相见，并赋诗谢绝云：“弃置今何道，当时且自亲。还将旧时意，怜取眼前人。”

【评析】　晏殊一生仕宦得意，“未尝一日不宴饮”、宴饮“亦必以歌乐相佐”（叶梦得《避暑录话》）。本词虽是抒写酒筵歌席之间所萌发的愁情，却包含着比较深广的人生体验。

上片抒情为主。年光易逝，生命短暂，是情；为离别而销魂，为离别而频频饮酒，仍然是情。但是，这些情都围绕离别而萌发，所以情中有事。离别寻常，歌酒频繁，正写出词人销魂时刻占据有限生命甚多，难于排遣。

下片以景见情。满目山河，落花风雨，都是景。但满目山河是从空间角度抒写对行人远去的惆怅；而落花风雨则是从时间角度表达本体对岁月如流的感伤。结拍用一转语，是说人生既已别多聚少，与其他日徒劳相忆，不若今朝怜取眼前，呈现自身对人生痛苦的顿悟与无奈的选择，是强自慰藉，而非超然与旷达。

词的上下片内容有对应关系。落花风雨暗接一向年光，满目山河暗接等闲离别，眼前人则暗接酒筵歌席。针线绵密，不着形迹。

细读本词，可以感觉到作者所咏并不止于离别之事。有人认为词中暗藏了晏殊对旧欢的追念（殊先后二妻皆亡故，三娶之妻则性非和顺。见《道山清话》），可以视为情感因素之一，却不宜坐实。

清平乐　晏殊

红笺小字[1]，说尽平生意。鸿雁在云鱼在水[2]，惆怅此情难寄。　斜阳独倚西楼，遥山恰对帘钩。人面不知何处[3]？绿波依旧东流。

【注释】　①红笺：一种精美的小幅红纸，古人多用作名片、请柬或题写诗词。唐人韩偓《偶见》：“小叠红笺书恨字，与奴方便寄卿卿。”②鸿雁、鱼：古人本有“雁足传书”和“鱼传尺素”的说法。此处反其意而用之，说鸿雁和鱼无意传递书信。③人面：指思念的意中人。唐人崔护《题都城南庄》：“人面不知何处去，桃花依旧笑春风。”

【评析】　这首词，上片抒写深情难寄的惆怅，语意深挚哀怨。下片的前两句，以景语暗示主人公的孤独寂寞，含蓄有致。末二句用对语叙事写景，落脚于思绪悠悠。全篇言情深密，格调甚高。

结句“人面不知何处？绿波依旧东流”化用崔护“人面不知何处去，桃花依旧笑春风”，但赋予它新意，佳人不知何处，是说人事易变，绿波依旧东流，是说物事恒常，变与不变之间，显出无限惆怅。

清平乐　晏殊

金风细细①，叶叶梧桐坠。绿酒初尝人易醉。一枕小窗浓睡。　　紫薇朱槿花残②。斜阳却照阑干。双燕欲归时节，银屏昨夜微寒③。

【注释】　①金风：秋风，古代以阴阳五行解释季节演变，秋属金，故称秋风为金风。②紫薇：花名，亦称百日红，满堂红，夏秋开花。朱槿：花名，即扶桑。③银屏：镶银或银色的屏风，借指华美的居室。

【评析】　词写秋分时节的寂寞之意。全篇看似景语居多，或金风、斜阳，或梧桐、朱槿，实则暗示了一天里主体对清秋节物的敏感观察。而上片中的“人易醉”，并非醉于酒，实为醉于寂寞。下片中的双燕，则用作反形孤独，又以微寒证实之，花残写流景凋残，斜阳又寓黄昏，“断送一生憔悴，只消几个黄昏”，接着双燕、微寒等意象处处写愁，写寂寞，处处又以景语出之。清寂之思，需求之言外。

木兰花　晏殊

燕鸿过后莺归去，细算浮生千万绪[①]。长于春梦几多时？散似秋云无觅处[②]。　闻琴解佩神仙侣[③]，挽断罗衣留不住。劝君莫作独醒人[④]，烂醉花间应有数[⑤]。

【注释】　①浮生：老庄以为，人生在世虚浮不定，故称人生为浮生。李白《春夜宴从弟桃花园序》："浮生若梦，为欢几何？"②长于二句：本于唐人白居易《花非花》词"来如春梦不多时，去似朝云无觅处"。③闻琴：西汉时卓文君听到司马相如弹奏琴曲《凤求凰》，心知其意，遂私奔并与司马结成恩爱夫妻。事见《史记·司马相如传》。解佩：指春秋时郑交甫游汉水，见二美女而爱悦之。二女解下佩玉相赠。见汉人刘向《列仙传》。④独醒人：语本屈原《渔父》："举世皆浊我独清，众人皆醉我独醒。"⑤应有数：语出白居易《村中留李三固言宿》："如我与君心，相知应有数。"有数，有定数，有宿缘。

【评析】　这首词的上片真实表达了晏殊人生苦短、聚散无常的感伤情绪。"燕鸿过后莺归去"喻流年似水，时序在鸿过莺归中暗换。"细算浮生千万绪"则言浮生如梦，千头万绪。人置身于其中似春梦易醒，似秋云难觅，一切虚无难形。下片则明确主张烂醉花间，与世偕醉。既然"浮生如梦，为欢几何？"何不如卓文君"闻琴解佩"，逞情尽意，倒也爽利。不要学郑交甫，不解风情，空留余恨。何必独醒于世？今朝有酒今朝醉，人生如白驹过隙，不如烂醉花间，及时行乐，倒显真实。全词一反晏殊含蓄委婉风格，直抒胸臆，明朗畅达。

木兰花　晏殊

池塘水绿风微暖，记得玉真初见面[①]。重头歌韵响铮琮[②]，入破舞腰红乱旋[③]。　玉钩阑下香阶畔[④]，醉后不知斜日晚。当时共我赏花人，点检如今无一半[⑤]。

【注释】　①玉真：本指仙人。唐人曹唐《刘阮再到天台不复见仙子》："再到天台访玉真，青苔白石已成尘。"此处借指佳人。②重头：词曲中上下片节拍完全相同者，或词曲中前后数首重同一调者，皆称重头。铮琮：金石碰击声。此处借指歌声。③入破：唐宋大曲的专用语。大曲每套有十余遍，分别归入散序、中序、破三大段。入破即为"破"这一段的第一遍。入破：乐曲由缓转急，骤变为繁碎之音称为"入破"。④钩阑：又作勾栏，指随屋势曲折高下而配置的栏杆。香阶：置有花草的台阶。⑤点检：检查、清点。

【评析】　此词上片忆旧。所忆之事，是当年初见玉真，欣赏她的歌舞技艺。而时间则是初春微暖之时。下片前二句，仍接叙上片聚会之事，而勾栏、香阶，暗示活动地点的变更，但都与玉真相关。醉不知晚，极写当时之乐。

下片结拍，词意陡转，直叙今日赏花情景，强调物是人非。不独不见玉真，而且当日欣赏玉真歌舞之人，也多半作古。与上文形成今昔对比，始乐终哀，令人惆怅。

张宗橚《词林纪事》云："东坡诗'尊前点检几人非'，与此词结句同意。往事关心，人生如梦，每读一过，不禁惘然。"

玉楼春　晏殊

绿杨芳草长亭路[①]，年少抛人容易去。楼头残梦五更钟，花底离愁三月雨。　无情不似多情苦，一寸还成千万缕[②]。天涯地角有穷时[③]，只有相思无尽处。

【注释】　①长亭：古时设置在路边的亭子，五里一短亭，十里一长亭，供行人歇息，也是送人别离之处。②一寸：即寸心，区区之心。③天涯地角：极远之处。这句是说天地虽然广大，仍有尽头。

【评析】　这首词全是“妇人语”，写一位女子的离愁别恨。

词中上片，侧重表现女主人公对别后景象的感应。所谓花底离愁、楼头残梦，都因年少抛人，轻忽而去。二语“意致凄然”（黄蓼园《蓼园词选》）。

下片过拍，以无情接上片的年少抛人，以多情接上片的思妇的多梦多愁。结拍两句，用一差比句极写女主人公的相思无尽，从而更突出了抛人年少的无情。

据赵与时《宾退录》记载，晏殊的小儿子晏几道曾对蒲传正说：“先君平日小词虽多，未尝作妇人语也。”传正反驳道：“‘绿杨芳草长亭路，年少抛人容易去。’岂非妇人语乎？”晏几道就问他是怎么理解“年少”一词的，传正回答说：“不就是指所爱恋的人吗？”晏几道却举出白居易的两句诗“欲留年少待富贵，富贵不来年少去”辩解，认为父亲这两句词无关风月。事实上，此词以思妇的口吻出之，实属“妇人语”。“年少”就是指年轻的情人，晏几道在此有强辩之嫌。

踏莎行　晏殊

祖席离歌[①]，长亭别宴。香尘已隔犹回面[②]。居人匹马映林嘶[③]，行人去棹依波转[④]。　画阁魂消[⑤]，高楼目断。斜阳只送平波远。无穷无尽是离愁，天涯地角寻思遍。

【注释】　①祖席：饯行的宴席。离歌：伤别之歌。唐人李颀《送魏万之京》："朝闻游子唱离歌，昨夜微霜初渡河。"②香尘：带有花香的尘埃。回面：回头。③居人：留下的人。与下句行人对称。④棹(zhào)：船桨，指船。⑤画阁：彩绘的精美的楼阁。目断：目力望尽。

【评析】　这首词抒写送别之际的依恋不舍和别后的无限思念。

上片起首两句总叙离别之事。"香尘已隔犹回面"一句，既可以理解为送行者返程中回望行人，也可以理解为行人回望送行者。总之是传神地描摹了送别之际的依恋不舍的情状。

下片过拍两句描写的是，居人即思妇在别后终日寻思，登楼远眺。"斜阳只送平波远"一句，从写景角度看，是接上片"行人去棹依波转"说，描绘夕阳余光从水面渐渐消退，强调在远望之中时间流逝，实际上分明是怨斜阳不懂留人，反随着行舟渐远。明人王世贞《艺苑卮言》以为，"斜阳只送平波远"一语，淡而有致。正是说此语景中含情，耐人寻味。

踏莎行　晏殊

小径红稀[①]，芳郊绿遍。高台树色阴阴见[②]。春风不解禁杨花[3]，濛濛乱扑行人面[4]。　翠叶藏莺，珠帘隔燕。炉香静逐游丝转[5]。一场愁梦酒醒，斜阳却照深深院。

【注释】　①红稀：红花凋落稀疏。②见（xiàn）：显现。③解：知道、懂得。禁：约束。④濛濛：形容雨细如丝。此处形容柳絮纷纷如细雨。⑤游丝：蜘蛛、青虫所吐之细丝，飘游于空中。

【评析】　这首词，写暮春景色，但是上下片各有侧重。上片主要写外景，而下片主要写内景。外景的旨趣在于，红稀绿遍，树色阴阴，呈现阴沉色彩；而杨花乱舞，也是令寻芳于小径之上的词人厌烦的。所谓内景，包括院内和室内两处情景，总的特点是空寂而幽深。词人直接描写女主人公自身的笔墨，只有“愁梦酒醒”数字。但是，这寥寥数字，却是点睛之笔。由此回看全篇，便可以明白，整个作品中的景物描绘，都烘托着这位伤春愁别的女主人公。

踏莎行　晏殊

碧海无波[1]，瑶台有路[2]。思量便合双飞去。当时轻别意中人，山长水远知何处？　绮席凝尘[3]，香闺掩雾[4]。红笺小字凭谁附？高楼目尽欲黄昏，梧桐叶上潇潇雨。

【注释】　①碧海：喻夜晚的晴空。唐人李商隐《嫦娥》：“嫦娥应悔偷灵药，碧海青天夜夜心。”②瑶台：古人想象中神仙住的地方。③绮席：一种暗花纹丝绸做的座席。一般供女子用。④香闺：旧时称女子居住的内室。

【评析】 这首词仍写离愁别恨。与其他同类作品的不同之处在于，女主人公愁恨的原因之一是“轻别”，即当时以为，或者离别时间不会太久，或者意中人此去不会太远，甚或自己还不曾经历和体验过离别之苦。如今是：人不知何处，信不知谁寄，若要远望，却又到了黄昏时刻，且又风雨潇潇！因而追悔莫及。

回看上片发端三句，女主人公眺望夜空，想象瑶台，所谓“思量便合双飞去”，正是追悔后的结论：如果当时和他双飞而去，那就好了！

假若这么理解是合乎情理的话，那么，这首词的构思就比较特别：先说现在的觉悟，然后追述悔恨的缘由。而时间上，则是从夜晚倒回白天，结拍写到黄昏为止——再往下去就是夜晚了。

蝶恋花 晏殊

六曲阑干偎碧树。杨柳风轻，展尽黄金缕[①]。谁把钿筝移玉柱[②]？穿帘海燕双飞去[③]。 满眼游丝兼落絮。红杏开时，一霎清明雨。浓睡觉来莺乱语，惊残好梦无寻处。

【注释】 ①黄金缕：喻初春的杨柳新枝。②钿筝：以罗钿装饰的筝。玉柱：指弦柱。③海燕：燕子的别称。古人认为燕子生于南方，渡海而至，故称。

【评析】 本词也是抒写春日的闲愁。区别在于，上片写迎春之情，下片抒送春之意。

上片开头三句写初春之景。杨柳新枝的意象，包含着唐人王昌龄《闺怨》诗意，所谓“忽见陌头杨柳色，悔教夫婿觅封侯”。说得宽泛些，这几句暗寓着离愁，只是化用无痕。“谁把”两句，表明女主人公已从室外阑干回身室内，目送双燕闻筝惊飞而去，而双燕这一意象正是词人用来反形女主人公的孤独的。

下片前三句改写暮春之景。后两句化用唐人金昌绪《春怨》诗“打起黄莺儿，莫教枝上啼。啼时惊妾梦，不得到辽西”的意境，自然和谐，无迹可寻。

凤箫吟　韩缜

锁离愁、连绵无际，来时陌上初薰[1]。绣帏人念远[2]，暗垂珠露，泣送征轮。长行长在眼，更重重、远水孤云。但望极楼高，尽日目断王孙[3]。　销魂。池塘别后[4]，曾行处、绿妒轻裙[5]。恁时携素手[6]，乱花飞絮里，缓步香茵[7]。朱颜空自改[8]，向年年、芳意长新[9]。遍绿野、嬉游醉眼，莫负青春。

【注释】　①陌上初薰：化用江淹《别赋》“闺中风暖，陌上草薰”之句。薰，花草发出香气。②绣帏人：指闺阁中人。绣帏：精美的帷幕，指闺房。③王孙：远别的情人。用《楚辞·招隐士》“王孙游兮不归，芳草生兮萋萋”句意。后常以“王孙”代指出门在外的游子。④池塘：用谢灵运《登池上楼》：“池塘生春草，园柳变鸣禽。”⑤绿妒轻裙：化用牛希济《生查子》“记得绿罗裙，处处怜芳草”之句，写与心爱的女子依依不舍的别离。⑥恁（nèn）时：那时候。⑦香茵：散发着香气的席子垫子之类。⑧朱颜：青春的容颜。南唐李煜《虞美人》：“雕栏玉砌应犹在，只是朱颜改。”⑨向年年句：用白居易《赋得古原草送别》“离离原上草，一岁一枯荣。野火烧不尽，春风吹又生”之意。

【评析】　这首词的内容，表层是吟咏芳草，深层则是诉说离愁。上片发端，即化用南朝江淹《别赋》“闺中风暖，陌上草熏”语意，却隐去原文“草”字。暗垂珠露一句用拟人法，一语双关。目断王孙，则是暗用楚辞故典，意谓只见芳草，不见情人，而偏不说破草字。

下片的过片仍是暗用《别赋》首句“黯然销魂者，唯别而已矣”之意，但是已从别时转换到别后特定场景，即某处生满春草的池塘。不经意间又化用了谢灵运“池塘生春草”的名句。这里曾是当时携手同行、互诉心曲之地；而今，此处年年更新的芳草，却反衬着朱颜的衰老。伤春之情至此愈深。结拍用游人的醉态提醒自身弃置离恨，且乐当前，看似通脱，实为无奈。

这首词先总写遍地之草，然后分写车前之草、楼前之草、池边之草，最后复归于遍野之草。无论何处之草，莫不与离愁别恨相关联。字中不见草，但处处皆草，因而句句皆情。语言清丽温婉，情感真挚深沉，全无半点“暴酷”之气。

玉楼春　宋祁

东城渐觉风光好。縠皱波纹迎客棹①。绿杨烟外晓寒轻，红杏枝头春意闹。　　浮生长恨欢娱少②，肯爱千金轻一笑③。为君持酒劝斜阳，且向花间留晚照。

【注释】　①縠（hú）皱：轻纱皱起。棹（zhào）：船桨。这里引指船只。②浮生：虚浮不定的人生。③肯爱：岂肯吝惜。

【评析】　本篇虽为游宴之作，内容也没有很多的新意。但在语言方面却颇有特色。

词的上片先泛言风光好，然后以三幅特写以作实证：水波的微明，杨柳的初绿，杏花的盛红，色彩清丽，而生机蓬勃。其中着一“闹”字，借助视听通感，将春意集中于一特定意象表现出来。这一笔，不见于前人，近人王国维以为“着一闹字而境界全出”（《人间词话》）。故本篇一出，当时广为流传；而作者也因词中“红杏枝头春意闹”之句而得“红杏枝头春意闹尚书”的桂冠（宋人范敏正《遁斋闲览》）。难怪词评家断为卓绝千古。

下片抒情，固然有买笑追欢的因素在其中，所谓“意思俗滥”，但不宜看得太死太实，而应从作者珍惜美好年光以及艺术表现的需要的角度予以注意。下片微着愁思，可以将上片春光之好反衬得更为充满魅力。

红杏，因为开放时花朵繁艳，常招来蜂飞蝶舞，往往被视为耐不住寂寞之物。宋人叶绍翁《游园不值》诗云：“春色满园关不住，一枝红杏出墙来。”“红杏出墙”一词，常用来形容已婚女子与他人有染的不端行为。其中所包含的贬义，也可看出古代道德对女性贞节的强调，及女性身心所受的禁锢。

采桑子 欧阳修

群芳过后西湖好[①]，狼藉残红。飞絮蒙蒙。垂柳阑干尽日风。　笙歌散尽游人去，始觉春空。垂下帘栊[②]。双燕归来细雨中。

【注释】　①西湖：指颍州（今安徽阜阳）西湖，在城西颍水与诸水汇流处。作者曾官颍州知州。他在逝世前一年也退居于此。②帘栊：带帘子的窗户。栊：窗户。

【评析】　本词为《采桑子》十首咏西湖组词之四。颍州西湖在宋时极游观之盛。而本词却不写春日西湖繁华，反写其静景，别有意味。

词的起句即反常人之意，别有会心地赞赏群芳过后的宁静气氛，而于阑干风柳尤为陶醉。下片虽在歌尽人散后有春空人寂的某种空虚感，但也是一种对物理世情理解的清醒感。而关键在于，结拍以双燕归来的意象表现出清寂境界中的生机与情趣，从而最后为西湖好的感受作证。

全篇景语含情，清隽疏淡，真味无穷。

诉衷情① 欧阳修

清晨帘幕卷轻霜，呵手试梅妆②。都缘自有离恨③，故画作、远山长④。 思往事，惜流芳⑤，易成伤。拟歌先敛⑥，欲笑还颦⑦，最断人肠。

【注释】 ①诉衷情：此词一题作“眉意”。②呵手：呵气暖手。唐僖宗宫人《金锁》：“金刀呵手裁。”梅妆：即梅花妆。据《太平御览·时序部》引《杂五行书》，南朝宋武帝女寿阳公主卧于宫殿檐下，梅花落于额上，留五出花痕，拂之不去。经三日，洗之乃落。宫女奇之，竞相效仿，号为梅花妆。这里未必是实指。③缘：因为。④远山长：指画眉色淡而细长。《西京杂记》说，卓文君面容姣好，“眉色如望远山”。《赵飞燕外传》载，赵合德善为薄眉，号远山眉。⑤流芳：即流年光景的意思。一作流光。⑥敛：敛容，表示庄重。⑦颦：皱眉。

【评析】 此篇写歌姬意态。

上片写其早起弄妆之事，呵手、远山，都是工笔特写。“呵手”寓“轻霜”之寒，“远山”既是指所画之眉形，也暗含“离恨”，山长水远，人却不知在何方！自然逗引出下片“思往事，惜流芳”。

下片则写其歌席之上的愁容，而于“拟歌先敛，欲笑还颦”二语，最能见歌姬满腹苦衷、却又要强装欢笑的艰难。而作者能看到这样一点，也是难能可贵的。全词语言朴素而传神。

踏莎行 欧阳修

候馆梅残[1]，溪桥柳细[2]，草薰风暖摇征辔[3]。离愁渐远渐无穷，迢迢不断如春水。　寸寸柔肠，盈盈粉泪，楼高莫近危阑倚[4]。平芜尽处是春山[5]，行人更在春山外[6]。

【注释】　①候馆：旅店或驿站。古代于驿馆旁植梅。南朝宋人陆凯《赠范晔》："折梅逢驿吏，寄与陇头人。江南无所有，聊赠一枝春。"又，杜牧《代人寄远六言二首》："河桥酒旆风软，候馆梅花雪娇。"此处暗用诗意以表无物可赠的遗憾。②柳细：柳条纤细。古代有折柳赠别的习俗。这里则说柳条太细，不堪折以赠别。③草薰风暖：语本南朝江淹《别赋》"闺中风暖，陌上草薰"，暗寓别意。④危阑：高楼上的栏杆。⑤平芜：平坦而宽阔的草地。⑥行人：出行在外的人。这里指所思念之人。

【评析】　本篇亦以离愁为主旨，而上下片写法不同。

上片是词中主人公自道，写途中所见所感，以乐景写愁，以实景喻愁，又取梅、柳、草以寓故实，曲折层累，虚实相生，韵味深厚。其中一个"摇"字，表面似摹写身躯之"摇"——摇晃，实则模写离魂的动荡，极具表现力。

下片变换角度，采取想象方式，写思妇望行人，所谓透过一层，从对面写来。通过对闺中人情态的摹写，表现了自己对她的孤独怅望的理解，拓展了自身离愁的内容。而所用的一个"莫"字，浸透了行人对思妇的体贴与关切。

全词意境阔远，而情致婉约，极具艺术感染力。故明人卓人月谓不厌百回读（《词统》）。

蝶恋花　欧阳修

庭院深深深几许？杨柳堆烟，帘幕无重数。玉勒雕鞍游冶处[①]，楼高不见章台路[②]。　雨横风狂三月暮[③]。门掩黄昏，无计留春住。泪眼问花花不语，乱红飞过秋千去。

【注释】　①玉勒雕鞍：镶嵌玉饰的马笼头和雕花的马鞍。形容车马华贵。勒，马络头。②章台：本指汉时长安章台下街名，歌妓集中之所。后泛指繁华之地。③横（hèng）：放纵，凶暴。

【评析】　词写贵妇之春怨。

上片写其生活环境：周围则杨柳堆烟，宅中则帘幕重重，园林闺阁，不过是华美的牢笼。深字连用三个，怨语无疑。登楼远望，已有"突围"之意，而终于不见章台，不见狂夫，则怨恨倍增。

下片表达其伤春亦自伤的感情。春暮、风雨、黄昏，有一即已堪伤，何况三者俱至！无计留春，始有问花之痴事。结拍问花二句，语意层深。因为伤春而有泪，一层；含泪而问花，二层；问花而花不答，三层；花不但不答，且又乱落纷飞，四层。依思妇之愿，花应作答以表同情。然而竟无语而去，可见花乃真无情之物。花之无情，不独在无语而去，更在飞过秋千的举动之中。盖秋千是闺中人昔日与丈夫嬉戏的见证，飞花将思妇目光故意引向秋千，使之更感寂寞，则更觉花儿无情至极。当然，飞花本是堪悲之物，然而思妇竟以无情视之，正见出思妇离情之深。以有情之目观物，则飞花无奈而受无情之责矣。

作者以含蕴的笔法描写了幽居深院的少妇伤春及怀人的复杂思绪和怨情，整首词如泣如诉，凄婉动人，意境浑融，语言清丽。尤其是最后两句，向为词评家所赞誉。北宋另一大词人李清照深爱之，用其语作"庭院深深"

数阕（《临江仙》序）。

蝶恋花 欧阳修

谁道闲情抛弃久[①]？每到春来，惆怅还依旧。日日花前常病酒[②]，不辞镜里朱颜瘦[③]。 河畔青芜堤上柳[④]，为问新愁，何事年年有？独立小桥风满袖，平林新月人归后[⑤]。

【注释】 ①闲情：闲愁。②病酒：因饮酒而引起的身体不适。③不辞：不推辞。这里指不惜。④青芜：草色茂盛。⑤平林：平野上的丛林。

【评析】 词作者即是抒情主人公，曾有闲情在心，本谓抛掷已久，不致复萌，岂料有如春草，逢春再生！由此可见此情的根深蒂固。不仅不能忘却，且又日日为之病酒，瘦损朱颜，虽每每对镜自惊，仍在所不惜，则更可见此闲情的深沉力量。

下片以景语起兴，暗示此闲情如春草之满天涯，如春柳之千万缕，年年常有，岁岁常新。最后两句却描写主人公独立月下时的境界，见其孤寂凄寒，知音难觅，虽有无限愁情却无从告诉。

至于所愁何事，词中似未明言。忧国乎？怀人乎？伤春乎？无论为何，其中总有一种执着与真诚在。梁启超说是“文前有文，如黄河伏流，莫穷其源”（《艺蘅馆词选》乙卷）。能动人心者，正在于此。清人陈廷焯认为此词沈著痛快，却是从沈郁顿挫中来（《白雨斋词话》卷一），说的当是本篇风格的这种独特性。

有的古代选本，以为此词为南唐冯延巳作。此处仍然按照本选本的原样，不予改动。

蝶恋花　欧阳修

几日行云何处去[1]？忘了归来，不道春将暮。百草千花寒食路[2]，香车系在谁家树[3]？　泪眼倚楼频独语，双燕来时，陌上相逢否？撩乱春愁如柳絮[4]，依依梦里无寻处。

【注释】　①行云：语本战国楚人宋玉《神女赋》：“旦为朝云，暮为行雨。朝朝暮暮，阳台之下。”行云原指神女，这里反而用来喻指外出的夫君。②寒食：节令名，清明前一天。由这天起，三日内不准生火，人皆冷食，因而叫寒食。晋朝之后，民间有寒食出外踏青之风俗。③香车：即七香车，用多种香料涂饰的车辆。唐人王维《同比部杨员外夜游有怀静者季》：“香车宝马共喧阗，个里多情侠少年。”④撩乱：纷乱。

【评析】　这是一首闺怨词。

词中女主人公思念郎君，始则因他出游未归而猜他“何处去”，猜他“忘却春将暮”，实则猜他是否忘记了妻子（或美人）。陈江总《闺怨》云：“愿君关山及早度，念妾桃李片时妍”，正是担心游子忘却春将暮之意。继则因寒食路上有百草千花（喻娼家与游女甚多）而疑他流连别宿。

下片继猜疑之后而抒怨望，故有泪眼的描写。然而所猜所疑都未证实，也就难以割舍，于是有借问陌上双燕的痴情之举。双燕又有反形女主人公孤独的作用；借问归燕，更有无人可问的言外之意，就只剩下到梦中去自寻选择了。其结果即是结拍所说：无寻处。

全篇用连续发问的方式表现思妇辗转缠绵的复杂思绪，果然动人。

有称此词为南唐冯延巳所作者。

玉楼春　欧阳修

别后不知君远近，触目凄凉多少闷。渐行渐远渐无书[①]，水阔鱼沉何处问[②]。　夜深风竹敲秋韵[③]，万叶千声皆是恨。故欹单枕梦中寻[④]，梦又不成灯又烬[⑤]。

【注释】　①书：书信。②鱼沉：相传鱼能传书。汉乐府诗：“呼儿烹鲤鱼，中有尺素书。”鱼沉谓书信难通。③秋韵：秋声。④欹（qī）：斜倚。⑤烬：火烧尽后留下的炭质或灰质。

【评析】　词写别后相思愁怨。

上片重点抒写所谓“触目凄凉”，虚写触目所见的景物，而实写凄凉沉闷之感：不知远近，未见书信，无处问讯。下片侧重表达“夜深”愁恨。秋韵引恨，单枕引恨，梦不成倍增其恨，灯虽灭而恨不灭。全词叙写情景，由日入夜，层次分明。语言朴质，但表现力强。

临江仙　欧阳修

柳外轻雷池上雨[①]，雨声滴碎荷声[②]。小楼西角断虹明[③]。阑干倚处，待得月华生[④]。　燕子飞来窥画栋[⑤]，玉钩垂下帘旌[⑥]。凉波不动簟纹平[⑦]。水精双枕，傍有堕钗横[⑧]。

【注释】 ①轻雷：不强烈的雷声。李商隐《无题》（四首之二）："芙蓉塘外有轻雷。"②荷声：李商隐《宿骆氏亭寄怀崔雍崔衮》："留得枯荷听雨声。"③断虹：短虹，或者看似不连贯的虹。④月华：月的光华。这里指月亮。⑤画栋：有彩色图画的栋梁。⑥帘旌：帘子上的布横沿。⑦凉波：喻竹簟上如波的花纹。簟（diàn）：竹席。⑧水精：即水晶。水晶枕：水晶制成的精美宝贵的枕头。李商隐《偶题二首》："水纹簟上琥珀枕，傍有堕钗双翠翘。"

【评析】 据明人蒋一葵《尧山堂外纪》记载。欧阳修在钱惟演幕做推官。钱惟演宴客后园，一官妓与欧阳修后至。钱诘问之，官妓答以在凉堂睡觉，但遗失金钗。钱曰："乞得欧阳推官一词，当即偿汝。"于是欧阳修作此词。看来词中主人公即此官妓。

上片写室外景色。夏日乍雨旋晴，景中有声有色，境界极美。虽对人物未着笔墨，只用得一个倚栏杆的倚字，却见出人物的高妙情致。

下片写室内景象，以精美华丽之物又造一静谧境界。燕子飞来欲窥梁栋而不得入。玉钩垂下，双枕堕钗，引人遐想；但点到为止，艳而不俗，可谓善写丽情。

浣溪沙 欧阳修

堤上游人逐画船，拍堤春水四垂天[①]。绿杨楼外出秋千[②]。　白发戴花君莫笑，六幺催拍盏频传[③]。人生何处似尊前！

【注释】 ①天四垂：语出韩偓《有忆》诗："泪眼倚楼天四垂。"②出秋千：语本唐人王维《寒食城东即事》诗："秋千竞出垂杨里。"③六幺：即六幺令，又名绿腰。本唐时琵琶曲调名，节拍急促轻快。后用做词牌名。

【评析】　词写春日出游时的所见所感。

上片写游人的欢乐。两个画面，一在堤畔，一在楼前。写游人之乐，用一“逐”字，便见出了游人熙熙攘攘的情景；写居人之乐，用一“出”字，便见出了秋千上人的欢畅。合而观之，是盎然的生气。

下片则着重叙写作者自身歌弦宴饮的情态，老成意趣，别具深衷。白发戴花，对比鲜明，用特写表出复杂心境。“人生何处似尊前”，凄怆沉郁，耐人寻味，既是宦海浮沉者的苦闷的高度概括，又不失婉曲含蓄。

上下两片，人我对照；先景后情，相映相生。

浪淘沙　欧阳修

把酒祝东风[①]。且共从容。垂杨紫陌洛城东[②]。总是当时携手处，游遍芳丛。　　聚散苦匆匆。此恨无穷。今年花胜去年红[③]。可惜明年花更好，知与谁同[④]？

【注释】　①把酒：端起酒杯。祝：祝愿，希望。②紫陌：都城大道。洛城：即河南洛阳，北宋时为西京。③花：指牡丹。洛阳盛产牡丹，时人径称牡丹为花。欧阳修《洛阳牡丹记》：“至牡丹，则不名，直曰花。”④同：指同游同赏。

【评析】　这首小词，其意在表层是惜春惜花，这可以从热望春天的主宰——东风——且共从容领会出来。但是，词人的真意却并未停留于此。作者所关注的，是当时携手同游的旧友，是彼此的匆匆聚散。由此而领略到词人惜别怀人的强烈感情。尤其是下片的今年以后两句，一边写出牡丹之花红似去年，明年将会更美；另一边却又发出问讯，昔日的同游者还有谁来一同赏花呢？如此对比，便揭示出世事难料的人生哲理。所以，清人黄蓼园认为，“末二句，忧盛危明之意，持盈保泰之心，在天道则亏盈益谦之理，俱可悟得。”（《蓼园词评》）

词人的用意最终虽然落脚于事理，但是，由于并非出以理语，而是需涵咏始得。因此，学者认为，此篇“大有理趣，却不庸腐”。(《蓼园词评》)

青玉案 欧阳修

一年春事都来几[1]？早过了、三之二。绿暗红嫣浑可事[2]。绿杨庭院，暖风帘幕，有个人憔悴。　买花载酒长安市[3]。又争似[4]、家山见桃李[5]？不枉东风吹客泪[6]。相思难表，梦魂无据，惟有归来是。

【注释】　①都来：算来。②浑可事：都是等闲之事。可事：小事，寻常之事。③长安：本指汉唐都城长安。此处借指北宋京都开封。④争似：怎似，怎比得。⑤家山：家乡。⑥不枉：不怪，难怪。

【评析】　这首词抒写因伤春而怀乡的情愫。

尽管是绿暗红嫣时节，词人却深居庭院，不去游春赏花，颇有“冠盖满京华，斯人独憔悴”之意。原来词人觉得，虽可买花载酒，寻欢闹市，却不如家乡桃李花令人愉悦。所谓长安花争似家山桃李，实是怀人之意；而其中所蕴藏的长安争似家山，则是思乡之情。所以下文有“相思难表，梦魂无据”的双重哀怨。

结拍末句，“惟有归来是”，仿佛晋人陶渊明将要挂冠的时候发出的一声长叹“归去来兮”，昭告我们，这篇作品，俨然就是词中的《归去来兮辞》。

桂枝香　王安石

登临送目。正故国晚秋[①]，天气初肃。千里澄江似练，翠峰如簇。征帆去棹残阳里，背西风、酒旗斜矗。彩舟云淡，星河鹭起，画图难足。　　念往昔，繁华竞逐。叹门外楼头[②]，悲恨相续。千古凭高对此，漫嗟荣辱。六朝旧事随流水，但寒烟、衰草凝绿。至今商女，时时犹唱、后庭遗曲[③]。

【注释】　①故国：故都，指六朝旧都建业（今南京）。②门外楼头：用唐人杜牧"门外韩擒虎，楼头张丽华"（《台城曲》）语意，谓陈后主和宠妃张丽华还在楼头作乐时，隋朝派来灭陈的大将韩擒虎已经兵临城下了。③商女：歌女。杜牧《泊秦淮》："商女不知亡国恨，隔江犹唱后庭花。"后庭花，即陈后主所作《玉树后庭花》歌曲，后人以为亡国之音。

【评析】　宋人黄昇《唐宋诸贤绝妙词选》于词牌下有"金陵怀古"四字。与词意相符。

上片取金陵景物入词，以"登临送目"一语起首总摄，递次写江景、山景，直至斜阳去棹、西风酒旗、彩舟白鹭，一连串镜头，极富美感，构成了色彩斑斓、境界阔远的画面。

下片转入怀古，以一"念往昔"领起，而于数百年兴亡更替中取"门外楼头"这一典型史事，含蓄地告诫世人：竞逐繁华是悲恨相续之因。旧事已逝，忧患长存，"至今"一语，有"先天下之忧而忧"的气概。

由于作者思想深刻，胸襟阔大，而又笔力健劲，故成此绝唱，以至被目为宋代一首成熟的怀古咏史的词作。此词一出，即为另一大词人苏轼所叹服。后世各家选本，亦皆采录。

从手法上说，写景大笔挥洒，气象宏阔。咏史时，多融入前人诗句而浑化无迹。

千秋岁引　王安石

别馆寒砧[①]，孤城画角，一派秋声入寥廓[②]。东归燕从海上去，南来雁向沙头落。楚台风[③]，庾楼月[④]，宛如昨。　无奈被些名利缚，无奈被他情担阁。可惜风流总闲却。当初谩留华表语[⑤]，而今误我秦楼约。梦阑时[⑥]，酒醒后，思量着。

【注释】　①别馆：客舍。南北朝庾信《哀江南赋序》："三日哭于都亭，三年囚于别馆。"寒砧（zhēn）：寒秋时的捣衣声。砧：捣衣石。唐人沈佺期《古意》："九月寒砧催木叶，十年征戍忆辽阳。"②寥廓：旷远，空阔。这里指天空。③楚台：战国时楚国的兰台，宋玉曾侍楚王游于此，作《风赋》。④庾楼：东晋时庾亮所登的武昌南楼。亮与僚友曾在此谈咏。⑤谩：随意。华表语：归来之语。陶渊明《搜神后记》载，丁令威学仙得道，化鹤归来，落于城门华表柱上。人欲射之，鹤盘旋唱曰："有鸟有鸟丁令威，去家千年今来归。城郭如故人民非。何不学仙冢累累。"⑥阑：残尽。

【评析】　清人黄蓼园以为，此篇"必是其退居金陵时作"（《蓼园词评》），恐非是。按词的起首直言"别馆"，当是旅途中所成。就意旨论，果然有悔不当初之意，明人杨慎所谓"大有感慨，大有见道语"（《词品》）。

这首词上片写秋景。秋气寒，秋声急，秋鸟去，而秋风秋月，则引起词人对旧事的回想。楚台、庾楼，自是昔年近侍君主、执掌政柄的地方，不可能不留下若干深刻甚至美好的印象。

然而，王安石的改革终究归于失败，自身也不可避免地受到许多的人身攻击。这些都必然使得他大有不堪回首之感。故而词的下片即集中表达“无奈”“可惜”“误我”等等情绪。不过，作者在表达此类情感时，却点缀了风流、秦楼诸语，从而让深沉的感喟显得不至于太过沉重，反而略现幽默与通脱。

对于上片的景物描写，明人李攀龙说是“寂寂景色，隐隐在目，洵一幅秋光图”（《草堂诗余》）。而对于下片的抒情，黄蓼园说是“意旨清迥，有出尘之致”。各有所见，可供参考。

清平乐　王安国

春晚

留春不住，费尽莺儿语。满地残红宫锦污[①]，昨夜南园风雨。　　小怜初上琵琶[②]，晓来思绕天涯[③]。不肯画堂朱户[④]，春风自在梨花。

【注释】　①宫锦：宫中特有的锦缎。唐人李商隐《隋宫》：“春风举国裁宫锦，半作障泥半作帆。”②小怜：北齐后主高纬宠妃冯淑妃名。她慧而有色，能琵琶，尤善歌舞，后主惑之。这里指歌女。李商隐《冯小怜》：“湾头见小怜，请上琵琶弦。”③思绕天涯：心系天涯游子。五代顾敻《虞美人》：“玉郎还是不还家。教人魂梦逐杨花。绕天涯。”④画堂朱户：达官贵人的宅邸。

【评析】　词的上片抒写女主人公惜花惜春之意。首二句不说人殷勤留春，而借“费尽莺儿语”侧面委婉言之，见出物我同心，别致有趣。以宫锦被污喻繁花零落沾泥，意象新鲜。

过片写女主人公弹奏琵琶以排遣相思。结拍未必实咏梨花，而是用来比喻琵琶女品格之高。“不肯画堂朱户”却羡“春风自在”，一种特立独行，不阿慕权贵的清高之气，似作者的自况之语。

临江仙　晏几道

梦后楼台高锁，酒醒帘幕低垂。去年春恨却来时①。落花人独立，微雨燕双飞②。　　记得小蘋初见③，两重心字罗衣④。琵琶弦上说相思。当时明月在，曾照彩云归⑤。

【注释】　①却来：再来，又来。②落花二句：本五代翁宏《春残》诗：“落花人独立，微雨燕双飞。”③小蘋：作者熟识的歌女，在自己的作品中多次提及。因主人衰谢，小蘋也流落人间。④心字罗衣：有心字图案的绸衣。或曰衣领屈如心字。杨慎谓是“心字香熏之（罗衣）”（《词品》）。⑤彩云：喻小蘋。唐人李白《宫中行乐词》：“只愁歌舞散，化作彩云飞。”

【评析】　这是晏几道的代表作。词写自己对情人小蘋的深情回忆。

上片用景语抒写春恨：楼台寂寞，引出去年春恨；落花双燕，兴起春暮新愁。但愁恨的内涵则在下片显现。

下片追忆小蘋，作者独取初见印象，又不直说，只以心字衣、弦上语写虽一见钟情却又未免娇羞的情态，准确而精妙。初见即成知音，则印象弥深；而当时明月彩云的良夜佳景，更给这种印象以强化作用。结拍明月犹在之语，暗示彩云已散，痛惜之情，于斯已极。词中景象与情感，今昔交替，动荡迷离，于怀人之际，也流露出自伤身世的苍凉。

词人善于取用前人诗句，另造新境，更见出色，而融化无迹。清人陈廷焯更谓本篇语言“既闲婉，又沉着，当时更无敌手”（《白雨斋词话》）。

蝶恋花　晏几道

梦入江南烟水路，行尽江南，不与离人遇[①]。睡里消魂无说处，觉来惆怅消魂误。　欲尽此情书尺素[②]，浮雁沉鱼[③]，终了无凭据。却倚缓弦歌别绪[④]，断肠移破秦筝柱[⑤]。

【注释】　①梦入江南三句：本于唐人岑参《春梦》："洞房昨夜春风起，故人尚隔湘江水。枕上片时春梦中，行尽江南数千里。"②尺素：素，生绢。古人写书信用长一尺左右的素绢，故称书信为尺素。古乐府《饮马长城窟行》："客从远方来，遗我双鲤鱼。呼儿烹鲤鱼，中有尺素书。"③浮雁沉鱼：传说鱼雁可以传书。这里引指传书人。④缓弦：弹奏舒缓的曲子。⑤移破：频繁地移动弦柱。指不断地调高音阶，使得弹奏急速，弦音高亢。秦筝：秦地所出之一种乐器。南朝谢灵运《燕歌行》："辟窗开幌弄秦筝，调弦促柱多哀声。"

【评析】　这首词写女主人公对恋人的无穷相思。

上片写梦中寻遍江南，却不见离人。然则白昼愁思更不待言，可见相思之深。睡里销魂，觉来销魂，都无说处。

下片写梦寻不见，托人传书也难凭信。于是去倚弦排遣愁苦。本来是要奏出缓弦，岂料自觉不自觉地移动弦柱，使得弹奏出来的乐音哀怨急促。原来，断肠之痛是无法消除的。

全篇言愁，逐层深入。语言明白浅淡，情意却深长有致。

蝶恋花 晏几道

醉别西楼醒不记[1]，春梦秋云，聚散真容易。斜月半窗还少睡，画屏闲展吴山翠[2]。 衣上酒痕诗里字[3]，点点行行，总是凄凉意。红烛自怜无好计，夜寒空替人垂泪[4]。

【注释】 ①醉别西楼：语本李白《鲁中都东楼醉起作》："昨日东楼醉，还应倒接䍦。阿谁扶上马，不省下楼时。"②闲展：冷落寂寞地展开（图画）。吴山：指江南山水。③衣上酒痕：语本白居易《故衫》诗："袖中吴郡新标本，襟上杭州旧酒痕。"④红烛二句：语本杜牧《赠别》诗："蜡烛有心还惜别，替人垂泪到天明。"

【评析】 这首词写醉后的聚散之苦。

上片先写醉意。本来是以醉来浇灌别愁，赢得一时麻木。不料酒醒之后别愁更甚。少睡难眠，无穷寂寞，都是醉后之苦的具体表现。寂寞难排，只能闲展画屏以消忧愁。

下片写词人于不眠之际检点酒痕诗字，益发勾起凄凉之感。结拍以侧面描写的方式，写红烛有情，烘托主人公的愁苦至极。连无情之物红烛也要为主人公的愁苦之况落泪，可见其愁之甚。而红烛尚有情，人却无情无聚，情却无依无凭，此情此景，堪叫人伤情。

鹧鸪天　晏几道

彩袖殷勤捧玉钟，当年拚却醉颜红[1]。舞低杨柳楼心月，歌尽桃花扇底风。　从别后，忆相逢。几回魂梦与君同[2]。今宵剩把银釭照[3]，犹恐相逢是梦中。

【注释】　①彩袖：代指舞女。玉钟：酒杯。借指美酒。拚（pān）却：甘愿，不顾惜。②同：相聚。③剩把：尽把。银釭（gāng）：银制的灯台，这里指明灯。

【评析】　与情人久别重逢，是词的主题。

上片忆及旧日情事。两句写饮酒，两句写歌舞。饮酒之际，一个殷勤，一个豪爽，可谓两相契合。歌舞之时，一个竭诚，一个知音，更是尽情欢度。杨柳、桃花二语，华丽而语见新创，描画而情自深婉。是晏词的典型语言。宋人胡仔评曰“词情婉丽”（《苕溪渔隐丛话》），殆指此也。

下片过拍以“忆”字总括上文，又从忆字生出梦境。梦里相逢，不独一回；回回梦见，则到真逢之际，翻以为梦。所谓“犹恐”，是因被梦所屡“骗”而产生了错觉。这种又惊又喜的情境，写得优美而传神。故清人陈廷焯赞：“曲折深婉。”（《白雨斋词话》）

上下两片，或昔或今，形成对照。人生感慨，令人凄然。

鹧鸪天　晏几道

醉拍春衫惜旧香。天将离恨恼疏狂[1]。年年陌上生秋草[2]，日日楼中到夕阳。　云渺渺，水茫茫。征人归路许多长。相思本是无凭语，莫向花笺费泪行[3]！

【注释】 ①疏狂：狂放不羁。白居易《代书诗一百韵寄微之》："疏狂属年少，闲散为官卑。"②生秋草：语本唐文宗《宫中题》："辇路生秋草，上林花满枝。"③花笺：彩色信纸。

【评析】 本篇抒写羁旅之中的男女思情。

起首即写醉，然而此醉乃客中之醉；醉中观物，此物却是旧日之物；此非寻常之物，上面留有伊人余香。由此引出离恨，何其自然！料想词人之醉本为消愁，孰知此愁无计可避，故有"天将离恨恼疏狂"的无奈苦叹。年年二句，是说此种无奈不独此时有，而是日日皆然，年年皆有，如陌上生草。

下片正面叙说离愁之因。先道明此身在外，归路遥远，不得相见。再申说乡思之情是难以托付任何人或物来传递的，所以，凭借书信来表达相思也是徒劳的。此等语，只有相思至极方才可以道出。真正的相思是无法凭借的，本是心有灵犀的一点感应，一种呼应。

生查子 晏几道

金鞭美少年，去跃青骢马[1]。牵系玉楼人[2]，绣被春寒夜。 消息未归来，寒食梨花谢。无处说相思，背面秋千下[3]。

【注释】 ①青骢马：毛色青白混杂的好马。②牵系：牵挂。玉楼人：闺楼里的少妇。③无处二句：语本李商隐《无题二首》诗句："十五泣春风，背面秋千下。"

【评析】 词写玉楼少妇的怀人之情。

上片先从玉楼人目中写所思之人离去的画面，流露出少妇对金鞭少年既爱慕又惜别的复杂情绪。然后再写玉楼人在春寒夜思念之情达于高潮。写少年则明丽朗畅，写少妇则幽暗孤滞，哀乐相形，明暗对照。

下片以季节更替、物象变化暗示离别之久，隐喻别恨之深。最后用一特写来表现玉楼人的孤寂，“意致凄然，妙在含蓄”（黄蓼园《蓼园词评》）。“背面秋千下”这一特写镜头蕴含着“此时无声胜有声”的不尽之意与张力感。

生查子　晏几道

关山魂梦长，鱼雁音书少。两鬓可怜青[①]，只为相思老。　　归梦碧纱窗，说与人人道[②]：真个别离难[③]，不似相逢好。

【注释】　①可怜：可爱。②人人：对所爱之人的昵称，宋时口语。③真个：真正。难，忧愁。宋时口语。

【评析】　词中的主人公，想必曾经是一个“不识愁滋味”的朱门少年。所以，一旦遭遇别愁，他的感受便异常强烈，言语便充满“愁趣”。

上片先说他怨恨梦中的关山道路太长，而后又说传递书信的使者太少。接着便是喟叹已经为相思而衰老。而且是“只为相思老”。

下片只着重写他一句诉衷肠的话儿：“真个别离难，不似相逢好。”此语本是常理，一从少不更事的主角口中道出，似乎太傻太浅显，却极真极有趣。

玉楼春　晏几道

东风又作无情计，艳粉娇红吹满地[1]。碧楼帘影不遮愁，还似去年今日意。　　谁知错管春残事，到处登临曾费泪。此时金盏直须深[2]，看尽落花能几醉[3]！

【注释】　①艳粉娇红：本指胭脂和铅粉，女子的化妆品。可代指美人，此处借喻花朵。②金盏：酒杯的美称。直须：就要，就是要，宋时口语。③能几醉：语本唐人崔敏童《宴城东庄》："能得花前几回醉？十千沽酒莫辞频。"

【评析】　词写伤春惜花之情。

上片先表达对写无情东风摧残春花的愤恨，继而抒发对不能遮蔽春愁的碧楼帘影的遗憾。尤以后句有新意，是无理而妙之语，有情之人以有情之眼观物，怨物之无情。

下片过拍听似悔语，实则是说春残的令人无奈。结拍将沉痛发为凄厉，直至愤懑，显得沉痛而悲怆。流露出世事无常，但求一醉的情怀。

木兰花　晏几道

秋千院落重帘暮，彩笔闲来题绣户[1]。墙头丹杏雨余花，门外绿杨风后絮。　　朝云信断知何处[2]？应作襄王春梦去[3]。紫骝认得旧游踪[4]，嘶过画桥东畔路。

【注释】 ①彩笔：所谓五色笔，喻有文学才能。《南史·江淹传》载，淹以文章显。后梦郭璞索取曾借给他的五色笔，淹乃以笔还之。尔后为诗，绝无美句，后人称“江郎才尽”即源于此。绣户：妇女所居之室。②朝云：本指巫山神女。见宋玉《高唐赋》。此处引指词人所思念的女子。③春梦：欢会之梦。白居易《花非花》：“来如春梦不多时，去似朝云无觅处。”④紫骝（liú）：古代骏马名。黑栗毛。又名枣骝。

【评析】 这是怀旧之词。

上片写重经旧地。秋千院落，重帘绣户，曾是昔时题字之处。而今竟然花絮狼藉，不堪注目。墙头、门外二语，既写实景，又兼比义，暗示伊人遭受摧残，行踪难觅。

下片推想伊人可能的去处，透露出词人的惋惜与无奈。写紫骝识路，衬托出主人公的旧情犹深。

清平乐 晏几道

留人不住。醉解兰舟去[①]。一棹碧涛春水路[②]。过尽晓莺啼处。 渡头杨柳青青[③]，枝枝叶叶离情。此后锦书休寄[④]，画楼云雨无凭[⑤]。

【注释】 ①兰舟：船的美称。传说鲁班刻木兰为舟。后世遂以木兰为舟的美称。②一棹：一条船。③杨柳青青：语本唐人刘禹锡《竹枝词》：“杨柳青青江水平，闻郎江上踏歌声。东边日出西边雨，道是无情却有情。”④锦书：情书的美称。参见前柳永《曲玉管》注③。⑤云雨无凭：云雨，指男女间的欢娱之情。典出楚襄王梦遇巫山神女事。见宋玉《高唐赋》。无凭：没有准信。

【评析】 这是写离情别怨的词。但是，谁是主人公呢？

宋词中常见痴情女子留人不住的场面，本篇似也可作如是解。词人代女子立言，表达怨愤，显然讲得通。然而，若是从词人品性出发来看问题，则犹可另作解释。据黄庭坚《小山集序》称，小晏为人有“四痴”，其最后一“痴”便是“人百负之而不恨，已信人终不疑其欺己”。这负他欺他之人，料想必有女子或者就是青楼女子在其中。小晏恋她，不忍轻别；她却断然解舟而去。

上片即写主人公——词人留她不住，只好独立渡头，目送兰舟远去，并想象船行所经之处的春景。下片写词人已看不见兰舟之后，转而闲看渡头杨柳，暗用《竹枝词》意境，表达对这个“道是无情还有情”的女子的惜别之意。想到可恨处，于是发出今后不再联系的决绝语。但此语看似绝情语，实是负气语、痴情语。故清人周济云：“结语殊怨，然不忍割弃。”（《宋四家词选》）

不痴不怨，怨中见痴。小山之情，可谓痴绝。

阮郎归 晏几道

旧香残粉似当初[①]，人情恨不如。一春犹有数行书，
秋来书更疏[②]。　　衾凤冷[③]，枕鸳孤[④]。愁肠待酒舒[⑤]。
梦魂纵有也成虚，那堪和梦无[⑥]？

【注释】　①旧香残粉：指旧日残剩的香粉。香粉，女性化妆用品。②疏：稀少。③衾凤：绣有凤凰图纹的彩被。④枕鸳：绣有鸳鸯图案的枕头。⑤舒：宽解、舒畅。⑥和：连。

【评析】　本词眼看也是遭遇负心女子之后所抒发的怨恨。

上片发端就用对比来揭示对方的薄情。粉香犹在，人情已疏。以下逐层写出那女子对自己的情感渐次衰减：先有书，而后书仅数行，而后更少了。

下片则是自述己意。一方面写自己独宿孤眠，表明并未移情别恋；另一

方面又无奈别愁折磨，经常借酒排遣。第三，就是仍然向梦中追寻。可是即使得见于梦中，伊人也是虚情假意的。最后，她竟然都不到我的梦里来了！

全词先直书负心女子的疏远步骤，后通过自身的感受间接描述她的绝情。层层展示，非真有此遭遇者不能道。

阮郎归　晏几道

天边金掌露成霜[1]，云随雁字长[2]。绿杯红袖趁重阳[3]，人情似故乡[4]。　　兰佩紫[5]，菊簪黄[6]，殷勤理旧狂[7]。欲将沉醉换悲凉，清歌莫断肠[8]！

【注释】　①金掌：承露仙掌。据《三辅黄图》载，汉武帝于京城长安建章宫筑神明台，上立铜人，舒掌捧铜盘玉杯，以接露水，和以玉屑，服之以求长生。②雁字：雁群飞行时，其队形或作人字，或作一字。唐人陈陶《贺容府韦中丞大府贤兄新除黔南经略》："列国山河分雁字，一门金玉尽龙骧。"③绿杯：指美酒。红袖：指美女。④人情：世情，风俗。⑤兰佩：以秋兰为佩饰物。屈原《离骚》："纫秋兰以为佩。"又，《九歌·少司命》："秋兰兮青青，绿叶兮紫茎。"⑥菊簪：古人有于重阳日插戴菊花之俗，谓之簪菊。杜牧《九日齐山登高》："人世难逢开口笑，菊花须插满头归。"⑦旧狂：昔日的疏狂情绪。⑧清歌：不用乐器伴奏的歌唱。《世说新语·任诞》："桓子野（即桓伊）每闻清歌，辄唤'奈何'。谢公（即谢安石）闻之，曰：'子野可谓一生有深情。'"

【评析】　本词当系晚年所作。时在京城开封，节值重阳。

上片起首先说时令，用金掌隐喻人在都城。而雁字则暗示人有归心。暂时留连于绿杯红袖，并非属意萦情于此，而是要借此时节——趁重阳，乘着人情似故乡，聊作欢娱，饮酒消遣。

下片描写自己佩兰簪菊，既非年少，则是疏狂举动。词人特地说是"殷勤理旧狂”。近人况周颐解曰：此“五字三层意思。狂者，所谓一肚皮不合时宜，发见于外者也。狂已旧矣，而理之，而殷勤理之，其狂若有甚不得已者。”（《蕙风词话》卷二）盖昔日之狂，因遭受折磨而委屈收敛耳。以沉醉换去悲凉，乃饮酒初衷；不料又闻清歌，难免动情。所以再度提醒自己：莫要断肠！

这首词在小山作品中风格较为特别，显得沉着厚重，原因即在于它包含着几乎整个人生的经验与感慨。

六么令　晏几道

绿阴春尽，飞絮绕香阁[1]。晚来翠眉宫样[2]，巧把远山学[3]。一寸狂心未说[4]，已向横波觉[5]。画帘遮匝[6]。新翻曲妙[7]，暗许闲人带偷掐[8]。　前度书多隐语，意浅愁难答。昨夜诗有回文[9]，韵险还慵押[10]。都待笙歌散了，记取留时霎。不消红蜡。闲云归后，月在庭花旧阑角。

【注释】　①香阁：妇女闺房。唐人谢偃《踏歌词》：“逶迤度香阁，顾步出兰闺。”②翠眉宫样：宫中特有的眉样。《古今注》载，魏宫人多作翠眉、警鹤髻。③远山：即远山眉。古代妇女的一种眉形。参见前欧阳修《诉衷情》注④。④狂心：男子的追求之意。⑤横波：眼神如水波之横流。多用指女子目光，李白《长相思》：“昔时横波目，今作流泪泉。”⑥遮匝：遮蔽周围之意。⑦新翻曲：新谱的乐曲。白居易《杨柳枝》：“古歌旧曲君休听，听取新翻杨柳枝。”⑧偷掐：暗中偷学歌曲。唐人元稹《连昌宫词》：“李摸压笛傍宫墙，偷得新翻数般曲。”又，《长生殿·闻乐》：“按宫商掐记指儿尖。”⑨回文：诗中字句，回环读之，无不成文，故称。多指情书。参见前柳永《曲玉管》注③。⑩韵险：作诗填词所选用的韵部太窄，押韵时可供选用的字太少。因而成诗比较困难。

【评析】 词写一位歌女与情人的约会。

上片先写歌女的晚来情景。眉是宫样，曲是新翻，都见出伊人的灵巧。但最令男主人公动心的，是伊人的感应灵敏，所谓狂心未说，横波已觉。

下片续写伊人对男子先后寄来的情书与情诗反复琢磨领会，最后她懒得写信和作诗回复情人了，干干脆脆地说几句大白话来约会：歌会散了，稍等一会儿；不要点蜡照明；让人都散尽；地点就是开着花儿照着月儿的那个阑干角。

这首词的题材角度比较新颖。展现女主角的内心活动相当生动。从她约会的方式来看，她的性格是既果断又细心。

御街行 晏几道

街南绿树春饶絮[①]，雪满游春路。树头花艳杂娇云[②]，树底人家朱户。北楼闲上，疏帘高卷，直见街南树。 阑干倚尽犹慵去[③]，几度黄昏雨。晚春盘马踏青苔[④]，曾傍绿阴深驻。落花犹在，香屏空掩[⑤]，人面知何处[⑥]？

【注释】 ①饶：充满，多。②娇云：彩云。闲：高大的样子。③慵去：懒得离去。④盘马：骑马盘旋。韩愈《雉带箭》：“将军欲以巧服人，盘马弯弓惜不发。”⑤香屏：屏风。⑥人面知何处：语本唐人崔护《题都城南庄》：“去年今日此门中，人面桃花相映红。人面不知何处去，桃花依旧笑春风。”

【评析】　这是回忆并且探寻旧日情人的一首词。

词分上下两片，具体内容却要分四个层次来理解；地点则分为街南与北楼两处；时间尽管都是晚春，但有今昔之别。

第一层，写今又逢晚春，飞絮满街，花树娇艳。然而，词人的目光只停留在“树底人家朱户”之上。

第二层，写词人立足之处——北楼。他高卷疏帘，倚尽阑干，几经风雨都未离去，目的仍然在窥见朱户中人。可是，词人的叙述告诉我们，他一无所获。

第三层，转入回忆，也就是要回答他为什么要长久地观察街北朱户动静的问题。原来，也是一个晚春，词人曾傍绿荫“深驻”！这表明词人曾经在朱户之中留连甚久，与某个女子有着难忘的情谊。不然，何以今日思之不置？

第四层，回归现实。词人终于发现，朱户之中，“落花犹在，香屏空掩”，从而推断伊人已去，踪迹难寻。

全篇的内容犹如电影镜头，先对准街南，从树上花枝渐渐摇到树底人家紧锁的朱门之上。然后摇到街北的北楼，从高卷的疏帘边摇过去，停留在独倚阑干的词人身上，摄他的视线，摄他的专注神情，摄他的风雨中的身姿，并摄取他的进入回忆的神态。此时再换一镜头，换一色调，深深摇入那绿荫，摇入那朱门绣户，摇入那香屏之后……蓦地，又换回原先的色调，花落满地，人去室空！

全词铺叙有序，结构巧妙，极具匠心。

虞美人　晏几道

曲阑干外天如水[1]，昨夜还曾倚。初将明月比佳期[2]，长向月圆时候、望人归。　罗衣著破前香在[3]，旧意谁教改？一春离恨懒调弦，犹有两行闲泪、宝筝前[④]。

【注释】　①天如水：天色澄明如水。柳永《二郎神》：“爽天如水，玉钩遥挂。”②佳期：相会的日期。③著（zhuó）：穿。④闲泪：闲愁之泪。

【评析】　这是一首写思妇怀人怨别的词。上下片各写一个场景。

上片摹写思妇倚阑望月、期待相会而不得的失望之情。昨夜还曾、长向等语，足见期待之深。月圆寓期人团圆却终不得圆。

下片转而写室内活动，或点检旧日罗衣，或抚弄尘封宝筝，极力表现思妇一方面旧意难改，另一方面寂寞伤神。从而使人极大地同情伊人，怨恨行人的薄幸了。

此词语言平易，而意致含蓄。痴情怨语，摇动人心。

留春令　晏几道

画屏天畔，梦回依约，十洲云水[①]。手捻红笺寄人书，写无限、伤春事。　　别浦高楼曾漫倚[②]。对江南千里。楼下分流水声中[③]，有当日、凭高泪[④]。

【注释】　①十洲：神仙之所居。汉东方朔有《十洲记》，谓在八方巨海之中，有祖洲、瀛洲、玄洲、炎洲、长洲、元洲、流洲、生洲、凤麟洲、聚窟洲。这里指屏风上所画的景象。②别浦：送别的地方。③分流水：汉卓文君《白头吟》：“蹀躞御沟上，沟水东西流。”④有当日二句：语本五代冯延巳《三台令》：“流水流水，中有伤心双泪。”

【评析】　此词写别后情思，不从实事落笔，而从梦境发端。可能是屏风图画引人入梦，也可以说画屏景象与梦境相混相融，难以分别。所以入梦者，无非寻人而已。只是寻找的范围空前广大，见出思慕之深切。然后是写事寄书，向行人倾诉这无穷无尽的愁苦。下片忆写白昼登楼远望的情态。分流水的意象，暗示着女主人公的不祥预感；而当日（昔时）泪的措辞，莫非表明泪已流干，今已无泪么？抑或是当日已有泪，今日犹有泪，新愁旧恨，此恨绵绵无绝期。

思远人 晏几道

红叶黄花秋意晚[1]，千里念行客。飞云过尽，归鸿无信[2]，何处寄书得？　泪弹不尽当窗滴[3]。就砚旋研墨[4]。渐写到别来，此情深处，红笺为无色。

【注释】　①红叶：枫叶。枫叶秋来色红。黄花：菊花。唐人许浑《长庆寺遇常州阮秀才》：“晚收红叶题诗遍，秋待黄花酿酒浓。”②无信：没有规律。或谓没有音信。③泪弹：泪如珠弹。唐人韩偓《复偶见三绝》：“别易会难常自叹，转身应把泪珠弹。”④就：移就，接近。研：磨。

【评析】　这也是代闺中人所作的怀人词。词牌即是词题。

起首以红叶黄花起兴，暗示华年消逝，别离日久。云尽雁杳，书无可寄。下片则是说，不管书能寄否，先将它写出。以泪研墨，不独见泪之多，又见作书之诚。而红笺无色，正告诉读者，和墨的泪水，乃是血！

小晏痴情，并不仅仅见于自述之作，亦见于捉刀之词。由此更见其痴绝。

满庭芳 晏几道

南苑吹花[①]，西楼题叶[②]，故园欢事重重。凭栏秋思，闲记旧相逢。几处歌云梦雨，可怜便、流水西东。别来久，浅情未有，锦字系征鸿[③]。 年光还少味，开残槛菊[④]，落尽溪桐。漫留得、樽前淡月凄风。此恨谁堪共说，清愁付、绿酒杯中。佳期在，归时待把、香袖看啼红。

【注释】 ①南苑：与下句的西楼，都是故园的建筑，也是与意中人相会之地。②题叶：在红叶上题诗。这类故事在唐代不止一件。如唐玄宗时诗人顾况，于苑中流水上得见一大梧叶，上题诗云："一入深宫里，年年不见春。聊题一片叶，寄与有情人。"况亦题诗和之。事见唐人孟棨《本事诗》。③锦字系征鸿：《汉书·苏武传》载，苏武被困匈奴，教汉使诡言，汉武帝在上林苑打猎射中一只大雁，雁足上系有帛书，说苏武流落北国。匈奴不得已，才将苏武要回国。这里借指情人之间以书传情。④槛（jiàn）：窗户下或长廊旁的栏杆。

【评析】 对这首词的主旨，有说是写思妇怀人的。不过，似不必拘泥。说是词人怀念故园故人，也未尝不通。

上片写词人回忆故园欢事，所谓"重重"者，南苑吹花，西楼题叶，还有"几处歌云梦雨"，都在记忆中占有重要的位置。可惜的是，别久交疏，不知音信。下片说由于仕宦连蹇，生活无聊，不免时时忆起故园故人。词人相信，相见之日，若是手把伊人红袖，一定可以看见上有红泪的渍痕。

所以作如是解，乃是因为小山"人百负之而不恨，已信人终不疑其欺己"。

念奴娇 苏轼

赤壁怀古[①]

大江东去，浪淘尽、千古风流人物。故垒西边，人道是[②]、三国周郎赤壁[③]。乱石崩云，惊涛裂岸，卷起千堆雪。江山如画，一时多少豪杰！　　遥想公瑾当年，小乔初嫁了，雄姿英发。羽扇纶巾[④]，谈笑间、樯橹灰飞烟灭。故国神游[⑤]，多情应笑我、早生华发。人间如梦，一樽还酹江月[⑥]。

【注释】　①赤壁：指黄州东坡赤壁，本名赤鼻矶。有人以为是三国赤壁，非。②人道是：有人说是。或然之词。可见作者并没有断言黄州赤壁就是三国赤壁。这里只是借题发挥。③周郎：三国时东吴军事统帅周瑜，字公瑾。小乔是其妻子。④羽扇纶（guān）巾：儒者之服。这里指周郎有儒将风度。⑤故国：故乡。神游：神交，以精神相交往的至友。江淹《晋书·嵇康传》："盖其（嵇康）胸怀所寄，以高契难期，每思郢质。所与神交者惟陈留阮籍、河内山涛。"⑥酹（lèi）：以酒洒地或水中，以示祭奠。

【评析】　这首词写于苏轼谪居黄州期间，是苏轼豪放词的代表作，也是北宋词坛的引人注目之作。胡仔以为："语意高妙，真古今绝唱"（《苕溪渔隐丛话》）。词题为"赤壁怀古"，乃是借题发挥，借宾定主，抒发自己壮志难酬的悲壮胸怀。

上片由广大时空起笔，然后切取史事，一笔画出古战场壮丽景象，一笔引出当时一代英杰。浓墨健笔，一扫平庸，读之使人精神振奋。下片着重描绘一代风流的代表人物周郎，运用正面叙写、侧面衬托等方式，有力地表现出他青春得志的精神风貌，并与自己早生华发的蹉跎处境形成鲜明对照，展露出内心存在的历史与现状、理想与客观之间的深刻冲突。结拍作超旷语，其中蕴含悲愤与抗议，并非失望和颓废。

全篇气象雄奇，格调雄浑，情感悲壮，对当时词坛上缠绵悱恻之风具有极大的冲击力。

水调歌头　苏轼

丙辰中秋[①]，欢饮达旦，大醉，作此篇，兼怀子由[②]。

明月几时有？把酒问青天。不知天上宫阙，今夕是何年？我欲乘风归去，又恐琼楼玉宇，高处不胜寒[③]。起舞弄清影，何似在人间？　转朱阁，低绮户[④]，照无眠。不应有恨，何事长向别时圆？人有悲欢离合，月有阴晴圆缺，此事古难全。但愿人长久，千里共婵娟[⑤]。

【注释】　①丙辰：宋神宗熙宁九年（1076）。时苏轼知密州（今山东高密），而王安石罢相。②子由：苏轼弟苏辙的字。当时苏辙在齐州（今山东济南）。③不胜（shēng）：不能承受。④绮户：绣户。⑤婵娟：指月亮。

【评析】　本篇为苏轼代表作之一，自来备受赞赏。

词的上片由月下而想象月中，运用神话传说构建神仙境界，再用“我欲乘风归去”之语将琼楼玉宇和朝廷巧妙关联起来，表达出对现实政治既关心又怀有畏惧的复杂心态。然后，以弄影人间来寄寓暂时服务地方的积极乐观情绪。

下片由月下之此处而怀想月下之彼处，用自然物态变化对照人生遭际得失，在求得自我解脱的同时，发出了共享月下美好情景的祝愿，使作品更具积极奋发的含蕴。苏轼超越了传统的月夜相思题材，超越了“人有悲欢离合”的无奈和缺憾，以洒脱和旷达的态度表达了对人生幸福平安的希望，由此体现出普世性的人道情怀。

全词构思奇拔，情思深邃，境界清旷，达到了非常高的艺术水平。被认为是中秋词中的绝唱，此词一出，“余词尽废”（宋人胡仔《苕溪渔隐丛话》）。

水龙吟　苏轼

次韵章质夫《杨花词》[①]

似花还似非花，也无人惜从教坠[②]。抛家傍路，思量却是、无情有思。萦损柔肠，困酣娇眼，欲开还闭。梦随风万里、寻郎去处，又还被、莺呼起。　不恨此花飞尽，恨西园、落红难缀。晓来雨过，遗踪何在？一池萍碎[③]。春色三分，二分尘土，一分流水。细看来、不是杨花，点点是，离人泪。

【注释】　①次韵：用他人诗词作品的原调原韵以相唱和，叫次韵。章质夫，即章楶（jié），曾任荆湖北路提点刑狱。苏轼谪居黄州，与他有书信往来。他赠《水龙吟·杨花》一词与苏轼，轼依韵和之。一说，哲宗元祐二年（1087）二人同在汴京，因有此唱和之作。②从教：听凭，任随。③萍碎：谓杨花入水化作浮萍。此系传闻，作者有原注。

【评析】　本篇是被词选家视为咏物词的绝唱，赞誉不绝。宋人张炎云：“真是压倒今古”（《词源·杂论》）。

咏物之作，要在处理好状物与传神之间的关系，既不能全然离开所咏之物以述己意，也不能粘滞于所咏之物，当然，也不能将赋物与言情割裂开来。这就是要做到不即不离，形神兼备。此词正是具有此等妙处。

发端“似花还似非花”，便见出作者的视点所在：似花者形，似非花者神（并不仅仅是说它与一般的花不同）。而后即以思妇之眼光观察杨花，关注其遭遇，以一惜字为词眼，摄全篇之神。任从飘坠，也无人惜，是思妇之惜也；抛家傍路，犹如离人，是思妇之惜也；一飞而尽，遗踪难觅，仍是惜！不独人惜杨花，又于其中借杨花以自惜。梦中与杨花一道随风而逝，寻郎未得，被莺呼惊醒，是自惜；暮春见年光流尽，不觉泪眼盈盈，随风挥洒，则自惜亦惜花矣。若是谪居黄州时所作，则词中思妇之情的内涵就更为丰富了。

本篇也是苏词中婉约之作的代表。无论是代思妇言情，还是借之以自喻，都极具婉若之致。

永遇乐　苏轼

彭城夜宿燕子楼，梦盼盼，因作此词[①]

明月如霜，好风如水，清景无限[②]。曲港跳鱼[③]，圆荷泻露，寂寞无人见。紞如三鼓[④]，铿然一叶[⑤]，黯黯梦云惊断[⑥]。夜茫茫，重寻无处，觉来小园行遍。　天涯倦客，山中归路，望断故园心眼[⑦]。燕子楼空，佳人何在，空锁楼中燕。古今如梦，何曾梦觉，但有旧欢新怨。异时对、黄楼夜景[⑧]，为余浩叹。

【注释】　①彭城：今江苏徐州。燕子楼：传说中唐代张建封侍妾关盼盼居处。张建封死后，盼盼感念旧情，独居此楼十余年。白居易为作《燕子楼三首》，并序说其事。苏轼于元丰元年（1078）守徐州，因作此词。据近人考订，白居易所说的张尚书，实为张建封之子张愔，盼盼是其妾。②清景：清丽的夜景。③曲港：曲折的湖隈。④紞（dǎn）如：鼓声沉闷的样子。⑤铿（kēng）然：形容声音响亮有力。⑥梦云：语本宋玉《高唐赋》。巫山神女"旦为朝云，暮为行雨"进入楚王之梦，与王欢会。这里指梦见盼盼。⑦望断句：指望眼欲穿，乡心欲碎。⑧黄楼：苏轼在徐州时所改建，苏辙、秦观皆为之作赋。此处苏轼设想后人将对黄楼凭吊自己。

【评析】 这首词有咏古的意味，但是题材比较特殊。梦见一前代佳人，自是风流韵事，然而词人却由此抒发出"古今如梦"的深邃情感。

上片先写燕子楼良夜清景，透出寂寞之意。然后写梦见异代佳人，忽被惊断。行遍小园，重寻无迹，益见空寂。由此而引发思念故乡故人的深长思绪，其中应该包括有怀念亡妻王弗的因素。燕子楼空三句，集中表达凭吊之意，极见概括之功，又具超宕之妙，历来为词评家所乐道。古今如梦等句，则由古及今，由人及己，发抒知梦而又难觉的感喟。结拍甚至预想将来自己也只是以一个悲剧性的历史人物供人兴叹。

词中写景明丽如画，叙事简约含蓄。

洞仙歌　苏轼

余七岁时[①]，见眉州老尼[②]，姓朱，忘其名，年九十岁。自言尝随其师入蜀主孟昶宫中[③]。一日，大热，蜀主与花蕊夫人夜起[④]，纳凉摩诃池上[⑤]，作一词。朱具能记之。今四十年[⑥]，朱已死久矣，人无知此词者，但记其首两句。暇日寻味，岂《洞仙歌令》乎？乃为足之云[⑦]。

冰肌玉骨，自清凉无汗[⑧]。水殿风来暗香满。绣帘开，一点明月窥人，人未寝，欹枕钗横鬓乱[⑨]。　起来携素手，庭户无声，时见疏星渡河汉。试问夜如何？

夜已三更，金波淡[10]、玉绳低转[11]。但屈指、西风几时来，又不道、流年暗中偷换。

【注释】 ①余：一作仆。②眉州：一作眉山。老尼：老尼姑。③孟昶：五代时后蜀国主。生活奢靡，喜好词曲。后降宋。④花蕊夫人：孟昶之妃，花蕊夫人是其别号。徐匡璋之女（吴曾《能改斋漫录》卷十六），一说姓费。后蜀亡，被掳入宋。⑤纳凉：一作避暑。摩诃池：又名跃龙池，在成都后蜀王宫中。⑥今四十年：据此，作此篇时为元丰五年(1082)。因乌台诗案，作者在元丰二年底被贬任黄州团练副使。⑦足之：续写而补足全篇。⑧冰肌二句：据序，这两句即是孟昶与花蕊夫人所作。⑨攲枕：犹倚枕。⑩金波：月光。《汉书·礼乐志·郊祀歌》："月穆穆似金波。"⑪玉绳：北斗第五星玉衡星北面的两星。南齐谢朓《暂使下都夜发新林到京邑赠西府同僚》："金波丽鳷鹊，玉绳低建章。"

【评析】 本章是苏词名篇。依序中所述，这是苏轼的续作，似乎与苏轼自身之事无关。

上片直写花蕊夫人身姿情态。深宵半裸，攲枕纳凉，香风徐拂，引来明月相窥。闺房情景宛然如见，自是神仙境界，无一毫尘俗气。一个窥字，侧面烘托，灵动奇妙。

下片叙蜀主和花蕊夫人留连月下的情景。重点写时光的转换，并就此表现对时光的转换的复杂心态。时光不变，暑热不去，所以屈指计日，期待西风；然而西风一到，年华又减，因而又不免产生诸如"团扇见捐"之类的忧惧。这种矛盾心理，颇具普遍性，思之令人恻然。

卜算子　苏轼

黄州定惠院寓居作[1]

缺月挂疏桐，漏断人初静[2]。唯见幽人独往来[3]，缥缈孤鸿影。　惊起却回头，有恨无人省[4]。拣尽寒枝不肯栖，寂寞沙洲冷。

【注释】　①定惠院：其旧址在今黄州城青砖湖社区内，已讹称定花院。苏轼初来时寓此。②漏断：漏壶水已滴尽，表明夜深。漏，古时计时工具。壶中储水，下有漏孔，水中立有标尺以表明时刻。水漏则标尺出。水尽则漏声断，一昼夜终。③幽人：隐士，这里指谪居黄州的自己。④省（xǐng）：理解，明白。

【评析】　这也是一首咏物词。不过咏的是一种动物——鸿雁。它本是一个负荷着许多文化信息的载体。故释读者有多种说法。不过不论怎么解说，都认为这首词是“格高而语隽，斯为超诣神品”（清人黄苏《蓼园词选》）。

上片先由景入，境界微茫凄清，双衬幽人与孤鸿；然后因人见鸿，将所咏之物与咏物之人自然关联起来。下片写鸿因人而惊，起而回头，似有恨欲诉于人。写鸿以为恨无人省，是拟人法，是对幽人的“误解”，其实是已经省得了所恨为何：所以栖宿于寂寞沙洲者，非无枝可栖（疏桐即是枝），只是不肯耳。此处沙洲、寒枝，都有寓意可玩。

鸿性幽独高洁，恰与词人的孤傲气质相映。词中人而似鸿，鸿而似人，非鸿非我，亦我亦鸿。黄庭坚谓为语意高妙，诚是。

青玉案　苏轼

送伯固归吴中[1]

三年枕上吴中路[2]。遣黄耳[3]，随君去。若到松江呼小渡[4]，莫惊鸳鹭，四桥尽是[5]、老子经行处[6]。
《辋川图》上看春暮[7]，常记高人右丞句[8]。作个归期天定许[9]，春衫犹是、小蛮针线[10]，曾湿西湖雨。

【注释】　①伯固：苏坚的字。苏轼元祐四年（1089）任杭州太守时，伯固为州监税官。至作此词的元祐七年（1092）时，伯固已三年未归。吴中：江苏吴县，春秋时吴都。此序一作“和贺方回韵，送伯固归吴中故居”。贺方回：词人贺铸（见后）。曾作《青玉案》（凌波不过横塘路）。②枕上：喻梦中。指苏伯固梦里回乡。③黄耳：西晋时陆机狗名。陆机曾用它为自己送信回乡。④松江：即吴淞江，一称苏州河，源出江苏南部太湖，东流到上海市区入黄浦江。今上海市有松江区。⑤四桥：在苏州。据传为绝景。⑥老子：年老者自称。宋时习语。⑦《辋川图》：唐王维于蓝田清凉寺壁上所画《辋川图》。辋川：在今陕西蓝田。王维有别墅在此。⑧高人右丞：本于杜甫《解闷》诗：“不见高人王右丞，蓝田丘壑蔓寒藤。”右丞句：指王维《归辋川作》：“悠然远山暮，独向白云归。”⑨归期：归乡之期。⑩小蛮：白居易歌妓名。此喻杭州侍女。

【评析】　上片先表达自己对苏坚的思乡之情的理解，并且希望苏坚继续保持友谊的联系。又用假设和叮嘱的口吻，表达对吴中旧游的系念之情。

下片借王维诗画赞美吴中风物，同时流露出对苏坚回乡羡慕，和自己欲归不得的叹惋，间接地表现对宦海浮沉的厌倦。结拍三句，既是清语，亦是艳语，“令人爱不忍释”（况周颐《蕙风词话》卷二）。

临江仙[1]　苏轼

夜饮东坡醒复醉[2]，归来仿佛三更。家童鼻息已雷鸣。敲门都不应，倚杖听江声。　长恨此身非我有[3]，何时忘却营营[4]？夜阑风静縠纹平[5]。小舟从此逝，江海寄余生[6]。

【注释】　①临江仙：一本下有题做“夜归临皋”。临皋：在湖北黄冈市黄州区西南江边，苏轼曾寓居于此。②东坡：黄州地名。在今黄冈师范学院营盘山校园内。元丰五年（1082），苏轼于东坡筑雪堂，以作游憩之所。③此身非我有：语本《庄子·知北游》：“汝身非汝有也，汝何得乎道?”④营营：周旋、忙碌，内心躁急之状。形容为利禄竞逐钻营。⑤夜阑：夜尽。縠纹：比喻水波细纹。縠：绉纱。⑥小舟二句：表超脱现实之意。

【评析】　词的上片先写自己的醉态，尔后再写酒醒归家、敲门不应之后的举止。倚杖听江的神态，必是不焦不躁、若有所思。故下片续写此时的思想活动，其根本在脱屣名利，求得余生的精神自由。

不过，他这只能是一厢情愿，是个人的幻想。据宋人叶梦得《避暑录话》卷上记载，苏轼作此词，与客大歌数过而散。不料次日喧传：“子瞻夜作此词，挂冠服江边，挐舟长啸去矣!”吓得郡守徐君猷“急命驾往谒”，生怕“州失罪人”。此语甚至传到都下，连皇帝也疑惑起来。其实，苏轼内心还是明白自己不能随便乱跑的。所以，当徐太守来察看虚实时，他“鼻息如雷，犹未兴也”。

定风波　苏轼

三月七日[1]，沙湖道中遇雨[2]。雨具先去，同行皆狼狈，余独不觉。已而遂晴，故作此。

莫听穿林打叶声，何妨吟啸且徐行。竹杖芒鞋轻胜马[3]，谁怕？一蓑烟雨任平生[4]。　料峭春风吹酒醒[5]，微冷，山头斜照却相迎。回首向来萧瑟处[6]，归去，也无风雨也无晴。

【注释】　①三月七日：元丰五年（1082）的三月七日。此时苏轼已来黄州三年。②沙湖：据苏轼《书清泉寺》："黄州东南三十里为沙湖，……余将买田其间。"地有螺蛳店。当即今之南湖一带。③芒鞋：草鞋。④蓑（suō）：蓑衣，用棕制成的雨披。⑤料峭：微寒的样子。《五灯会元》："春寒料峭，冻杀年少。"⑥萧瑟：风雨吹打树叶声。

【评析】　词写作者途中遇雨时仍吟啸徐行的经历与感受，见出从容不迫的镇定风度。但上下片各有侧重。

上片主要表现自己不怕风雨，甚至在风雨中依然吟啸徐行的傲岸形象，隐喻任凭政治风云变幻，屡遭挫折也无所畏惧的倔强性格。

下片先实写风雨给人带来的寒冷，忽又写到云开雨霁、斜照相迎，颇有山穷水尽、柳暗花明的意趣。然而，作者最后竟然说：回头看过去，无所谓风雨晴好之别！这岂不是悟彻人生世事，一切付之自然？难怪近人郑文焯说："此（篇）足证是翁坦荡之怀，任天而动。"（《手批东坡乐府》）

江城子　苏轼

乙卯正月十二日记梦[1]

十年生死两茫茫。不思量，自难忘。千里孤坟，无处话凄凉。纵使相逢应不识，尘满面，鬓如霜。　　夜来幽梦忽还乡。小轩窗，正梳妆。相顾无言，唯有泪千行。料得年年肠断处，明月夜，短松冈。

【注释】　①乙卯：宋神宗熙宁八年，即1075年。此时苏轼知密州（今山东诸城）。梦：梦见前妻王弗。王弗于宋英宗治平二年（1065）逝世于汴京（今河南开封），时年二十七岁，归葬于四川峨眉的苏氏祖茔，距作此词时已十年。

【评析】　这是一首著名的悼亡词。以其表达夫妻之情特别是悼怀亡妻之情的深沉绵邈而引人注目。

词以“生死”二字为眼目，统领全篇。而上下片又以梦里梦外为分际，抒发情感。

上片侧重写生者即作者对亡妻的怀念。不刻意思量，却终不忘却，正见出情思已在心骨之中。孤坟而又远隔千里，是就亡者说，虽思念之甚却无法亲临凭吊。尘面霜鬓，是就生者说，即使相见也未必被伊人认出。如此对写，于悼亡之后又见出“自悼”之意。（此时的苏轼已因与变法派政见不合自请外任十年）正因为“难忘”，故必然有梦。故下片着重写梦中情景，写亡者形象。小窗梳妆，乃再现生前情景，正词人“难忘”之场面；而无言有泪，则关合今日之现实：一为孤坟野鬼，一为尘面霜鬓，虽然生死有别，而“凄凉”则一。结拍之意，或谓生者推想死者深情长在，或谓生者自料今后永为死者而肠断，总之是写生死两途情不能了。

用词的形式悼亡，乃苏轼的首创。金人王若虚引晁无咎语，谓“眉山公之词短于情”（《滹南诗话》），证之此篇，实大不然。

木兰花令　苏轼

次欧公西湖韵[1]

霜余已失长淮阔[2]，空听潺潺清颍咽[3]。佳人犹唱醉翁词[4]，四十三年如电抹[5]。　草头秋露流珠滑，三五盈盈还二八[6]。与余同是识翁人，惟有西湖波底月！

【注释】　①次欧公西湖韵：元祐六年（1091）八月，苏轼为颍州（州治今安徽阜阳）知州时作。欧阳修曾于皇祐元年至五年（1049－1053）为颍州知州，常去该州的名胜西湖游览，作了不少词（参见前）。本词所和欧韵（西湖南北烟波阔），调名一作《玉楼春》。②长淮：淮河。霜降之后河水减退，河身显得狭长了。③颍：颍水，淮河支流，源出河南登封。颍州州城在其下游。④醉翁：欧阳修的别号。⑤四十三年：谓自皇祐元年（1049）至此时。⑥三五、二八：指十五、十六夜的月亮。

【评析】　欧公是苏轼的恩师，彼此交情深厚。当他泛舟颍州西湖时，自然触景怀人，慨叹不已。本篇实际是一首抒发怀念欧阳修的情感的词作。只是形式别致。一是借追和欧公前调的方式来写，既读其词，又怀其人；二是借颍州风物来抒写，很自然地将自己与欧公联系在一起。

上片先写颍州霜余景象，并借写河水幽咽拟人化地表达凭吊之悲。复又用佳人传唱欧公词曲，见出欧公在当地的深远影响。

下片续写作者于夜晚继续流连西湖之畔时的不绝思绪。上片虽说有佳人传唱欧词，却并不能表明佳人识得欧公；故下片说，真正识得欧公的，只有我与西湖波底明月了！此中感慨，何其深长！

贺新郎　苏轼

乳燕飞华屋[①]。悄无人，桐阴转午，晚凉新浴。手弄生绡白团扇[②]，扇手一时似玉。渐困倚，孤眠清熟。帘外谁来推绣户？枉教人、梦断瑶台曲[③]。又却是、风敲竹[④]。　石榴半吐红巾蹙[⑤]。待浮花浪蕊都尽[⑥]，伴君幽独。浓艳一枝君看取，芳心千重似束。又恐被、西风惊绿。若待得君来向此，花前对酒不忍触。共粉泪，两簌簌[⑦]。

【注释】　①乳燕：雏燕。华屋：高敞的房宇。②生绡：生丝织成的绸子。③瑶台：玉石砌成的台，传说在昆仑山上。此指梦中佳境。曲：幽深处。④风敲竹：唐李益《竹窗闻风寄苗发司空曙》："开门风动竹，疑是故人来。"⑤红巾：喻石榴。白居易《题孤山寺山石榴花示诸僧众》："山榴花似结红巾。"蹙：皱褶。⑥浮花浪蕊：轻浮庸俗的花卉。语本韩愈《杏花》："浮花浪蕊镇长有，才开还落瘴雾中。"⑦簌簌：纷纷下落貌。

【评析】　本篇是以闺中美人为吟咏对象的一首婉约词，自宋人胡仔以来，赏鉴不绝，谓为"冠绝古今，托意高远"（胡仔《苕溪渔隐丛话》）。或谓苏轼任杭州知州为官妓秀兰因午睡迟到而作，或谓为侍妾榴花作，不可信。

词之上片写美人，却不写其姿容，而只写其生活环境及用具，以背景之清迥绝俗，映衬出主人公之高洁贞静；以举动之弄扇孤眠，暗示出美人命运之寂寞无依；以风竹惊梦的错觉，表现出她有所期待而又怅惘失意的微妙心理。

下片更在乳燕、桐阴、风竹之外刻意描写石榴的清丽浓艳，写其无意争春的高雅自持，写其芳心深至而衷曲层层，写其风华正茂却又恐被摧残……可谓花中有人，花已人格化。但词人在篇末再复写人花相对，相向而惜，泪如花、花复如泪，簌簌而落。“是花是人，婉曲缠绵，耐人寻味不尽”（清人黄苏《蓼园词选》）。

词写美人的迟暮之叹，托意高远，隐约地抒写了作者怀才不遇的抑郁情怀。

虞美人[1]　舒亶

芙蓉落尽天涵水，日暮沧波起。背飞双燕贴云寒，独向小楼东畔、倚阑看。　浮生只合尊前老，雪满长安道。故人早晚上高台，寄我江南春色、一枝梅[2]。

【注释】　①一本有“寄公度”为题。或谓即黄公度，字师宪，莆田（今属福建）人。今人黄崇浩考证，此公度当是崔公度。按黄公度生于徽宗三年（1109），不及见。崔公度，字伯易。高邮人，乃王安石门下，曾任将作少监、礼部郎中、知颍州等。苏轼元祐六年（1091）十月上《奏论八丈沟不可开状》，曾与此人论事。舒亶与崔公度同在王安石门下，必相识，堪称故人。②一枝梅：事见南朝宋盛弘之《荆州记》。陆凯自江南，以梅花一枝寄长安与范晔，赠以诗曰：“折梅逢驿使，寄与陇头人。江南无所有，聊寄一枝春。”

【评析】　舒亶曾知谏院、御史中丞等，举劾政敌，不遗余力。朝野怨望，后以罪废斥。此词当作于不得意时。

上片先写秋景，从芙蓉发端。但是，这时的芙蓉已是香消叶落，那么，词人为何要写它呢？字面上，似乎是为了渲染清秋日暮凄凉气氛，和下句的贴云双燕即将离去共同构建一幅“秋暮倚阑图”。然而，未必如此简单。

下片预想秋尽冬来，雪满长安，自己将更加寂寞孤零。于是直接向故人发出请求：寄我梅花，赠我春色，慰我孤寒！回头来看上片起首的芙蓉描写，可以从“投桃报李”的逻辑角度，理解舒亶原本要采芙蓉以赠远在他方的崔公度，所谓“涉江采芙蓉，兰泽多芳草。采之欲遗谁？所思在远道”（《古诗十九首》）。不过，眼前不是季节，只得遗憾地作罢。然而，那点意思还是要让友人知道。因此，上片的芙蓉描写的用意，不仅在于造境，而且也在于寄情。

舒亶此词甚有思致。若因其人品而陋其词，则失之矣。清人丁绍仪云：“‘背飞双燕贴云寒，独向小楼东畔、倚阑看’，纵不识字人，亦知是天生好言语。”（《听秋声馆词话》卷二）

定风波　黄庭坚

次高左藏使君韵[①]

万里黔中一漏天[②]，屋居终日似乘船[③]。及至重阳天也霁，催醉，鬼门关外蜀江前[④]。　莫笑老翁犹气岸[⑤]，君看，几人黄菊上华颠？戏马台南追两谢[⑥]，驰射，风流犹拍古人肩[⑦]。

【注释】　①高左藏：高左藏，名羽，代曹谱为黔守，与庭坚甚善，见作者《致泸州帅王补之》。左藏，左藏库使，官名。②黔中：州名，治所在今四川彭水县。漏天：指天气多雨。蜀中多雨，邛都有漏天，戎州、僰道有大漏天、小漏天，此处用以称黔中。③似乘船：摇动不定。杜甫《饮中八仙歌》：“知章骑马似乘船。”④鬼门关：即石门关，在四川奉节县东。陆游《入蜀记》第六：“舟中望石门关，仅通一人行，天下至险也。”蜀江，指流经彭水县的乌江段。⑤气岸：气概傲岸。李白《流夜郎赠辛判官》诗："气岸遥凌豪士前，风流肯落他人后。"⑥戏马台：又称掠马台，在今江苏铜山县南。相传为楚霸王项羽所筑。晋安帝义熙十二年（416），刘裕北征，九月九日会僚属于此，赋诗为乐，谢瞻和谢灵运各赋《九日从宋公戏马台集送孔令》一首。故此曰"两谢"。⑦拍古人肩：与古人并列。晋郭璞《游仙诗》："左挹浮丘袖，右拍洪崖肩。"

【评析】　这首词是作者在黔州贬所写的，抒发了身处逆境而绝不屈服的豪迈气概。

上片起首二句写黔中恶劣气候，比喻生动。再加鬼门关等语，共同写照主人公的生存环境。下片过拍一个"犹"字，承上启下，转入傲岸气骨的自我抒发，恰与上片的环境描写形成对照。结尾更与古人比肩，气概非凡。

鹧鸪天　黄庭坚

坐中有眉山隐客史应之和前韵[①]，即席答之

黄菊枝头生晓寒[②]，人生莫放酒杯干。风前横笛斜吹雨，醉里簪花倒著冠[③]。　身健在，且加餐[④]。舞裙歌板尽情欢。黄花白发相牵挽，付与时人冷眼看[⑤]。

【注释】　①史应之：名祷，字应之。四川眉山人，以塾师为业。客游于泸、戎间，常与黄庭坚诗词唱和。元符二年（1099），庭坚在戎州，有《戏答史应之三首》。本词作于同年重阳节。②生晓寒：一作破晓寒。③倒著冠：晋代征南将军山简，经常畅饮大醉，反戴帽子而归。这里引用此典，描述自身醉相。④加餐：增加饮食。喻保重身体。《古诗十九首》："弃捐勿复道，努力加餐饭。"⑤黄花白发：老人头上插着黄花，指作者自己。

【评析】　作者与修《神宗实录》，被诬不实，遭贬为涪州别驾，安置

黔州。这首词正是内心愤懑时写的。

时值重阳，词人先写菊花破寒而开，兴起豪宕之情，放浪之态。下片又自画“黄花白发”的幽默形象，进一步展现对世俗的侮谩与挑战。

清黄苏云：“《鹧鸪天》，黄山谷‘黄菊枝头破晓寒’。菊称其耐寒则有之，曰‘破寒’，更写得菊精神出。曰‘斜吹雨’，‘倒着冠’，则有傲兀不平气在。末二句，尤有牢骚。然自清迥独出，骨力不凡。”（《蓼园词选》）

绿头鸭　晁端礼

咏月

晚云收，淡天一片琉璃。烂银盘、来从海底[①]，皓色千里澄辉。莹无尘、素娥淡伫[②]，静可数、丹桂参差[③]。玉露初零[④]，金风未凛[⑤]，一年无似此佳时。露坐久、疏萤时度，乌鹊正南飞[⑥]。瑶台冷[⑦]，阑干凭暖，欲下迟迟。　念佳人、音尘别后，对此应解相思。最关情、漏声正永，暗断肠、花影偷移。料得来宵，清光未减，阴晴天气又争知？共凝恋、如今别后，还是隔年期。人强健，清樽素影，长愿相随。

【注释】　①烂银盘：喻明月。烂银：纯银。唐人卢仝《月蚀》：“烂银盘从海底出，出来照我草屋东。”②素娥：嫦娥。传说中的月宫女神仙。③丹桂：传说月中有桂树，高五百丈。④玉露：秋季的露水。杜甫《秋兴八首》：“玉露凋伤枫树林。”⑤金风：秋风。古人按五行以西方属金，故称西风为金风。⑥乌鹊正南飞：语本汉末曹操《短歌行》：“月明星稀，乌鹊南飞。”⑦瑶台：美玉砌的楼台。此泛指华丽的楼台。

【评析】　这首词当系中秋之夜所作。

上片写赏月之所见。发端先用一笔写秋夜天空明净，为月出布好背景。然后从月出依次写起，写到月中景象、月下事物，直写到赏月的主体。从而营造出极其宁静、安详、闲适的境界。

下片转入情感的抒发。过片“念佳人”表明词人情之所系，笔法颇似杜甫《月夜》中“今夜鄜州月，闺中只独看。遥怜小儿女，未解忆长安”，设想对方此时情态，见出彼此相思，则自身之意已在其中。故下文有“共凝恋”一句，与此相映照。“最关情”以下，亦景亦情，写自家所闻所见所思，直至所愿，其意与苏轼《水调歌头》下阕同一机杼。

全词上景下情，层次清楚。但景语中间有情语，而情语中又间有景语。情景相间，却气脉连贯，共同构建出清新的意境。

渔家傲[①]　朱服

小雨廉纤风细细[②]。万家杨柳青烟里。恋树湿花飞不起。愁无比。和春付与西流水[③]。　九十光阴能有几[④]？金龟解尽留无计[⑤]。寄语东城沽酒市[⑥]。拚一醉[⑦]。而今乐事他年泪。

【注释】　①此篇作于贬官途中。据载，朱服坐与苏轼游，贬海州团练副使。至东阳郡斋，作《渔家傲》以寄意。见清人王弈清等《历代词话》卷六。②廉纤：细小，细微。多用以形容微雨。韩愈《晚雨》：“廉纤晚雨不能晴。”③西流水：喻人生再少。苏轼《浣溪沙》：“谁道人生无再少？门前流水尚能西。”④九十光阴：估量人的一生寿命。⑤金龟解尽：指以佩物换酒酣饮。唐代武后天授元年（690）改内外官所佩鱼袋为龟袋，三品以上龟袋用金饰。李白《对酒忆贺监》诗《序》：“太子宾客贺公，于长安紫极宫一见余，呼余为‘谪仙人’。因解金龟，换酒为乐。”⑥东城：东阳城，即今浙江金华。⑦拚：豁出去，甘冒。

【评析】 此词写于贬官途中。在这种背景之下，一方面心情不免愁苦，另一方面，对于世事的看法可能发生大的改变。本篇内容正是如此。

上片主要写所见雨中春景。总的看去，景象略显晦暗而不是明媚。固然是写实，但也有“以我观物”的因素在其中。“恋树湿花”一语，尤有意味。有所留恋，便有所不能。无所牵扯，便获得自由。名缰利锁，自古而然。而“西流水”的意象也不可忽视。既已悟彻人生，则自应将满腔春愁付与流水，尽管词人并不相信去日可以重来。

下片写觉悟之后的狂放举止。解尽金龟，沽酒东城，拚将一醉！把泪水留给将来好了！

全词格调似豪迈而实凄怆。

望海潮 秦观

梅英疏淡，冰澌溶泄①，东风暗换年华。金谷俊游②，铜驼巷陌③，新晴细履平沙。长记误随车④。正絮翻蝶舞，芳思交加⑤。柳下桃蹊，乱分春色到人家。

西园夜饮鸣笳⑥。有华灯碍月⑦，飞盖妨花⑧。兰苑未空⑨，行人渐老，重来是事堪嗟。烟暝酒旗斜。但倚楼极目，时见栖鸦。无奈归心，暗随流水到天涯。

【注释】 ①冰澌（sī）：流动的冰块。②金谷：园名，晋石崇别墅所在地。在洛阳城西。他常于此处招待宾客游宴。这里借指词人曾经游乐过的汴京胜地。俊游：高朋胜友。③铜驼：汉时洛阳街名，以街口有铜驼二座相对而得名，乃少年游乐之所。④误随车：无意中跟着别人家女眷的车子走。韩愈《嘲少年》："只知闲信马，不觉误随车。"⑤芳思(sì)：春思。⑥西园：本泛指名园。秦观在京时，曾多次参加公私名园游宴，其中最有名的是汴京王诜的花园，还有金明池、琼林苑等。⑦华灯：明亮的灯火。⑧飞盖：疾驰的车马。三国魏曹植《公宴》："清夜游西园，飞盖相追随。"⑨兰苑：亦指名园。

【评析】 词作于被贬出京之际，写对都城胜地游宴的回忆及重游时的心绪。全篇由今景入手，至金谷转入昔景，到下片兰苑句复归今景，与一般双调词上下片分写今昔的布局不同。

起首写今景，东风句不独言春色之来，亦暗寓政局之变(新党再起，旧党被黜，作者被视为旧党)。中间写昔景，重点表现两事，一事是独自出游，"误"随美眷之车；二是西园聚饮，灯暗高空之月。遍地春光，使人芳思交加，而误随香车一事最堪长记。末写重游兰苑，虽其景未空，而年华换，行人老，以悲凉之眼观物，则只见得烟暝鸦栖，流水远逝，昔年芳思，化作今日归心。

全篇典雅清丽，气骨不衰。今昔相形，以两"到"字作眼，呼应换字，章法虽有变化，而意脉不断，依然严谨。明清选家对此词甚为推崇。如清人陈廷焯谓：此篇"思路幽绝，其妙不能令人思议"(《白雨斋词话》)。

八六子　秦观

倚危亭[1]。恨如芳草，萋萋刬尽还生[2]。念柳外青骢别后[3]，水边红袂分时，怆然暗惊。　无端天与娉婷。夜月一帘幽梦，春风十里柔情[4]。怎奈向、欢娱尽随流水，素弦声断，翠绡香减；那堪片片飞花弄晚，濛濛残雨笼晴！正销凝[5]，黄鹂又啼数声。

【注释】 ①危亭：高亭。指位于扬州与高邮之间的邵伯斗野亭。②刬（chǎn）：铲除。李煜《清平乐》：“离恨恰如芳草，更行更远还生。”③青骢（cōng）：毛色青白交杂的马。④春风十里：语本杜牧《赠别》：“春风十里扬州路，卷上珠帘总不如。”⑤销凝：销魂与凝伫（凝神伫立）的简缩语。

【评析】 本词亦写离情，自宋代以来即被誉为绝唱。如张炎即谓，词写离情，“当如此作”；因为此词“情景交炼，得言外意”（《词源》卷下）。从章法来看，略似上篇《望海潮》，先写今，再追昔，复又言今。但具体运用又有变化。

入手写今，却是情语中有景；其景物虽是传统意象（芳草），在表情时又有新意，见出了离恨的顽强与不可遏制。以此开端，气势突兀，用重笔振起全篇。念字以下追念昔情，却是由近及远：先写离别之时，再写相处之日。夜月、春风二语，意境优美。怎奈前数语写睹物思人；而那堪以下写此时景象，残雨飞花，莺啼树影，以清丽之色、婉转之声兴起难堪之恨，清婉而又深厚。

词中炼字（弄、笼）、炼句（六字对语）、炼意，俱臻妙境。这就难怪引得“名流推激”了。

满庭芳 秦观

山抹微云，天连衰草，画角声断谯门[①]。暂停征棹[②]，聊共引离尊。多少蓬莱旧事[③]，空回首，烟霭纷纷。斜阳外，寒鸦万点，流水绕孤村[④]。 销魂。当此际，香囊暗解，罗带轻分[⑤]。谩赢得[⑥]、青楼薄幸名存[⑦]。此去何时见也，襟袖上、空惹啼痕。伤情处，高城望断，灯火已黄昏。

【注释】　①谯（qiǎo）门：城门楼。②征棹：棹，船的大桨，借代指船。征棹指远行的船。③蓬莱：阁名，旧址在今浙江绍兴卧龙山麓。④寒鸦二句：语本隋炀帝诗："寒鸦千万点，流水绕孤村。"⑤香囊：古代男子佩物。解下香囊表示相赠。罗带：丝织的衣带。古人用罗带作同心结以表相爱，反之，分罗带则表离别。⑥谩：枉自，徒然。⑦青楼：妓女所居。薄幸：薄情。

【评析】　三十一岁（1079）时，秦观在绍兴郡守程公辟席上有所悦，眷眷不能忘情。离别时作此词。

词以景语开篇，不独境界清淡高远，有萧瑟之气，且炼字精工，"抹"字潜通画理。在此秋容惨淡映衬之下，写出饯别本事。然而所谓蓬莱旧事，此处尚未明指，只可揣测，下文更以烟霭纷纷的迷茫景象以喻其虚幻难追。斜阳外三语，自然清丽，既是画中神笔，亦具音乐美。此景足以兴起行人天涯沦落、离情不奈的感喟。下片直写离别时情态，在自嘲薄幸之中，潜寓飘泊之悲，所谓"将身世之感，打并入艳情"。结处用景语，写出时间迁延变化，见出别情难舍，语尽而味长。

全篇层次井然，情词双绝。由于艺术成就很高，遂迅速传唱开来。待到以后进京时，都下已盛唱广传。苏轼因称词人为"山抹微云君"（宋人黄升《花庵词选》）。若干年后，作者女婿范温还以"山抹微云女婿"自豪（宋人蔡绦《铁围山丛谈》）。后世赞佩之声不绝。

满庭芳　秦观

晓色云开，春随人意，骤雨才过还晴。古台芳榭[①]，飞燕蹴红英[②]。舞困榆钱自落[③]，秋千外、绿水桥平。东风里，朱门映柳，低按小秦筝[④]。　　多情，行乐处，珠钿翠盖[⑤]，玉辔红缨[⑥]。渐酒空金榼[⑦]，花困蓬瀛[⑧]。豆蔻梢头旧恨[⑨]，十年梦[⑩]、屈指堪惊。凭阑久，疏烟淡日，寂寞下芜城[11]。

【注释】 ①芳榭：华丽的水边楼台。②飞燕蹴红英：语本杜甫《城西陂泛舟》："鱼吹细浪摇歌扇，燕蹴飞花落舞筵。"③榆钱：庾信《燕歌行》："桃花颜色好如马，榆荚新开巧似钱。"④秦筝：似瑟的弦乐器，相传为秦时蒙恬所造，故称。⑤珠钿翠盖：以珠宝装饰的车身，以翠羽装饰的车篷。⑥玉辔红缨：以玉石装饰的马缰，络着红缨结的马身。⑦金榼（kē）：金制的饮酒器。⑧蓬瀛：蓬莱和瀛洲，海上神仙所居。引指歌姬居所。⑨豆蔻梢头三句：语出杜牧《赠别》："娉娉袅袅十三余，豆蔻梢头二月初。"喻指女子年少时光。⑩十年梦：语本杜牧《遣怀》："十年一觉扬州梦，赢得青楼薄幸名。"按秦观自进士及第（1085）至被贬出京（1094），恰恰十年。⑪芜城：指扬州城。南朝宋竟陵王刘诞作乱后，扬州城邑荒芜。鲍照为作《芜城赋》。后因称扬州为"芜城"。

【评析】 这首词，前写景，后写情。景是暮春之景，情是怀人之情。但是，在景是何处之景的问题上有不同看法。或谓汴京之景，或谓扬州之景。这里，按人在扬州、抚今追昔的理解来品评此词。

本篇当系作者于哲宗绍圣元年（1094）被贬处州（今浙江丽水）途经扬州时所作。

上片起首即回忆昔时在扬州所见之景以及得与乐姬相聚之事。那时是"春随人意"，是"多情，行乐"，是一直相聚相欢到"酒空，花困"，仿佛身在蓬瀛。这些景物描写，尽情挥洒，延伸到下片。语言可谓流利轻圆，画面可谓有声有色。从下片的"豆蔻梢头"句始，由梦忆回归现实。旧游至今，一去十年。"屈指堪惊"四字，有无限感慨在内。结拍用景语收，色调疏淡，情在其中。

减字木兰花　秦观

天涯旧恨，独自凄凉人不问。欲见回肠[1]，断尽金炉小篆香[2]。　　黛蛾长敛[3]，任是春风吹不展。困倚危楼，过尽飞鸿字字愁。

【注释】　①回肠：形容心中忧愁不安，仿佛肠子牵转一样。西汉司马迁《报任少卿书》："肠一日而九回。"②篆香：盘香，或缭绕的香烟。篆字屈曲盘绕，故用比盘香。③黛蛾：黛画的蛾眉，指美眉。敛：蹙，皱。

【评析】　这首小令可谓代闺中人立言，抒写念远怀人的愁情。

上片起首一句，见出恨是怀念远人久久不归之恨。其恨既久，则愁肠必断，所以自语道：你若要看我的百结回肠，就看眼前的这炷盘香吧！——它已烧得只剩下残落的灰烬。这个比喻是十分新颖而贴切的。而盘香燃尽的过程，就是女主人公体验"独自凄凉"的漫长过程。

下片描写愁眉不展，表明伊人留念旧情。结拍写春鸿北归，给伊人带来的只是离愁。所谓"以我观物"，故物物皆着愁的色彩。

浣溪沙　秦观

漠漠轻寒上小楼[1]，晓阴无赖似穷秋[2]。淡烟流水画屏幽。　　自在飞花轻似梦，无边丝雨细如愁。宝帘闲挂小银钩。

【注释】　①漠漠：朦胧弥漫的样子。②无赖：可恶。穷秋：深秋萧瑟之时。

【评析】　全篇以室外、室内再室外、室内的层次来写室中的女子的春愁，但人物形象并未清晰显现，主要通过人物的内心感受的表达来实现。

上片先写对轻寒、晓阴的烦恼，因为无可赏玩，乃入室消遣，却又只见得淡烟流水的幽冷画屏，更感无聊。下片写再度向外观望的所见所感。见了飞花，觉得其轻似梦，则是有梦在先；见了丝雨，觉得其细如愁，则是怀愁已久。词人一反以具象喻抽象的方式，反以抽象喻具象，用法新奇，又恰能更好地表现人物的心境。由于所见不但不能相慰藉，反而平添愁恨，则不如闭目塞听以求清静。结拍之银钩闲挂，正表明宝帘已经垂下。

词中景中见情，意境幽渺，令人寻味无穷。明清人赞叹此篇，或谓“夺南唐席”（明人卓人月、徐士俊《古今词统》）；或谓“宛转幽怨，温韦嫡派”（清人陈廷焯《词则·大雅集》）。总之，是婉约正宗，词中上品。

阮郎归　秦观

湘天风雨破寒初[①]，深沉庭院虚。丽谯吹罢《小单于》[②]，迢迢清夜徂[③]。　乡梦断，旅魂孤，峥嵘岁又除[④]。衡阳犹有雁传书[⑤]，郴阳和雁无[⑥]。

【注释】　①湘天：指郴州。今属湖南。湖南简称湘。绍圣三年，秦观贬郴州，年底到贬所。除夜作此篇。②丽谯：亦作丽樵，华丽的高楼。见《庄子·徐无鬼》“丽谯”郭象注。《小单于》：唐大角曲名。③徂：过去，消逝。④峥嵘：形容岁月逝去。南朝宋鲍照《舞鹤赋》：

"岁峥嵘而愁暮，心惆怅而哀离。"李善注："岁之将尽，犹物之高。"⑤衡阳：在郴州北。相传北雁南飞，到衡阳为止。衡山有回雁峰。雁传书：参见前晏几道《满庭芳》注③。⑥郴阳：即郴州。和：连。

【评析】 这首词写于郴州贬所。内容是除夕之夜的所见所闻所感。

上阕写春寒夜景。风雨交加，庭院空寂，城头角声凄凉。这些就构成了"迢迢清夜"逝去的过程中的全部见闻。下阕写所感。乡情旅思，前途渺茫。结拍就传书之雁着笔，语似平淡，含蕴却深。

全词景凄情苦，使人心悲鼻酸。

踏莎行 秦观

雾失楼台，月迷津渡。桃源望断无寻处[1]。可堪孤馆闭春寒，杜鹃声里斜阳暮。 驿寄梅花[2]，鱼传尺素[3]。砌成此恨无重数。郴江幸自绕郴山[4]，为谁流下潇湘去。

【注释】 ①桃源：陶渊明笔下的桃花源。杜甫《春日江村》："茅屋还堪赋，桃源自可寻。"②驿寄梅花：用南朝宋盛弘之《荆州记》故事：陆凯与范晔友善，自江南寄梅一枝诣长安与晔，并赠诗云："折梅逢驿使，寄与陇头人。江南无所有，聊赠一枝春。"③鱼传尺素：蔡邕《饮马长城窟行》："客从远方来，遗我双鲤鱼。呼儿烹鲤鱼，中有尺素书。"④郴江：在今湖南郴州之东，自南向北流入耒水入湘江。幸自：本自。

【评析】 此词作于远徙郴州之时。苏轼极爱之，书其中"可堪孤馆"二句于扇。清人王士祯谓为千古绝唱（《花草蒙拾》）。词写迁谪之怨，以虚景、实景交替表现之。上片写望中所见，楼台、津渡以及桃源，皆有象喻之义，迷、失与望断难寻，总是宣告仙源乐土终不可得，别无出路。自己所处的现实境界，孤馆是所居，春寒是所感，鹃啼是所闻，斜阳是所见。有一于人，已不可奈，何况集于一身，岂堪忍受？下片写寄梅传书，只能砌成重重悲怨，是因为乐土难寻，羁留难归，惟一的自由便是以书寄恨了。郴江犹能北向而行，反形词人北归无望，故作者转恨江水无情，予以究诘：为谁而流？唐人杜审言《渡湘江》云："独怜京国人南窜，不似湘江水北流。"此处正用其意。郴江郴山，虽是实境，却已化为情中之景。全词语意凄切而蕴藉，读之令人潸然。

蝶恋花　赵令畤

欲减罗衣寒未去，不卷珠帘[①]，人在深深处[②]。红杏枝头花几许[③]？啼痕止恨清明雨[④]。　尽日沉烟香一缕[⑤]，宿酒醒迟[⑥]，恼破春情绪[⑦]。飞燕又将归信误[⑧]。小屏风上西江路[⑨]。

【注释】　①不卷珠帘：语本王昌龄《西宫春怨》："西宫夜静百花香，欲卷珠帘春恨长。"②深深处：语出冯延巳《鹊踏枝》："庭院深深深几许？深山夕照深秋雨。"③红杏枝头：语出宋祁《玉楼春》："红杏枝头春意闹。"④清明雨：语本冯延巳《鹊踏枝》："杏花开时，一霎清明雨。"⑤沉烟：沉香的烟气。沉香又名沉水香。⑥宿酒：隔夜未醒的酒。⑦恼：撩惹。⑧飞燕句：古有飞燕传书的故事。见五代王仁裕《开元天宝遗事》。⑨西江：长江。或泛称江河。

【评析】　词写闺中思妇伤春怀远的愁绪。

上片先写春寒未去，人在深闺。雨打杏花，零落成泥。女主人公为此而流泪。"花几许"的提问，仿佛李清照"试问卷帘人"一般。整个气氛，是静婉之中蕴藏着内心的不宁静。

下片侧重于抒情。宿酒难醒，表明为消愁而饮酒甚多，然而不仅未能有效调节内心，反而更引发“春情”，所谓“恼破春情绪”。飞燕句更深入一层写愁。结拍将镜头指向画有西江烟水图景的屏风，含蓄地告诉读者，所思之人正在西江之上。屏风图画成为闺中人的情感寄托，若近若远，令人低回不能已。

词的语言婉约清丽，情致缠绵蕴藉。结尾神味淡远，余韵不尽。

蝶恋花　赵令畤

卷絮风头寒欲尽。坠粉飘香，日日红成阵[①]。新酒又添残酒困，今春不减前春恨。　　蝶去莺飞无处问。隔水高楼，望断双鱼信[②]。恼乱横波秋一寸[③]，斜阳只与黄昏近。

【注释】　①红成阵：秦观《水龙吟》：“斜阳院落，红成阵、飞鸳甃。”②双鱼信：传说鱼能传书信，后因此称书信为鱼书、鱼信。③恼乱：撩乱。横波：喻女子眼波流动，如水横流。

【评析】　此词仍是写思妇惜春怀人的孤寂景况。上篇是说“寒未去”，本篇则是说“寒未尽”。上篇说“红杏枝头花几许”，所剩无几了；这篇则说“日日红成阵”，眼见得也是花事将了。区别何在呢？

原来，上一篇是写雨中春情，这一回则是写晴日“春恨”。所以，词的上阕尽力描述晴天风里的残春景象：絮在卷，粉在坠，香在飘，红在落……总之，是与雨中春去同样可悲。因此就说：今春之恨，何减于前春？因此又说：今春之酒，多饮又何益？

更有甚者，前春所怀之人，犹有飞燕可问，即使飞燕误人；而今春，欲问所怀之人，则是无处可问，因为“蝶去莺飞”，更不要说去问什么飞燕了！从前是面对着屏风烟水遐想入神，今日则是登临水畔高楼，望穿秋水了。结拍“斜阳只与黄昏近”，有“夕阳无限好，只是近黄昏”（李商隐《乐游原》）语意，哀怨无端，沁人毛孔。

全词上情下景，景语澹冶松秀，情语深沉绵邈。情景相生，含蓄不尽。

清平乐　赵令畤

春风依旧，著意隋堤柳[①]。搓得鹅儿黄欲就[②]。天气清明时候。　　去年紫陌青门[③]，今宵雨魄云魂[④]。断送一生憔悴，只消几个黄昏。

【注释】　①著意：有意于，用心于。隋堤：隋炀帝开运河，沿河筑堤，称隋堤。堤上广植杨柳，称隋堤柳。②搓得：喻春风吹拂。鹅儿黄：幼鹅毛色黄嫩，以喻娇嫩浅黄之物色。③紫陌：京城道路。刘禹锡《游玄都观戏赠看花诸君子》：“紫陌红尘拂面来。”青门：长安城东门。以其色青，故名。这里指宋都城门。④雨魄云魂：喻梦中相会。

【评析】　此词上片景，下片情，还是抒写离愁别绪的。不过，题材和写法与前面的两首《蝶恋花》相异。

上片中的景是春景。但是，这回不是写杏花，也不是写柳絮，而是写新柳。说依旧，是起码包含两次以上的经验在内的。联系下文所说的“去年”一词，可见是两回了。而且都是“清明时候”。

那么，词人要说的话是什么呢？原来，去年的此时，伊人相送青门；今年呢？却只能在梦中相聚。而这梦前的黄昏，是最令人憔悴不堪的。断送一生憔悴，只消几个黄昏，是夸张语，是沉痛语，更是真情语。此词据说是词人为刘伟明丧妾而作。说见《苕溪渔隐丛话续编》卷四十引《复斋漫录》。就文字来看，与刘的同调词甚合：“春风依旧，著意隋堤柳。搓得鹅儿黄欲就。天气清明厮勾。　　去年紫陌朱门，今朝雨魄云魂。断送一生憔悴，知他几个黄昏？”当是刘仿赵作。由于二者太相近，竟有人以赵作为刘作。

金明池　僧仲殊

天阔云高，溪横水远，晚日寒生轻晕[1]。闲阶静、杨花渐少，朱门掩、莺声犹嫩。悔匆匆、过却清明，旋占得，余芳已成幽恨。却几日阴沉，连宵慵困，起来韶华都尽[2]。　怨入双眉闲斗损[3]，乍品得情怀，看承全近。深深态，无非自许，厌厌意、终羞人问。争知道、梦里蓬莱，待忘了余香，时传音信。纵留得莺花，东风不住，也则眼前愁闷。

【注释】　①轻晕：淡淡的光圈。②韶华：美好的时光。③闲斗损：终日愁眉紧锁。

【评析】　本篇词调名《全宋词》作《夏云峰》。本词别本又题作“伤春”。《全宋词》又将本词列为无名氏作品。

此词上片伤春，绘景如画，由远及近，从天阔云高，溪横水远到闲阶、朱门，镜头步步推进。而“过却清明”“余芳已成幽恨”由时光流逝引出春之愁恨，继而过渡到抒写幽恨怨愁。

下片怀人，以口语入词，口吻真切，深深态，厌厌意，终无人问津，惟有自知，暗寓主人公的寂寞孤独。相思闲情难解，惟有入梦。纵是有情有心留住红颜侍君惜，可“东风不住”，韶华易逝，有花堪折无人折，青春老去，真让人“愁闷”。末写东风不住，余恨不尽。全词笔致婉丽，值得一读。

水龙吟 晁补之

次韵林圣予惜春[1]

问春何苦匆匆？带风伴雨如驰骤。幽葩细萼[2]，小园低槛，壅培未就[3]。吹尽繁红，占春长久，不如垂柳。算春常不老，人愁春老，愁只是、人间有。　　春恨十常八九，忍轻辜、芳醪经口[4]。那知自是、桃花结子[5]，不因春瘦。世上功名，老来风味[6]，春归时候。纵樽前痛饮，狂歌似旧，情难依旧。

【注释】　①林圣予：事迹不详。②葩（pā）：花。③壅（yōng）：用土肥堆积护住植物根部。④芳醪（láo）：美酒。⑤自是、桃花结子：语本唐人王建《宫词》："自是桃花贪结子，错教人恨五更风。"⑥风味：犹风度、风采。

【评析】　这首词，字面上似是抒写春愁，实则是表达对春愁的一种感悟。上片起首问春，看来是恨春去匆匆，使得繁红一朝吹尽。可是待到看那垂柳，却依然婀娜多姿，算得上"占春长久"。于是，词人悟到一层道理：春原是不老的；是人自老罢了！

下片过片接着说，人们十常八九怀着春恨，其结果是辜负了美酒良辰。那么，为什么桃花一类的花在风雨中凋谢了呢？词人又悟出了另一层道理：桃花它们并非因春而瘦，而是自家要结子而已！

悟得了春的道理，词人也就因此而悟得了世事人生的道理。但是，词人并没有去抽绎这个道理。他只是将"世上功名，老来风味"都置于"春归时候"的背景之下，画一幅"樽前痛饮图"，供人解读。而我们似乎可以明白，今日的词人，已不会为"春归"而恨，不会为"功名"得失而恨。昔日的狂歌，大约是故意的发泄；而今日的狂歌，则已经是透彻的欢娱。“情难依旧”，并非有何遗憾，反而是有得了！

全词内容转折递进，借物言理，耐人寻味。

忆少年　晁补之

别历下[1]

无穷官柳[2]，无情画舸[3]，无根行客[4]。南山尚相送[5]，只高城人隔。　罨画园林溪绀碧[6]，算重来、尽成陈迹。刘郎鬓如此，况桃花颜色[7]。

【注释】　①历下：春秋古邑名。因在历山下，故称。北宋时属齐州。在今山东济南市历城。晁补之于绍圣二年（1095）放为齐州知州。旋即贬应天府。本篇当即离任时所作。②官柳：大道旁的柳树。因系官家所植，故称。唐人王泠然《汴堤柳》：“隋家天子忆扬州，……直到淮南种官柳。”③画舸：画船。④无根：形容四处飘游、行踪无定。⑤南山：历山。因在历城南，故称。又称千佛山。⑥罨（yǎn）画：色彩鲜明的绘画。绀（gàn）碧：深青透红色。⑦刘郎：本指刘晨。南朝宋刘义庆《幽明录》记述：汉永平中，刘晨、阮肇入天台山采药，迷途，遥望山上有桃树，子实熟。遂跻险援葛至其下，噉数枚，饥止体充。又遇二仙女于溪口，结为夫妇。半年始归，至家，子孙已过七世。重入山访女，踪迹渺然。又，用指唐代诗人刘禹锡。他从屯田员外郎贬任朗州司马。回京后游玄都观，作《元和十年自朗州召至京戏赠看花诸君子》：“紫陌红尘拂面来，无人不道看花回。玄都观里桃千树，尽是刘郎去后栽。”意在讥讽满朝新贵。复被贬，历十四年始得归，作《再游玄都观》：“百亩庭中半是苔，桃花净尽菜花开。栽桃道士归何处？前度刘郎今又来。”讥新贵之销声匿迹。

【评析】　这首词作于自齐州知州贬应天府临行时。

上片发端以三“无”句并列，写无奈心情，堪称警绝。“官柳”寓送别，“画舸”代行舟，处处扣住一个“别”字，而“无根”则以飘萍喻指人之漂泊，依然着一“别”字。用语精炼。歇拍写南山相送，而送行人不见，表达出留恋情绪。山相送，人却不见，让人情何以堪。

下片先写对历下风光的喜爱，然后抒发何日可以重来的怅惘。结拍“刘郎鬓如此，况桃花颜色”，句势虽如急马收缰，语意却仍是不绝如缕。语含愤懑与不平，却又无法道破，只借“刘郎”之典喻年华老去，仕途蹭蹬的无奈。

洞仙歌　晁补之

泗州中秋作[1]

青烟幂处[2]，碧海飞金镜[3]。永夜闲阶卧桂影。露凉时，零乱多少寒螀[4]，神京远，惟有蓝桥路近[5]。　水晶帘下[6]，云母屏开[7]，冷浸佳人淡脂粉。待都将许多明，付与金尊，投晓共、流霞倾尽[8]。更携取、胡床上南楼[9]，看玉做人间，素秋千顷[10]。

【注释】　①泗州：今安徽泗县。大观四年（1110），词人授知达州，未行，擢知泗州。到官无几何，以疾卒。②幂（mì）：遮掩、覆盖。③碧海：喻澄澈的夜空。李商隐《嫦娥》：“嫦娥应悔偷灵药，碧海青天夜夜心。”金镜：喻月亮。李贺《七夕》：“天上分金镜，人间望玉钩。”④寒螀（jiāng）：秋蝉。⑤蓝桥：喻月宫。据唐人裴铏所作传奇《裴航》载，书生裴航遇仙女云英于蓝桥，因求婚。云英的祖母要裴航寻得玉杵臼捣药方可。后果得，而云英又要求裴航须捣药百日。航不辞。因窥见月中有玉兔持玉杵臼捣药，始知云英实为月中神仙。⑥水晶帘下：语本李白《玉阶怨》：“却下水晶帘，玲珑望秋月。”⑦云母屏：以透明似玻璃的云母制成的屏风。李赏隐《嫦娥》：“云母屏风烛影深，长河渐落晓星沉。”⑧流霞：仙酒，兼指朝霞。见汉王充《论衡·道虚》。⑨胡床：一种可折叠的坐具，又称交椅、绳床。南楼：在今湖北鄂城县南。据《世说新语·容止》载，东晋庾亮于秋夜登南楼，据胡床，与诸人谈咏。⑩素秋：秋天。古人以五行五色配四季，秋为金，色白，因称素秋。

【评析】 这首词是作者在泗州任上所作。通篇写中秋赏月。

上片写待月看月，于描写月色清明之际，以珠露、寒蛩映照之。歇拍用蓝桥与神京做远近的对照，含蓄而微见幽默与惆怅。其匠心显然有鉴于前人“日近长安远”的语意。

下片写两种人的赏月。一是闺阁佳人；二是词人自身。佳人沐浴着隔帘的月光，更见淡雅娴静之美。此语暗接上片“蓝桥路近”。而词人登楼四望，吟咏述怀，以“人间”遥对上片“神京远”，颇似苏轼《水调歌头》“天上宫阙”与“人间”之喻。

此词结构稳密，语句精工。黄苏《蓼园词选》云：“前段从无月看到有月，后段从有月看到月满，层次井然，而词致奇杰，各段俱有新警语。自觉冰魂玉魄，气象万千，兴乃不浅。”

临江仙　晁冲之

忆昔西池池上饮[①]，年年多少欢娱。别来不寄一行书。寻常相见了，犹道不如初。　安稳锦屏今夜梦[②]，月明好渡江湖[③]。相思休问定何如。情知春去后[④]，管得落花无？

【注释】　①西池：指汴京西部的金明池。方圆九里，为都城胜地。元祐年间，苏轼兄弟与苏门弟子，曾同游金明池等处，极一时之盛。②安稳：布置稳当。③月明好渡江湖：指让梦中人平安渡过江湖。杜甫《梦李白》："三夜频梦君，情亲见君意。告归常局促，苦道来不易。江湖多风波，舟楫恐失坠。"④情知：深知，明知。

【评析】　这首词追忆往昔欢娱，抒发自己孤寂的愁怀。

前半主要写今昔变更，虽然语意轻松，却包含许多感慨，这尽可从"不如初"三字味出。

下片抒怀念之情。月明江湖一句，寓祈祷之意，暗示形势的不利与险恶。又说"休问何如"，实是不问可知。结拍二句，明里是说春天之神走了，他还管得了花落花开吗？其实，这不就是比喻政局的变化么？所以，清人沈昂霄说：这两句是"淡语有深致，咀之无穷。"（《词综偶评》）

惜分飞[①]　毛滂

富阳僧舍作别语赠妓琼芳[②]

泪湿阑干花著露[③]，愁到眉峰碧聚[④]。此恨平分取[⑤]，更无言语、空相觑[⑥]。　断雨残云无意绪[⑦]，寂寞朝朝暮暮[⑧]。今夜山深处，断魂分付、潮回去[⑨]。

【注释】　①惜分飞：可能系毛滂自度曲。据南宋黄升载，元祐间，苏轼守杭州。毛滂为法曹，任满辞去。一夕宴客，有妓歌此词。苏轼问为谁作，妓以毛法曹对。东坡曰："郡寮有词人，不及知，某之罪也。"翌日折柬追还，留连数日。②一本前有"题"字。一作"富阳僧舍代作别语"。富阳：在浙江杭州西南、富春江北岸。③阑干：纵横的样子。白居易《长恨歌》："玉容寂寞泪阑干，梨花一枝春带雨。"④眉峰碧聚：

喻眉头皱起。唐人张泌《思越人》："黛眉愁聚春碧。"王观《卜算子·送鲍浩然之浙东》："水是眼波横，山是眉峰聚。"⑤平分取：（别离双方）都是相等的。⑥觑（qù）：细看。⑦断雨残云：喻彼此分离，情绪败坏。暗用宋玉《高唐》《神女》二赋故事。⑧寂寞朝朝暮暮：寂寞独处。暗用宋玉二赋故事。⑨分付：托付，交付。

【评析】　词写别离之苦。

上片先描述别时情态，侧重于女子一边。"泪湿阑干花着露，愁到眉峰碧聚"写女子临别洒泪，双眉愁聚。而以"花着露"形象喻指女子梨花带泪的情状，以"峰碧聚"将女子因离愁而锁双眉的情态形象化，可谓传神写照之笔。但离恨的程度与分量是同等的。无语而相觑，犹柳永"执手相看泪眼，竟无语凝噎"，最为传神。

下片设想别后情状，侧重于自己一方。独处深山，魂断梦破，惟有托付江中潮水，携我梦魂，到你身旁。以此作结，"语尽而意不尽，意尽而情不尽。"（宋周辉《清波杂志》）

青门饮　时彦

寄宠人

胡马嘶风，汉旗翻雪，彤云又吐①。一竿残照，古木连空，乱山无数。行尽暮沙衰草，星斗横幽馆②，夜无眠、灯花空老。雾浓香鸭③，冰凝泪烛，霜天难晓。

长记小妆才了④，一杯未尽，离怀多少。醉里秋波，梦中朝雨⑤，都是醒时烦恼。料有牵情处，忍思量、耳边曾道：甚时跃马归来，认得迎门轻笑。

【注释】　①彤（tóng）云：阴云，多指大雪前的乌云。②星斗横：北斗横转，喻夜深。唐人沈佺期《和中书侍郎杨再思春夜宿直》："星斗横纶阁，天河度琐闱。"③香鸭：鸭形的香炉。秦观《沁园春》："愁绝处，又香销宝鸭，灯晕兰煤。"④小妆：素妆淡抹的意思。⑤朝雨：喻梦里交欢。用宋玉《高唐赋》"旦为朝云，暮为行雨"典。

【评析】　这是一首远行寄怀之作。

上片写行役中所见的边塞景象和孤馆不眠的情状。或风雪、彤云，或残照、乱山，或古木、衰草，总之一派寥廓荒寒，历历如画。入夜难眠，又摹写灯花已老、香销宝鸭、泪烛冰凝等等细小物事的变化，暗示并烘托人无眠而天难晓的凄苦。

过片转入回忆，突出离别时的感受。然后推想伊人别后的寂寞与烦恼。最难忘的，是她在别前曾附耳低言：你什么时候跃马扬鞭地得胜归来呀？你那时还认得迎门轻笑的我吗？这种情调，包含着多少期待、多少调皮，又包含着多少意趣呀！

词的上片中的昼夜两个画面，色彩晦暗而略显斑斓。而下片在展开情感世界的时候，居然拓出一层伊人情趣的亮色，与上片形成对比。于黯然销魂之际，逸出一丝独自的陶醉。读之令人惆怅不已。

谢池春　李之仪

残寒销尽，疏雨过，清明后。花径敛余红，风沼萦新皱[①]。乳燕穿庭户，飞絮沾襟袖。正佳时，仍晚昼。著人滋味[②]，真个浓如酒。　频移带眼[③]，空只恁、厌厌瘦[④]。不见又思量，见了还依旧。为问频相见，何似长相守[⑤]？天不老[⑥]，人未偶[⑦]。且将此恨，分付庭前柳[⑧]。

【注释】 ①风沼萦新皱：语本冯延巳《谒金门》："风乍起，吹皱一池春水。"沼：池塘。②著人：迷人，感人。③频移带眼：皮带老是移孔，形容日渐消瘦。王安石《寄余温卿》："平日离愁宽带眼，讫春归思满琴心。"④恁（rèn）：这样，如此。厌（yān）厌：即恹恹，生病的样子。⑤相守：厮守在一起。⑥天不老：犹谓天无情。李贺《金铜仙人辞汉歌》："天若有情天亦老。"⑦未偶：没有能与意中人结合。⑧分付：付与。

【评析】 这首词写到了一种对春天的特殊感受，和一种对爱情的特殊感觉。上片所写的是清明之后的那些日子。眼看着残寒尽了，可花也落了；眼看着小燕子能飞了，可柳絮也飞起来了；眼看着天气宜人了，可一下子天又晚了！这不是使人十分难耐的春日么？

下片就写这么样的日子里的特别的情绪。伊人仿佛生病了。因为瘦了。因为思量的缘故。不见又思量，好理解；可是，"见了还依旧"就有些奇怪了！到底是"频相见"好呢，还是"长相守"好？这种爱情，到底是时机还没有成熟，还是没有公开挑明，抑或是受到阻碍了呢？总之是很难办。所以，此恨难以排遣，只有一股脑儿交给庭前柳树去想吧！即使它没脑袋。

难言的春感，难言的情愫，交织在一起，映照在一起。相映成"趣"。

卜算子 李之仪

我住长江头[①]，君住长江尾[②]。日日思君不见君，共饮长江水。 此水几时休？此恨何时已？只愿君心似我心，定不负、相思意。

【注释】 ①长江头：长江上游。②长江尾：长江下游。

【评析】 对于这首表现恋情的词，明人毛晋说："真是古乐府俊语"（《宋六十名家词·姑溪词跋》）。这里的古乐府，大约是指汉乐府中的《上邪》以及南朝乐府民歌之类。但是，也有学者以为，直接影响此词的还是唐诗，即姚合的《送薛二十三郎赴婺州》："我住浙江东，君去浙江东。日日心来往，不畏浙江风。"此说确有依据。不过，词作更具特色。

全篇上片用赋法，下片用情语，其间以长江为纽带，既联结你我，亦贯串文脉，又是别恨的象征。结拍于愿望之中暗寓一丝隐忧。全篇所表现的情感真诚而明朗，而语言浅近，极尽错综重叠之妙，是一首充满民歌风情的杰作。

更漏子[①]　贺铸

上东门[②]，门外柳，赠别每烦纤手[③]。一叶落[④]，几番秋，江南独倚楼。　　曲阑干，凝伫久，薄暮更堪搔首[⑤]？无际恨，见闲愁，侵寻天尽头[⑥]。

【注释】　①更漏子：此词牌一作"独倚楼"，盖取词中语以作词牌。②上东门：本指汉代洛阳城东门。这里借指北宋都城汴京城门。③纤手：指女子纤细的手。④一叶落：指一叶知秋。《淮南子·说山训》："见一落叶而知岁之将暮。"⑤搔首：即搔头，心绪不宁或有所想念时的动作。⑥侵寻：同侵淫。渐进，逐渐扩展。

【评析】　这首词写别后相思。

上片先写对别离场所与情人送别情态的回忆。然后写产生回忆的时间、地点以及自己的孤独处境。大约眼前的秋日凋零的杨柳引起了对汴京送别处杨柳的联想。

下片写倚楼之久，而以恨的"侵寻天尽头"状其无际，可谓笔力已极。

青玉案 贺铸

凌波不过横塘路[1]，但目送、芳尘去。锦瑟年华谁与度[2]？月桥花院，琐窗朱户[3]，只有春知处。　碧云冉冉蘅皋暮[4]。彩笔新题断肠句。试问闲愁都几许[5]？一川烟草，满城风絮，梅子黄时雨！

【注释】　①凌波：喻女子的轻盈步态。语本魏时曹植《洛神赋》："凌波微步，罗袜生尘。"横塘，在苏州旧城南十余里。贺铸在此筑有别业。②锦瑟年华：美好的年光。李商隐《锦瑟》："锦瑟无端五十弦，一弦一柱思华年。"③琐窗：雕成连锁形花纹的窗。④碧云：江淹《休上人怨别》："日暮碧云合，佳人殊未来。"冉冉：流动的样子。蘅皋：长满香草的湿地。蘅：杜蘅，香草。⑤都几许：共有多少。

【评析】　此词初出，即受推崇。如黄庭坚寄诗以贺。人皆服其工，当时士大夫谓之"贺梅子"（宋人周紫芝《竹坡诗话》）。以后至金，和者凡二十七人，而无出其右。

词中所写，似是一场单相思。

词的上片写偶然得见美人，却不能接近，欲知其人与谁共处、居于何处，亦不能知。这一层层的盼想与失望，使得词人于无可奈何之际，竟然自恨不如春皇：春皇无所不到，一定会知道伊人居于何处了！

下片再写失望之后的痴情守候，自朝至暮！自春至夏！纵是断肠，犹然执着。结拍三语，既是赋写自春徂夏之景，表明主人公的守候之久；又是令人抑郁之象，具有兴起哀怨的作用；而最令读者叹赏的，是三语组成博喻，表现出这种闲愁的繁多、广泛与无止无休，所谓"兴中有比，意味更长"。词人也因此喻而博得"贺梅子"之称，此喻确实高妙。

感皇恩[1] 贺铸

兰芷满汀洲[2]，游丝横路[3]。罗袜尘生步[4]。迎顾。整鬟颦黛[5]，脉脉两情难语[6]。细风吹柳絮，人南渡。

回首旧游，山无重数。花底深、朱户何处？半黄梅子，向晚一帘疏雨。断魂分付与、春将去[7]。

【注释】 ①感皇恩：一作《人南渡》。取词中一句作词牌。②兰芷：香兰、白芷，都是香草。汀（tīng）洲：汀，水边平地和水中陆地。一作芳洲。③游丝横路：语本李白《惜余春赋》："见游丝之横路，网春晖以留人。"指春日柳丝。④罗袜尘生步：语本曹植《洛神赋》："凌波微步，罗袜生尘。"⑤整鬟颦黛：整理秀发，微皱双眉。⑥脉脉两情难语：语本《古诗十九首》："盈盈一水间，脉脉不得语。"⑦断魂分付与、春将去：语本北宋毛滂《惜分飞》："断魂分付潮将去。"将：携带；送。

【评析】 这是一首表达别后思情的词作。

上片写两人乍见又别的情景。发端交代相逢处是水边某地，而时节则是春天。大约是游春中发生的故事。相见相慕，却由于某种缘故而不能相语。词人于故事发生的背景的描写中，用语双关，游丝横路、细风吹絮，都具有兼喻人事的功用。

下片写别后相思的愁苦。过片先说如今距离特远，此一苦；再说连伊人何处都不能知，此二苦；又说时间历春而夏，思念累积，此三苦；结拍更说此情无物可与传递，只能交付春天……

词中情感深挚而绵邈，表达时情景相生，逐层推进。

薄倖[1]　贺铸

淡妆多态[2]，更的的[3]、频回眄睐[4]。便认得、琴心先许[5]，与绾合欢双带[6]。记画堂、风月逢迎[7]，轻颦浅笑娇无奈。向睡鸭炉边[8]，翔鸾屏里[9]，羞把香罗偷解[10]。　自过了烧灯后[11]，都不见、踏青挑菜[12]。几回凭双燕，丁宁深意[13]，往来翻恨重帘碍。约何时再？正春浓酒暖，人闲昼永无聊赖。厌厌睡起[14]，犹有花梢日在。

【注释】　①薄倖：以薄倖为调名，始于此篇。说者有以为本篇是“自谓”的。一本有题曰“忆故人”。②淡妆：一本作“艳真”。③的的：眼波明媚。④眄睐（miǎn lài）：顾盼。⑤琴心：以琴传情，喻爱慕之心。西汉时，司马相如得遇卓文君，以琴奏《凤求凰》曲，挑其心。文君遂与相如夜奔。事见《史记·司马相如列传》。⑥绾（wǎn）：旋绕打结。合欢双带：以绣带结成双结，以示欢爱。一本作“宜男双带”。⑦风月逢迎：一作“斜月朦胧”。⑧睡鸭炉：指香炉形如睡鸭。此句一作“翡翠屏开”。⑨翔鸾屏：画有鸾凤的屏风。此句一作“芙蓉帐掩”。⑩香罗：女子的丝帕。此处用作定情之物。⑪烧灯：燃灯。据《旧唐书·玄宗纪》，开元二十八年春正月望日，上于勤政楼宴群臣，连夜烧灯，会雪而罢。因命自今常以二月望日夜为之。唐人王建《宫词》之八十九：“院院烧灯如白日，沉香火底坐吹笙。”一本作“收灯”。⑫踏青：古代民俗节日，从农历正月初八至二月二日、三月三日或清明日，各地不一。挑菜：民俗节日。唐代长安风俗，农历二月二日往曲江拾菜，士民游观其间，谓之挑菜节。宋时风俗相仍。⑬丁宁：犹叮咛。嘱咐之意。⑭厌厌：犹恹恹，精神萎靡之状。

【评析】 这也是一首回忆爱情的词作。

上片叙述与伊人相见相亲的经历，着重表现伊人风致。场面旖旎，气氛温馨，都作伊人衬托。但这乃是对前欢的追叙。相见是眉目传情，瑟心先许。相亲则“轻颦浅笑”“香罗偷解”写得极其香艳欢愉。

下片写别后苦恼。逐层展开。先是每日期待，自踏青而挑菜，人“都不见”，失望。请“双燕”传书，可恨“重帘”阻碍，又失望。但又怎能约定何时再会呢？失望到顶了。于是，在“春浓酒暖”正好欢游的时节，词人反而无聊闲卧，辜负春光。

全词上昔下今，前欢后苦，鲜明对照。

浣溪沙[1] 贺铸

不信芳春厌老人，老人几度送余春。惜春行乐莫辞频[2]。 巧笑艳歌皆我意[3]，恼花颠酒拚君瞋[4]。物情惟有醉中真[5]。

【注释】 ①浣溪沙：一作“醉中真”，盖取曲终三字作调名。②莫辞频：不要推辞经常举杯饮酒。晏殊《浣溪沙》：“酒筵割席莫辞频。”③巧笑：《诗·硕人》：“巧笑倩兮，美目盼兮。”④恼花：为花所引逗、撩拨。杜甫《江畔独步寻花七绝句》：“江上被花恼不彻，无处告诉只癫狂。”颠酒：犹狂饮。拚（pàn）：豁出来（让）。瞋（chēn）：怒目而视，生气。⑤物情：人情。醉中真：语本苏轼《和陶饮酒二十首》：“惟有醉时真。”

【评析】 本词当为晚年所作。

词人本来是有志济世的。但他喜欢评论时政，敢于诋诃权贵显要，终因此官运不济，退隐苏州。词之上片写老人及时行乐，“惜春行乐莫辞频”。下片则写行乐之态，写词人“聊发少年狂”的意态。“巧笑艳歌”，流连欢场。“恼花颠酒”醉中买笑。词的内容看起来似乎是写老人及时行乐的，实则不然。在词人“聊发少年狂”的影子里，既有对命运的嘲弄，更有对生活的珍惜。

浣溪沙　贺铸

楼角初消一缕霞，淡黄杨柳暗栖鸦[①]。玉人和月摘梅花。　　笑拈粉香归洞户[②]，更垂帘幕护窗纱。东风寒似夜来些[③]。

【注释】　①杨柳暗栖鸦：语本周邦彦《渡江云》：“千万丝、陌头杨柳，渐渐可藏鸦。”②洞户：至相通达的门户。户：单扇的门。③寒似夜来些（sà）：夜里较白昼为（冷）。

【评析】　“此首全篇写景，无句不美。”（唐圭璋语）

上片写室外之景，由夕而暗，由暗而复“明”——月亮升起来了。这些该是从“玉人”眼中看到，而由词人代为写出的。每句一个镜头，以时间为脉络贯穿起来，表现初春日暮时刻的美好景象，同时也隐约写出一个闺阁女子此际的微妙活动。

下片紧承上片“摘”字，写女子拈花归室，“粉香”人面，相映生娇，流露出玉人惜花亦复自惜的意趣。垂帘遮“寒”，而实际上“寒”因寂寞而生。所以，遮寒乃是遮寂寞也。

全词诚然句句皆景，但其中有玉人寂寞的幽怨在。景显而情隐，景幽而情远，耐人寻味。

石州慢[①] 贺铸

薄雨收寒，斜照弄晴，春意空阔。长亭柳色才黄，倚马何人先折？烟横水漫，映带几点归鸿，平沙消尽龙荒雪[②]。犹记出关来，恰如今时节。　将发。画楼芳酒，红泪清歌[③]，便成轻别。回首经年，杳杳音尘都绝[④]。欲知方寸[⑤]，共有几许新愁？芭蕉不展丁香结[⑥]。枉望断天涯，两厌厌风月。

【注释】　①石州慢：即石州引。词中因有“长亭柳色才黄”句，故又名《柳色黄》。②平沙：广袤的沙漠。龙荒：指塞外荒漠。古时沙漠中有地名曰“白龙堆”，故又称沙漠为龙沙或龙荒。唐人王昌龄《从军行》：“表请回军掩尘骨，莫教兵士哭龙荒。”③红泪：指妇女的眼泪。④音尘都绝：音信与踪迹全都没有了。李白《忆秦娥》：“乐游原上清秋节，咸阳古道音尘绝。”⑤方寸：喻心。⑥芭蕉不展丁香结：句出李商隐《代赠二首》：“芭蕉不展丁香结，同向春风各自愁。”

【评析】　吴曾《能改斋漫录》载，贺方回眷一姝，别久。姝寄诗云：“独倚危栏泪满襟，小园春色懒追寻。深思纵似丁香结，难展芭蕉一寸心。”贺演其诗为《石州引》词。按近人俞陛云推测，这女子乃“北地胭脂”（《唐五代两宋词欣赏》）。

上片写塞外早春的雨后黄昏景色。起首先写空际大背景，再将镜头推至长亭柳色，暗示离别之事。复又推向地表全景，写足“春意空阔”意境。而后在歇拍用“还记”一词映带今昔，开出下片。

过片即追叙往岁“轻别”旧事，但并没有展开，而是迅即回归现实，表达思念之情。表情用比喻而不直说。用“芭蕉不展丁香结”喻愁思郁结，用

"枉望断天涯"形相思徒劳,"两厌厌风月"写足人的慵惓无意绪。

上片写景明秀,布置得宜;下片抒情含蓄,用语雅丽。全篇情文相生,往复不尽。

蝶恋花[1] 贺铸

几许伤春春复暮。杨柳清阴,偏碍游丝度。天际小山桃叶步[2]。白蘋花满湔裙处[3]。　竟日微吟长短句[4]。帘影灯昏,心寄胡琴语[5]。数点雨声风约住[6]。朦胧淡月云来去。

【注释】 ①蝶恋花:一本有题曰"改徐冠卿词"。据查,徐冠卿无考。而宋人李冠《蝶恋花·春暮》词与本篇题材略近,语亦相同:"遥夜亭皋闲信步。才过清明,渐觉伤春暮。数点雨声风约住,朦胧淡月云来去。　桃杏依稀香暗度。谁在秋千、笑里轻轻语?一寸相思千万缕。人间没个安排处。"疑徐冠卿乃李冠之误。按李冠字世英,北宋前期历城(今山东济南)人,同三礼出身。以文学著称,与王樵、贾同齐名。官乾宁(今河北青县)主簿。事见《宋史新编》卷一七〇。有《东皋集》传世。②桃叶步:即桃叶渡。在今南京秦淮河与占青溪交汇处。一说在南京对岸的六合县。东晋王献之有妾名桃叶,害怕渡江。献之作《桃叶歌》鼓励她。这里用桃叶比喻所爱。③白蘋:梁柳恽《江南曲》"汀洲采白蘋,日暖江南春,故人何不返?春花复应晚?"湔(jiān):洗。④长短句:指词曲。⑤胡琴:唐宋时,凡来自西北各民族的弦乐器就统称胡琴,但多指琵琶。如苏轼《采桑子》(多情多感仍多病)中的胡琴即是。晏几道《临江仙》:"琵琶弦上说相思。"⑥约:约束,阻拦。

【评析】 这是首伤春怀人的小令。

上片以伤春发端，杨柳碍游丝的物象可能有所寄托。伤春的主体，应是所谓“桃叶”。她既已目睹游丝的被碍，复又感慨白蘋的盛开，与人隔别的苦恼隐约可味。

下片更换主体，改由词人自述心境。寄情不得，于是托之于琴。结拍写风雨，有象征心情动荡的功用；而写云月，则既有象征所思的意味，因而也具有交代词人仰首望月时间甚久的作用。“数点”两句，在李冠词中，被清人沈谦评为佳句，连宋祁的“红杏枝头春意闹”和张先的“云破月来花弄影”都不及（《填词杂说》）。贺铸移而用之，很好地表达了自身的相思情感，也增厚了作品的意境。

天门谣[1]　贺铸

牛渚天门险[2]，限南北[3]、七雄豪占[4]。清雾敛，与闲人登览。　　待月上、潮平波滟滟[5]，塞管轻吹新《阿滥》[6]。风满槛，历历数、西州更点[7]。

【注释】　①天门谣：即朝天子。②牛渚：即牛渚矶。在今安徽马鞍山市采石镇临江处。绝壁嵌空，突入江中。其西南方向有两山夹江对立，相对如门，名天门。北宋熙宁间，于矶上建亭，以观天门奇景，名曰蛾眉。③限：界限，分界之意。南北朝以长江为界，南朝偏安江左。④七雄：指六朝（东吴、东晋、宋、齐、梁、陈）再加南唐。天门山险要，又处金陵上游，为历代兵家必争之地。⑤滟（yàn）滟：水光摇动的样子。唐人张若虚《春江花月夜》：“春江潮水连海平，海上明月共潮生。滟滟随波千万里，何处春江无月明？”⑥塞管：犹言羌笛。泛指塞外民族的管乐器。阿滥：即《阿滥堆》，笛曲名。西安骊山多飞禽，名阿滥堆。唐明皇御玉笛，采其声，翻为曲子名。见宋人王灼《碧鸡漫志》卷四。⑦西州：南朝晋宋时将扬州刺史治所设在金陵台城之西，称西州。

在今南京市西。这里指金陵。更点：夜晚打更报时的声音。古时一夜分五更，一更分五点，皆以钟鼓报时。

【评析】 此篇见于宋人李之仪《姑溪词》，李有和作。按李曾于崇宁、大观间编管在此，而作者也于此时通判太平（今安徽当涂），二人过从甚密，故有此作。

上片写登蛾眉亭而引发的怀古之意。但词人却先说古意，极具概括力，再说登览，显得笔势突兀。而且写天险气势雄阔，写登览反而仅用一“闲”字，语气轻缓，显得萧闲自适。两相比较，可谓大起大落。

下片预想月夜光景。月明波静，复与上片险景作对照，写出天险景致的另一面。西州更点，纯属想象之词，因为牛渚距南京一百余里。词人作此处理，要写出故都宁静，显示当今四海一家，而历史教训不可忘记。用意犹如刘禹锡作《西塞山怀古》。

伴云来[①] 贺铸

天香

烟络横林[②]，山沉远照，逦迤黄昏钟鼓[③]。烛映帘栊，蛩催机杼[④]，共苦清秋风露。不眠思妇，齐应和、几声砧杵[⑤]。惊动天涯倦宦，骎骎岁华行暮[⑥]。 当年酒狂自负，谓东君相付[⑦]。流浪征骖北道[⑧]，客樯南浦。幽恨无人晤语[⑨]。赖明月、曾知旧游处。好伴云来，还将梦去[⑩]。

【注释】 ①伴云来：取词中“伴云来”句以为词牌，实即“天香”。②络：笼罩，连带。③逦迤（lǐyǐ）：曲折连绵。④蛩（qióng）：蟋蟀，又名促织。机杼：织布机及梭子。⑤砧：捣衣石。杵：槌棒。⑥骎

(qīn) 骎：马速行的样子。也用来比喻时光飞逝。⑦东君：司春之神。⑧骖（cān）：一车驾三马。这里泛指马。⑨晤语：见面交谈。《诗·东门之池》："彼美淑姬，可与晤。"⑩云来、梦去：用宋玉《高唐赋》、《神女赋》故事。

【评析】 贺铸年轻时自负才气，尚气近侠，有为国立功的崇高理想，但冷酷的现实却让他沦为天涯倦客。这就是一首抒发人世沧桑感的词作。

上片主要摹写清秋景色。其脉络是由夕而夜，由远而近，由物而人。布局上，色、声两度交错，构成迷蒙而凄清的苍凉境界。而这是词人用来作自己身为"天涯倦宦"的背景的。故歇拍用"惊动"一词关联自身，使下片自然转入抒情。

下片由上片感慨"岁华行暮"接入对往事的追忆。先说少年自负，再说流落宦途，又说因此而别却所爱，不独"倦宦"，且又"孤旅"。最后只有幻想：由明月探知旧游之所在，传她梦来，寄我梦去，好藉此慰我落魄孤寂之心。

全篇上景下情，景凄暗而情悲凉，互相映照，令人感慨低回。

望湘人[①] 贺铸

厌莺声到枕，花气动帘，醉魂愁梦相半。被惜余熏[②]，带惊剩眼[③]。几许伤春春晚。泪竹痕鲜[④]，佩兰香老[⑤]，湘天浓暖。记小江、风月佳时，屡约非烟游伴[⑥]。

须信鸾弦易断[⑦]，奈云和再鼓[⑧]，曲终人远[⑨]。认罗袜无踪[⑩]，旧处弄波清浅。青翰棹舣[⑪]，白蘋洲畔[⑫]。尽目临皋飞观[⑬]。不解寄、一字相思，幸有归来双燕。

【注释】 ①望湘人：贺铸自度曲。②余熏：以香熏被而留下的余味。这里指昔日情人所留的余香。③剩眼：腰带上空出的扣眼。比喻人消瘦得很快。《南史·沈约传》载，沈约老病，“百日数旬，革带常应移孔。”④泪竹：即斑竹。传说舜死于苍梧，其妃娥皇和女英思念不已，挥泪沾竹，悉成斑痕。故称斑竹、泪竹，也叫湘妃竹。⑤佩兰：身上所佩的兰花。屈原《离骚》：“纫秋兰以为佩。”⑥非烟：即飞烟。唐人武公业之妾，姓步。见皇甫枚《飞烟传》。这里借指非烟般的情人。⑦鸾弦：以鸾胶续弦，牢固耐用。《汉武外传》：“西海献鸾胶，武帝弦断，以胶续之，弦两头遂相著。”后世称续娶为“续胶”或“续弦”。这里借指爱情。⑧云和：本山名，以产琴瑟著称，后用作琴瑟类的乐器之名。唐人钱起《省试湘灵鼓瑟》：“善鼓云和瑟，常闻帝子灵。”⑨曲终人远：语本钱起《省试湘灵鼓瑟》：“曲终人不见，江上数峰青。”⑩罗袜：语本曹植《洛神赋》：“凌波微步，罗袜生尘。”这里指所思的踪迹。⑪青翰：船名。因船身有青色的鸟形刻饰，故称。舣：使船靠岸。⑫白蘋洲：所思曾到之地。参见前《蝶恋花》（几许伤春）注③。⑬临皋：临近水边的高地。黄州古有地名临皋，见于苏轼《后赤壁赋》。

【评析】 本词抒写怀人之情。

上片由写景起。景是晚春之景：莺声婉转，花气袭人，总该令人愉悦。然而，词人竟于词的发端冠以一个“厌”字，少见之笔，可谓嶙峋。所以然者，盖由于词人“以我观物”，而“我”此时正处于“醉魂愁梦相半”的境界，因此对“扰梦者”不得不“厌”。被惜余熏等句，写室内景物，申说“醉魂愁梦”之由，乃是与恋人分离之情事。及至醒来，遂变“厌”为“伤”。所以伤春，既有韶华易逝之悲哀，又含与恋人往日共度春光而今不可复得之痛苦。泪竹等句，申说可伤之景；记小江等句，则提起旧事，统摄前片。

下片情中见景。换头承上启下，直抒胸臆。离别的悲哀，再会的隐约期待，旧迹的追寻，孤独的眺望，交织在词人心中。“不解寄、一字相思”，当指所思，微露责意，而以双燕对照之、反衬之。一幸字，与起首一个厌字，遥相呼应，蕴含着多少无奈与感伤。

全词上景下情，相互映衬。景中含情，情中见景。情景相生，意致浓腴。

绿头鸭　贺铸

玉人家[1]，画楼珠箔临津[2]。托微风，彩箫流怨，断肠马上曾闻。燕堂开[3]、艳妆丛里，调琴思、认歌颦。麝蜡烟浓[4]，玉莲漏短[5]，更衣不待酒初醺[6]。绣屏掩、枕鸳相就[7]，香气渐暾暾[8]。回廊影、疏钟淡月，几许消魂？　翠钗分[9]。银笺封泪[10]，舞鞋从此生尘[11]。任兰舟、载将离恨[12]，转南浦、背西曛[13]。记取明年，蔷薇谢后[14]，佳期应未误行云[15]。凤城远[16]、楚梅香嫩，先寄一枝春[17]。青门外[18]，只凭芳草，寻访郎君。

【注释】　①玉人：美艳如玉之人。指所思的女子。②珠箔：白居易《长恨歌》："揽衣推枕起徘徊，珠箔银屏迤逦开。"③燕堂：宴饮之堂。④麝蜡：香浓如麝的蜡烛。⑤玉莲漏：玉制的莲花漏。莲花漏，又称文殊泉。东林寺晋僧慧运弟子慧安，才智过人。他立芙蓉十二叶于泉水中，芙蓉随波转动，一昼夜恰好转动一周，以此分为一天为十二时辰。或曰，越僧灵彻，得莲花漏于庐山，铜叶制器，状如莲花，置盆水之上，底孔漏水，半之则沉。每昼夜十二沉之节，虽冬夏云阴月黑，无所差。但技术失传。到北宋，燕肃复又制成莲花漏。⑥更衣：更换衣物。引指休息之所。因此处或备有厕所，故入厕亦托言更衣。《史记·外戚世家》载，武帝过平阳公主家，席间独悦歌女卫子夫。武帝更衣，子夫侍于尚衣轩，遂得幸宠，后为皇后。这里用以自喻情事。酒初醺：酒醉。⑦枕鸳：绣有鸳鸯的枕头。⑧暾（tūn）暾：原指日光明亮，这里指香气浓郁。⑨翠钗分：犹言离别。古时以分钗各执一股作为离别纪念。翠钗：以翡翠装饰的宝钗。白居易《长恨歌》："钗留一股盒一扇，钗擘黄金盒分钿。”⑩银笺封泪：事见张君房《丽情集》。灼灼，锦城官妓，善舞“柘枝”，能歌“水调”，御史裴质与之善。裴召还，灼灼以软绡聚红泪为寄。⑪生尘：喻弃置不用。⑫载将离恨：语本宋人郑文宝《阙题》：“亭亭画舸系寒潭，只待行人酒半酣。不管烟波与风雨，载将离恨过江南。”⑬曛（xūn）：落日的余光。⑭蔷薇谢后：指春夏之交。语本杜牧《留赠》：“不使镜前空有泪，蔷薇花谢即归来。”⑮行云：喻所思女子。用巫山神女故事。⑯凤城：相传秦穆公之女弄玉，吹箫引凤，凤凰降于京城，故称秦京为丹凤城。后因称京都为凤城。一说指长安帝城。因其中有凤阙、丹凤门，故名。⑰寄一枝春：寄一枝梅花。参见前舒亶《虞美人》注释②。⑱青门：汉长安城东南门。本名霸城门，因门色青，便称青门。这里借指北宋都城汴京东门。

【评析】 词写主人公与一位贵家歌舞妓的恋情。

上片写与舞女初相交往的情事。发端先写女子所居；次写得闻女子箫声，知其心；三写于席间得认其人；再写相亲相近，结成鸳鸯，欢度良宵。对女子住处的华贵、才艺的超群、内心的隐秘、情感的丰富，极力描绘，不惜辞藻。

下片写离别时的相约。翠钗等句，写女子的盟誓。而住兰舟以下，则叙写自身行迹，抒发对伊人的思念，特别不能忘记昔日曾经约下的归期：归时要待“蔷薇谢后”，可是我将先寄一枝梅花以表思情。而东门芳草的寻访方式，正是一种幽期密约，令人猜想玩味。

本篇叙事层次脉络分明，写景华丽，抒情别具韵致，且多用典故。

瑞龙吟　周邦彦

章台路[①]。还见褪粉梅梢，试花桃树。愔愔坊陌人家[②]，定巢燕子，归来旧处。黯凝伫。因念个人痴小[③]，乍窥门户[④]。侵晨浅约宫黄[⑤]，障风映袖，盈盈笑语。

前度刘郎重到[6]，访邻寻里，同时歌舞，唯有旧家秋娘[7]，声价如故。吟笺赋笔，犹记燕台句[8]。知谁伴、名园露饮[9]，东城闲步？事与孤鸿去。探春尽是、伤离意绪。官柳低金缕[10]。归骑晚，纤纤池塘飞雨。断肠院落，一帘风絮。

【注释】　①章台路：指歌妓聚居的地方。②愔（yīn）愔：幽静貌。坊陌人家：即坊曲人家，唐时常指歌妓所居的教坊。③个人：那人。④乍窥门户：指雏妓刚开始倚门卖笑。⑤宫黄：宫女涂额以作妆饰的黄色脂粉。在鬓角涂饰微黄，叫约宫黄或约黄。⑥刘郎：东汉时刘晨。他与阮肇采药，入天台山得遇仙女，居留半载。事见南朝宋时刘义庆《幽明录》。⑦秋娘：唐宋时歌妓多用此为名。⑧燕台句：赠与妓女的情诗。用唐人李商隐作《燕台》诗引起洛阳女子柳枝爱慕的故事。柳枝后来别嫁。⑨露饮：脱帽饮酒，表示豪放不羁。⑩官柳：官府所植之柳，多在行道或堤岸上。

【评析】　词作于外任回京的国子监主簿之际，其间离京已有十年。对于其内容，有人以为“不过桃花人面，旧曲翻新耳”（清人周济《宋四家词选》）。但也有认为是作者“负才抱志，不得于君，流落无聊，故托以自况”（明人李攀龙《草堂诗余隽》引）。

词分三段。第一段写自己重寻旧路，再见前花，一如燕来旧巢。第二段转忆与伊人初逢情景，痴态风姿，犹在目前。第三段再写重游之事，及所见所感，以旧家秋娘犹在反衬“个人”不知何去；又以飞雨风絮写人去院落空寂，反复渲染，而用“归骑晚”这极其简括的一语，勾勒自己独自徘徊不去的形象，以作点睛之笔。

全词虽写旧地重游情事，但善于变幻时空，首尾相应，景中见情，显得浓郁而空灵。

本篇曾被认为是清真词的压卷之作。宋人沈义父就曾将这首词作为填词佳例提到过（《乐府指迷》）。近人为之笺释者甚多。

风流子　周邦彦

新绿小池塘，风帘动、碎影舞斜阳。羡金屋去来①，旧时巢燕；土花缭绕②，前度莓墙③。绣阁里，凤帏深几许，听得理丝簧④。欲说又休，虑乖芳信⑤；未歌先咽，愁近清觞。　遥知新妆了，开朱户，应自待月西厢⑥。最苦梦魂，今宵不到伊行⑦。问甚时说与，佳音密耗⑧，寄将秦镜⑨，偷换韩香⑩？天便教人、霎时厮见何妨⑪！

【注释】　①金屋：华丽的居所。《汉武故事》：汉武帝年幼时，曾对姑母说，“若得阿娇作妇，当作金屋贮之。”阿娇，是武帝姑母的女儿，后来果然作了武帝的皇后。②土花：苔藓。李贺《金铜仙人辞汉歌》：“三十六宫土花碧。”③莓墙：长满青苔的墙。莓：青苔。④“绣阁里”等三句：《全宋词》作：“绣阁凤帏深几许，曾听得、理丝簧。”丝簧：指管弦乐器。⑤乖：耽误，违背。芳信：花信，花开的消息。引指相聚的佳音。⑥待月西厢：唐人元稹《会真记》：“待月西厢下，迎风户半开。月移花影动，疑是故人来。”⑦伊行：她那里。晏几道《临江仙》：“如今不是梦，真个到伊行。”⑧密耗：密信。⑨秦镜：秦嘉之镜。东汉人秦嘉曾寄明镜与其妻徐淑。这里用指男女间的信物。刘禹锡《秦娘歌》：“秦嘉镜有前事结，韩寿香销故箧衣。”⑩韩香：韩寿之香。西晋贾充之女私慕掾吏韩寿，窃家中所藏御赐西域奇香赠之。事见《晋书·贾充传》。⑪厮见：相见。

【评析】　词写与所思相闻而不得相见的极度苦恼。

上片先写新春黄昏景色，羡字以下数句，用旧燕巢于金屋，喻所思身入侯门，不得相见；绣阁凤帏里传出的丝簧之声，正是伊人演奏出来的。闻其声而不能面其人，咫尺天涯，不禁徘徊于“前度莓墙”之下，回想旧时风情。欲说四句，应是词人自指，表达百无聊赖的心绪。“欲说又休”、“未歌先咽”似有不得已的隐衷，欲说又还休，只能借酒以消愁。

下片设想情人同样有所期待。时间从上片的下午进展到月出，所谓“待月西厢”。然而，彼此实在是难得相聚的；不仅不能相聚，甚至自己的梦魂也无法接近伊人！那么以后呢，什么时候能够互通信息呢？哪怕相聚片刻也好！而这种很小很低的要求，都难以达到，恰恰反证了相见的可能性越来越小了。因此，结拍的语气，实在是思极、怨极、恨极，无奈之极。

关于本词的本事，宋人笔记有种说法，说是词人任职的溧水县的县主簿的妻子“有色而慧，美成常款洽于尊席之间”，于是有意与其欢会。也有学者不同意这类记载。这一问题，我们可以留待今后考辨。

兰陵王　周邦彦

柳

柳阴直。烟里丝丝弄碧，隋堤上[①]，曾见几番、拂水飘绵送行色。登临望故国。谁识京华倦客。长亭路，年去岁来，应折柔条过千尺。　　闲寻旧踪迹。又酒趁哀弦，灯照离席。梨花榆火催寒食[②]。愁一箭风快，半篙波暖，回头迢递便数驿。望人在天北。　　凄恻。恨堆积。渐别浦萦回，津堠岑寂[③]。斜阳冉冉春无极。念月榭携手，露桥闻笛。沉思前事、似梦里，泪暗滴。

【注释】　①隋堤：指汴京隋堤，在开封城外三里。②榆火：取榆木作薪煮饭，名曰换薪火，时间在清明之前，寒食节间。③津堠(hòu)：渡口边的守望之所。

【评析】 词作于晚年离京时。有人认为是和宋徽宗所宠爱的名妓李师师告别时所写的，还有人认为词中有屈原《哀郢》之意。这里还是作抒别情来理解。题虽为柳，亦从柳姿的描写发端，却并非咏柳。

第一叠，写隋堤柳色引起别愁。行人特别注意柳，乃是因为自古有折柳赠别的习俗。柳阴、柳丝、柳姿（拂水飘绵）、柳条，主人公赏爱之、怜惜之，然而也怨恨之：只知送别行人，却不理解淹留京华的倦客！

第二叠追忆过去的一次离京情事。旧踪迹，遥应上片“曾见”句。酒、弦、灯、席是饯行场面，而一个愁字，是写舟行时的不舍之意。不舍的对象是人，而非京华。故有望人的描写。

第三叠先写多次送别与被送别而造成离恨堆积，作渲染之笔，然后写送别之所的寂寞之境，与第二叠的“闲寻”作勾连。斜阳冉冉春无极之语，从时间上承“柳阴直”（日正午）而来，谓“闲寻”之久。就内容来说，这一句极富理趣，斜阳之有限与春之无限，恰好表明了有限含于无限之中的哲理，前人说是：“绚丽中带悲壮，全首精神振起。”从艺术上说是这样，从词人的情感上则相反，他可能是为无限中的有限而沉痛，所以下文便追念月榭、露桥之事，为之泪滴。

全篇章法是：第一叠，今中有昔；第二叠，先今后昔；第三叠，今——昔——今。第一叠的昔是泛写的，第二叠的昔是具体的，第三叠的昔，比第二叠的昔更早些。今昔交织，愈忆愈远，愈念愈深。不了解词人几出几进汴京、送人亦复被人送的事实，便难于将此篇说得明白。至于词中所别之人，当是一红粉知音，别后料是重寻而不可得见罢？

词中今与昔、她与我、送与留、想象与现实交叉套叠，叙事抒情萦回曲折，耐人寻味。

据宋人毛幵《樵隐笔录》载，南宋初期，在临安（今浙江杭州）盛行此词曲，“西楼南瓦皆歌之”。后世并以此篇为清真词代表作。

琐窗寒 周邦彦

暗柳啼鸦，单衣伫立，小帘朱户。桐花半亩，静锁一庭愁雨。洒空阶、夜阑未休，故人剪烛西窗语[①]。似楚江暝宿，风灯零乱，少年羁旅。　　迟暮，嬉游处。正店舍无烟[②]，禁城百五[③]。旗亭唤酒[④]，付与高阳俦侣[⑤]。想东园、桃李自春，小唇秀靥今在否[⑥]？到归时、定有残英，待客携尊俎[⑦]。

【注释】　①剪烛西窗语：语本李商隐《夜雨寄北》："何当共剪西窗烛，却话巴山夜雨时。"②店舍无烟：没有生火做饭。指时逢寒食节。节在清明前数日，禁烟火，食冷餐。相传是为了纪念春秋时自焚而死的晋文公之臣介之推。元稹《连昌宫词》："初过寒食一百六，店舍无烟宫树绿。"③禁城：帝王宫城。唐人贾至《早朝大明宫》："银烛朝天紫陌长，禁城春色晓苍苍。"百五：冬至后一百〇五日，即清明节前二日，亦即寒食节。南朝梁宗懔《荆楚岁时记》："去冬节一百五日，即有疾风甚雨，谓之寒食，禁火三日。"也有称一百六日的。④旗亭：市中酒楼。李贺《开愁》："旗亭下马解秋衣，请贳黎阳一壶酒。"贳（shì）：借贷；租借。这里是用秋衣做抵押换酒喝。⑤高阳俦（chóu）侣：好饮酒而狂放不羁的人。《史记·郦生陆贾列传》载，陈留高阳人郦食其，谒刘邦，自称高阳酒徒。⑥秀靥（yè）：美丽的面颊妆容。⑦尊俎（zǔ）：古代盛酒肉的器皿。尊：也作"樽"，酒器。俎：祭祀时盛放牛羊等祭品的器具。这里指宴席。

【评析】　抒发羁旅愁怀，在清真词中虽然多见，但本篇在艺术表现方面却备受称道。

上片起首写寒食雨景。柳暗鸦啼，喻天时将暮。而伫立空庭，则暗示身在羁旅，心怀想望。此是一境。洒空阶句由夕而夜，由此及彼，牵出故人之思，又是一境。似字以下，忽又忆及少年漂泊景象，是三景。三景的时地人三者皆不尽同，但是在“愁”字这一点上则是一致的。此外，无论眼前景还是少年景，都是将来共话西窗的话题，这也是词人所期待的。

下片先自伤迟暮，又补叙寒食节景事，呼应开头，将眼前孤寂悲凉气氛写得更加浓郁。想东园等语，写故乡景，并就上片故人句作进一步的交代。小唇秀靥，一语双关。结拍又揭出处于另一层的思乡之意与归乡之愿。

在时空两个维度上，全词依“今此——来彼——昔（上片），今此——今彼——来彼（下片）”的次序安排素材，表达情感，交错跳跃，转换灵活，颇具扑朔迷离之感。

六丑　周邦彦

蔷薇谢后作

正单衣试酒[①]，恨客里、光阴虚掷。愿春暂留，春归如过翼。一去无迹。为问花何在？夜来风雨，葬楚宫倾国[②]。钗钿随处遗香泽[③]。乱点桃蹊，轻翻柳陌。多情为谁追惜[④]？但蜂媒蝶使，时叩窗槅[⑤]。　东园岑寂。渐蒙笼暗碧。静绕珍丛底[⑥]，成叹息。长条故惹行客。似牵衣待话，别情无极。残英小、强簪巾帻。终不似、一朵钗头颤袅[⑦]，向人欹侧[⑧]。漂流处、莫趁潮汐。恐断红、尚有相思字[⑨]，何由见得？

【注释】　①试酒：宋朝在农历三月末或四月初有尝新酒的习惯。

②倾国：倾国倾城之色，指美人。汉李延年《歌》：“北方有佳人，遗世而独立。一顾倾人城，再顾倾人国。”此处喻蔷薇花。③钗钿：本指妇女头饰，这里用来喻指殒落的花瓣。④为谁：谁为。⑤窗槅（gé）：窗户。槅：窗上用木条做成的格子。⑥珍丛：指蔷薇丛。⑦颤袅：晃动。⑧欹侧：倾斜。⑨相思字：谓题诗在花瓣上，如红叶题诗以寄相思之类。

【评析】 此词据说是晚年所作，曾引起徽宗注意。词以“追惜”为主旨，上下片分写追惜的两个层面。

上片由换衣想到换季，由春去想到花去，当恨恨陷于游宦俗务而未及赏花并追寻花迹时，鲜花已如楚宫美人尽葬于风雨之夜矣。词人用拟人法，写落花之可惜，写蜂蝶之有情，恰反形人之冷漠。

下片写主人公入园追寻的所见所感。所见者是绿叶成荫，长条牵衣。这里再度使用拟人法，写花枝之含情恋人，实际上是词人以有情之目观花才有此景象。以下写主人公簪残英、想断红，都是一步深似一步地表达追惜之意，其间写花之欹侧，写花上恐有相思之字，都极尽想象与技巧之能事。

词中惜春惜花之情，被表现得曲折缠绵，低回反复。对此，明清选家并极赏爱。如清人蒋敦复云：“清真《六丑》一词，精深华妙。后来作者，罕能继踪。”(《芬陀利室词话》)所以，这也是他的代表作之一。

夜飞鹊[1] 周邦彦

河桥送人处[2]，凉夜何其[3]。斜月远坠余辉。铜盘烛泪已流尽，霏霏凉露沾衣[4]。相将散离会[5]，探风前津鼓[6]，树杪参旗[7]。花骢会意，纵扬鞭、亦自行迟。

迢递路回清野，人语渐无闻，空带愁归。何意重经前地，遗钿不见[8]，斜径都迷。兔葵燕麦[9]，向斜阳、影与人齐。但徘徊班草[10]，欷歔酹酒，极望天西。

【注释】 ①夜飞鹊：此调为词人自度曲。一本有“别情”为题。②河桥：即古之河梁。唐人马戴《河梁别》：“河梁送别者，行哭半非亲。……早晚期相见，垂杨凋复新。”③凉夜何其：指深夜。凉，或作“良”。《诗·庭燎》：“夜如何其？夜未央。”④霏（fēi）霏：原指雨雪之密，这里形容露水浓重。⑤相将：相随；行将。⑥津鼓：古时渡口的鼓。开船时，击鼓为号。唐人李端《古离别》：“天晴见海樯，月落闻津鼓。”⑦树杪（miǎo）树梢。参（shēn）旗：星辰名，属毕宿，共九星。初秋时于黎明前出现。一说即参宿，即猎户座的七颗亮星。⑧遗钿：本指花钿委地。《新唐书·杨贵妃传》：“帝幸华清宫，五宅车骑皆从……遗钿堕舄，瑟瑟玑琲，狼藉于道，香闻数十里。”后用以喻落花。唐人徐夤《蔷薇》：“晚风飘处似遗钿。”⑨兔葵：草名。燕麦：草本植物，也是古老的农作物。这里指野麦。刘禹锡《游玄都》：“始谪十年，还京师，道士植桃，其盛若霞。又十四年过之，无复一存，唯兔葵、燕麦动摇春风耳。”⑩班草：铺草而坐。

【评析】 这是一首送别词。不过，词是作于别后。所送者当是女性，作者情人。

上片追叙昨夜直至凌晨送人远去的情景。主要以时间的推移为经而以景物的变更为纬，写出不忍别离、缠绵不去的依依情状。歇拍用花骢行迟烘托送别者恋恋不舍，所谓马尚如此，人何以堪！

下片写送客归来的所见所思。改以空间位置的移动为经，而以人的活动为纬，写出相忆相思情味。词人特意描叙自己“重寻前地”，即行经之路、坐地之处、别筵之所，步步逆行，步步回想，步步生悲。直到结拍，哀怨已极，不禁欷歔，然而还极望天西，徘徊不去。

全篇“层次井井而意绵密，词彩浓深，时出雄厚之句，耐人咀嚼。”（黄苏《蓼园词选》）

满庭芳 周邦彦

夏日溧水无想山作[①]

风老莺雏，雨肥梅子，午阴嘉树清圆。地卑山近，衣润费炉烟。人静乌鸢自乐[②]，小桥外，新绿溅溅。凭栏久，黄芦苦竹，拟泛九江船[③]。　年年。如社燕[④]，飘流瀚海，来寄修椽[⑤]。且莫思身外，长近尊前。憔悴江南倦客，不堪听、急管繁弦。歌筵畔，先安簟枕，容我醉时眠。

【注释】　①溧（lì）水：县名，今属江苏。无想山，在溧水县南十余里。作者于元祐八年（1093）二月到县任县令，三年后离开。②乌鸢（yuān）：乌鸦。③拟：打算。九江：今属江西。白居易《琵琶行》："住近湓江地低湿，黄芦苦竹绕宅生。"④社燕：燕子。据说它春社日飞来，秋社日飞去，故云。⑤修椽（chuán）：长椽子，燕子结巢处。

【评析】　此篇作于溧水县衙。全篇上景下情。反映了他对流放式官宦生活的不满。

景写江南初夏之所见，或风或雨或日光，滋长万物，各具生气。梅雨之时，炉烟袅袅，流水溅溅，动静相映；而人自凭栏，乌鸢自乐，亦构成另一幅对比。景物不能说不优美，而词人仍有地似九江、人如白居易的感觉，即为下片直抒其情提供铺垫。

下片言情，一片漂流之怨，曲折写出。因怨悱而欲饮酒消之，而酒边丝竹更引其愁苦。此心难为人道，唯有随醉随眠，故有先求宾客容允之举。

体味词人，虽怀哀怨，说得却不激烈，回肠九折，沉郁顿挫中别饶蕴藉。

本词自来受人称赏。清人许昂霄谓为：“通首疏快，实开南宋诸公之先声。”(《词综偶评》)近人俞平伯更以为：“在本集更无第二首；求之两宋，亦罕其俦。”(《清真词释》)其言未必全是溢美之词。

过秦楼 周邦彦

水浴清蟾[①]，叶喧凉吹，巷陌马声初断。闲依露井，笑扑流萤，惹破画罗轻扇[②]。人静夜久凭阑，愁不归眠，立残更箭[③]。叹年华一瞬，人今千里，梦沉书远。

空见说，鬓怯琼梳[④]，容销金镜，渐懒趁时匀染[⑤]。梅风地溽[⑥]，虹雨苔滋，一架舞红都变。谁信无聊，为伊才减江淹[⑦]，情伤荀倩[⑧]。但明河影下[⑨]，还看稀星数点[⑩]。

【注释】 ①清蟾：明月。传说月中有蟾蜍，故以蟾为月亮的代称。②画罗轻扇：语本杜牧《秋夕》：“银烛秋光冷画屏，轻罗小扇扑流萤。”③更箭：古代以铜壶盛水，壶中立箭以计时刻、定更次。④琼梳：玉梳。⑤趁时：追赶时尚。匀染：傅粉施朱。⑥梅风：梅子黄时的风。溽(rú)：潮湿。⑦才减江淹：像江淹那样才气减退。相传江淹晚年才尽，因为东晋郭璞在江淹梦中取走了曾经送给他的彩笔。⑧荀倩：姓荀名粲，字奉倩，三国时魏人，曹洪女婿。洪女有艳色。夫妇情笃。妻亡，荀粲叹曰：“佳人难再得!”不哭而神伤，未几亦卒。见《三国志·荀彧传》裴松之注。⑨明河：天河。⑩稀星：语本杜牧《秋夕》：“天街夜色凉如水，卧看牵牛织女星。”

【评析】 本词亦写离别之情，但艺术手法颇为独特。全词以情感为线索，用多幅画面交相更迭，跳跃往复地展开场景。

上片两层。起首先写凉秋景象，然后推出人物活动的特写，化用杜牧

《秋夕》前半诗意，画面淡雅生动。这是回忆中的境界。人静以下，回归现实，写自身凉夜难眠；叹年华以下，则交代难眠的缘故，逆挽上层内容。

下片可分三层。过片以后乃想象之辞，设想伊人别后情状，相信她同样怀抱思情，容颜憔悴。这幅画面与上片扑打流萤的画面形成鲜明对照。尔后再度回归现实，再写自身伤情之甚。结拍“明河稀星”之景，实指牵牛织女二星，暗用杜牧《秋夕》后半诗意，既有对眼前别离景况的伤痛，更有对今后相见之日的深切期待。在结构上则与上片罗扇追萤的场景相呼应。

本篇情感婉约芊绵，构思开合照应，笔势起伏飞动，洵为佳作。

花犯[①] 周邦彦

梅花

粉墙低，梅花照眼，依然旧风味。露痕轻缀。疑净洗铅华[②]，无限佳丽。去年胜赏曾孤倚[③]。冰盘同燕喜[④]。更可惜、雪中高树，香篝熏素被[⑤]。　今年对花最匆匆，相逢似有恨，依依愁悴。吟望久，青苔上、旋看飞坠。相将见[⑥]、翠丸荐酒[⑦]，人正在、空江烟浪里。但梦想、一枝潇洒，黄昏斜照水。

【注释】　①花犯：周邦彦自度曲。“犯”是词的“犯调”，即把不同的腔调声律合成一曲，使音乐更为丰富。②铅华：铅粉，指脂粉之类的化妆品。③胜赏：快意的游赏。④冰盘：指玉盘。燕：通宴。⑤香篝（gōu）：熏笼，内燃香料，用以熏蒸衣物。⑥相将：行将，将要。⑦翠丸：指青梅果，即梅子。荐酒：佐酒。

【评析】　词约作于任职溧水即将结束之际。词人将游宦漂泊人生体验打并入对梅花的吟赏之中。全篇按今——昔——今——后这样的时空转换来组织内容。

上片先写今日梅花依然美如旧岁，再忆去年赏梅之事，特别强调“孤倚”，暗示与梅花互为知己。

下片换头重续今年赏梅之事，但却太过匆匆，暗示彼此似有恨心，复以梅之飞坠青苔兴起人去烟波的变动。最后则推想别后的事，当煮酒食梅之日，自己就已经告辞远去，唯有梦中相赏了。可见，词并非全赋梅花，而是借梅花以写宦迹，也有孤芳自赏的慰藉。“梅犹是旧风情，而人则离合无常”。由于章法精巧，故使读者感到意超而思永。

咏梅诗词宋时为盛。对于此篇，宋人黄升颇为称赏（《唐宋诸贤绝妙词选》）。清人黄苏则推为“梅词第一”（《蓼园词选》）。

大酺[①] 周邦彦

对宿烟收、春禽静，飞雨时鸣高屋。墙头青玉旆[②]，洗铅霜都尽[③]，嫩梢相触。润逼琴丝[④]，寒侵枕障[⑤]，虫网吹粘帘竹。邮亭无人处[⑥]，听檐声不断，困眠初熟。奈愁极频惊，梦轻难记，自怜幽独[⑦]。　行人归意速。最先念、流潦妨车毂[⑧]。怎奈向、兰成憔悴[⑨]，卫玠清羸[⑩]，等闲时、易伤心目[⑪]。未怪平阳客[⑫]，双泪落、笛中哀曲。况萧索、青芜国[⑬]。红糁铺地[⑭]，门外荆桃如菽[⑮]。夜游共谁秉独[⑯]？

【注释】　①大酺：有以“春雨”为题者。②青玉旆（pèi）：喻新竹。旆：古代旗帜末端形似燕尾的垂饰。③铅霜：新竹枝干外皮上的粉霜。④润逼琴丝：天气潮湿，使琴丝湿润松弛。⑤枕障：床头屏风。⑥邮亭：驿馆。供送公文的人和旅客歇宿的馆舍。⑦自怜幽独：苏轼

《寓居定惠院之东杂花满山有海棠一株土人不知贵也》："江城地瘴蕃草木，只有名花苦幽独。"⑧流潦（lǎo）：雨后地面的积水。车毂（gǔ）：借代车轮。毂：车轮中心的圆木，周围与车辐的一端相接，中有圆孔，用以插轴。⑨兰成：南北朝后期诗人庾信小字。信仕梁，使西魏，值梁灭，羁留长安；后仕周，不得南归，常思故国，作《哀江南赋》、《愁赋》等。⑩卫玠：西晋人。字叔宝，美仪容，但有羸疾。乘车入市，观者如堵。玠体不堪劳，人言"看杀卫玠"。见《世说新语·容止》。⑪伤心目：语本《南史》卷四十四《萧子响传》："抚事惟往，载伤心目。"⑫平阳客：指东汉马融。融才高博洽，性好音乐。为督邮时，独卧平阳坞中，闻洛阳客吹笛，因念去京逾年，悲从中来，乃作《长笛赋》，有云："放臣逐子，弃妻离友。……泣血泫流，交横而下。"唐人陈嘉言《晦日宴高氏林亭》："人是平阳客，地即石崇家。"⑬青芜国：杂草丛生之地。唐人温庭筠《春江花月夜》："花庭忽作青芜国。"⑭红糁（sǎn）：喻落花，糁：米粒。⑮荆桃如菽：樱桃结实如豆粒大。荆桃：樱桃的别名。⑯夜游秉独：语本《古诗十九首》："昼短苦夜长，何不秉烛游？"

【评析】　本词写春雨中的所见所闻所感。

上片描写春雨中的所闻所见。起首先写寂静中忽然传来的雨声。时鸣指雨有断续。继写雨中间隙所见新竹风姿。再写退回室中所见的因雨而带来的细微动静，可谓体物工细。复又写听雨欲眠，因愁惊梦，梦醒难记。歇拍点出"幽独"主旨。

过片换意换境，见出归心。但兰成、平阳客等故实，仍寓放臣逐客之怨；结拍"共谁秉独"再现孤寂之感，复与"自怜幽独"语相应。

全词上景下情。写雨境极为新颖传神。抒情则以古比今。词意不欲一泻无余，故又借雨后残春景象渲染衬托，真可谓含蓄深劲。

解语花　周邦彦

上元[①]

风销绛蜡[②]，露浥红莲[③]，灯市光相射[④]。桂华流瓦[⑤]。纤云散，耿耿素娥欲下[⑥]。衣裳淡雅。看楚女、纤腰一把[⑦]。箫鼓喧，人影参差，满路飘香麝[⑧]。　因念都城放夜[⑨]。望千门如昼，嬉笑游冶。钿车罗帕[⑩]。相逢处，自有暗尘随马[⑪]。年光是也。唯只见、旧情衰谢。清漏移、飞盖归来，从舞休歌罢[⑫]。

【注释】　①上元：夏历正月十五。即元宵节。②绛蜡：红烛。一作焰蜡。③浥（yì）：沾湿。红莲：莲花状花灯。欧阳修《蓦山溪·元夕》："纤手染香罗，剪红莲、满城开遍。"一作烘炉。④灯市：陈列着众多灯火的街市。⑤桂华：月光。传说月中有桂树，故有以桂代月。⑥素娥：嫦娥，月中仙子。⑦楚女、纤腰：用楚王好细腰故事。《韩非子·二柄》："楚灵王好细腰，而国中多饿人。"杜牧《遣怀》："楚腰纤细掌中轻。"⑧香麝（shè）：即麝香。麝似鹿而小，雄性脐部有香腺，可用做香料。这里泛指香气。⑨放夜：解除宵禁。唐人韦述《西京新记》载，西都京城街衢，有执金吾，晓暝传呼，以禁夜行。唯正月十五夜，许除禁前后各一日，以看灯。谓之放夜。⑩钿车：以金花为装饰的车辆。白居易《春来》："金谷踏花香骑入，曲江碾草钿车行。"⑪暗尘随马：语本唐人苏味道《正月十五夜》："暗尘随马去，明月逐人来。"⑫从：任从。

【评析】　元宵节是古代重要民俗节日。场景既宏丽，而吟咏之作亦多。宋词中本篇当称佳作。但是作时和作地尚无一致意见。不过，有一点可以肯定，此时词人不在京都，而在外地。而词中“旧情衰谢”一语，可证时在晚年。

全篇写上元灯火景象，但是有今昔之分，两地之别。

上片写此时此地的元宵夜景。可分三层。发端不是从入夜写起，而是从盛时写起，给人极度繁华兴盛的感觉。可谓高起点。然后将视线从平视逐渐抬高，变成仰视，写出富于幻想色彩的晴空境界。而后复将虚幻的形象与街市上的真实形象叠合起来，写出人间仙境。

下片先回忆昔日身在京都所见的上元风物。中间有一个特写，就是“相逢”一事。钿车女子出行，终与所约之人相见；不料车后更有他人如“尘”暗相追随。至于词人是否在事中，耐人想象。“年光”以下，重回现实，说是风光如旧，只是青春不再，情怀更改，无复追欢逐爱的雅兴。不如早早归去，免得看那灯火阑珊时刻。

全词就写景而言，无论今昔，实在是措辞精粹，极尽歌舞升平。而在抒情方面，则是用别有怀抱的方式来表达。抚今追昔，都是从自身遭际角度来看。去国离乡之意，年华不再之感，隐约流出。

蝶恋花　周邦彦

月皎惊乌栖不定。更漏将阑，辘轳牵金井①。唤起两眸清炯炯。泪花落枕红绵冷。　　执手霜风吹鬓影。去意徊徨②，别语愁难听。楼上阑干横斗柄③。露寒人远鸡相应。

【注释】　①辘轳：井上汲水的工具。金井：井栏有雕饰者。②徊徨：徘徊，徬徨。③斗柄：北斗星之柄，即第五、六、七三星，形似斗柄。阑干：横斜的样子。

【评析】 此词写别情。近人俞陛云以为“自来纪别者希有之作”(《宋词选释》)。

从时间角度看，按别前、别时及别后三阶段来取材；从空间角度来看，则依室外——室内，再室外——室内的转换方式来布局，层次极清晰。

起首三句室外景，既表明离别的时间，更以乌栖不定暗示离人的辗转反侧。两眸二句写人为离别而流泪甚久，实则彻夜未眠，故神志清醒。明清选家谓词人善于形容睡起之妙。

下片写室外别时情态。霜风逼人，而执手不去；别语叮咛，因痛苦而未听清，都真实地写出当时凄楚之情。结二句写人去已久，而女主人公犹独立楼头。鸡声相应，恰反形从此无人共语，所以更感凄婉，神韵无穷。

解连环[1] 周邦彦

怨怀无托。嗟情人断绝。信音辽邈[2]。纵妙手，能解连环[3]，似风散雨收，雾轻云薄。燕子楼空[4]，暗尘锁、一床弦索[5]。想移根换叶，尽是旧时，手种红药[6]。

汀洲渐生杜若[7]。料舟移岸曲，人在天角。漫记得、当日音书，把闲语闲言，待总烧却。水驿春回，望寄我、江南梅萼[8]。拚今生[9]、对花对酒，为伊泪落。

【注释】 ①解连环：词牌名。本名《望梅》。因清真此词中有“纵妙手、能解连环”句而更名。此处亦兼具词题意味，借喻思情难解。②辽邈（miǎo，古音 mò）：渺茫。③解连环：事见《战国策·齐六》。秦昭王派使者入齐，遗君王后以玉连环，曰：“齐多智，而解此环否?”群臣不知解法。君王后引锥破之，谢秦使曰：“谨以破矣!”④燕子楼空：用唐代关盼盼故事。参见前苏轼《永遇乐》（明月如水）注①。这里指所思之人已去。⑤床：琴床，放琴的架子。弦索：指琴。⑥红药：红芍药。南齐谢朓《直中书省》："红药当阶翻，苍苔依砌上。"⑦杜若：香草名。屈原《九歌·湘夫人》："搴汀洲兮杜若，将以遗兮远者。"⑧寄我、江南梅萼：用南朝陆凯寄梅故事。参见前舒亶《虞美人》注②。⑨拚（pàn）：舍弃，不顾惜。

【评析】 这首词抒写遭人负心的无尽怨怀。

上片起首即见主题。然后写出产生怨怀的原因。情人断绝一语，写怨怀所生的缘故，语气毫不迟疑，从而反证句首"嗟"字的沉重。而后是情人的绝无音信，则怨意更进一层。此怨有如连环，缠绵往复，难以自解；纵有妙手能解，夫复何益？因伊人已如"风散雨收"，踪迹难寻。燕子以下，是想象伊人旧居情景，但是燕子楼的典故，恰好有着反衬现实中情人负心的功用。歇拍设想昔时手种红药"移根换叶"，也寓有讽刺伊人移情别恋的意味。

换头由上片的红药过渡到杜若，推测情人乘舟远行，不复回顾。因之自己对伊人旧日书信不再相信，想一把火烧却。就像那《九歌·湘夫人》里的湘君，把情人昔日赠给的定情信物一把扔在水边。然而，他又生出幻想，指望情人犹记旧恩，又寄来梅花，慰我离情。这又如同屈原笔下的湘君，虽然扔了信物，却又不忍离去，等待着伊人万一回心转意！结拍甚至说出，只要有花寄来，就愿意为伊流尽今生之泪！这种语言，朴素而情感深厚，真是痴绝。令人不由得想起林黛玉来了。

情人果决，而词人痴绝。虽怨而不能忘，不能恨，甚至还抱着似乎不切实际的想望。这种情形，颇有些像晏几道的"人百负之而不恨"了。

拜星月慢　周邦彦

夜色催更，清尘收露，小曲幽坊月暗[①]。竹槛灯窗，识秋娘庭院[②]。笑相遇，似觉、琼枝玉树相倚[③]，暖日明霞光烂。水盼兰情[④]，总平生稀见。　　画图中、旧识春风面[5]。谁知道，自到瑶台畔[6]。眷恋雨润云温[7]，苦惊风吹散。念荒寒、寄宿无人馆。重门闭，败壁秋虫叹。怎奈向、一缕相思，隔溪山不断。

【注释】 ①小曲幽坊：即坊曲，妓女所居。见唐人孙棨《北里志》。 ②秋娘：杜秋娘。杜牧有《杜秋娘》诗，咏唐金陵女杜秋。杜秋先为人妾，后籍入宫。以后用作对歌妓的一般称呼。③琼枝玉树：比喻人姿容秀美。《晋书·谢安传》："（安）尝戒约子侄，因曰：'子弟亦何豫人事，而正欲使其佳?'诸人莫有言者。玄答曰；'譬如芝兰玉树，欲使其生于庭阶耳。'"后因以"芝兰玉树"喻优秀子弟。南朝梁江淹《古别离》："愿一见颜色，不异琼树枝。"④水盼：指眼波。盼，眼睛黑白分明的样子。一作水眄。韩琮《春愁》："水盼兰情别离久。"⑤画图句：语本杜甫《咏怀古迹·昭君村》："画图省识春风面，环佩空归月夜魂。"春风面：指容貌美丽。汉元帝选美入宫，凭图画召幸。王昭君不肯贿赂画匠，被点破面容，不得宠幸。⑥瑶台：原指仙人居住的地方，这里借指伊人住处。⑦雨润云温：喻男女欢爱。

【评析】 本词写的是词人对昔日情事的追忆。

上片先写与伊人初见的经历。起首写大背景，色调幽静迷离，足以动人。然后由外入内，见其姿容，会其风神。写姿容，遣词华丽而不熟滥；写风神，用语简练而得要领。

换头将回忆的触角延伸到更远的时候，那时只闻其名、见其像，没有想到能相见相亲！"谁知道"一语，便透露出喜出望外的激动。眷恋句是写孤馆之梦忽被败壁冷风吹破，忽然回到荒寒寂寞的现实中来。"秋虫叹"的工笔描绘，极拟人之致，说者谓可以压倒王实甫《西厢记·草桥惊梦》中的许多铺写。结拍点明主旨，相思隔不断，而余味亦绵绵不绝。

全词大半写昔时旖旎情事，小半写今宵凄凉旅况。相互对照，极其鲜明。

关河令[①] 周邦彦

秋阴时晴渐向暝。变一庭凄冷。伫听寒声[②]，云深无雁影。　　更深人去寂静。但照壁、孤灯相映。酒已都醒，如何消夜永[③]！

【注释】　①关河令：毛晋云："《清真集》不载。时刻作《清商怨》。"②寒声：即秋声，指秋天凄凉的风雨声、落叶声和虫鸣声。③消：消遣，度过。夜永：夜长难挨。

【评析】　这首小令，写独居苦况。全篇依时间次序，由昼而暝，由夕而夜，再到更深，逐层写出寂寞情怀。

上片写词人为了排遣孤寂，希望能从云空听到雁声，然而不见雁影。

下片人与孤灯相映，真可谓形影相吊。而事先为了预防长夜难眠而饮的酒，居然这么快就醒过来了！那么，剩下的那半个夜晚，将如何度过呢？这就留给读者来想象了。

本篇情景同步，层层推进，词短而味长。

绮寮怨[①] 周邦彦

上马人扶残醉，晓风吹未醒。映水曲、翠瓦朱檐，垂杨里、乍见津亭[②]。当时曾题败壁、蛛丝罩、淡墨苔晕青。念去来、岁月如流，徘徊久，叹息愁思盈。

去去倦寻路程。江陵旧事[3]，何曾再问杨琼[4]。旧曲凄清，敛愁黛，与谁听？尊前故人如在，想念我、最关情。何须《渭城》[5]。歌声未尽处，先泪零。

【注释】 ①绮寮怨：一本有题曰“思情”。②津亭：建在渡口供人歇息的亭子。唐人张九龄《春江晚景》：“薄暮津亭下，余花满客船。”③江陵旧事：指词人曾客居荆州。时间约在宋哲宗元祐五年至七年(1090—1092)。④杨琼：唐时江陵酒妓，本名播。见白居易《问杨琼》、元稹《和乐天示杨琼》。这里指荆州某妓女。⑤《渭城》：指唐代诗人王维诗《送元二使安西》。后人谱作送别之歌，名曰《渭城曲》。

【评析】 词写旧路重经而引起的思人之情。

上片发端写自己扶醉登程，从水曲津亭依稀辨认出这是旧路重行。进而还从败壁间蛛丝里找到当年的题字影迹。然则昔时故事越发清晰地涌现在眼前。就中最为难忘的，显然是与人交往的情事。

故下片围绕“故人”展开抒写。虽说“何曾再问杨琼”，然而内心已经问过无数次了，已经猜想过无数次了。别后曲你唱与谁听？你是否明白我对你最关心？你是否知道我才是你的知音？从前你曾为我送行，而今却……

本篇充满身世漂流之感与知音难遇之悲。上片景中见情，下片则通过想象来表达思念。可谓各尽其妙。

尉迟杯[1] 周邦彦

隋堤路。渐日晚、密霭生深树。阴阴淡月笼沙[2]，还宿河桥深处。无情画舸[3]，都不管、烟波隔前浦。等行人、醉拥重衾，载将离恨归去[4]。　因思旧客京华[5]，长偎傍、疏林小槛欢聚。冶叶倡条俱相识[6]，仍惯见、珠歌翠舞[7]。如今向、渔村水驿，夜如岁、焚香独自语。有何人、念我无聊，梦魂凝想鸳侣[8]。

【注释】　①尉迟杯：一本下有题曰“离恨”。②淡月笼沙：语出杜牧《泊秦淮》：“烟笼寒水月笼沙，夜泊秦淮近酒家。”③画舸：彩绘的大船。④衾（qīn）：被子。载将离恨：宋人郑文宝《阙题》：“不管烟波与春雨，载将离恨到江南。”⑤因思：一本作因念。⑥冶叶倡条：喻歌儿舞女。李商隐《燕台》：“蜜房羽客类芳心，冶叶倡条俱相识。”⑦珠歌翠舞：华丽的歌舞。《杨妃外传》：唐明皇令宫妓佩七宝璎珞，舞霓裳羽衣曲。曲终，珠翠可扫。⑧鸳侣：情侣。

【评析】　全词抒写夜宿舟中的感受。可分三段来理解。

上片写隋堤畔别况。密霭深树，淡月寒沙，渲染出凄清迷离的别离气氛。以无情状画舸，是拟人法，笔力深沉。以醉拥重衾状人之难禁离恨，认舟载离恨将情感量化，可谓新颖。

过片自然转接，进入旧日京华境界，优雅豪华，极尽娱乐。回头与隋堤景况形成对比。

如今向以下数句，又写现实之境，所谓“渔村水驿”，一似柳永“杨柳岸、晓风残月”，复与旧日京华境界形成二重映照，愈益衬托出孤寂无聊，相思难耐。往日的繁华，今日“焚香独自语”。往日“冶叶倡条俱相识”，今日“有何人，念我”，哀乐相形，情何以堪。

全词写景朴拙，抒情浑厚。

西河　周邦彦

金陵怀古[1]

佳丽地[2]。南朝盛事谁记[3]？山围故国[4]、绕清江，髻鬟对起[⑤]。怒涛寂寞打孤城，风樯遥度天际。　　断崖树，犹倒倚。莫愁艇子曾系[⑥]。空遗旧迹郁苍苍，雾沉半垒。夜深月过女墙来[⑦]，伤心东望淮水。　　酒旗戏鼓甚处市？想依稀、王谢邻里[⑧]。燕子不知何世，入寻常、巷陌人家，相对如说兴亡，斜阳里。

【注释】　①金陵：今江苏南京的古称。②佳丽地：生长美人的地方。指曾为六朝旧都的南京。南朝谢朓《入朝曲》：“江南佳丽地，金陵帝王州。”③南朝：指东吴、东晋、宋、齐、梁、陈六代王朝，均在金陵即今之南京建都，与北朝对立，故名。④山围故国：刘禹锡《石头城》：“山围故国周遭在，潮打空城寂寞回。”指群山环绕南京。⑤髻鬟（jì huán）：女子头上的环形发髻。⑥莫愁：本竟陵石城（今湖北钟祥）女子，善歌，南朝时宋人。因竟陵音近金陵，石城似石头城，故有人误以为莫愁为金陵人。⑦刘禹锡《石头城》：“淮水东边旧时月，夜深还过女墙来。”淮水：秦淮河，流经南京城南部。女墙：城上的矮墙。⑧王谢：指南朝时的王、谢两大族。刘禹锡《乌衣巷》：“朱雀桥边野草花，乌衣巷口夕阳斜。旧时王谢堂前燕，飞入寻常百姓家。”

【评析】　这是又一首著名的金陵怀古词。

总观全词三叠，虽以“佳丽地”一语发端，却以景物为主要题材，基本不提及南朝兴亡的具体事件，亦不细写其奢靡盛况。这就不同于前人的金陵怀古之作。

第一叠就清江景象来说，第二叠就故垒景象来写，第三叠就巷陌景象来写，色调苍凉；其中怒涛、夜月、燕子诸物，都用拟人法以赋予情感，从而与景物色调和谐一致。

词中多处熔铸唐代大诗人刘禹锡两首绝句的诗语而不觉生硬，如自己出，形成统一的风格和完整的界境，确具独到的成就。

明人沈际飞以为，有此一篇，王安石的《桂枝香》就不能独步于前了（《草堂诗余正集》）。清人陈廷焯更以此篇为绝唱，压遍古今（《云韶集》），则未免绝对。

瑞鹤仙　周邦彦

悄郊原带郭。行路永、客去车尘漠漠。斜阳映山落。敛余红、犹恋孤城阑角。凌波步弱[1]。过短亭[2]、何用素约[3]。有流莺劝我，重解绣鞍，缓引春酌。　不记归时早暮，上马谁扶[4]，醒眠朱阁。惊飙动幕[5]。扶残醉，绕红药。叹西园、已是花深无地，东风何事又恶？任流光过却。犹喜洞天自乐[6]。

【注释】　①凌波：形容女子步态轻盈。三国魏曹植《洛神赋》："凌波微步，罗袜生尘。"②短亭：古时于城外五里处设短亭，十里处设长亭，供行人休息。南北朝庾信《哀江南赋》："十里五里，长亭短亭。"③素约：预约，旧约。④上马谁扶：李白《鲁中都东楼醉起作》："昨日东楼醉，还应倒接䍦。阿谁扶上马，不省下楼时。"⑤惊飙（biāo）：狂风。⑥洞天：道家称仙人所居之地。这里指自家小天地。

【评析】　这首词写送客以后的事与情。

发端先写送别之事。然后写客去后所见的暮景，余红之恋孤城阑角，拟人兼衬托，带出别情。过短亭句以下，另开新境，写邂逅旧识，解鞍引酌，酣饮而醉。但是运笔才行又止，留想象之余地。过片紧接上片，中间却省却许多叙事，都包含在"酒醉"之中，任人猜想。惊飙动幕句，又开出第三境，写自己扶醉观花，叹息东风作恶。结句直言己意，有收束全篇作用。

词中三境，人难长聚，酒难长醉，花难长好，总之是无奈地让"流光过却"。于是只有"躲进洞天成一统，管他冬夏与春秋"了。三境之间，脉络隐约。

浪淘沙慢　周邦彦

晓阴重，霜凋岸草，雾隐城堞[①]。南陌脂车待发[②]，东门帐饮乍阕[③]。正拂面、垂杨堪揽结。掩红泪[④]、玉手亲折。念汉浦、离鸿去何许[⑤]，经时信音绝。　情切。望中地远天阔。向露冷风清、无人处，耿耿寒漏咽。嗟万事难忘，唯是轻别。翠樽未竭。凭断云、留取西楼残月。　罗带光销纹衾叠，连环解[⑥]、旧香顿歇[⑦]。怨歌永、琼壶敲尽缺[⑧]。恨春去、不与人期，弄夜色。空余满地梨花雪。

【注释】　①堞（dié）：城上如齿形的矮墙，又称矮墙。元稹《欲曙》："片月低城堞，稀星转角楼。"②脂车：以油脂涂抹过车辆的轮轴，以利行驶。③东门：指京都汴京东门。帐饮：设帐饯行。南朝梁江淹《别赋》："帐饮东都，送客金谷。"参见前柳永《雨霖铃》注②。阕：终了。④红泪：泪红如血，指妇女的眼泪。晋人王嘉《拾遗记》载，魏文帝时，薛灵芸被选入宫。别父母，以玉壶承泪，壶映出红色。及至京师，壶中泪凝如血。⑤汉浦：汉水边。唐人严维《九日登高》："汉浦浪花摇素壁，西陵树色入秋窗。"离鸿：喻离别者。五代徐铉《亚元舍人不替深知猥贻佳作三篇清绝不敢轻……庶资一笑耳》："离鸿别雁各分飞，折柳攀花两无色。"何许：何处。⑥连环解：用罗带作成的同心结又被解开。喻分离。参见前《解连环》注①。⑦旧香：昔日所赠之香。参见前《风流子》注⑩。⑧琼壶敲尽缺：唱歌时为打拍子把唾壶口敲破了，出现缺口。晋人王敦酒后辄咏曹操《短歌行》："老骥伏枥，志在千里。烈士暮年，壮心不已。"以如意击唾壶为节，壶口尽缺。事见《晋书·王敦传》。

【评析】　这首词写女主人公离别相思之情状。全词由三片组成。上片从送别的时间、地点以及氛围写起。大约是春寒的凌晨，所谓“垂杨堪揽结”的时节。天未明，霜未化，雾未消，画面暗淡而沉重，恰为离人别恨作衬托。玉手掩红泪、折垂杨，是一细节描写，见出女主人公真情惜别。

第二片续写女主人公目送行人远去后独自呜咽。寒漏咽，既是拟人，亦是比喻。翠樽未竭，也是一个特写，告诉读者，别前饮酒难尽，将别情更添一层。断云残月，烘托别后孤寂氛围，与别时气氛相关相映。

第三片写别后思念，时间在春半，是“梨花如雪”的时刻。人去不返，女主人公独守空闺。词人连续用了几个特写：罗带光消、同心结解、唾壶口缺，表现出依恋与苦守寂寞的情怀。恨春去、不与人期三句，暗示人在空闺，虚度新春；而春天有如无聊之客，故意要弄美好的夜色，令人难耐。

全词抒写别情，时间脉络清晰，层层递增；一时一景，情景相生。曲终以景结，余味悠长。

应天长　周邦彦

条风布暖[①]，霏雾弄晴，池塘遍满春色。正是夜堂无月[②]，沉沉暗寒食[③]。梁间燕，前社客[④]。似笑我、闭门愁寂。乱花过、隔院芸香[⑤]，满地狼藉。　长记那回时，邂逅相逢，郊外驻油壁[⑥]。又见汉宫传烛，飞烟五侯宅[⑦]。青青草，迷路陌。强载酒、细寻前迹。市桥远、柳下人家，犹自相识。

【注释】　①条风：春风，东风。《初学记》引《易卦通验》：“立春，条风至。”②夜堂：一作夜台，见《钦定词谱》。夜台即坟墓。李白

《哭宣城善酿纪叟》："夜台无晓月（一作李白），沽酒与何人？"③寒食：农历清明节前一二日。参见前《琐窗寒》注③。④前社客：指燕子。古代祭社神之日，有春秋二社。立春后五戊为春社，即前社，此时燕子恰好归来。⑤芸香：草名。此草香闻数百步。见王象晋《群芳谱》。古人常用它防止虫蠹衣物与书籍。朝廷的秘书阁中，往往有此物。唐人杨炯《登秘书阁诗序》："命兰芷之君子，坐芸香之秘阁。"作者曾任秘书省正字。⑥油壁：油壁车，车壁经油漆涂饰的车。南朝乐府民歌《苏小小》："妾乘油壁车，郎骑青骢马。何处结同心？西陵松柏下。"⑦汉宫二句：语本唐人韩《寒食》："春城无处不飞花，寒食东风御柳斜。日暮汉宫传蜡烛，轻烟散入五侯家。"西汉成帝同日封诸舅王氏五人为侯。事见《汉书·元后传》。又，古时寒食禁火，直到清明日暮，帝王禁中方取榆柳之火赏赐近臣。

【评析】 节在寒食。唐代，寒食、清明都可祭扫坟茔。宋代后扫墓逐渐移到清明。时值此日，既可出外游乐，但也容易勾起追悼心情。而追悼的对象，便是那位曾经交往过的女郎。所以，这是一首悼亡词。大约作于任秘书省正字之时。

上片起首三句，写春光明媚，一片暖色。忽又转写夜台光景，阴暗沉沉，与阳间形成鲜明对照。以下借新燕嘲人，从侧面写出自身陷入追思，无心游赏。乱花狼藉，写景兼喻所思女子命运。

下片先追忆与伊人相逢情事。时节也是寒食，地点则是郊外。于是，词人出门重寻旧迹。青草迷路，载酒细寻，直到柳下人家。物是人非之感，不言而喻。

本篇词意清永，写法上情景相间。

夜游宫　周邦彦

叶下斜阳照水。卷轻浪、沉沉千里。桥上酸风射眸子[①]。立多时，看黄昏，灯火市。　古屋寒窗底。听几片、井桐飞坠。不恋单衾再三起。有谁知，为萧娘[②]、书一纸？

【注释】 ①酸风：凄凉的风，吹人眼酸流泪。故称。李贺《金铜仙人辞汉歌》："魏官牵车指千里，东关酸风射眸子。"②萧娘：所思女子的代称。唐人杨巨源《崔娘诗》："风流才子多春思，肠断萧娘一纸书。"

【评析】 这首词是为思念情人而作。

上片写秋日黄昏景色。斜阳、逝水、酸风，都是令人感伤的事物。久立桥上，是为眺望远方的情人；夜幕降临，看那迷离闪烁的灯光中，该有一段美好的回忆吧！

下片写归来独卧，变看为听，几片的用字精确，暗示极其沉静。单衾一语，是点题处。书一纸，当作"书满纸"看，见出词人有多少相思之意！

全篇四景，上片由夕而夜，下片由卧而起，层层推进，逼出真意。

燕山亭　赵佶

北行见杏花

裁剪冰绡[①]，轻叠数重，淡著胭脂匀注[②]。新样靓妆[③]，艳溢香融，羞杀蕊珠宫女[④]。易得凋零，更多少无情风雨？愁苦。闲院落凄凉，几番春暮？　凭寄离恨重重，这双燕，何曾会人言语？天遥地远，万水千山，知他故宫何处？怎不思量？除梦里有时曾去。无据[⑤]。和梦也新来不做。

【注释】 ①冰绡：绡，生丝织成的轻而薄的丝织品。冰绡，洁白的生丝绸。宋代女性较偏爱“冰绡”。唐人则多喜红绡。②著（zhuó）：“着”的本字。附着、涂上的意思。③靓（jìng）妆：华美的妆饰。是女子较为隆重刻意的装扮。④蕊珠宫：装饰有花蕊珠玉的宫殿。道家传说中的天上宫阙。⑤无据：不足依凭；无所依据。不知什么缘故。

【评析】 北宋徽宗皇帝在1127年被掳往北方五国城，北行途中见杏花，托物兴感而作此词。一如南唐后主李煜，宋徽宗也是一个亡国之君，而这首词就是他的绝笔。词的题材似乎不同于李煜《虞美人》，而是托物咏怀，但是，实质上仍是“故国不堪回首”之意。

词的上片，先用两个比喻：巧手所制之花、靓妆美人形容所见杏花的艳丽，再用蕊珠仙女从侧面烘托之。然后，转笔写其资质脆弱，复又遭遇外力摧残。词人触景发问，正是由于自身遭逢劫厄，是怜杏花，也是自怜。

下片由见春日杏花延伸到春日燕子。先是说曾想凭借燕子传递离愁别恨，又想到它不会言语，无法完成使命；即使能作人言，它又怎能找到万里之外的故国宫殿？唯一的可能是通过做梦去回望旧日宫苑了！可是，奇怪得很，如今连梦也作不出来了。

整首词从见杏花发端，中间又用燕子过渡，最后直接写自己思极无梦，终于难以遣散离愁。全词以一连串问语构成脉络，显得呜咽吞吐，悲痛欲绝。然而却对故国沦亡无一语悔恨与反思，到底见出：其情虽真，而其骨力贫弱。

帝台春 李甲

芳草青色[1]，萋萋遍南陌[2]。暖絮乱红，也知人、春愁无力。忆得盈盈拾翠侣[3]，共携赏、凤城寒食[4]。到今来，海角逢春，天涯为客。 愁旋释[5]，还似织；泪暗拭，又偷滴[6]。谩伫立、遍倚危阑，尽黄昏，也只是、暮云凝碧[7]。拚则而今已拚了[8]，忘则怎生便忘得。又还问鳞鸿[9]，试重寻消息。

【注释】 ①芳草青色：语本江淹《别赋》："春草碧色，春水碧波。送君南浦，伤如之何？"②萋萋：春草茂盛的样子。《楚辞·招隐士》："王孙游兮不归，春草生兮萋萋。"③拾翠：指拾翠鸟羽毛以作装饰。后用来指妇女春日嬉游的景象。曹植《洛神赋》："或采明珠，或拾翠羽。"④凤城：指京城。寒食：清明节前一二日。⑤旋释：随即消解。⑥泪暗拭，又偷滴：语本周邦彦《兰陵王·柳》："沈思前事，似梦里，泪暗滴。"⑦暮云凝碧：语本江淹《休上人怨别》："日暮碧云合，佳人殊未来。"⑧拚：豁出去，舍弃。⑨鳞鸿：即鱼雁。相传鱼雁可以传书。

【评析】 这是一首伤春怀人词。主人公是词人自身。

上片由景入情。取语暗寓别意。暖絮二句，拟人法。忆得二句，插入回忆。所忆者即是昔时在京（当是汴京）中所交女友。"到今来"复归现实，表达自身漂泊之感。

下片抒情为主，间以一二句景物写意。言情句以"拚则"二语最为人所称颂，以为虽属"恒语浅语"，却不许恒人浅人道得出（清人沈际飞《草堂诗余》）。

本篇文字浅显，但表现力强。

忆王孙[1] 李重元

春词

萋萋芳草忆王孙[2]，柳外楼高空断魂[3]，杜宇声声不忍闻[4]。欲黄昏[5]，雨打梨花深闭门[6]。

【注释】 ①忆王孙：此调始自李重元。但《类编草堂诗余》卷一、《白香词谱》以为是秦观之作。②萋萋芳草忆王孙：句出唐人赵光远《题妓莱儿壁（一作题北里妓人壁）》"鱼钥兽环斜掩门，萋萋芳草忆王孙。"又，唐人喻凫《即事》"萋萋芳草色，终是忆王孙。"西汉淮南小山《招隐士》："王孙游兮不归，春草生兮萋萋。"王孙：本是对贵族退隐者的称呼。后来泛指游子。③柳外楼高空断魂：化用唐人王昌龄《闺怨》"闺中少妇不知愁，春日凝妆上翠楼。忽见陌头杨柳色，悔教夫婿觅封侯。"④杜宇：即杜鹃、子规。相传古蜀帝杜宇号望帝，让位后归隐化为杜鹃，啼声哀切。屈原《离骚》"恐鹈鴂之先鸣兮，使夫百草为之不芳。"⑤欲黄昏：语本温庭筠《菩萨蛮》"时节欲黄昏，无聊独倚门"。⑥雨打梨花深闭门：句出李清照《鹧鸪天·春闺》："甫能炙得灯儿了，雨打梨花深闭门。"（《类编草堂诗余》卷一、《花草粹编》卷五、《历代诗余》卷二十七则题作秦观词）宋人吴聿《观林诗话》："半山（王安石）酷爱唐乐府'雨打梨花深闭门'之句。"今失考。

【评析】 李重元《忆王孙》，有春、夏、秋、冬四首，以女子的口吻，写不同季节的风物和相应的情感。本篇是《春词》，写伤春伤别的闺情。

词中取景，芳草则与思念游子相关；柳、楼复与思念夫婿相关；杜宇声声，以及黄昏、雨打梨花，则表明春光已残；闭门且深，见女主人公寂寞自守。除"忆王孙"三字比较直白而外，其余的都是景中见情，耐人品味。

三台 万俟咏

清明应制[①]

见梨花初带夜月，海棠半含朝雨。内苑春[②]，不禁过青门[③]；御沟涨[④]，潜通南浦。东风静，细柳垂金缕。

望凤阙[5]、非烟非雾[6]。好时代、朝野多欢；遍九陌[7]、太平箫鼓。　乍莺儿、百啭断续，燕子飞来飞去。近绿水、台榭映秋千；斗草聚[8]、双双游女。饧香更酒冷[9]，踏青路，会暗识、夭桃朱户[10]。向晚骤、宝马雕鞍；醉襟惹、乱花飞絮。　正轻寒轻暖漏永[11]，半阴半晴云暮。禁火天、已是试新妆；岁华到、三分佳处。清明看、汉蜡传宫炬，散翠烟[12]、飞入槐府[13]。敛兵卫[14]、阊阖门开[15]；住传宣[16]、又还休务[17]。

【注释】　①应制：依照帝王要求来赋诗填词。②内苑：皇宫内的花园。③青门：汉长安城东城门。此泛指汴京城门。④御沟：通往内苑的河道。⑤凤阙：汉代宫阙名，后泛指宫殿、朝廷。⑥非烟非雾：喻吉祥之气。《史记·天官书》："若烟非烟，若云非云，郁郁纷纷，萧索轮囷，是谓卿云。卿云，喜气也。"⑦九陌：汉代长安城有八街、九陌。后泛指都城大路。⑧斗草：古代五月五日，民间有斗草的游戏。参见前晏殊《破阵子》注释②。或谓以草断草，断者即输。⑨饧（xíng）：饴糖类食物名，用麦芽或谷芽熬成。宋祁《寒食》："箫声吹暖卖饧天。"⑩夭桃：喻指美丽的少女。《诗·桃夭》："桃之夭夭，灼灼其华。之子于归，宜其室家。"⑪漏永：夜长。⑫汉蜡二句：语本唐人韩翃《寒食》："日暮汉宫传蜡烛，轻烟散入五侯家。"参见前周邦彦《应天长》注释⑦。⑬槐府：贵人宅第。《周礼·秋官·朝士》："面三槐，三公位焉。"郑玄注："槐之言怀也，怀来人于此，欲与之谋。"后以三槐为三公之代称。《宋史·王旦传》：（王）佑手植三槐于庭，曰："吾之后世必有为三公者，此其所以志也。"后次子王旦果作宰相。⑭敛兵卫：收拢警戒的卫士。指解除宵禁。⑮阊阖（chāng hé）：宫门。⑯传宣：帝王传旨宣召。⑰休务：官员办公休止。宋人语。

【评析】　全词用赋的笔法极力铺叙汴京清明的节序风光。

上片写宫苑中的春景，由内及外。梨花、海棠、细柳，夜月、朝雨、东风，色彩清丽，充满春意。“望凤阙”以下，稍见宫廷色调，太平气象。

中片写郊外之游。先写物象，然后再写各色人物游乐情形。其中，民间仕女在前，贵家人物居后。

下片写清明风俗活动。由禁火到分火，即由寒食到清明，一个过程。大致上也是先民间而后王侯宫苑，直到政事。

全词描述了北宋末期汴京清明时的承平景象。虽有粉饰太平的倾向，但绘景逼真，刻画生动，可谓词中的《清明上河图》。语言平正和雅，工整清新。较少庸俗的颂圣之辞，在应制词中诚为佳作。

二郎神[①] 徐伸

闷来弹鹊[②]，又搅碎、一帘花影。漫试著春衫，还思纤手，熏彻金猊烬冷。动是愁端如何向[③]？但怪得、新来多病。嗟旧日沈腰[④]，如今潘鬓[⑤]，怎堪临镜？

重省[⑥]，别时泪湿，罗衣犹凝[⑦]。料为我厌厌，日高慵起，长托春酲未醒[⑧]。雁足不来[⑨]，马蹄难驻，门掩一庭芳景。空伫立，尽日阑干倚遍，昼长人静。

【注释】 ①二郎神：亦即《转调二郎神》。词人有一爱妾，“为正室不容，逐去”（见王明清《挥麈余话》），因作此词以寄托怀念。张侃《拙轩集》载，徐干臣侍儿既去，作《转调二郎神》，悉用平日待人所道的言语。史志道与干臣善，一见此调，踪迹其所在而归之。②弹鹊：用弹弓把喜鹊赶走。反用冯延巳《谒金门》“举头闻鹊喜”之意。③动是愁端：凡接触之处，都会成为引发愁绪的媒介。如何向：那又到哪儿去呢？④沈腰：消瘦的腰身。《南史·沈约传》载，沈约陈情，言已老病，百日数旬，革带常应移孔。后以“沈腰”为腰围减损的代称。⑤潘鬓：

斑白的鬓发。潘岳《秋兴赋·序》："余春秋三十有二，始见二毛。"又《秋兴赋》："斑鬓发以承弁兮。"后即以"潘鬓"作为鬓发斑白的代词。李煜《破阵子》："一旦归为臣虏，沈腰潘鬓消磨。"⑥省（xǐng）：省视。⑦凝（nìng）：凝结。⑧酲（chéng）：病酒。⑨雁足：送书信的人。雁足传书，见《汉书·苏武传》。

【评析】 词的上片先从自己的角度来写。写出侍妾被迫离去后，词人因相思、怀念而起的忧闷心理。传说中喜鹊是报喜的，词人也期待它报喜。然而不见有喜，因此不是"举头闻鹊喜"，反而是怨而弹之，以发泄烦恼。不料"又搅碎一帘花影"，徒添花落人去的伤感。"漫思"以下，睹物思人，触处生愁，极写相思成病的苦况。

词的下片再从对方的角度来写。词人想象爱妾也在思念自己。重省罗衣，与上片"试著春衫"暗相映照。"雁足不来"以下数句，写伊人的等待之久、盼望之切以及失望之深。结末"空伫立，尽日阑干倚遍，昼长人静"，成为词中名句。

全词模写逼真，抒情婉曲。境界变化，而意脉相连。当时"天下称之"，应非溢美之词。

江神子慢　田为

玉台挂秋月[①]，铅素浅[②]、梅花傅香雪[③]。冰姿洁。金莲衬[④]、小小凌波罗袜[⑤]。雨初歇。楼外孤鸿声渐远，远山外、行人音信绝。此恨对语犹难，那堪更寄书说。

教人红消翠减[⑥]，觉衣宽金缕[⑦]，都为轻别。太情切。消魂处、画角黄昏时节。声呜咽。落尽庭花春去也，银蟾迥[⑧]、无情圆又缺。恨伊不似馀香，惹鸳鸯结[⑨]。

【注释】 ①玉台：精美的梳妆台。或释为精美的楼阁，与词意不符。②铅素：铅华。③梅花：指梅花妆。傅：通“附”，附着。④金莲：指女子纤足。《南史·齐东昏侯纪》：东昏侯萧宝卷为潘妃大起宫殿，又凿金为莲花以帖地，令潘妃行其上，曰：“此步步生莲花也。”⑤凌波罗袜：语本曹植《洛神赋》：“凌波微步，罗袜生尘。”⑥红消翠减：语本柳永《八声甘州》：“是处红消翠减，冉冉物华休。”这里引指伊人不事华丽装饰。⑦金缕：金缕衣，装饰有金丝的衣裳。唐人杜秋娘：“劝君莫惜金缕衣，劝君惜取少年时。花开堪折直须折，莫待无花空折枝！”⑧银蟾：明月。传说月宫中有蟾蜍。故称。⑨鸳鸯结：亦即合欢结，男女和合的象征。

【评析】 这首词写离情别思，别具韵味。

上片发端，模写伊人装饰雅洁，姿致轻盈。然而，她却生活得寂寞孤独。尤其是彼此音信断绝；即使未断，此恨难凭书信诉说。这就与一般人只写无法寄书不同。

过片先写伊人别后衣着朴素，形貌清癯，恰与上片开头的描写互相映衬补充。黄昏等句，复与上片雨歇数语呼应接续。结句怨得无理，却妙得痴情神理。

全篇风格婉丽，情致缠绵。

蓦山溪　曹组

梅

洗妆真态，不作铅华御①。竹外一枝斜②，想佳人、天寒日暮③。黄昏院落④，无处著清香，风细细，雪垂垂，何况江头路。　月边疏影，梦到消魂处。结子欲黄时，又须著、廉纤细雨⑤。孤芳一世，供断有情愁⑥，消瘦损[7]，东阳也[8]，试问花知否？

【注释】 ①铅华御：语本李隆基《题梅妃画真》“忆昔娇妃在紫宸，铅华不御得天真”。御：使用。②竹外一枝斜：语本苏轼《和秦太虚梅花》“江头千树春欲暗，竹外一枝斜更好”。③天寒日暮：语本杜甫《佳人》“天寒翠袖薄，日暮倚修竹”。④院落：一作小院。⑤廉纤：细雨蒙蒙的样子。⑥供断：供尽，无尽地提供。⑦消瘦损：一作消瘦却。⑧东阳：梁代沈约曾为东阳（今浙江东阳）令。他自称因老病而日见消瘦。参见前徐伸《二郎神》注释④。

【评析】 这是一首咏梅词。

上片起首，即将梅花想象为不事铅华、崇尚天真的绝代佳人。而“天寒日暮”等句，使梅花与美人的对应关系更紧密起来，并且加入了美人虽美却遭寂寞的内涵。黄昏以下数句，写美人之“香”也是无处可着的，从而加深了梅花即美人的命运的悲剧色彩。

下片写词人赏梅的情怀。过片写梅影与人梦，无论是梅影入梦，还是梦到梅边，都极见梅与人的“情感交流”，几乎到了庄子“人蝶难分”的那种境界。结拍“试问花知否”，依然是两相依傍，表白了希望梅花认同自身高洁人格的意愿。

词人咏梅亦自咏。用清丽淡雅的笔墨，抒孤芳自赏之情。化用前人诗意，极其熨帖，不见痕迹。

贺新郎 叶梦得

睡起流莺语。掩青苔、房栊向晚，乱红无数。吹尽残花无人见，唯有垂杨自舞。渐暖霭、初回轻暑。宝扇重寻明月影[1]，暗尘侵、尚有乘鸾女。惊旧恨，遽如许。

江南梦断横江渚。浪粘天、葡萄涨绿[2]，半空烟雨。无限楼前沧波意，谁采蘋花寄取[3]？但怅望、兰舟容与。万里云帆何时到？送孤鸿、目断千山阻。谁为我、唱金缕[4]？

【注释】 ①宝扇句：用梁时江淹《拟班婕妤》诗意，谓扇上画有“乘鸾女”，即秦穆公女弄玉。②葡萄：形容春水之色碧绿。③采蘋：语本唐人柳宗元《酬曹侍御过象县见寄》：“春风无限潇湘意，欲采蘋花不自由。”④金缕：即金缕曲，《贺新郎》曲之别名。一说即唐妓杜秋娘所唱之《金缕衣》曲。

【评析】 本篇是石林词中压卷之作。宋人黄升称：“叶少蕴‘睡起流莺语’词，人人能道之。集中未有胜此者，盖得意之作也。”（《中兴词话》）张侃《拙轩词话》亦有类似看法。后世多以为是。

词作于青年时代，写思妇闺情。有说是作者十八岁时“为仪真妓女作”。从其婉丽的词风看，似有可能。

上片景语，写小院幽闺之中莺在语、花在吹、树在舞，并以动景衬静。残花意象有喻示红颜将老之意，而宝扇尘侵则暗示孤独已久。

下片转写江南，虽梦断远应起首睡起之笔，但已将目光移出深闺。绿浪粘天，烟雨半空，景语甚美，却阻断了思妇梦寻与远望离人的视线；转思乘舟寄蘋，又恐万水千山难度。境界至此已觉十分空阔苍茫，而情思亦与之俱远。结拍言无人与唱《金缕衣》曲，再见其孤独，见无人相惜，与上片“无人见”之意相贯串。

全词“豪逸而迫近人情，纤丽而摇动闺思”，与五代闺阁词不同。

虞美人 叶梦得

雨后同干誉、才卿置酒来禽花下作[1]

落花已作风前舞，又送黄昏雨。晓来庭院半残红，惟有游丝千丈、袅晴空[2]。　殷勤花下同携手，更尽杯中酒。美人不用敛蛾眉，我亦多情无奈、酒阑时[3]。

【注释】　①干誉、才卿：事迹不详。来禽：即林檎，果树名，又名沙果、花红。②袅：飘荡。字一作罥（juàn）：挂，缠绕。③阑：残，完，将尽。

【评析】　词写惜春情绪。

上片依花落、日夕、又雨的层次写人之无奈。

下片再写晴日赏花之事，更于其中续写酒阑、美人敛蛾眉等令人无奈之事，结拍则以“我”本“多情无奈”统摄之。

层层递进，引出主旨。语言简淡自然。

点绛唇 汪藻

新月娟娟[1]。夜寒江静山衔斗[2]。起来搔首[3]，梅影横窗瘦。　好个霜天，闲却传杯手[4]。君知否？乱鸦啼后，归兴浓于酒[5]。

【注释】　①娟娟：明媚美好的样子。②斗：北斗星。北斗星低垂近山，表明夜很深。③搔首：抓头。形容不安的样子。④传杯：指在宴会上饮酒。⑤归兴：归乡之心。

【评析】　本词是一首写景抒情的小令。据说作在“出守泉南、移知宣城，内不自得”之际，其中或有寄托。

上片写新月夜景。景有大小、高低之分，但其中更有时间的推移，见出主人公的不眠。

下片侧重于抒情。情之所钟，却在故乡。因为思乡，竟然该饮酒而无意于饮酒，可见乡情之强烈。

何故忽然思乡？吴曾说：彦章在翰苑，属致言者（为言官所劾），作此词。或问曰：“归梦浓于酒，何以在晓鸦啼后？”公曰：“无奈这一群畜生聒噪何！”（《能改斋漫录》）《草堂诗余》改“晓鸦”作“乱鸦”，“归梦”作“归兴”。朱彝尊《词综》据吴曾所记改回。

词中景物清丽旷远；虽有怨情但含而不露，堪称美瞻。

喜迁莺　刘一止

晓行

晓光催角[①]。听宿鸟未惊，邻鸡先觉。迤逦烟村，马嘶人起[②]，残月尚穿林薄[③]。泪痕带霜微凝，酒力冲寒犹弱[④]。叹倦客，悄不禁[⑤]、重染风尘京洛[⑥]。　追念，人别后，心事万重，难觅孤鸿托。翠幌娇深，曲屏香暖，争念岁寒飘泊。怨月恨花烦恼，不是不曾经著[⑦]。这情味，望一成消减[⑧]，新来还恶。

【注释】　①角：号角。古时以号角报昏晓。②马嘶人起：语本秦观《如梦令》："无寐无寐，门外马嘶人起。"③林薄：草木丛生的地方。丛木曰林，草木丛生曰薄。④酒力：酒使身热的力量。⑤悄：宋时口语，犹直、浑。不禁：不愿，受不了。⑥风尘京洛：京洛风尘的倒语。西晋人陆机《为顾彦先赠妇二首》(之一)："京洛多风尘，素衣化为缁。"这里的京洛指南宋都城临安。⑦经著：经受过。⑧一成：渐渐。苏轼《洞仙歌》："无个事，一成消瘦。"

【评析】 刘氏此篇，当时盛传，以词题曰"晓行"，人称"刘晓行"(宋人陈振孙《直斋书录解题》卷二十一)。

上片即写晓行所闻：角声、鸡声、马声；所见：晓光、烟村、残月；所感：泪凝、身寒、体倦。声光交错，字字真切，宛在目前。比唐人温庭筠"鸡声茅店月，人迹板桥霜"的清冷氛围更为浓郁。

下片抒情。主要是对家人的思念，以及自身飘泊岁寒的情味。

全词情感深挚，语言雅洁。难怪一时流行。

高阳台　韩疁

除夜[①]

频听银签[②]，重燃绛蜡，年华衮衮惊心[③]。饯旧迎新，能消几刻光阴。老来可惯通宵饮？待不眠、还怕寒侵。掩清尊、多谢梅花，伴我微吟[④]。　邻娃已试春妆了，更蜂腰簇翠，燕股横金[⑤]。勾引东风，也知芳思难禁。朱颜那有年年好，逞艳游，赢取如今。恣登临，残雪楼台，迟日园林。

【注释】 ①除夜：除夕之夜，即农历腊月三十日夜。②银签：即银箭，刻漏之箭，古时记时器的刻度表。③衮衮：相继不绝。这里有匆忙之意。④多谢二句：语本北宋人林逋《山园小梅》："幸有微吟可相狎，不须檀板共金尊。"⑤蜂腰、燕股：剪彩成蜂、燕形等以装饰鬓发。翠：翠细，即翡翠做的花，是妇女的装饰物。股：是发钗的脚。

【评析】 词写除夕守岁的情景。

上片写守岁时的感受。发端以频、重二字见出时间消逝，夜已深沉。临到子夜，所谓"饯旧迎新"之际，瞬间换岁，令人"惊心"。这是抒情的渊源。因为痛惜年华而欲"通宵饮"，复因老而不敢的遗憾，想"不眠"又怕"寒侵"的顾虑，都是老人心态的逼真表达。"掩"字，凄凉；"多谢"语，情深。

下片写下半夜所见。邻娃等句，一如辛弃疾写立春先写"美人头上，袅袅春旛"，是同一机杼。朱颜等句，语气似乎是同意邻娃，又似乎是喃喃自语。不因自己不能"恣登临"而哀怨，而是鼓励年轻人珍惜时光，这是热爱生活的态度。所谓"寄希望于新人，理情肠于共勉"，确然与众不同。

全词语浅情深。

鹧鸪天　周紫芝

一点残釭欲尽时[①]，乍凉秋气满屏帷。梧桐叶上三更雨，叶叶声声是别离[②]。　调宝瑟，拨金猊[③]，那时同唱鹧鸪词[④]。如今风雨西楼夜[⑤]，不听清歌也泪垂。

【注释】 ①釭（gāng）：油灯。②梧桐二句：语本温庭筠《更漏子》："梧桐树，三更雨，不道离情正苦。一叶叶，一声声，空阶滴到明。"③金猊（ní）：镀金的狮子形香炉。香燃于腹中，烟自口出。④鹧鸪词：指唐人诗作《鹧鸪词》，多写离别之悲。如李益《山鹧鸪词》："湘江斑竹枝，锦翅鹧鸪飞。处处湘云合，郎从何处归？"⑤风雨西楼夜：唐人韦应物《送中弟》："山郡多风雨，西楼更萧条。"

【评析】　此词写梧桐秋雨引起的离愁别绪，词中主人公应是女性。

上片由景入情。残灯将尽，屏帏乍寒，梧桐夜雨，夜景秋景，更是孤寂之景。歇拍用温庭筠词意，归于别离。

下片忆写旧时欢乐，调、拨、唱三个细节动作，写尽甜蜜与温馨，与今日凄凉形成对照。忆昔伤今，悲不自胜。“不听清歌也泪垂”，呼应上片末句，语直而情哀。

词中情感和婉深曲，意境寂寞凄凉。

踏莎行　周紫芝

情似游丝，人如飞絮。泪珠阁定空相觑[①]。一溪烟柳万丝垂，无因系得兰舟住[②]。　雁过斜阳，草迷烟渚[③]。如今已是愁无数。明朝且做莫思量，如何过得今宵去？

【注释】　①泪珠阁定：即含泪不流。阁定：停止，忍住。阁：同搁。相觑：相看。②无因：没有法子。③烟渚：被烟雾笼罩的水中小洲。唐人孟浩然《宿建德江》：“移舟泊烟渚，日暮客愁新。”

【评析】　此词抒写男女间的离情别绪。

上片写离别前的情景。游丝飞絮，皆喻人之神魂不定；泪眼相觑，写尽两情之凄惨。烟柳万丝，难系兰舟，极言离别之无奈。

下片写别后相思之苦。换头点晚景，已见愁色。愁绪无数，今宵难遣，语极深婉。

全词情思凄迷哀婉，语言清倩婉秀。

凤凰台上忆吹箫　李清照

香冷金猊[①]，被翻红浪，起来慵自梳头。任宝奁尘满[②]，日上帘钩。生怕离怀别苦，多少事、欲说还休。新来瘦，非干病酒[③]，不是悲秋。　休休。这回去也，千万遍阳关，也即难留。念武陵人远[④]，烟锁秦楼[⑤]。唯有楼前流水，应念我、终日凝眸。凝眸处，从今又添、一段新愁。

【注释】　①金猊（ní）：铜质的狮子形香炉。②宝奁（lián）：装饰精美的梳妆匣。③非干：与……无关。④武陵人远：语本北宋人韩琦《点绛唇》："武陵回睇，人远波空翠。"武陵人：原指陶渊明《桃花源记》中渔人，亦指东汉时入天台山采药遇仙女的刘晨、阮肇。此处借指去远方的爱人。⑤秦楼：即凤台，相传是秦穆公女弄玉与其夫萧史乘凤飞升之前的住所。

【评析】　明清人对此词赞语甚多。如明人茅映说："出自然，无一字不佳。"（《词的》）。清人陈廷焯则称："此种笔墨，不减耆卿（柳永）、叔原（晏几道），而清俊疏朗过之。"（《云韶集》）。对于词的内容是写离情，没有异议，但对于是写别前还是别后则各持看法。这里取别后之说。此外，关于李清照产生"新愁"的原因是赵明诚纳妾，虽是今人新说，亦应注意。

上片描写女主人公晨起时情态，笔法略似温词《菩萨蛮》（小山重叠金明灭），不同的是本篇女主人公有明确的别离对象。丈夫远行，自己懒于膏沐，这是常见情形。动人的是对心理的自我展示：离愁说也说不尽，干脆不说，然而，人就因此而消瘦了！非干、不是二语，比《古诗十九首》中的"相去日已远，衣带日以缓"写法，显得更为深婉。围绕日间楼头凝望来写。

丈夫已去，已是无可挽留，自己也只有独守重楼。唯一可做的便是凝眸空望。唯有二字，不仅强调了女主人公隔绝于人，凝眸不为人知的现实情境，也远通上片“多少事欲说还休”之语。望而不见，新愁又添，复与上片“新来瘦”相应。

总之，人是一种痴态，心是一腔痴情，词是一片痴语。笔致宛转，十分动人。

如梦令　李清照

昨夜雨疏风骤。浓睡不消残酒①。试问卷帘人②，却道海棠依旧③。知否？知否？应是绿肥红瘦！

【注释】　①浓睡：酣睡。②卷帘人：指卷帘的侍女。③海棠：花名，其色红，深浅不一。春季花开。秋开者名秋海棠。

【评析】　此词当时为天下所称，谓“工于造语”（宋人陈郁《藏一话腴》甲集卷一）。明人蒋一葵也说：“当时文人莫不击节称赏，未有能道之者。”（《尧山堂外纪》卷五四）

起首从昨夜气候写起，而这气候的恶劣是女主人公于醉中睡中所感受到的，可见她并未安然入梦。正因为如此，一早便急于发问，想知道海棠花事如何。作者采用问答方式，通过认真与随意、关切与粗心、爱惜与淡漠、深沉与天真的对比，突出了主人公的特殊心境。末二句运用反问与推测，从生活的经验中流露出对自然规律的沉重领悟。至于绿肥红瘦一语的清新逼真，更是令人赞佩。

词中融入了唐人孟浩然《春晓》诗意而不见痕迹，亦是本词技法的佳处。

醉花阴 李清照

薄雾浓云愁永昼。瑞脑销金兽[①]。佳节又重阳，玉枕纱厨[②]，半夜凉初透。 东篱把酒黄昏后[③]，有暗香盈袖[④]。莫道不销魂，帘卷西风，人比黄花瘦。

【注释】 ①瑞脑：香料名，又称龙脑、龙瑞脑。金兽：铜制兽形香炉。②纱厨：即碧纱厨，类似于今时的蚊帐。③东篱：指种菊之处。东晋人陶渊明《饮酒》："采菊东篱下，悠然见南山。"④暗香盈袖：语本《古诗十九首》："攀条折其荣，将以遗所思。馨香盈怀袖，路远莫致之。"

【评析】 对于此词，有称赏其结拍三语的，有赞佩全篇的，总之认为是佳作。清人许宝善说："幽细凄清，声情双绝。"（《自怡轩词选》）可作代表。

全词写女主人重阳节的生活情境及其感受，但在时间安排上有突破常规处。

上片自白昼写到半夜，日间恨其永（悠长），其实此时白昼并不长似夏日；夜间觉其冷（凉透了），其实此时未必凉至于此。然而词人感觉如此，原因待人思索。

下片插入黄昏后赏菊把酒之事，尤有意味。或是等待至此时，或是寂寞难耐到此时，或者欲效古人折菊相寄，或者都是，遂有人花相对，人花相慰，人花相比的种种微妙举止与心理活动，终于有此千古传诵的佳句。句佳源于情真。故清人王闿运有言："此词若非出女子自写照，则无意致。"（《湘绮楼词选》）

声声慢　李清照

寻寻觅觅。冷冷清清，凄凄惨惨戚戚。乍暖还寒时候，最难将息[①]。三杯两盏淡酒，怎敌他、晓来风急[②]？雁过也，正伤心，却是旧时相识。　满地黄花堆积。憔悴损，如今有谁堪摘？守着窗儿，独自怎生得黑？梧桐更兼细雨[③]，到黄昏、点点滴滴。这次第[④]，怎一个、愁字了得？

【注释】　①将息：休息，保养。②晓来风急：晓或作晚。③梧桐更兼细雨：语本白居易《长恨歌》："秋雨梧桐叶落时。"又，"梧桐树，三更雨。"④次第：光景，情形。

【评析】　此词历来传诵。明人杨慎云："《声声慢》一词，最为婉妙。"（《词品》卷二）

全篇用赋法，写独处情景，抒满腔愁绪。

上片从早晨写起，却以十四叠字发端，其中前四字写人动态，中四字写寻觅时氛围，后六字写寻觅无所得，徒觉悲戚。读之如珠落玉盘，而声调呜咽。环境本自凄清，更何况气候寒暖不定，急风顿起！酒不能敌者，不独秋寒也；雁不能知者，不独乡情也。伤心之事，尽在不言之中。

下片写到黄昏，取满地黄花、雨里梧桐两景以作点染，或象征，或烘托，使这位孤苦无依的妇人的独处形象更见突出。结拍收束，却不用他人以物喻愁之故技，只用一句口语挽住，实是独辟蹊径，而效果反而更为强烈。

作者选此调而改用入声韵，听起来满纸呜咽；多用叠音词，听起来愁情重叠；语言通俗明白，却屡用反问句（三个"怎"字），显得笔力遒劲，震人心魄。

念奴娇 李清照

萧条庭院，又斜风细雨，垂门须闭。宠柳娇花寒食近，种种恼人天气。险韵诗成[①]，扶头酒醒[②]，别是闲滋味。征鸿过尽，万千心事难寄。　楼上几日春寒，帘垂四面，玉阑干慵倚。被冷香销新梦觉，不许愁人不起。清露晨流，新桐初引，多少游春意。日高烟敛，更看今日晴未？

【注释】　①险韵：用难押的字或冷僻生疏的字做韵脚。叫险韵。②扶头酒：指容易醉人的烈性酒。扶头是酒醉状，不是酒名。

【评析】　上片由春闲引发对远人的思念。首几句反复渲染环境的凄凉，从庭到天气，又折回院里。次二句写本该是春光明媚游赏的寒食节，却受风雨阻挠，“恼人”不仅是天气，主要还是人的离去。“宠柳娇花”四字与《如梦令》中“绿肥红瘦”句都被公认为炼字的妙法，的确简练形象而情趣盎然。下片原应另设环境，而作者却用“云断山连”的画法作词，“楼上”三句与上片景物虽换了时空，但愁思却连绵不断。景物也两有联系，楼上照应庭院，帘垂照应重门，慵倚也应细雨，可见结构之缜密。“被冷”继续写愁，能见时光暗转。“清露”句氛围出现转机，最后写雨后盼晴的希望，为凄凉的调子增添了一点亮色。

永遇乐　李清照

落日熔金，暮云合璧，人在何处？染柳烟浓，吹梅笛怨[①]，春意知几许？元宵佳节[②]，融和天气，次第岂无风雨[③]？来相招、香车宝马，谢他酒朋诗侣。　中州盛日[④]，闺门多暇，记得偏重三五[⑤]。铺翠冠儿[⑥]，捻金雪柳[⑦]，簇带争济楚[⑧]。如今憔悴，风鬟雾鬓，怕见夜间出去。不如向、帘儿底下，听人笑语。

【注释】　①吹梅笛怨：笛曲有《梅花落》一种，声调哀怨。李白《与史郎中饮，听黄鹤楼上吹笛》："一为迁客去长沙，西望长安不见家。黄鹤楼中吹玉笛，江城五月落梅花。"②元宵：阴历正月十五日的夜晚。古人以正月十五为上元日。③次第：顷刻，转瞬。④中州：本指中原河南一带，包括宋都汴京在内。此处特指汴京。⑤三五：指正月十五日。⑥铺翠冠儿：以翡翠羽毛作装饰的帽子。⑦捻金：用金线捻成……雪柳：用素绢或白纸扎成柳叶，而以金线为茎。⑧簇带：头上的饰品插戴得满满的。簇：密聚。济楚：整齐。

【评析】　此词乃李清照集中名作。宋人张端义《贵耳集》（卷上）以为，语言工致，气象更好，又能以寻常语度入音律，皆不易之事。

据张端义说，李清照"晚年赋元宵《永遇乐》词"。但其具体年份难以考定，而地点当在南宋都城临安。其时虽因词名尚可与贵家内眷交往，生活却是贫困而不免忙碌的。本篇正是抒写这种特殊背景下的元宵之节的心理活动的。全词虽是上下两片，内容却是依今——昔——今的层次安排来展开的。

上片全写临安今宵之景，然景中却有事。发端对句，写傍晚之天象，色艳而词工。这幅画面可能正好引起对昔时汴京生活片断的回忆，而今身在南方，故发“人在何处”的自问，故国之情隐隐可见。染柳二句，承发端二句，续写傍夜景色，景中含情（怨），暗用李太白诗意，微露去国之思。正是在这种情思被引发之后，词人才发出了春意几许的疑问。元宵以下六句，实是先辞谢酒朋诗侣的相邀，而又以风雨之可能作托词的。其中又有饱受横祸后形成的世事难料的顾虑。

下片从暗忆中州直接变为明白的回想。六句中有两重意思，一是当日闺门多暇，一是簇带济楚。言下之意是今日犹为生计忙碌，无暇游赏赋诗。如今以下三句，重又回归现实，直抒情怀，彻底抖明了为何“谢他酒朋诗侣”的真实原因。而结拍又稍稍挽起，表明对生活仍然热爱的态度。不过她已从昔日元宵节的主角变成孤独的看客（实为听客）。回头来看“人在何处”，不言自明。

词虽是贵妇自述所经历的贵贱之变，却反映了两宋之际的盛衰之别，足以引发易代之感。南宋末刘辰翁逢乙亥（1275）上元，诵李清照此词而涕下，历三年而和之，而南宋亡。以小见大，是此词的认识价值。

汉宫春　李邴

潇洒江梅[①]，向竹梢疏处，横两三枝。东君也不爱惜[②]，雪压霜欺。无情燕子、怕春寒，轻失花期。却是有、年年寒雁，归来曾见开时。　　清浅小溪如练，问玉堂[③]、何似茅店疏篱？伤心故人去后，冷落新诗。微云淡月，对江天、分付他谁？空自忆、清香未减，风流不在人知。

【注释】　①江梅：梅之一种，花色不一。②东君：司春之神。

③玉堂：朝廷中的翰林院。

【评析】　此词据说作于青年时期（当然是进士及第之后），但当时已脍炙人口（宋人王明清《玉照新志》卷四）。清人许昂霄评为："圆美流转，何减美成（周邦彦）。"（《词综偶评》）

词以江梅为吟咏对象。

上片先写梅的风度具疏朗高洁之致，再从东君、霜雪的态度写梅的艰难处境，后更以燕子、塞鸿从两个侧面表现此种处境中的"物际关系"，颇具对黑暗社会里世态炎凉的影射力。

下片代梅抒情，先表达自乐自安的志趣，同时也不免流露知音难遇、顾影自惜的惆怅。结拍在表现出风流自赏、坚贞自信的情怀之中，以一空字，发出对冷酷的背景的怨愤。

全篇"借梅写照，丰神蕴藉"（清人黄苏《蓼园词选》），具有很强的感染力。

苏武慢　蔡伸

雁落平沙[1]，烟笼寒水[2]，古垒鸣笳声断。青山隐隐[3]，败叶萧萧，天际暝鸦零乱。楼上黄昏，片帆千里归程，年华将晚。望碧云空暮[4]，佳人何处？梦魂俱远。

忆旧游、邃馆朱扉[5]，小园香径[6]，尚想桃花人面[7]。书盈锦轴[8]，恨满金徽[9]，难写寸心幽怨。两地离愁，一尊芳酒凄凉，危阑倚遍。尽迟留、凭仗西风，吹干泪眼。

【注释】　①雁落平沙：语本唐人高瑾《晦日宴高氏林亭》："莺吟上乔木，雁往息平沙。"②烟笼寒水：语出杜牧《泊秦淮》："烟笼寒水月笼沙，夜泊秦淮近酒家。”③青山隐隐：语出杜牧《遣怀》：“青山隐隐水迢迢，秋尽江南草未凋。”未，一作木。④碧云空暮：语本南朝梁人江淹《休上人怨别》：“日暮碧云合，佳人殊未来。”又，贺铸《青玉案》：“碧云冉冉蘅皋暮。”⑤邃馆：深曲的住所。⑥小园香径：语出晏殊《浣溪沙》：“小园香径独徘徊。”⑦桃花人面：语本唐人崔护《题都城南庄》：“去年今日此门中，人面桃花相映红。”⑧书盈锦轴：暗用前秦秦州刺史窦滔妻苏氏织锦为《回文璇玑图诗》以寄的故事。后称妻寄夫书为“锦字”。⑨金徽：金饰的琴徽。徽：系弦之绳。后用作琴面辨音节的标志之称。

【评析】 词的主旨是登高怀远。

上片写秋日之景，烟笼寒水、笳声、败叶、暝鸦这些意象，交织出空阔然而苍凉暗淡的画面，既是写实，也与心境相映衬，甚至还象征着国势的衰微。“楼上黄昏”，是上片关节点。以下写出乡情绮梦，但都由“望”中生出。

下片顺接上片，跌入回忆，将“梦魂”所及之事稍稍具体化。复又回到自身心境，极力抒发别来幽怨。书盈轴，恨满琴，酒已尽，栏杆已倚遍，泪已吹干……递进层深，总之是思之已极！

全篇依“今——昔——今”的层次，铺排秋景、旧游与幽怨等三方面的内容的。情景相生相映，曲折有致。

柳梢青　蔡伸

数声鹈鴂[①]，可怜又是、春归时节。满院东风，海棠铺绣，梨花飘雪。　丁香露泣残枝[②]，算未比、愁肠寸结。自是休文[③]，多情多感，不干风月[④]。

【注释】 ①鹈鴂（tí jué）：杜鹃鸟。《离骚》：“恐鹈鴂之先鸣兮，使乎百草为之不芳。”②丁香露泣：语本李商隐《代赠》：“芭蕉不展丁香结，同向春风各自愁。”又，南唐中主李璟《浣溪沙》：“青鸟不传云外信，丁香空结雨中愁。”③休文：南朝梁代诗人沈约字休文，仕宋及齐，以不得重用，郁郁成病，消瘦异常。④不干风月：语本欧阳修《玉楼春》：“人生自是有情痴，此恨不关风与月。”

【评析】 这首小令似乎是抒发惜花伤春之意。看他上片，写鹈鴂，写春归，写梨花飘雪，就是此意。下片换头更说“愁肠寸结”，说到极处，却又说出“不干风月”的话。这就引人思索了。那么，真情何在呢？这恐怕与北宋末期的形势有关。

词人生当两宋之交的乱世，有志报国安民。宣和四年（1122），曾以徐州通判身份率军北上增援燕山，以解辽兵之围，直到次年方回。但苟安求和派甚嚣尘上，词人壮志难酬，只得诗酒唱和，诉诸笔墨。所谓“不干风月”，当不是故意宕开，委婉抒情，而是感伤国事，以及个人怀抱利器而不受重视的幽怨。

全词写景精妙，抒情曲折，怨而不怒。

临江仙 陈与义

高咏《楚辞》酬午日[1]，天涯节序匆匆。榴花不似舞裙红[2]。无人知此意，歌罢满帘风。 万事一身伤老矣，戎葵凝笑墙东[3]。酒杯深浅去年同。试浇桥下水，今夕到湘中[4]。

【注释】 ①《楚辞》：骚体类文章的总集。西汉刘向辑。收有屈原、宋玉、景差等人辞赋。午日：端午节。即阴历五月初五，屈原投江的日子。②舞裙红：指色红如石榴的舞裙。据说，杨贵妃喜欢穿绣有石榴花的裙子。唐人李元纮《相思怨》："春生翡翠帐，花点石榴裙。"白居易《和春深二十首》（之二十）："眉欺杨柳叶，裙妒石榴花。"③戎葵：即蜀葵，俗称一丈红。④湘中：指湖南的汨罗，屈原投江处。

【评析】 金兵入汴，高宗南迁。词人于建炎三年（1129）春逃至岳阳，四月差知郢州；五月，避贵仲正寇，入洞庭。正值端午，因填此词。既是凭吊屈原，亦是抒迟暮之悲与忧国之情。

上片起句着题，虽切端午屈原之事，但以"高咏"酬此节，言外有意，谓别无盛事。次句感叹时序匆促、异乡羁旅。"榴花"句反衬，正是暗示无复往岁今朝的歌舞之乐，沉痛之至。过片"凝笑"一转，以葵花向日，暗喻忠心不渝。杯酒酹江，纪念屈原，既呼应开端，又见关念国事之情。

全词风格沉郁峻健，感慨颇深。元好问评曰："含咀之久，不传之妙，隐然眉睫间，惟具眼者都能赏之。"（《自题乐府引》）。全词风格沉郁峻健，感慨颇深。

临江仙　陈与义

夜登小阁[①]，忆洛中旧游[②]

忆昔午桥桥上饮[③]，坐中多是豪英。长沟流月去无声。杏花疏影里，吹笛到天明。　二十余年如一梦，此身虽在堪惊。闲登小阁看新晴。古今多少事，渔唱起三更。

【注释】 ①小阁：在杭州青墩镇无住庵中。作者晚年曾居此。②洛中：洛阳。③午桥：在洛阳城东南，距长夏门五里。唐宋时为游赏之地。

【评析】 本篇是《无住词》的压卷之作。明人沈际飞说：此词"意思超越，腕力排奡（ào），可摩坡仙之垒”（《草堂诗余正集》）。

词题言先登后忆，内容却先忆而后言登。

上片写昔时豪饮情景。地是胜地，人是奇人，月是明月，花是鲜花，可谓四美并具。而人的行为呢？饮是饮到月去，吹是吹到天明，一派豪爽酣畅，兴会无穷。其中光影满目，声乐快耳，只数语便境界顿出。

下片从昔年赏心乐事中跌宕而出，以一梦包括二十余年颠沛，以此身虽在暗示度尽劫波，极具概括力。闲登之语，不独点题，更流露出形似超然的沧桑之感。实际上，词人抚今追昔，貌似闲而神未闲。结拍言古今多少事，正是不闲之意；而渔唱的内涵，更令人寻味。是说兴亡，还是说濯缨濯足？都含“有余不尽之意”。启发后人如明代杨慎所作二十四史弹词者甚多。

石州慢　张元干

寒水依痕[①]，春意渐回，沙际烟阔[②]。溪梅晴照生香，冷蕊数枝争发[③]。天涯旧恨，试看几许消魂？长亭门外山重叠。不尽眼中青，是愁来时节。　情切。画楼深闭，想见东风，暗消肌雪[④]。孤负枕前云雨[⑤]，尊前花月。心期切处，更有多少凄凉，殷勤留与归时说。到得再相逢，恰经年离别。

【注释】　①寒水依痕：语本杜甫《冬深》：“早霞随类影，寒水各依痕。”②春意二句：语本杜甫《阆水歌》：“正怜日破浪花出，更复春从沙际归。”③冷蕊数枝：语本杜甫《舍弟观赴蓝田取妻子到江陵喜寄三首》之二：“巡檐索共梅花笑，冷蕊疏枝半不禁。”④肌雪：指人的皮肤洁白如雪。《庄子·逍遥游》：“藐姑射之山，有神人居焉。肌肤若冰雪，绰约若处子。”⑤孤负：同“辜负”。

【评析】 词写客中怀人之情。

上片写初春景致。首三句色调淡雅，意境旷远。次二句以溪梅生香、争发为典型，写出新春蓬勃生机。然而，歇拍为何却说这初春竟是“愁来时节”呢？原来，是有“天涯旧恨”在作怪。不过，我们一时尚不能知旧恨的内容是什么。

过片后，即将笔触指向“画楼”，从而进入想象，抒写夫妇之别情。一方面设想妻子的苦愁，一方面自责，一方面又自述本身的“多少凄凉”也留待相见时才能诉说。结拍交代离别时间为整整一年。至此，我们明白，所谓“天涯旧恨”，就是夫妇之别。

就本词的形式与题材而言，颇与贺铸《石州慢·薄雨收寒》相似。但按前人所论，本篇所抒发的天涯落寞、望远思家之恨，有其政治上遭受打击的背景。若果如此，则此词更可品味。

兰陵王① 张元干

卷珠箔②。朝雨轻阴乍阁③。阑干外、烟柳弄晴，芳草侵阶映红药。东风妒花恶。吹落、梢头嫩萼。屏山掩，沉水倦熏，中酒心情怯杯勺④。 寻思旧京洛⑤。正年少疏狂⑥，歌笑迷著⑦。障泥油壁催梳掠⑧。曾驰道同载⑨，上林携手⑩，灯夜初过早共约⑪。又争信飘泊⑫？ 寂寞。念行乐。甚粉淡衣襟，音断弦索。琼枝璧月春如昨⑬。怅别后华表，那回双鹤⑭。相思除是，向醉里、暂忘却。

【注释】 ①兰陵王：一本有题曰“春恨”或“春游”。②珠箔（bó）：珍珠作饰的帘子。③阁：停止，同搁。王维《书事》：“春阴阁小雨，深院昼慵开。”④中酒：醉酒。⑤京洛：本指汉唐时的京城长安与东都洛阳。这里引指北宋时的汴京等地。⑥年少：词人青年时期在京，求学太学数载。疏狂：轻狂、疏略。⑦迷著：迷住了。⑧障泥：挂在马腹两边，用来遮挡尘土的马具。这里指代马。油壁：以油涂壁的车。梳掠：梳妆。⑨驰道：秦代专供帝王行驶车马的道路。这里指代京城的大道。⑩上林：上林苑，秦时园林名，在长安附近，渭水南岸。西汉初沿用，武帝再予以拓扩，“方三百四十里”，内有离宫别苑三十六座（一说七十座）。这里指汴京附近的园林，如金明池等。⑪灯夜：放灯之夜，即元宵夜。⑫飘泊：指“靖康之难”。北宋亡于宋徽宗靖康二年，亦即高宗建炎元年（1127）。此前，词人曾任陈留丞、李纲幕僚。⑬琼枝璧月：语本《陈书·张贵妃传》：“璧月夜夜满，琼树朝朝新。”⑭华表、双鹤：言物是人非的沧桑之变。用丁令威故事。见《搜神后记》：辽东人丁令威学道于灵虚山，后化鹤归来，集城门华表柱上。有少年欲射之，乃徘徊空中而歌曰：“有鸟有鸟丁令威，去家千岁今来归。城郭如是人民非，何不学仙冢垒垒。”

【评析】 虽说题作“春恨”或“春游”，但理解起来不会如此简单。因为，这首词显然作于南渡以后，经此巨大变故，其愁其恨，断不同于承平时代。

此词三片。上片写春日风物。先是朝雨初停，绿柳红药，相映如画。继写东风作恶，吹落新萼。歇拍才说此乃酒后所见。人怕酒，花怕风，其理一也。说不定由此想得很远。

中片开始，果然是写“寻思”了。内容是风流旧事，地点是故都池苑。而最令人忘怀的，是当时曾有密约。未能践约，不是个人缘故。佳期致误，居然有如此重大的背景！令人叹惋。

下片复归现实，然而终不能忘情于旧地旧日与旧人，即使粉香已淡，弦索无音。故国之思，婉转动人。

本词可谓“借离合之悲，写兴亡之感”。辞藻温丽，而感情悲切。

贺新郎[1] 李玉

春情

篆缕销金鼎[2]。醉沉沉，庭阴转午，画堂人静。芳草王孙知何处[3]？唯有杨花糁径[4]。渐玉枕、腾腾春醒。帘外残红春已透，镇无聊[5]、殢酒恹恹病[6]。云鬓乱，未梳整。　江南旧事休重省。遍天涯、寻消问息，断鸿难倩[7]。月满西楼凭阑久，依旧归期未定。又只恐、瓶沉金井[8]。嘶骑不来银烛暗，枉教人、立尽梧桐影[9]。谁伴我，对鸾镜[10]？

【注释】　①贺新郎：此词一作潘汾词。见《阳春白雪》卷一。②篆缕：形容烟气盘旋上升，有如篆字。③芳草王孙：语本《楚辞·招隐士》："王孙游兮不归，春草生兮萋萋。"此言夫君远出，当归未归。④糁（sǎn）径：纷散于路。杜甫《漫兴》："糁径杨花铺白毡，点溪荷叶叠青钱。"⑤镇：经常，长久。⑥殢（tì）酒：病酒，困于酒。⑦倩（qìng）：托付，委托。⑧瓶沉金井：喻两情断绝。白居易《井底引银瓶》诗有比喻。又可喻消息全无。⑨枉教人二句：语本唐人吕岩《梧桐影》："落日斜，秋风冷。今夜故人来不来？教人立尽梧桐影。"⑩鸾镜：妆镜。昔有一王获一鸾，三年不鸣，后悬镜令照之，鸾以为同类，感兴悲鸣，一奋而绝。也指饰有鸾形图案的镜子。

【评析】　本词内容近于叶梦得《贺新郎》。黄升认为，词人的"风流蕴藉"在此篇得到充分体现。清人黄苏则说："情词旖旎，风骨姗姗，幽秀中自饶隽旨"。(《蓼园词选》)可见此作属于一流佳作。

词写闺中人自昼至夜的活动场景及情感变化。

上片写昼，场景是画堂内外，反复移动。篆缕渐销，内景；庭阴转午，外景。画堂人静，内景；杨花糁径，外景。玉枕春醒，内景；帘外残红，外景。病态恹恹，云鬓不整，复归内景。内景侧重写闺中人醉眠渐醒、慵懒无聊的情状，而外景则着重表现时光流逝、春事阑珊的情景，互相映照，含意不难体味。

下片以主观抒情为主。先写旧事难再，再写消息难寻，又写书信难寄，无数失望，都在此中。月满西楼，是望人直到夜半；立尽梧桐影，则是待人直到月沉。在期待中，各种猜测一一闪现：是归期难定，还是两情断绝？无法回答，银烛渐暗，鸾镜皆尘，而闺中人之心亦陷入黑暗之中。

词人很善于运用外景以映衬内心，令人寻味不尽。明人沈际飞说：“李君止一词，风情耿耿。”(《草堂诗余正集》)可见佳作一首，自可使人不朽。

烛影摇红　廖世美

题安陆浮云楼[①]

霭霭春空，画楼森耸凌云渚。紫薇登览最关情[②]，绝妙夸能赋。惆怅相思迟暮。记当日、朱阑共语。塞鸿难问，岸柳何穷，别愁纷絮。　　催促年华，旧来流水知何处？断肠何必更残阳，极目伤平楚[③]。晚霁波声带雨。悄无人、舟横野渡[④]。数峰江上[⑤]，芳草天涯[⑥]，参差烟树[⑦]。

【注释】　①安陆：今湖北安陆县。浮云楼，即浮云寺楼。杜牧《题安州浮云寺楼寄湖州张郎中》：“去夏疏雨余，同倚朱栏语。当时楼下水，今日到何处？恨如春草多，事与孤鸿去。楚岸柳何穷，别愁纷若絮。”②紫薇：指杜牧。唐代中书省曾称紫薇省，故在中书省任官者可称紫薇郎。杜牧曾任中书舍人，故称。③平楚：登高望远，大树林树梢齐平，称平楚。也可代指平坦的原野。④悄无人二句：语本唐人韦应物《滁州西涧》："春潮带雨晚来急，野渡无人舟自横。"⑤数峰江上：语本唐人钱起《省试湘灵鼓瑟》："曲终人不见，江上数峰青。"⑥芳草天涯：语出唐人牟融《赠欧阳詹》："岛外断云凝远日，天涯芳草动愁心。"⑦参差烟树：语出杜牧《题宣州开元寺水阁阁下宛溪夹溪居人》："惆怅无因见范蠡，参差烟树五湖东。"

【评析】 对于本篇，况周颐说："一再吟诵，辄沁人心脾，毕生不能忘。《花菴绝妙词选》中，真能不愧'绝妙'二字，如世美之作，殊不多见。"

上片先写景，即写浮云楼的恢弘气势。次写追怀杜牧，在才、情两个角度，感慨有了异代知音。惆怅以下数语，亦情亦景。塞鸿三句，以春景衬别愁，相反相成，允称"神来之笔"。

下片换头"旧来流水"呼应上片"当日"，进一步即景言情，于怀古与怀人之中，兼寓漂流迟暮之叹。真是"语淡而情深"。(《蕙风词话》)

在本篇中，词人隐括前人诗作，但能自出境界，见不尽之意。且又融裁妙合，熨帖无痕，一如己出。

薄倖 吕滨老

青楼春晚[①]。昼寂寂、梳匀又懒[②]。乍听得、鸦啼莺哢[③]，惹起新愁无限。记年时[④]、偷掷春心，花间隔雾遥相见。便角枕题诗[⑤]、宝钗贳酒[⑥]，共醉青苔深院。

怎忘得、回廊下，携手处、月明花满？如今但暮雨，蜂愁蝶恨，小窗闲对芭蕉展。却谁拘管？尽无言、闲品秦筝[⑦]，泪满参差雁[⑧]。腰肢渐小，心与杨花共远。

【注释】 ①青楼：女子所居。曹植《美女篇》："借问女何居？乃在城南端。青楼临大路，高门结重关。"②梳匀：梳头、匀脂粉，指化妆。③哢（lòng）：鸟鸣。④年时：往年。⑤角枕：用兽角做装饰的枕头。⑥贳（shì）酒：赊酒。李贺《开愁歌》："旗亭下马解秋衣，请贳宜阳一壶酒。"⑦秦筝：相传古筝出自秦地，故名。唐人李峤《咏筝》："莫听西秦奏，筝筝有剩哀。"⑧参差雁：筝十三弦，承弦的柱参差列阵如雁行，故称。刘禹锡《伤秦姝行》："玫瑰宝柱秋雁行。"

【评析】 本词写一个"偷掷春心"的少女对远方恋人的怀念。

词的上片，发端先写时地。当春当昼，何以懒散，何以怀愁？然后交代缘由，引出回忆。花前隔雾遥相见，其美至矣；共醉青苔深院，其乐至矣。所以频频忆起。何况又到了同样的晚春呢？

过片继续回忆昔日的欢娱情景。月明花满的描述，将当时的幸福展现得更加圆满充足。从而与下文失落孤寂的现实处境形成更大的反差，造成更加震撼人心的表达效果。芭蕉展一句，反衬少女之心不得伸展。结句借杨花飘逝以写少女愁绪之悠邈，宕出远神，复与开头的"春晚"相照应，收束全篇。

词中今昔交替，情景相间。言情中有叙事成分，写景中寓时空变换。前人称吕渭老的词婉媚深窈，与美成、耆卿相伯仲。从这首《薄倖》词看来，并非过誉。

南浦 鲁逸仲

风悲画角，听《单于》①、三弄落谯门②。投宿骎骎征骑③，飞雪满孤村。酒市渐阑灯火，正敲窗、乱叶舞纷纷。送数声惊雁，乍离烟水，嘹唳度寒云④。 好在半胧淡月，到如今、无处不销魂。故国梅花归梦，愁损绿罗裙⑤。为问暗香闲艳，也相思、万点付啼痕。算翠屏[6]，应是两眉余恨、倚黄昏。

【注释】 ①单（chán）于：军中横吹曲名，有大单于、小单于。唐代李益《听晓角》："无限塞鸿飞不度，秋风卷入小单于。"②谯（qiáo）门：建有望远楼的城门。③骎（qīn）骎：马行快速的样子。④嘹唳（lì）：响亮而凄楚的声音。⑤绿罗裙：借代女子。五代牛希济《生查子》："记得绿罗裙，处处怜芳草。"⑥翠屏：即翡翠屏，饰有翡翠的屏风。冯延巳《菩萨蛮》："红烛泪阑干，翠屏烟浪寒。"后蜀花蕊夫人《宫词》："床上翠屏开六扇，折枝花绽牡丹红。"这里借指独倚翠屏的人。

【评析】 这首词写旅夜相思。黄蓼园说："细玩词意，似亦经靖康乱后作也。第词旨含蓄，耐人寻味。"（《蓼园词选》）从词中境界来看，此说不无道理。

上片主景，描状旅途苦况极为精彩。风悲画角、雪满孤村、灯阑酒市、雁度寒云四幅各具特色的画面，充分写出听觉和视觉效果，重重渲染凄凉冷落的气氛。

下片主情，另拓词境，抒写复杂的相思情怀，蕴含甚深。过片"无处不销魂"句，囊括甚广，恐不止于忆梅忆人之情。为问两句，承忆梅；翠屏两句，承忆人。余恨悠悠，与画角哀鸣，不绝如缕。

陈廷焯云：此词遣词琢句，工绝警绝，最令人爱。（《白雨斋词话》）

满江红　岳飞

写怀

怒发冲冠[1]，凭栏处、潇潇雨歇。抬望眼、仰天长啸，壮怀激烈。三十功名尘与土，八千里路云和月。莫

等闲、白了少年头[2]，空悲切。　　靖康耻[3]，犹未雪。臣子恨[4]，何时灭？驾长车踏破、贺兰山缺[5]。壮志饥餐胡虏肉，笑谈渴饮匈奴血[6]。待从头、收拾旧山河，朝天阙[7]。

【注释】　①怒发冲冠：语本《史记·廉颇蔺相如列传》："王授璧，相如因持璧却立，倚柱，怒发上冲冠。"又，唐人骆宾王《于易水送人一绝》："此地别燕丹，壮士发冲冠。"②等闲：轻易，随便。③靖康耻：指钦宗靖康二年（1127）京师和中原沦落，徽钦二帝被掳往金国的奇耻大辱。④臣子恨：1139年正月，宋金议和告成，和约规定：南宋皇帝向金称臣。⑤贺兰山：在今宁夏境内。又，河北磁县亦有此山名，见该县县志。这里指金人所占的宋人疆土或关隘。北宋人姚嗣宗《书驿壁》："踏碎贺兰石，扫清西海尘。"⑥壮志二句：语本《汉书·王莽传》"校尉韩威进曰：'以新室之威而吞胡虏，无异口中蚤虱。臣愿得勇敢之士五千人，不赍斗粮，饥食虏肉，渴饮其血，可以横行。'"⑦天阙：指朝廷。

【评析】　此词是千古名篇。清人陈廷焯云："何等气概！何等志向！千载下读之，凛凛有生气焉。"（《云韶集》）词当作于主和派猖獗、北伐受阻之时。

上片主要抒发对现实的感慨。起首数语，写人物神态、举止，勾勒出热血英雄形象。三十功名二句，既概括了自己艰苦卓绝的抗金历程，又表现对能否完成大业的忧虑。莫等闲三句，则直言率语，既是大声疾呼，又是自我砥砺，表现出对振兴民族的高度使命感、紧迫感。

下片抒发完成中兴大业的豪情壮志。作者始终不忘民族的耻辱，并以此为动力，浴血奋战，恢复中原。饥餐、笑谈以及收拾等语，充满必胜的信念，犹如进军的号角，极具鼓舞力。

全篇直抒胸臆，情辞慷慨，气欲干云，声可裂石，是当时抗金斗争中最雄伟的战歌。后世爱国志士，莫不受其鼓舞。

烛影摇红　张抡

上元有怀

双阙中天[1]，凤楼十二春寒浅[2]。去年元夜奉宸游[3]，曾侍瑶池宴[4]。玉殿珠帘尽卷，拥群仙、蓬壶阆苑[5]。五云深处[6]，万烛光中，揭天丝管[7]。　　驰隙流年[8]，恍如一瞬星霜换[9]。今宵谁念泣孤臣[10]，回首长安远[11]。可是尘缘未断[12]，漫惆怅，华胥梦短[13]。满怀幽恨，数点寒灯，几声归雁。

【注释】　①双阙：天子宫门有双阙。两边为楼台，中间为通道。②凤楼：指宫内楼阁。南朝宋人鲍照《代陈思王京洛篇》："凤楼十二重，四户八绮窗。"③宸（chén）游：帝王的巡游。宸：北辰所居，引指帝王宫殿，又引指帝王。④瑶池：相传为女神西王母所居。⑤蓬壶：蓬莱和方壶，海上三神山之二。阆苑：神仙所居。⑥五云：五彩祥云。借指帝王所在。唐人王建《赠郭将军》："承恩新拜上将军，当值巡更近五云。"⑦揭天：（声音）高上云天。⑧驰隙流年：如同阳光照过空隙。喻时光极其短暂。《庄子·知北游》："人生天地之间，若白驹之过隙。"白驹：喻阳光。⑨星霜：星辰运行一年一循环，霜则每年至秋始降。因用以指年岁，一星霜即一年。⑩泣孤臣：即孤臣哭泣。张元干《石州慢》："万里想龙沙，泣孤臣吴越。"孤臣：流落之臣。⑪长安远：远离京都。南朝宋刘义庆《世说新语·夙惠》：晋明帝数岁。元帝问："汝意谓长安何如日远？"答曰："日远。不闻人从日边来，居然可知。"明日，更重问之，乃答曰："日近。举目见日，不见长安。"⑫尘缘：俗缘，系念尘世之心。词人为居士而系念世事，故云尘缘未断。⑬华胥梦：向往太平世界的梦想。《列子·黄帝》：黄帝“梦游于华胥之国”。

【评析】　靖康之耻之后的次年（1128）的上元之夜，作者抚今追昔，写了这曲感怀词。清人黄苏谓张抡身为遗老，“词多变徵，此首犹清壮。”（《蓼园词选》）

上片追述去年盛况。徽、钦二帝在时，作者得奉宸游，侍宴宫廷。发端先写皇家凤阙外观之壮丽，次写皇家内殿之豪华，再写上元声影彻天之盛。其乐臻于极致。

下片虚叙今岁上元之凄凉，侧重抒情。泣、回首、惆怅、幽恨云云，其哀亦臻于极致。词末以惨淡之景作结，与上片景象形成对照，有一落千丈之概。

词人亲见徽宗盛时，又身历靖康之变，一如李攀龙所说：“抚景写情，真画出风前烛影，红光在目。”（《草堂诗余隽》）盛衰异象，哀乐亦异情。读来恍如隔世。

水龙吟　程垓

夜来风雨匆匆，故园定是花无几。愁多怨极，等闲孤负，一年芳意。柳困花慵，杏青梅小，对人容易。算好春常在，好花长见，原只是、人憔悴。　　回首池南旧事[①]，恨星星[②]、不堪重记。如今但有，看花老眼，伤时清泪。不怕逢花瘦，只愁怕、老来风味。待繁红乱处，留云借月，也须拚醉。

【注释】　①池南：泛指故园某地。②星星：指两鬓花白。

【评析】　词人的生活年代约在辛弃疾同时。而本篇的主要内容，可用词中“看花老眼，伤时清泪”二语来概括。

上片发端先写伤春之意，但不写伤眼前之春，而是遥想故园之花，自然引出思乡之情。继而自责辜负芳意——包括眼前芳意与故园芳意；面对花开花落之匆匆，进而自省，怨春的根本在于人之“愁多怨极”所带来的“憔悴”。正所谓“感时花溅泪，恨别鸟惊心”。（杜甫《春望》）

过片回首池南旧事，呼应上片发端故园花树，隐晦朦胧。吴曾在《能改斋漫录》中云：“眉山程正伯，号虚舟，与锦江某妓眷恋甚殊，别时作《酷相思》。”旧事或许指此。以下是嗟老之词，与不甘迟暮的最后振作、自我麻醉。

全词抒情深沉委婉，而语言却直白浅近，不用故典。正是陈廷焯所说：“愈直捷，愈凄婉。”（《词则》卷二）

六州歌头　韩元吉

东风着意，先上小桃枝。红粉腻，娇如醉，倚朱扉。记年时，隐映新妆面[①]，临水岸，春将半，云日暖，斜桥转，夹城西[②]。草软莎平，跋马垂杨渡[③]，玉勒争嘶[④]。认蛾眉，凝笑脸，薄拂燕脂，绣户曾窥[⑤]，恨依依。　共携手处，香如雾，红随步，怨春迟。消瘦损，凭谁问？只花知，泪空垂。旧日堂前燕，和烟雨，又双飞[⑥]。人自老，春长好，梦佳期。前度刘郎[⑦]，几许风流地，花也应悲。但茫茫暮霭，目断武陵溪[⑧]，往事难追。

【注释】　①新妆面：语本刘禹锡《春词》：“新妆宜面下朱楼，深锁春光一院愁。”②夹城：本唐代皇宫建筑。沈亚之《春色满皇州》：

“花明夹城道，柳暗曲江头。”③跋马：勒马使之回转。④玉勒：玉制的马衔。也借指马。⑤绣户曾窥：语本五代词《九张机》：“四张机，恹恹只把绣户窥。”周邦彦《瑞龙吟》：“个人痴小，乍窥门户。”⑥旧日三句：语本刘禹锡《乌衣巷》：“旧时王谢堂前燕。”又，唐人翁宏《春残》：“落花人独立，微雨燕双飞。”⑦前度刘郎：指东汉时入天台山采药得遇仙女的刘晨、阮肇二人。⑧武陵溪：即刘、阮二人入山时所经过的溪水。唐人王涣《惆怅诗十二首》（之十）：“晨肇重来路已迷，碧桃花谢武陵溪。仙山目断无寻处，流水潺湲日渐西。”

【评析】 宋人程大昌说过：《六州歌头》本是鼓吹曲，音调悲壮，不与艳词同科（《演繁露》）。但是，韩元吉的这首《六州歌头》竟是一首典型的艳词！词题“桃花”，实是借桃花以说哀艳的爱情故事。

上片起首，先叙初春睹“桃”忆人，回想初遇情景。初遇时在那年春半。作者极写当时情景的优美与伊人的隐秀。歇拍复归于现实，绣户曾窥，而人面不见。惆怅之意显然。

过片接写重寻之事，而时已暮春，与发端初春之日相去多时，然而主人公依旧徘徊未去。

至于今日重寻，与昔年相见，时间距离不止三年五载，“人自老”，可是依然“梦佳期”，足见记忆的牢固和相思的悠长。词末数句，抒发屡度重寻不见伊人所产生的深沉悲苦。

唐崔护《题都城南庄》诗云：“去年今日此门中，人面桃花相映红。人面不知何处去，桃花依旧笑春风。”本篇作者摄崔诗之骨与韵，加以渲染、展衍，更见叶茂花繁。

词中写相见相恋情景，仅“携手”等寥寥数语，惜墨如金，目的在于规避熟滥。通篇致力于抒写重寻的感受，情意婉曲缠绵，哀婉动人。而语言亦复妩媚秀丽，可谓情辞相称。

好事近[①] 韩元吉

凝碧旧池头，一听管弦凄切[②]。多少梨园声在[③]，总不堪华发。　杏花无处避春愁，也傍野烟发[④]。惟有御沟声断[⑤]，似知人呜咽。

【注释】 ①别本题作“汴京赐宴，闻教坊乐，有感”。据《金史·交聘表》载：“（金）世宗大定十三年（1173）三月癸巳朔，宋遣礼部尚书韩元吉、利州观察使郑裔兴等贺万春节。”行经汴梁，遇金人设宴，闻奏旧日教坊音乐，感而作此篇。②凝碧二句：语本王维《菩提寺禁裴迪来相看说逆贼等凝碧池上作音乐……示裴迪》：“万户伤心生野烟，百僚何日更朝天。秋槐叶落空宫里，凝碧池头奏管弦。”安史之乱中，两都陷，玄宗出幸，维扈从不及，为贼所得。维服药取痢，伪称喑病。禄山拘之于洛阳普施寺，迫以伪署。禄山宴其徒于凝碧宫，其乐工皆梨园弟子、教坊工人。维闻之悲恻，潜为此诗。③梨园：本指唐玄宗时的教坊，为安禄山所得。玄宗好音乐，选坐部弟子三百人教于梨园，号“皇帝梨园弟子”。见《新唐书·礼乐志》。这里指北宋的教坊。④野烟：即王维诗中的“野烟”，形容昔日的北宋宫苑一片荒凉。⑤御沟：流经皇宫的河道。

【评析】 作者是爱国志士，主张恢复中原，与陆游、辛弃疾等爱国人士交往较密。他完成这首小令后，曾寄给陆游，陆游作《得韩无咎书寄使虏时宴东都驿中所作小阕》一诗云：“大梁二月杏花开，锦衣公子乘传来。桐阴满第归不得，金辔玲珑上源驿。上源驿中捶画鼓，汉使作客胡作主。舞女不记宣和妆，庐儿（侍从）尽能女真语。书来寄我宴时词，归鬓知添几缕丝。有志未须深感慨，筑城会据拂云祠。”

全词通过叙述在汴京的所见所闻抒发黍离之悲。

上片暗用王维诗意，自然贴切。下片用拟人手法即景抒情。先写杏花开放于“野烟”之中，有似王维诗中的“秋槐”，与“黍离”同一情景，何况她还苦于难避春愁呢？次写御沟流水枯竭，犹如陪伴南国使者凭吊故国。

故国深情，托以前人诗意与眼前实境，浑然一体。言辞简短而表达充分，字字哀婉，句句凄切，读之令人泫然。

瑞鹤仙　袁去华

郊原初过雨。见败叶零乱，风定犹舞。斜阳挂深树。映浓愁浅黛，遥山媚妩。来时旧路，尚岩花[①]、娇黄半吐。到而今，唯有溪边流水，见人如故。　　无语。邮亭深静[②]，下马还寻，旧曾题处。无聊倦旅。伤离恨，最愁苦。纵收香藏镜[③]，他年重到，人面桃花在否[④]？念沉沉、小阁幽窗，有时梦去。

【注释】　①岩花：悬岩上的野菊花。②邮亭：古时设在路边、供送文书的人和旅客歇宿的馆舍。③收香藏镜：收藏象征爱情的信物。收香：西晋贾充之女贾午，窃其父所藏的奇香赠给韩寿。后来二人结成夫妻。事见《晋书·贾充传》。藏镜：南朝陈亡，驸马徐德言与妻乐昌公主各持半镜分手，后历经磨难，破镜重圆。见于唐人韦述《两京新记》卷三及《本事诗》等。④人面桃花：语出崔护诗：“去年今日此门中，人面桃花相映红。人面不知何处去，桃花依旧笑春风。”

【评析】　这首词当是作者与意中人分别以后为抒写离恨而写的。

上片描写了秋日雨后旅途的景物。起首三句近景，景中可以窥见作者衰颓、凌乱的心绪，可以觉察对作者自己的身世、处境的暗示。次三句远景，在旷远飞动的景色中，透出鲜明的凄凉和迷惘，又不知不觉中与“人”关联起来了。来时三句，与到而今三句，半是实景，半是虚景。“溪边流水”是实在的，是眼前所见到的：而“娇黄半吐”的“岩花”则是保存在脑海中的印象，是来时所见到的。昨日迎人的有岩花与流水，今日则只有流水“见人如故”，从而暗示那人的不复得见。

过片另换场景，由郊原转入对邮亭的描写。“无聊倦旅”三句，由写景叙事转入抒情的描写，点出“伤离恨，最愁苦”的主题。“纵收香”三句，见出作者自己能够忠贞不贰，却又不知对方情况如何！结拍说，既然已不一定能够相见，那就只好寄希望于梦中了。惆怅之情，溢于言表。

旅途怀人，是诗词家常事。作者重在抒写深情，却不执着于旧日事象与伊人情状，可谓别开蹊径。

剑器近　袁去华

夜来雨，赖倩得[1]、东风吹住。海棠正妖娆处。且留取。　悄庭户。试细听、莺啼燕语[2]。分明共人愁绪。怕春去。　佳树。翠阴初转午[3]。重帘未卷，乍睡起，寂寞看风絮。偷弹清泪寄烟波[4]，见江头故人，为言憔悴如许。彩笺无数。去却寒暄[5]，到了浑无定据[6]。断肠落日千山暮。

【注释】　①赖：多亏。倩：央求。②莺啼燕语：语本唐人皇甫冉《春思》：“莺啼燕语报新年，马邑龙堆路几千。”③翠阴初转午：喻时过正午。苏轼《贺新郎》：“悄无人，桐阴转午，晚凉新浴。”李玉《贺新郎》：“庭阴转午，画堂人静。”④偷弹清泪寄烟波：语本唐人孟郊《车遥遥》“寄泪无因波，寄恨无因辀”，反其意而用之。⑤去却：除了。寒暄：问候冷暖。⑥到了：到底，终究。浑：全。无定据：没有一定（的意思）。

【评析】　本词共分三段。抒发了女主人公伤春怀人的愁绪。前面两段是双拽头，即句式、声韵全都相同。

第一片写雨后海棠的妖娆和作者的叹赏留连。东风吹住夜来雨，从而使得经雨的海棠“正妖娆”，却又没有被过甚的雨打坏。东风作得如此好事，深会人意，所以词人发自内心地说“赖倩”了！这是拟人笔法，写来情趣盎然。

第二片抒写惜春情怀。其实，上片中“留取海棠”的愿望之中已经寄寓了惜春的情愫。现在又借“莺啼燕语”强调禽鸟与人“同心”，从而对惜春之意作进一步的深入发挥。

第三片写寂寞中的伤春怀人。过片写佳树翠阴，系承前片“莺啼燕语”而来，又延伸到“风絮”这一意象。此意象不仅暗示春去，还象征着伊人思绪的飘忽不定。“偷弹”三句，自伤憔悴，抵达主旨。“彩笺”三句，半是得通音信的安慰，半是归期不定的幽怨。结拍写景，画面苍茫空阔而灰暗，恰与女主人公无尽的惆怅互相映发。与柳永《夜半乐》结句“断鸿声远长天暮”极其神似。

全词情意层叠婉曲，语言明快清新。

安公子　袁去华

弱柳丝千缕。嫩黄匀遍鸦啼处。寒入罗衣春尚浅，过一番风雨。问燕子来时，绿水桥边路。曾画楼、见个人人否[①]？料静掩云窗[②]，尘满哀弦危柱[③]。　庾信愁如许[④]。为谁都著眉端聚？独立东风弹泪眼，寄烟波东去[⑤]。念永昼春闲，人倦如何度？闲傍枕、百啭黄鹂语。唤觉来恹恹，残照依然花坞[⑥]。

【注释】　①个：那个。人人：人儿。对所思的亲切称呼。②静掩云窗：语本周邦彦《齐天乐》："云窗静掩，叹重拂罗裀，顿疏花簟。"③哀弦危柱：原指乐声凄哀，这里指弦乐器。柱：弦乐器上定音阶的柱。苏轼《水龙吟》："危柱哀弦，艳歌余响，绕云萦水。"④庾信愁如许：庾信作《愁赋》，有"谁知一寸心，乃有万斛愁"等句。⑤独立二句：参见上篇注释④。⑥花坞（wù）：花房。坞：原指四面高中间低的山地，这里引申为四面挡风的房子。唐人严维《酬刘员外见寄》："柳塘春水漫，花坞夕阳迟。"

【评析】　词写离情别绪，但构思别致。

上片以景语开头，有声、有色，生机盎然。寒入二句，情景并写，见出主人公乃是一女子。但是，"问"字所及的对象，就画楼、人人、云窗、弦柱等语而论，仍然是女子。那么，"问"的主体又是谁呢？他不应该还是那着罗衣的女子，而是女子所思的情人。只是这一问，并非实写，而是女子的设想。词人不写女子思念情人，反而想象情人思念女子，则女子离思之深，自在言外。两地之情，一笔俱到，可谓笔法超妙。

下片始直抒自身之愁苦。愁、独、泪、倦、厌厌（恹恹），层积累压，总之是无可解脱。"念永昼"以下数句，似暗合贺铸《薄幸》"正春浓酒暖，人闲昼永无聊赖。厌厌睡起，犹有花梢日在"，又大略有所变化增益。

全词借春景以言幽怨悲凄之情。写景、想象、直抒相交织；结末以黄鹂唤应发端鸦啼，以花坞应起首弱柳，从而造成委婉曲折而又严密的结构。

瑞鹤仙[①] 陆淞

脸霞红印枕[②]。睡觉来、冠儿还是不整。屏间麝煤冷[③]。但眉峰压翠[④]，泪珠弹粉。堂深昼永。燕交飞[⑤]、风帘露井[⑥]。恨无人、与说相思，近日带围宽尽。

重省。残灯朱幌[7]，淡月纱窗，那时风景[8]。阳台路迥[9]。云雨梦[10]，便无准。待归来，先指花梢教看，却把心期细问[11]。问因循[12]、过了青春，怎生意稳？

【注释】　①这首词据说是陆淞为歌姬盼盼所写的。“南渡初，南班宗子寓居会稽，为近属，士子最盛，园亭甲于浙东，一时座客皆骚人墨士，陆子逸尝与焉。士有侍姬盼盼者，色艺殊绝，每属意焉。一日宴客，偶睡，不预捧觞之列。陆因问之，士即呼至，其枕痕犹在脸。公为赋《瑞鹤仙》，有‘脸霞红印枕’之句，一时盛传之，逮今为雅唱。后盼盼亦归陆氏。”（见宋人陈鹄《耆旧续闻》卷十）清人以为小说家言。又有以此篇为欧阳修所作者，非。②脸霞：面上的红润光泽。温庭筠《南歌子》：“脸上金霞细，眉间翠钿深。”韩偓《懒起》：“枕痕霞黯澹，泪粉玉阑珊。”③麝煤：即麝墨，此指水墨绘画。④压翠：指双眉紧皱，如同挤压在一起的青翠的远山。⑤交飞：交翅并飞。⑥露井：天井。⑦朱幌：朱红的帷幔。⑧风景：犹情景。⑨阳台：隐指男女欢会之地。用宋玉《高唐赋》中楚襄王梦会神女故事。⑩云雨梦：本指神女与楚王欢会之梦，引指男女欢会。⑪心期：内心期愿。⑫因循：怠情、拖延。

【评析】　这是一首写闺中人思情的词。

词的上片，写伊人睡起以后神态。“脸霞”二句，睡起之容态；“屏间”三句，为睡起之神情。“堂深”二句，为睡起所见之景物：燕之交飞，更显人之孤独；“恨无人”二句，为睡起之心事，补叙颦眉弹泪之由。可见层次井然。

过片转入回忆。“残灯”三句，是旧时情景；“阳台”三句，是别后情景；“待归来”以下，悬想重逢情景。花梢之问，恰是小儿女情态。

全词从外貌描绘推至内心隐秘，如抽丝剥茧，笔触细腻。清人贺裳说：“迷离婉妮，几在周（邦彦）、秦（观）之上。”（《皱水轩词筌》）

卜算子 陆游

咏梅

驿外断桥边，寂寞开无主。已是黄昏独自愁，更著风和雨。　无意苦争春[1]，一任群芳妒[2]。零落成泥碾作尘[3]，只有香如故。

【注释】 ①争春：争占春光。唐人戎昱《红槿花》：“花是深红叶曲尘，不将桃李共争春。”②群芳妒：意本屈原《离骚》：“众女嫉余之蛾眉兮，谣诼谓余以善淫。”又，杜甫《江头四咏·花鸭》：“不觉群心妒，休牵众眼惊。”群芳：借指打击作者的奸佞之徒。③碾（niǎn）：被车轮轧碎。王安石《咏杏》：“纵被东风吹作雪，绝胜南陌碾成尘。”

【评析】 这首词，被认为是宋代咏梅词中最突出的好作品（近人夏承焘语）。

为什么呢？第一，词虽咏梅，不同于前人咏物诗词体物工致的方式，而是遗貌取神，通过背景之偏僻寂寞与气候之恶劣，写其遭遇，写其品格。第二，咏梅亦即咏怀。词人怀抱孤寂，而志节兀傲，意在笔先，以有我之眼光观梅赏梅，从梅花形象中发现共同点，借咏梅之精神而抒我之情感，仍然是不即不离，不脱不粘。

读完此词，直觉得梅已是人，而人复为梅，真是“一树梅花一放翁了”。

渔家傲[1] 陆游

东望山阴何处是[2]？往来一万三千里[3]。写得家书空满纸。流清泪，书回已是明年事。　　寄语红桥桥下水[4]，扁舟何日寻兄弟？行遍天涯真老矣[5]。愁无寐。鬓丝几缕茶烟里[6]。

【注释】　①别本题作“寄仲高”，当是寄堂兄陆仲高的。仲高，名升之，与陆游同曾祖。这一首《寄仲高》的词，当是淳熙二年以前在蜀所作，时陆游以蜀州通判摄知嘉州（今属四川）。②山阴：今浙江绍兴，陆游的家乡。这首词是给其堂兄仲高的。③往来一万三千里：指从巴蜀到家乡绍兴的往返路程。④红桥：在山阴县西七里迎恩门外。⑤行遍天涯：指出仕以来辗转于福州、江阴（今属江苏）、隆兴（今江西南昌）、巴蜀各地，逾十七载，年届五十。⑥鬓丝：指头发变白。这一句化用杜牧《题禅院》：“觥船一棹百分空，十岁青春不负公。今日鬓丝禅榻畔，茶烟轻飏落花风。”

【评析】　这首词主要抒发怀乡思亲情怀。

上片侧重抒写思乡之情。一写距离之远，二写家书之慢。其中“书回已是明年事”一句，表达极新颖，于前人诗词中少见，从实境实感中自然得来，又呼应起二句。

下片起二句，从思家转到思念兄弟，然后是迟暮之叹，身世之感。坐对茶烟，形似清闲，实则包含无奈，是化愤激热烈为闲适凄婉。

本词曲调与范仲淹相同（见前），境界亦略似之，唯情感更觉深沉委婉。

定风波[①] 陆游

进贤道上见梅[②]，赠王伯寿[③]

敧帽垂鞭送客回[④]，小桥流水一枝梅。衰病逢春都不记。谁谓、幽香却解逐人来[⑤]？　安得身闲频置酒？携手，与君看到十分开。少壮相从今雪鬓[⑥]，因甚、流年羁恨两相催[⑦]？

【注释】　①定风波：此篇当作于任隆兴通判时。年约四十岁。②进贤：县名。在今江西南昌东南，当时属隆兴府。③王伯寿：事迹不详。据张纲（1083—1166）《绿头鸭·次韵王伯寿》，知伯寿名康。是否此人，录以备考。④敧（qī）帽：帽子歪斜地戴着。⑤逐人来：语本杜甫《诸将五首》（之五）“锦江春色逐人来”。⑥雪鬓：头发斑白，指年纪已老。⑦流年：流逝的岁月。羁恨：因羁留他乡而产生的愁闷和怨恨。

【评析】　作者在任隆兴通判之前，由张浚主持的北伐遭到“符离之败”（1163），而陆游曾在张浚麾下任过镇江通判（1163）。张浚解职（1164），宋金间实现“隆兴和议”后，张浚旋卒。而陆游则被调任隆兴通判。不久以后就是弃置四年。可见，此时的陆游既有对抗金大业的深重忧虑，也有对个人事业无成的惆怅。这首词就是在这样的背景之下写出来的。

才略难展，愁闷郁积，路见梅花，方知春已悄然降临。这种感觉何其真实！下片直抒情怀，一方面慨叹难得身闲，另一方面又唏嘘流年羁恨，看似矛盾，实则必然。因为词人此时感到大势逆转，个人一时难展骥足，未免消极。或者，词人此等语乃是抑郁愤嫉之情的反映，是对现实迫害的一种反击。

此词后来被元人倪瓒所“抄录改写”。其《定风波》云：“敧帽垂鞭送客回，小桥流水一枝梅。醉后红绡都不记，□剩、幽香却解逐人来。　松畔扶间频置酒。携手。与君看到十分开。少壮相从今雪鬓。因甚、流年清兴两相催?”其自注:“云栖子见示管夫人雪梅,与今日情景适合,因题一调《定风波》云。瓒记。”瓒所改者,上片六字,下片亦仅六字。

秦楼月[①] 范成大

楼阴缺,阑干影卧东厢月。东厢月。一天风露[②],杏花如雪。　　隔烟催漏金虬咽[③],罗帏暗淡灯花结[④]。灯花结。片时春梦,江南天阔[⑤]。

【注释】　①秦楼月:即《忆秦娥》。范成大集中有五首此调词,抒写闺怨,似为组词,此篇为第四首。②一天风露:语出黄公度(1109—1156)《满庭芳》:“枫岭摇丹,梧阶飘冷,一天风露惊秋。”③金虬(qiú):铜制的龙头。装在计时的漏壶上。④灯花:灯芯的余烬,爆成花形,古人以为吉利、喜讯。⑤片时春梦二句:语本唐人岑参《春梦》:“枕上片时春梦中,行尽江南数千里。”

【评析】　上片描写春夜月下庭院景色。一天风露,决不是人在楼中的感觉,而是人在庭中的感觉。这就表明女主人公独立庭中甚久。从中透露出无限惆怅。

下片写楼内闺房的情景。“灯花结”是一个细节描写,它预示了一个喜讯、一个好梦,在“暗淡”的氛围中闪耀出亮点。

全词无一语直接抒情,完全用画面表现情致,如影视中的空镜头,极含蓄空灵,却又写出时间的流程,暗示出抒情主人公的孤独寂寞。

眼儿媚 范成大

萍乡道中[1]，乍晴。卧舆中，困甚，小憩柳塘。

酣酣日脚紫烟浮[2]，妍暖破轻裘。困人天气，醉人花底，午梦扶头[3]。　　春慵恰似春塘水[4]，一片縠纹愁。溶溶泄泄[5]，东风无力，欲皱还休。

【注释】　①萍乡：在今江西。作者于宋孝宗乾道九年（1173）闰正月二十六日途经此处。②酣酣：艳丽旺盛的样子。日脚：穿过云隙下射的日光。③扶头：本是酒名，饮之易醉，故用以状醉态或沉睡貌。④春慵：春日的懒散情绪。⑤溶溶泄泄：水波摇荡之貌。

【评析】　此词历来颇受评选家赞赏。宋人魏庆之云：本篇“词意清婉，咏味之，如在画图中。”（《魏庆之诗话》）清人王闿运也说：“自然移情，不可言说。绮语中仙语也。”（《湘绮楼评词》）按此乃即景之作。

上片先写春日旅行途中产生的春慵感受。天暖使人疲软，花气使人陶醉，不独旅途劳顿使人困倦。以上数语，情景相间。下片过拍先以春慵紧接上文的暖、困、醉而总括之，然后即物作喻，勾画春塘之水欲波未波、似皱非皱的慵懒状况，以之形容无迹可求的春慵，十分贴切，显得物我难分，妙合无垠。

读此词，真有“字字软温，着其气息即醉”的感觉。（明人沈际飞《草堂诗余别集》）

霜天晓角[①] 范成大

晚晴风歇。一夜春威折[②]。脉脉花疏天淡，云来去，数枝雪。 胜绝[③]。愁亦绝。此情谁共说？惟有两行低雁，知人倚、画楼月。

【注释】 ①别本有题曰“梅”。②春威：初春乍暖还寒，春威即指春寒的威力。温庭筠《阳春曲》：“霏霏雾雨杏花天，帘外春威著罗幕。”③胜绝：好极。

【评析】 这是一首咏梅言情的小令。

上片写早春寒梅。起首写梅花开放的背景。“脉脉”三句写寒梅的神韵。淡青天色远为陪衬，皎洁明月、悠悠浮云与相呼应。

过片“胜绝”开端，承上片，以赞叹作结。“愁亦绝”则开启下文的抒情。笔触急转直下。赏梅人现身，孤独心凸现。景与情落差千丈。“惟有”二句，不说托愁情于孤雁，而说“惟有”低雁知我心事，则真见倚楼人孤独至极。二句写法不落恒蹊，被词评家誉为“警句”。

本篇造境清旷，用笔跌宕，言简而意丰。

六洲歌头 张孝祥

长淮望断，关塞莽然平。征尘暗，霜风劲，悄边声。黯销凝。追想当年事，殆天数，非人力；洙泗上[①]，弦歌地，亦膻腥。隔水毡乡[2]，落日牛羊下，区脱纵横[3]。看名王宵猎[4]，骑火一川明。笳鼓悲鸣，遣人惊。

念腰间箭、匣中剑，空尘蠹，竟何成？时易失，心徒壮，岁将零。渺神京[5]，干羽方怀远[6]，静烽燧[7]，且休兵。冠盖使[8]，纷驰骛[9]，若为情？闻道中原遗老，常南望、翠葆霓旌[10]。使行人到此，忠愤气填膺，有泪如倾。

【注释】 ①洙泗：二水名，流经曲阜（今属山东）。这里指礼乐之邦。②毡乡：帐篷村落。这里指金人所居住之处。③区（ōu）脱：匈奴语，边境上少数民族筑作侦察警戒之用的土室。④名王：指金兵将帅。⑤神京：京都。⑥干羽：盾牌和雉尾。古代夏禹曾用干羽之舞使远方苗人归顺。怀远：以礼乐安抚远方。⑦烽燧（suì）：烽火。古代边防军报警之具。夜则举烽，昼则焚燧。⑧冠盖使：外交使臣。这里指南宋求和的使者。⑨驰骛：东奔西走。⑩翠葆霓旌：帝王仪仗车驾。翠葆：以鸟羽为饰的车盖。霓旌：即虫鬼旌，画饰有云、虫、鬼的旌旗。

【评析】 此词是爱国词中名篇。写作时间各有出入，当以宋高宗绍兴三十二年（1162）初春为是。时当采石大捷之后，高宗莅建康，主战派张浚入对，但高宗仍回临安，并无进图恢复的决心。作者此时正在张浚幕中作客，乃于宴会上作此词。据说，张浚读罢，罢席而入。清人陈廷焯谓此词“淋漓痛快，笔饱墨酣，读之令人起舞”（《白雨斋词话》卷六）。

上片写沦陷区的凄凉景象与严重态势，可分三层。一起写苍凉远景，第二层写中原文明被毁，第三层写金人气焰嚣张。综其意，是言国势可忧。

下片抒发壮志难酬的一腔忠愤。亦可分四层。过片直言在此国难当头之际，却报国无门；继则讽刺主和派妥协误国；三则陈述中原遗老的殷切盼望，暗示他们的盼望可能落空。结则以情收束，显得忠义奋发，悲壮淋漓，有卒章显志之效。

作此词，不独可以“耸当途之听”，更可以励抗敌之志。

念奴娇　张孝祥

过洞庭

洞庭青草[1]，近中秋，更无一点风色。玉鉴琼田三万顷，著我扁舟一叶。素月分晖，明河共影[2]，表里共澄澈。悠然心会，妙处难与君说。　应念岭表经年[3]，孤光自照，肝胆皆冰雪[4]。短发萧骚襟袖冷[5]，稳泛沧溟空阔。尽挹西江[6]，细斟北斗，万象为宾客。扣舷独啸，不知今夕何夕[7]！

【注释】　①青草：湖名，在洞庭湖东南部，与之相连。②明河：天河。③岭表：岭南，五岭以南，指今广东、广西一带。一作岭海。两广北有五岭，南有南海，故称。④肝胆皆冰雪：语本唐人王昌龄《芙蓉楼送辛渐》：“一片冰心在玉壶。”⑤萧骚：稀疏。⑥挹（yì）：舀。西江，指长江，长江自西来，故称。⑦今夕何夕：语本《诗·绸缪》：“今夕何夕，见此良人。”

【评析】　对于此词，宋人魏了翁说是“在集中最为杰特”（《鹤山大全集》）；清人查礼也说是“最为世所称颂”（《铜鼓书堂词话》）。有人拿此篇同苏轼《水调歌头》相比，以为毫不逊色。

词之上片写洞庭夜景，从水面的平静到星月的光辉，再到二者的相互映照，写出一片澄澈，而一叶扁舟仿佛著于空明之中，连词中的主人公也被净化了！或者说主体和客体已经融为一体，心境与物境两相一致了！此等妙处，人生罕有，当然难以言说。

下片着重展示主体的内心世界，先回忆身在岭南时的光明磊落、襟怀高洁，以证心境的澄澈。然后转写当前心态。短发二句表现自己虽遭贬职却气概如常，尽挹三句则表现出豪情万丈的宏伟形象。结拍收束点题，于尽情发抒之中流露出超然的孤独感。

全篇神采高骞，兴会洋溢，飘飘有凌云之气，的确可与苏词《水调歌头》比肩。

贺新郎　辛弃疾

别茂嘉十二弟[①]。鹈鴂[②]、杜鹃实两种，见《离骚补注》[③]。

绿树听鹈鴂。更那堪、鹧鸪声住，杜鹃声切。啼到春归无寻处，苦恨芳菲都歇。算未抵、人间离别。马上琵琶关塞黑[④]。更长门[⑤]、翠辇辞金阙[⑥]。看燕燕[⑦]，送归妾。　将军百战身名裂[⑧]。向河梁、回头万里，故人长绝。易水萧萧西风冷[⑨]，满座衣冠似雪。正壮士、悲歌未彻。啼鸟还知如许恨，料不啼清泪、长啼血[⑩]。谁共我，醉明月？

【注释】　①茂嘉：作者的族弟。宋宁宗嘉泰三年（1203）左右，茂嘉贬官桂林。②鹈鴂（tí jué）：杜鹃鸟中之一类，两者有大、小之别。③《离骚补注》：宋人洪兴祖所著。④马上琵琶：用王昭君事。昭君因画工，不得见幸于君王，自请嫁匈奴和亲。⑤长门：指幽闭后妃的冷宫。此处用阿娇失宠于汉武帝，请司马相如作《长门赋》以期挽回君心典故。⑥翠辇：后妃之车。⑦燕燕：指《诗·燕燕》所述之事。卫庄公夫人庄姜送庄公妾戴妫归陈国，作此诗。⑧将军：指汉武帝时的李陵。他多次与匈奴交战立功，最后一仗因寡不敌众而被俘，降于匈奴。他送友人苏武归国，于河梁之上作诗相赠。⑨易水：在今河北易县。战国末期，荆轲为燕国刺秦王嬴政，太子及宾客皆送至此，衣冠尽白。荆轲歌云："风萧萧兮易水寒，壮士一去兮不复还。"⑩啼血：相传杜鹃昼夜啼叫不息，至口角流血而死。

【评析】 这首词被清人陈廷焯论为稼轩词中之冠，以为沉郁苍凉，跳跃动荡，古今无此笔力（《白雨斋词话》）。近人王国维也说："此能品而几于神者。"（《人间词话》）

词写送别之悲苦，集中使用了数件怨别史事，串联成词，借以表达自己的身世之感与家国之恨。上片发端先以悲啼之鸟送春之苦恨为铺垫，然后引出人间离别之苦；又以芳菲都歇来烘托此次送别的伤惨氛围。以下择取历史上著名的离别事件如昭君辞汉、戴妫归陈、李陵陷胡、荆轲入秦等，用以譬比眼前离别，显得恨意满纸，怨气盈幅。尤为值得注意的是，这些故实都非私人恨事，而是辞家去国的大悲大恨，极易使人联想到北宋灭亡之后二帝被俘、妃嫔被掳、人民离散、志士捐躯的种种现实，暗示作用极强。啼鸟句照应开头，章法严密。结拍表达别后独愁无侣的凄凉况味，是以预想作结。

词中虽使事甚多，却组织和谐，钩锁严密，形成共同的沉郁苍凉的境界。

念奴娇 辛弃疾

书东流村壁[①]

野棠花落[②]，又匆匆，过了清明时节。刬地东风欺客梦[③]，一枕云屏寒怯[④]。曲岸持觞[⑤]，垂杨系马，此地曾经别。楼空人去，旧游飞燕能说[⑥]。 闻道绮陌东头[⑦]，行人曾见、帘底纤纤月[⑧]。旧恨春江流不尽[⑨]，新恨云山千叠。料得明朝、尊前重见，镜里花难折。也应惊问：近来多少华发？

【注释】 ①东流：旧县名，在今安徽东至县长江边。村：某村。②野棠花落：语本南朝梁沈约《早发定山》："野棠开未落，山樱发欲然。"③刬（chàn）地：无端地，平白无故地。④云屏：云母屏风。⑤曲岸持觞：犹曲水流觞。⑥楼空：指所爱之人已去。苏轼《永遇乐》词写唐时名妓关盼盼事，句云："燕子楼空，佳人何在？空锁楼中燕。"⑦绮陌：原指纵横交错的道路。宋人亦用以指花街柳巷。⑧纤纤月：喻美人。五代词人韦庄《菩萨蛮》："垆边人似月，皓腕凝双雪。"⑨旧恨春江流不尽：语本南唐后主李煜《虞美人》："问君能有几多愁？恰似一江春水向东流。"

【评析】 这是一首写旅次怀人的词，其本事已不可考。清代以来，评选家颇有赞誉。如陈廷焯云："悲而壮，是陈其年（陈维崧）之祖。"（《云韶集》卷五）而近人俞陛云则谓："以幼安之健笔，此曲化为绕指柔矣。"（《唐五代两宋词选释》）

作者途经东流，重游旧地，首先即是伤春惜花，惊寒恋梦，奠定了全词的感伤基调。然后怀旧伤今，写出昔时艳遇之难忘，今日难寻之惆怅，虽用故实，仍觉俊逸清新。

下片过拍叙述行人曾见，不仅见出作者不甘未遇而到处打听，且表现出他在得到消息后的复杂心情。曾是燕子楼中人，已成帘底纤纤月。名花有主，旧情难续。因此昔年轻别留下的旧恨本自长存，今日隔墙难会的新恨又要叠似云山了。结二拍以虚拟之词写未来之境：不能重见，固然遗恨；若是见了，未必无恨。镜里花枝，欲折不能，是一恨；英雄已老，徒惊佳丽，又是一恨！既如此，相见争如不见！"近来多少华发"，不独因为儿女之情，更有身世之感，故读者宜在结拍处涵咏推敲，领会词人宕开一笔之妙。

全词将所见、所闻、所思、所盼交错抒写，形成浓重的怅恨氛围，显示了辛词婉约而沉郁的风格。

汉宫春　辛弃疾

立春日

春已归来，看美人头上，袅袅春幡[①]。无端风雨，未肯收尽余寒。年时燕子，料今宵、梦到西园[②]。浑未办、黄柑荐酒，更传青韭堆盘[③]。　却笑东风从此、便薰梅染柳[④]，更没些闲。闲时又来镜里，转变朱颜[⑤]。清愁不断，问何人、会解连环[⑥]？生怕见、花开花落，朝来塞雁先还。

【注释】　①春幡：用彩绸剪制而成的形如花、蝶或燕子的饰物，立春日插于妇女鬓间或花枝之下，谓之春幡，也叫彩胜、幡胜。②西园：借指北宋故都汴京或中原旧土。史载，汉都长安的上林苑，宋都汴京的琼林苑，都称西园。洛阳还有董氏西园，均为游赏胜地。③黄柑二句：语本苏轼《立春日小集呈李端叔》："辛盘得青韭，腊酒是黄柑。"④薰梅染柳：语出李贺《瑶华乐》："薰梅染柳将赠君。"⑤朱颜：青春容颜。李煜《虞美人》："雕栏玉砌应犹在，只是朱颜改。"⑥解连环：用《战国策·齐策》故事。秦国送一串玉连环到齐国，要齐王后解开。示群臣，无能解者。齐王后以椎击破之，连环尽解。参见前周邦彦《解连环》注释①。

【评析】　前人评此词，或谓之奇（明人卓人月、徐士俊《古今词统》卷十二），或谓之妙（近人俞陛云《唐五代两宋词选释》），或谓"辛词之怨，未有甚于此者"（清人周济《宋四家词选》）。可以肯定是一首咏春的佳作。

上片由春幡写春来，又写春雨以作顿宕。再虚写春燕之梦，发弦外之音。燕可梦到西园，亦可飞到西园，而我却不能；更有人无心于梦西园，归西园。卓人月、徐士俊谓“燕梦奇，无迹有象，无象有思，精于观化者”，此思当是故国之思。歇拍写未办春盘，正是借以表现梦余之恨。

下片先写春风，听似调笑之语，实则隐痛极剧，是怨春（风）之意，有影射南宋小朝廷粉饰升平、消磨志士的锋芒在其中。以下春愁、春“怕”，都因南渡有年、北归无望而产生。结拍塞雁意象，遥应上片春燕，都使词人悲愤得以形象表达。

全词咏春，上片咏春时景物，下片抒春日愁怀，其中层次丰富，亦如一串玉连环，回旋委曲，尽婉讽之致。

贺新郎　辛弃疾

赋琵琶

凤尾龙香拨[①]。自开元[②]、霓裳曲罢，几番风月？最苦浔阳江上客[③]，画舸亭亭待发。记出塞、黄云堆雪[④]。马上离愁三万里，望昭阳宫殿[⑤]、孤鸿设。弦解语，恨难说。　辽阳驿使音尘绝[⑥]。琐窗寒，轻拢慢捻[⑦]，泪珠盈睫。推手含情还却手，一抹梁州哀彻[⑧]。千古事、云飞烟灭。贺老定场无消息[⑨]，想沉香亭北[⑩]、繁华歇。弹到此，为呜咽。

【注释】　①凤尾：琵琶的木槽的形状犹如凤尾。龙香拨：用龙香柏木做成的弹拨工具。这都是形容琵琶名贵。相传杨贵妃用龙香板弹拨琵琶。②开元：唐玄宗年号（713–741）。霓裳：即霓裳羽衣曲，起于开元，盛于天宝（742–755）。传说是唐玄宗与方士游月宫听来的仙乐。又，杨贵妃善为霓裳羽衣舞。③浔阳江上客：指白居易《琵琶行》中所写的听琵琶情景。④出塞：指西汉时王昭君带琵琶出塞，远嫁单于之事。⑤昭阳：殿名，汉皇后所居。在西汉时长安未央宫中。⑥辽阳：在今东北境内，古时为征戍之地。唐人沈佺期《独不见》：“九月寒砧催木叶，十年征戍忆辽阳。”⑦拢、捻（niǎn）：都是琵琶指法。下文的推手、却手、抹，也是指法。⑧梁州：古曲名，亦作凉州。⑨贺老：贺怀智，唐玄宗时的琵琶高手。定场：压住场子，形容演技好。元稹《连昌宫词》：“夜半月高弦索鸣，贺老琵琶定场屋。”⑩沉香亭：在唐时长安兴庆宫中，玄宗和杨妃常在此处玩乐。李白《清平调》：“解释春风无限恨，沉香亭北倚阑干。”

【评析】 这是一首咏物词，用事很多，但却显得圆转流丽，不觉呆滞。明人陈霆谓为使事“妙手”。近人梁启超说是因为作者有大气“足以包举之”，故“不觉粗率”。

作者咏此乐器，意在笔先，于数百年来无数琵琶故事中精选寥寥几件，以表现主题。

发端从玄宗之世写起，长生殿里风月，引来浔阳江上泪雨、朔漠途中离愁，其中寓意不难寻绎。玄宗之世的安史之乱，可譬徽、钦二帝时的靖康之难；白居易谪居九江、王昭君远嫁胡沙，则是比喻朝廷中正人遭到斥逐。

下片换头处即点出辽阳音尘久绝，抒发对二帝沉沦沙漠、游魂未归的悲慨；以下直到“梁州哀彻”，更含有对南北分裂、人民离散的感伤。千古事二语总括历史，至为深沉，使人以琵琶声中领略到沧桑之感。贺老定场，不仅呼应发端，也暗指盛世不再，国无经纶之手，颓势难挽，沉香亭废，霓裳曲破，唯可供人凭吊罢了。

全词咏物言情，因小喻大，感慨淋漓，非一般词客所能到。

水龙吟　辛弃疾

登建康赏心亭[1]

楚天千里清秋，水随天去秋无际。遥岑远目[2]，献愁供恨，玉簪螺髻[3]。落日楼头，断鸿声里，江南游子。把吴钩看了[4]，栏干拍遍[5]，无人会、登临意。　休说鲈鱼堪脍[6]。尽西风、季鹰归未？求田问舍，怕应羞见、刘郎才气[7]。可惜流年，忧愁风雨[8]，树犹如此[9]！倩何人唤取、红巾翠袖，揾英雄泪[10]？

【注释】　①建康：今江苏南京。赏心亭：在下水门城上，下临秦淮河。北宋时丁谓所建。②遥岑远目：语本韩愈《城南联句》："遥岑出寸碧，远目增双明。"③玉簪螺髻：喻山峦之美。韩愈《送桂州严大夫》："江似青罗带，山如碧玉簪。"又，唐人皮日休《缥缈峰》："似将青罗髻，撒在明月中。"④吴钩：刀名，相传春秋时吴国所造，似剑而弯。这里指佩剑。⑤栏干拍遍：语本李煜《玉楼春》："醉拍阑干情味切。"⑥鲈鱼堪脍：相传是吴地的一道名菜。西晋时张翰在洛阳为官，见秋风起，便命驾而归，说是想回家去吃家乡菜。事见《世说新语》。季鹰，张翰的字。⑦刘郎：指三国时蜀主刘备。他和陈登都很看不起许汜，说他只知道置田产，不知救世。事见《三国志》。⑧忧愁风雨：句出苏轼《满庭芳》："思量，能几许，忧愁风雨，一半相妨。"⑨树犹如此：本是东晋时桓温的话。他见从前种的柳树已成大树，便感叹说："木犹如此，人何以堪！"事见《世说新语》。⑩揾（wèn）：揩抹。

【评析】　此词作于淳熙元年（1174）任职建康期间。这也是一首备受推崇的豪放词。清人谭献说本篇声如裂竹，潜气内转。(《复堂词话》)今人唐圭璋则以项羽《垓下歌》之豪气浓情与之相比并。(《唐宋词简释》)

词上片借景物以抒情。景或大或小，或有情或无情，或明媚或苍凉，通过主人公所见、所闻、所作等不同层次，集中地表现出志在恢复却报国无路的悲慨。

下片借历史人物以发牢骚之气，三个典故，三处转折。思念故乡，想学张翰归去，却无法实现；骥足难展，想去求田问舍，又恐贻笑千古英雄；桓温北征，尚叹流年之去，至于自己，无法促成北伐大业，则更堪悲惜了！结拍说万般无奈，唯红巾拭泪，可为破涕一笑，虽为刷色之笔，也见出英雄潦倒至于此极，沉恨塞胸，千古之下亦为之动容。

摸鱼儿　辛弃疾

淳熙己亥[1]，自湖北漕移湖南[2]。同官王正之置酒小山亭[3]，为赋

更能消、几番风雨？匆匆春又归去。惜春长怕花开早，何况落红无数！春且住！见说道、天涯芳草无归路[4]。怨春不语。算只有殷勤、画檐蛛网[5]，尽日惹飞絮。　长门事[6]，准拟佳期又误。蛾眉曾有人妒[7]。千金纵买相如赋，脉脉此情谁诉？君莫舞！君不见、玉环飞燕皆尘土[8]！闲愁最苦。休去倚危栏，斜阳正在、烟柳断肠处[9]。

【注释】　①淳熙：宋孝宗年号。己亥：淳熙六年（1179）。②漕：漕司，转运使的别称。③同官：同僚。这里指继任者。王正之：名正己。④芳草无归路：语本苏轼《点绛唇》："归不去。凤楼何处？芳草迷归路。"⑤画檐蛛网：语本苏轼《虚飘飘》："画檐蛛结网。"⑥长门：汉时

宫室名，汉武帝曾让陈皇后别居于此。陈皇后奉金于词赋家司马相如，请作《长门赋》以悟汉武帝，因复得宠幸。⑦蛾眉：喻女子貌美。《离骚》："众女嫉余之蛾眉兮，谣诼谓余以善淫。"⑧玉环：唐玄宗杨妃之名。飞燕：汉成帝赵皇后之名。二人均妒害同列，专宠多年。但均未得善终，一个被赐死，一个被废为平民后自杀。⑨倚危栏二句：语本北宋人苏舜钦《春日晚晴》："谁见危栏外，斜阳尽眼平？"

【评析】　本篇是辛词代表作，宋时即受称赏，明清评选家尤爱之。如陈廷焯云："词意殊怨，然姿态飞动，极沉郁顿挫之致。"近人梁启超更谓："回肠荡气，至于此极。前无古人，后无来者。"

上片就春落笔。春已无多，故惜之、留之；留之不住，乃怨之。怨春者，实是因为春不解人所以留之之心也。飞絮满空，呼应发端。此中寓有词人欲力挽危局的拳拳爱国之心。

下片一改借景言情方式，采用借古喻今之法，抒发遭受压抑和妒陷的悲愤。词人不独以玉环、飞燕喻妒害蛾眉的小人；更大胆的，是用长门佳期被误将批评的矛头指向最高统治者。末二拍通过一对矛盾来表现自己的极度沉痛：一边是烟柳斜阳，国运不昌，一边是报国无门，不受重用。其中怨而且怒之处是对宵小之徒的当头棒喝，得意失意将同归于尽。这就难怪当时在位的孝宗龙颜不悦了。

由于作者采用比兴方式以表胸中激情，又千转百折，寓阳刚之气于阴柔载体之中，因而显得更具艺术感染力。

永遇乐　辛弃疾

京口北固亭怀古[①]

千古江山，英雄无觅、孙仲谋处[②]。舞榭歌台，风流总被、雨打风吹去。斜阳草树，寻常巷陌，人道寄奴曾住[3]。想当年、金戈铁马，气吞万里如虎。　元嘉草草[4]，封狼居胥[5]，赢得仓皇北顾[6]。四十三年，望中犹记、烽火扬州路[7]。可堪回首？佛狸祠下[8]，一片神鸦社鼓[9]。凭谁问：廉颇老矣，尚能饭否[10]？

【注释】　①京口：即今江苏镇江。北固亭：在镇江北临江的北固山上，本名北顾亭。天色晴明时，登楼可以望见江北的扬州城。作者于宋宁宗开禧元年（1205）在镇江知府任上作此词。时年六十六岁。②孙仲谋：即三国时吴大帝孙权。他凭仗江南割据天下。③寄奴：南朝时宋武帝刘裕的小名。他生于京口，后由此起兵北伐，灭南燕、后秦，收复洛阳、长安，并代晋称帝。④元嘉：南朝时宋文帝刘义隆年号（424-453）。元嘉二十七年（450），宋文帝遣将北伐北魏，败归；北魏太武帝拓跋焘（小名佛狸）追击至长江北岸，威胁金陵、镇江。⑤狼居胥：山名，在今内蒙古五原西北。又称狼山。汉武帝曾派霍去病率军北征匈奴，追至此处，封山（在山上筑坛祭神）而还。宋文帝遣将北伐时，也有此意。⑥北顾：元嘉八年（431），宋文帝败于滑台（今河南滑县东）后，有“北顾涕交流”的诗句。此处系移指元嘉二十七年之败。⑦四十三年句：指上溯四十三年到宋孝宗隆兴元年（1163）。此年，辛弃疾率众南归，任江阴通判；而由张浚主持的“隆兴北伐”，先胜后败。⑧佛狸祠：北魏太武帝拓跋焘在长江北岸瓜步山（在今江苏六合）上大起行宫，后改建为祠。⑨神鸦：寄食庙中啄取祭品的乌鸦。社鼓：祭土地神时敲击的鼓声。⑩廉颇：战国时赵国名将，被迫奔魏。赵危，赵王复思廉颇，遣使探望。廉颇当使者面，食斗米饭、十斤肉。而使者还报赵王，谎称：廉将军尚能饭，但是连上了几次厕所。于是，赵王就没有起用他。

【评析】　明人杨慎认为，此词当称辛词第一（《升庵词话》）。清人李佳说：“悲壮凄凉，极咏古能事。”赞之者极多。

词人是在特定的时期、特定的地点以特定的身份来怀古的。当时当国者韩侂（tuō）胄锐意北伐，寡谋冒进，欲借北伐以自固；他起用辛弃疾，并非真心倚重，而是用为点缀。词人根据形势，主张加强战备，待条件成熟再行出兵，确保必胜。正是在这样的背景下，作者写成此篇。后来，韩侂胄在次年贸然下令进兵，是为“开禧北伐”，果重蹈“隆兴北伐”覆辙，证实了词人的忧虑。而词人也在北伐之前遭到罢黜。

词的上片就京口历史上最著名人物孙权与刘裕抒发感慨，人已故，物亦非，江左风流，不复在矣。伤今之意，极其沉郁。下片以元嘉北伐之败影指隆兴北伐之败，借佛狸留祠揭示北伐失败带来的严重后果。结拍二句举出廉颇英雄形象，实是建议当政者欲谋北伐则应倚重当今之廉颇，亦即作者借此以抒发舍我其谁的历史责任感，表明毛遂自荐的态度。

全篇极顿挫跌宕之能事：孙权一去，英雄无觅，一顿挫；刘裕崛起，其子惨败，二顿挫；隆兴北伐，仓皇溃退，三顿挫。而结拍以廉颇自期，有重振江东事业之意。然而，历史的发展，仍然给词的结拍之外再添一顿挫，这是作者不愿看到却又在思想上有所准备的。

木兰花慢　辛弃疾

滁州送范倅[①]

老来情味减，对别酒，怯流年。况屈指中秋，十分好月，不照人圆。无情水都不管，共西风、只管送归船。秋晚莼鲈江上[②]，夜深儿女灯前[③]。　征衫。便好去朝天。玉殿正思贤。想夜半承明[④]，留教视草[⑤]，却遣筹边[⑥]。长安故人问我，道愁肠、殢酒只依然[⑦]。目断秋霄落雁，醉来时响空弦[⑧]。

【注释】　①滁州：今属安徽。词人曾于乾道八年（1172）任滁州知州。范倅：即范昂，滁州通判，此时离职赴京城临安。倅：州府副职。②秋晚莼鲈：见《世说新语·识鉴》。西晋人张翰在洛阳任职。见秋风起，便想起故乡吴中的菰菜、莼羹、鲈鱼脍，说："人生贵得适意。何能羁宦数千里以要名爵乎?"遂命驾便归。③夜深儿女灯前：语本韩愈《听颖师弹琴》："昵昵儿女语，灯火夜微明。"又，南宋高翥《清明》："日落狐狸眠冢上，夜归儿女笑灯前。"④承明：汉代宫中有承明庐，是侍臣轮流值班时住宿的地方。⑤视草：为皇帝拟制诏书之稿。⑥筹边：谋划御边之策。⑦殢（tì）酒：沉溺于酒。一作泥酒，意同。⑧落雁二句：战国时魏人更羸仰见飞雁，即引弓虚发，居然落下一只大雁。见《战国策·楚策四》。

【评析】　作此词时，作者三十三岁。

上片主要写惜别之情。起首三句，人未老而以"老"字当头，突兀惊心，隐约见出年华易逝、壮志未酬的忧惧。况中秋三句，递进一层，加入别情。无情水三句，于别情再进一层，强调别离之速。秋晚三句，忽作一转，设想友人归去可得天伦之乐，微露羡慕之意，现出亮色，于三抑之后，是为一扬。

下片主要写对友人的期待和嘱托。过片六句，接写友人归去之事，但重心转移到国事上。希望他尽忠报国，施展文武全才，这更是一扬。长安三句，设想故人有问而作答，愁肠殢酒，则作一抑。自谦之后，结拍用写意之笔，画出长空射雁英姿，见出为国御边的雄心未泯，又是一扬。

送别之际，心情动荡，而别词用笔也是忽抑忽扬，起伏有致。

祝英台近　辛弃疾

晚春

宝钗分[①]，桃叶渡[②]。烟柳暗南浦。怕上层楼，十日九风雨。断肠片片飞红，都无人管，更谁劝、啼莺声住？　鬓边觑[③]。试把花卜归期，才簪又重数。罗帐灯昏，哽咽梦中语。是他春带愁来，春归何处？却不解、带将愁去。[④]

【注释】 ①宝钗分：喻离别。情人分手之际，女子将金钗擘为两股以作纪念。②桃叶渡：在今江苏南京秦淮河与青溪汇合处。相传东晋时王羲之曾送妾桃叶渡此水，因得名。③觑（qù）：斜视。④春带愁来四句：语本唐人雍陶《送春》："今日已从愁里去，明年更莫共愁来。"

【评析】 这是一首风格婉约的词。宋人魏庆之曾感叹说：此词"风流妩媚，富于才情，若不类其为人矣"（《诗人玉屑》卷二一）。张炎也很欣赏。

词的上片写别后远望情景。所望的是别离之处，所立的是风雨层楼，所怜的是飞红自落，所恨的是春去难留，一片孤寂感伤。在渲染晚春难堪的背景之后，主体形象开始呈现。但是，作者只是精心选择"花卜归期"和哽咽梦语两个细节予以细腻描绘，表现思妇盼归之切和恨别之深，尤其是在恨春去难留之上再添一重，即恨春去不带愁去。其情缠绵而近于痴迷，已无可复加。这样抒写，确是徘徊宛转，使人魂销意尽。

词中女子形象，既娇媚深情，又天真单纯。整体风格"清而丽，婉而妩媚"。

青玉案　辛弃疾

元夕[①]

东风夜放花千树[②]。更吹落、星如雨[③]。宝马雕车香满路。凤箫声动，玉壶光转[④]，一夜鱼龙舞[⑤]。　蛾儿雪柳黄金缕[⑥]。笑语盈盈暗香去。众里寻他千百度。蓦然回首[⑦]，那人却在，灯火阑珊处[⑧]。

【注释】 ①元夕：元宵、元夜，即上元之夕。上元是指农历正月十五。②东风夜放花千树：语本岑参《白雪歌送武判官归京》："忽如一夜春风来，千树万树梨花开。"③星如雨：语本《左传·庄公七年》"星陨如雨"。这里比喻灯火之多。④玉壶：喻月亮。也指玉制的灯。⑤鱼龙：鱼形、龙形的灯。⑥蛾儿、雪柳、黄金缕：均是女子首饰。⑦蓦然：忽然，猛地。⑧阑珊：稀疏，零落。

【评析】 这是一首元夕词，却写出新意，故评选家很是关注。清人彭孙遹说是词中"有周（邦彦）、秦（秦观）之佳境"。(《金粟词话》)陈廷焯则谓"艳语亦以气行之，是稼轩本色"。(《词则》)近人梁启超直揭题旨："自怜幽独，伤心人别有怀抱。"

全词写元夕之景，而上片着重写灯，下片着重写看灯之人，人也是一景。写灯景时，极力夸张，连用比喻，将市上夜间光影声色写得十分绚烂多彩，热烈繁盛。

下片写观灯之人，美艳欢欣，使元夕灯景显得生机蓬勃。但是，词人却在这热闹场中着力表现一位独立阑珊处的"那人"（伊人）。作者或者是写实，或者是假托寻人，甚至是寻千百度，要将镜头引向这个甘于寂寞的美好形象。为的是什么？就为了要表现她的不同凡俗、别具情趣。回头看全篇的极力渲染，对众女形象来说是正衬，对那人而言则是反衬。这种反衬效果太强烈了，结果真正创造出一个极富人生哲理的独特境界，令后人激赏与仰慕。不难看出，这个形象中有作者的人生观的寄托。

晚清国学大师王国维论人生学问三大境界，最后之成功，便有如"蓦然回首，那人却在，灯火阑珊处"。非常形象。

鹧鸪天　辛弃疾

鹅湖归[①]，病起作

枕簟溪堂冷欲秋[②]。断云依水晚来收。红莲相倚浑如醉，白鸟无言定自愁。　书咄咄[③]，且休休[④]。一丘一壑也风流[⑤]。不知筋力衰多少，但觉新来懒上楼[⑥]。

【注释】　①鹅湖：山名，在今江西铅山县北。淳熙十五年(1188)冬，爱国志士陈亮（见前）来访，词人与他同游鹅湖。②簟(diàn)：竹席。溪堂：水边的屋舍。③书咄咄：表达失意不平之慨。语出《晋书·殷浩传》：浩虽被放，口无怨言，但终日书空，作“咄咄怪事”四字而已。④休休：休养快乐。唐人司空图隐居王官谷，建休休亭，并作记。⑤一丘一壑：寄情山水。晋明帝问谢鲲，你比庾亮如何？谢鲲说，作官我不如他，欣赏一丘一壑，他不如我。事见《世说新语·品藻》。⑥不知二句：语本刘禹锡《秋日书怀寄白宾客》：“兴情逢酒在，筋力上楼知。”

【评析】　这首词当作于落职闲居江西上饶之时。词写病后的生活和感受。

上片写所见盛夏景色。红莲、白鸟二句宽对；色彩鲜艳相映；而一醉一愁，是审美主体的主观感受，也是拟人之笔。

下片写病后所感。殷浩和司空图两个典故，一是抗争，一是退隐。通过对比取舍，结果违心地取了后者。丘壑之念，实是国难当头时的无奈选择。故末二句“不知”一转，自然否定了前面的取舍。

本篇格调苍劲，意味深厚。

菩萨蛮 辛弃疾

书江西造口壁[①]

郁孤台下清江水[②]，中间多少行人泪！西北望长安[③]，可怜无数山。　青山遮不住，毕竟东流去。江晚正愁余[④]，山深闻鹧鸪[⑤]。

【注释】　①造口：又作皂口，地在今江西万安县南六十里，造口江流入赣江处。②郁孤台：在今江西赣县西南，赣江之西。唐时虔州（治赣县）刺史李勉，曾登此台北望京阙。清江：赣江。③长安：唐都城。此处借指汴京。④正愁余：语出屈原《九歌·湘夫人》："目渺渺兮愁余。"⑤鹧鸪：鸟名。据说早晨离巢，必向南飞，其鸣声如说"但南不北"。也有说其声如呼"行不得也哥哥"。

【评析】　作者于任江西提刑时（1176）驻节于赣县，因有此作。虽是小令，却被认为是高格之作。清人陈廷焯云："血泪淋漓，古今让其独步。"（《玄韶集》卷五）近人梁启超也说："《菩萨蛮》如此大声镗鞳，未曾有也。"词中所表现的是故国之思与爱国之志。

上片先写近水，而悲古来行人之泪难量；后写远山，更恨遮断望眼之山难数。故国兴亡之痛自在其中。至于前人登临望阙之事，作者只借之以伤今。

下片说青山能遮望眼却不能挡水流，水流之势令人神往，借此表现出爱国力量的坚定意志；而鹧鸪之鸣则提醒词人，投降势力的破坏极有可能葬送抗金事业，因此不得不愁。

全篇或山或水，或主或从，总之是借之以抒发恋阙思归、行路艰难的忠愤之气，结构回环往复，转折层深，又极精炼。

水龙吟 陈亮

春恨

闹花深处层楼，画帘半卷东风软。春归翠陌，平莎茸嫩，垂杨金浅。迟日催花，淡云阁雨[①]，轻寒轻暖。恨芳菲世界，游人未赏，都付与、莺和燕。　寂寞凭高念远。向南楼，一声归雁。金钗斗草，青丝勒马[②]，风流云散。罗绶分香[③]，翠绡封泪[④]，几多幽怨！正销魂，又是疏烟淡月，子规声断。

【注释】　①阁雨：犹搁雨，止雨。②勒马：马络头。③罗绶（shòu）：罗带。丝带，用来系帏幕或印环。古代常用不同颜色的丝带，标志官吏的身份和等级。④封泪：寄泪与人（情人）。

【评析】　这是代表陈亮词婉约风格的一篇名作。清人徐釚论为“幽秀”（《词苑丛谈》）；陈廷焯断为“凄艳”（《词则》）；刘熙载则称之为“言近旨远，直有宗留守大呼渡河之意”。（《艺概·词曲概》）因此，在理解时要防止片面性。

题曰春恨，是春日之恨，是“恨芳菲世界，游人未赏，都付与、莺和燕”。但是，这芳菲世界是比喻已经沦陷了的中原大地，还是比喻江南广大地区呢？这莺和燕是比喻北方占领者，还是比喻南方的当政小人呢？清人黄苏说：“好世界，不求贤共理，唯与小人游玩如莺燕也”，所言近是。

上片发端，写怀恨之人深居层楼，卷帘遥看。以下六句，铺写芳菲世界的清丽景象。歇拍运笔陡转，直言有恨，所恨者，春光都被付与莺燕。

下片过拍的寂寞一词，正应上片发端的深居层楼，亦应“游人”一语；凭高念远，南楼归雁，委婉道出北望中原之意，又与莺燕迷恋眼前风景物作暗中对比，有讥讽偏安的言外音。金钗、罗绶二拍，承念远而来，从回忆中抒发中原沦陷带来的无限失落与哀怨。

最末一拍，以景结情，余味深长，为楼中人的孤寂心境作了进一步的渲染；对于沉溺于眼前芳菲的莺燕来说，那子规啼血之声，岂非当头棒喝？

鹧鸪天　姜夔

元夕有所梦

肥水东流无尽期[①]，当初不合种相思[②]。梦中未比丹青见[③]，暗里忽惊山鸟啼。　春未绿，鬓先丝[④]，人间别久不成悲。谁教岁岁红莲夜[⑤]，两处沉吟各自知。

【注释】　①肥水：即淝水。自合肥西北经合肥流向东南。②相思：相思子，即红豆。其树即相思树。王维："红豆生南国，春来发几枝。愿君多采撷，此物最相思。"词人二十余岁时曾旅居合肥，于勾栏坊曲间结识擅弹琵琶的姐妹。此后虽天各一方，词人旧情难以自抑，每每诉之于词章。③丹青：指画像。④先丝：先白。丝：喻白色。⑤红莲：一种花灯，此为泛指。

【评析】　据考，本词作于宁宗庆元三年（1197）元宵节后。时词人已四十多岁，借佳节而写怀人之情。

首句以流水起兴，写相思之情无尽。次句翻悔前误，则是情深至极，便正词反说。犹如下片的"别久不成悲"，更见其沉挚凄怆。曲终"岁岁红莲夜"的两地沉吟，更见九死不悔，翻知"不合""不成悲"云云，真是反说。

此词于柔情中隐隐透出清刚之气，实非平常怀人词中所常见。

踏莎行　姜夔

自沔东来，丁未元日至金陵[①]，江上感梦而作

燕燕轻盈，莺莺娇软，分明又向华胥见[②]。夜长争得薄情知，春初早被相思染。　　别后书辞，别时针线，离魂暗逐郎行远[③]。淮南皓月冷千山[④]，冥冥归去无人管[⑤]。

【注释】　①丁未：宋孝宗淳熙十四年（1187）。元日：正月初一。②华胥：指梦境。③郎行（háng）：情郎那边。④淮南：指今安徽合肥。宋时合肥属淮南路。词人所恋女子在此。⑤冥冥：指黑夜里。

【评析】　这首词，昔时评语不多。王国维谓，他所最爱的白石词，仅有本篇结拍二句。今人则对本篇颇多赞誉。

词写对合肥琵琶妓的怀念，很有特色。这位琵琶女是词人青年时期结识的，不见已有数年。而今沿江东下，忆起旧情，结想成梦，词的发端遂直写梦境，一个又字表明思念之久之深。梦觉而难入睡，翻恨此夜之长，而薄情人（泛指）是不知道这些苦处的；春初点出时节，此时之主体，一切都浸染在相思中，故频频有梦。写梦境及梦后心情，是上片主旨。

过片先写伊人别后亦思词人，仿佛离魂相逐甚久，故屡屡入梦，呼应上片发端。结拍二语，写离魂归去时，千山沉寂，皓月生寒，以极阔远而清幽的背景，反衬出伊人的伶仃孤苦，对比效果十分强烈，而作者对伊人的关爱怜惜之情即在言外。故下片虽仍写相思之意，却以健笔出之，与传统的绮艳婉弱不同。

庆宫春 姜夔

绍熙辛亥除夕[①]，余别石湖归吴兴[②]，雪后夜过垂虹[③]，尝赋诗云："笠泽茫茫雁影微[④]，玉峰重叠护云衣；长桥寂寞春寒夜，只有诗人一舸归。"后五年冬[⑤]，复与俞商卿、张平甫、铦朴翁[⑥]，自封禺同载诣梁溪[⑦]。道经吴松，山寒天迥，云浪四合，中夕相呼步垂虹，星斗下垂，错杂渔火，朔吹凛凛，卮酒不能支。朴翁以衾自缠，犹相与行吟，因赋此阕。盖过旬，涂稿乃定。朴翁咎余无益，然意所耽，不能自已也。平甫、商卿、朴翁皆工于诗，所出奇诡；余亦强追逐之。此行既归，各得五十余解[⑧]。

双桨莼波[⑨]，一蓑松雨，暮愁渐满空阔。呼我盟鸥[⑩]，翩翩欲下，背人还过木末。那回归去，荡云雪，孤舟夜发。伤心重见，依约眉山，黛痕低压。　采香径里春寒[⑪]，老子婆娑[⑫]，自歌谁答？垂虹西望，飘然引去，此兴平生难遏。酒醒波远，正凝想、明珰素袜[⑬]。如今安在？唯有阑干，伴人一霎。

【注释】 ①绍熙辛亥：即光宗绍熙二年（1191）。②石湖：在江苏苏州西南，吴县与吴江之间，水通太湖。范成大（见前）晚年居于此，面湖筑亭榭。孝宗为题"石湖"二字。而范成大因自号石湖居士。绍熙二年冬，词人访问石湖。作暗香、疏影二词，深受范成大赞赏。③垂虹：即垂虹桥，本名利往桥。在今江苏吴江，因桥上有亭曰垂虹，故名。④笠泽：即太湖。⑤后五年：即宁宗庆元二年（1196）。⑥俞商卿：即俞灏。张平甫：即张鉴，张俊之孙。铦朴翁：即葛天民，字无怀。初为僧，后还俗。⑦封、禺：皆山名，在今浙江德清。梁溪：在无锡西门外。以东汉梁鸿居此而得名。⑧解：诗的一首或一段，都可称解。这里指一首。⑨莼：水生植物名。可食用。⑩盟鸥：与鸥鸟为盟友。喻隐居。⑪采香径：溪水名，春秋吴王夫差遗迹，在苏州。吴王种香草于香山，使美人泛舟于溪中以采香。⑫老子：词人自指。婆娑：行姿不稳貌。⑬明珰素袜：耳上明珠和足上罗袜。曹植《洛神赋》："无微情以效爱兮，献江南之明珰。"又，"凌波微步，罗袜生尘。"此指吴王宫中美人。

【评析】　本词写重过苏州垂虹桥的所见所感。

上片发端写景，画面空阔而迷蒙，而景中有情。如果说起三句是渲染之笔的话，则呼我三句系特写。那回三句，插入回想，作一顿宕。伤心三句，复归现实，但色调与旧时风景和谐一致。词人以暮愁拓展空间，以那回延伸时间，以盟鸥丰富境界，用笔看似灵巧，实则很有力度。

下片由写实景转为拟写虚景。过片从采香径切入，进入怀古。"自歌"之举，见出词人逸兴飞扬，又与上片"呼鸥"之举相应。垂虹三句续写"此兴难遏"。酒醒三句，复归于回想历史。结拍归结于现实。词人让历史与现实的画面相间而又相映，令人不胜沧桑之感。

本词写境空阔清远，写情亦超旷秀逸。情景、今昔，转换自如，确实"如野云孤飞，去留无迹"。(张炎《词源》评姜夔)

齐天乐　姜夔

丙辰岁[①]，与张功父会饮张达可之堂。闻屋壁间蟋蟀有声，功父约予同赋，以授歌者。功父先成，辞甚美。予裴回茉莉花间[②]，仰见秋月，顿起幽思，寻亦得此。蟋蟀，中都呼为促织，善斗。好事者或以三二十万钱致一枚，镂象齿为楼观以贮之。

庾郎先自吟愁赋[③]。凄凄更闻私语。露湿铜铺[④]，苔

侵石井，都是曾听伊处。哀音似诉。正思妇无眠，起寻机杼。曲曲屏山，夜凉独自甚情绪？　　西窗又吹暗雨。为谁频断续、相和砧杵？候馆迎秋，离宫吊月[5]，别有伤心无数。豳诗漫与[6]。笑篱落呼灯，世间儿女。写入琴丝，一声声更苦。

【注释】　①丙辰岁：宋宁宗庆元二年（1196），事迹见前张镃《满庭芳》词注释。②裴回：即徘徊。③庾郎：即庾信，南北朝后期文学家。他著有《愁赋》，今存片断。④铜铺：铜制的门环底座。此处引指门户。⑤离宫：帝王出巡时的行宫。⑥豳（bīn）诗：指《诗·豳风·七月》篇，其中有“七月在野，八月在宇，九月在户，十月蟋蟀入我床下”的描写。

【评析】　宋人张炎称此词“全章精粹，所咏了然在目，且不滞于物”（《词源》）。清人说得更准确些。如贺裳说“蟋蟀无可言，而言听蟋蟀者”，是运用侧面描写的技巧。陈廷焯则看出词人借咏蟋蟀而抒怨情（《白雨斋词话》）。

上片发端引庾郎以自比，以赋愁为本篇作情感铺垫。然后将着力点落在蟋蟀的凄凄细语上，逐一描绘不同的听声者在不同的场所的各种感受，最终仍归于一个苦字，与发端处的愁字相应。铜铺、石井，是蟋蟀发声处；露湿、苔侵，见出节令与时间；总之给人以寂寥幽昧的感觉。哀音应私语，拟人之法，增强蟋蟀声的感染力，这是作者以有我之眼观物（实为听物）的结果。以下先写思妇听声而无眠，起寻机杼之意不在织，而在于思。

下片以风雨声映衬蟋蟀声，又以蟋蟀声应和砧杵声，视野由室内而窗外、庭院，由一家而多家，由民居而候馆，由候馆而离宫，写出伤心无数。其中候馆、离宫，已经接触到君国之难，二帝北狩而不归，隐然可想。笑儿女二语，以小儿女之不知愁以反衬知愁者之难耐，极妙。结拍则说，将蟋蟀之声谱入琴曲，听起来必然更为动人，琴丝与愁赋亦成呼应。

全篇将蟋蟀与听者层层夹写，逐层递进，词境也由此而不断拓展，直到将天下大愁、无数伤心尽收入笔底，显示出高超的艺术表现功力。

琵琶仙[1]　姜夔

吴都赋云[2]：户藏烟浦，家具画船。唯吴兴为然[3]。春游之盛，西湖未能过也。己酉岁[4]，予与萧时父载酒南郭[5]，感遇成歌。

双桨来时，有人似、旧时桃根桃叶[6]。歌扇轻约飞花[7]，蛾眉正奇绝。春渐远、汀洲自绿，更添了，几声啼鴂。十里扬州[8]，三生杜牧[9]，前事休说。　又还是，宫烛分烟[10]，奈愁里、匆匆换时节。都把一襟芳思，与空阶榆荚。千万缕、藏鸦细柳[11]，为玉尊、起舞回雪。想见西出阳关[12]，故人初别。

【注释】　①琵琶仙：始见于姜夔词，为其自度曲。②吴都赋：当系唐人李庚《西都赋》，原文是："户闭烟浦，家藏画舟。"③吴兴：今浙江湖州，在太湖南岸。④己酉岁：淳熙十六年（1198）。⑤萧时父：词人之内弟。⑥桃根桃叶：桃叶为王献之爱妾名，桃根为桃叶妹。⑦轻约：轻巧地收住。⑧十里扬州：语本杜牧《赠别》："春风十里扬州路，卷上珠帘总不如。"⑨三生：本为佛家语，指过去、现在、未来三世人生。⑩宫烛分烟：语本韩翃《寒食》："日暮汉宫传蜡烛，轻烟散入五侯家。"⑪藏鸦细柳：语本南朝乐府《杨叛儿》："暂出白门前，杨柳可藏乌。"⑫西出阳关：语本王维《送元二使安西》："劝君更尽一杯酒，西出阳关无故人。"

【评析】　此词亦被视为清空骚雅之类的佳作。词亦写离情，宋人张炎说："离情当如此作，全在情景交炼，得言外意"（《词源》）。

这里的离情，乃是别后相忆之情，此相忆之情又因所遇之人"似昔时桃根桃叶”而触发。于千万游人之中，忽然发现远方来人与故人相似，其举动相似，其容颜相似，然而终于不是，空喜之后的怅惘不难想象。以下景语言春渐远，啼悲，更增怆怀。往事今情，不堪重说。

下片仍就时令说起，暗接上片欲说还休之意。都把以下至结束，句句是景，但是，此景是“空阶”景，是别离之处的景，故极易引人怀人伤别，因此，句句景，亦即句句情，是融情景于一炉。读之空灵蕴藉，余味绵长。

八归　姜夔

湘中送胡德华[①]

芳莲坠粉，疏桐吹绿，庭院暗雨乍歇。无端抱影销魂处，还见筱墙萤暗[②]，藓阶蛩切[③]。送客重寻西去路，问水面、琵琶谁拨[④]？最可怕，一片江山，总付与啼鴂。

长恨相从未款[⑤]，而今何事、又对西风离别？渚寒烟淡，棹移人远，飘渺行舟如叶。想文君望久[⑥]，倚竹愁生步罗袜[⑦]。归来后，翠尊双饮，玲珑闲看月。

【注释】　①胡德华：未详。②筱（xiǎo）：山竹。③蛩（qióng）：即蟋蟀。④水面琵琶：用白居易《琵琶行》中“忽闻水面琵琶声，主人忘归客不发”诗意。⑤款：殷勤应酬。⑥文君：本指西汉辞赋家司马相如的夫人卓文君。这里借指胡德华的妻妾。⑦倚竹：语本杜甫《佳人》“天寒翠袖薄，日暮倚修竹”。步罗袜：语本曹植《洛神赋》“凌波微步，罗袜尘生”。

【评析】　本篇也是宋人张炎评为清空、骚雅的佳作。清人陈廷焯则评为“气骨雄苍，词意哀婉”（《词则》）。

词写送别之情，但写法独辟蹊径，全写别前情景。

上片写别前外景，见出节令逢秋，时间傍晚，天气值雨。这般氛围，已令人抑郁，何况“还见”萤暗蛩悲，更闻啼鴂。取景萧瑟凄清，正表明词人苦于离别。景物分三步渲染，而将送客之事置于其间，以照应题面，并使景物描写的情感倾向趋于明朗。

下片过拍因离别之可悲而转恨相聚时未能殷勤相待，亦见其真切。渚寒三句，实际是想象之词，仍在于表达惜别目送之情态。想字以下，全是预测之词，又分两层：一层是友人妻室悬望之状，一层是相聚后对圆月而双饮的和乐之境。这种结尾，显得轻松愉悦，与词人送别时的黯然神伤形成鲜明对照，却表现出词人对友人归去的理解，以及笃于友谊的温厚品性。

词中景物描写全用白描，但情味沉至。如“想文君”以下至结末的室家之乐，就极有艺术魅力。清人吴衡照以为，“似此造境，觉秦七（秦观）、黄九（黄庭坚）尚有未到，何论余子”（《莲子居词话》），应非过言。

念奴娇　姜夔

予客武陵[①]，湖北宪治在焉[②]。古城野火，乔木参天，予与二三友日荡舟其间，薄荷花而饮[③]，意象幽闲，不类人境。秋水且涸，荷叶出地寻丈，因列坐其下，上不见日。清风徐来，绿云自动，间于疏处窥见游人画船，亦一乐也。朅来吴兴[④]，数得相羊荷花中[⑤]。又夜泛西湖，光景奇绝。故以此句写之。

闹红一舸，记来时、尝与鸳鸯为侣。三十六陂人未到[⑥]，水佩风裳无数。翠叶吹凉，玉容销酒，更洒菰蒲雨。嫣然摇动，冷香飞上诗句。　日暮青盖亭亭，情人不见，争忍凌波去？只恐舞衣容易落，愁入西风南浦。高柳垂阴，老鱼吹浪[⑦]，留我花间住。田田多少，几回沙际归路？

【注释】　①武陵：今湖南常德。②湖北宪治：即宋时所设的荆南荆湖北路的提点刑狱官署。③薄：靠近。④朅（qiè）来：来到。朅：发语词。吴兴：即湖州。⑤相羊：徘徊，犹徜徉。⑥三十六陂：语本王安石“三十六陂春水，白头想见江南”。⑦老鱼吹浪：语本李贺《李凭箜篌引》“老鱼吹浪瘦蛟舞”。

【评析】　姜夔乐于咏荷。“咏物而不滞留于物，是姜夔词的特点和优长。证之是词，信然”（夏承焘《姜白石词编年笺校》）。

词中之荷，集武陵之荷、吴兴之荷、西湖之荷于一体，上片写其至盛至美，下片写其命运的可忧可怜，但着重写其神韵，如写美人。玉容，其貌也；舞衣、水佩风裳、青盖，其饰也；冷香，其气也；嫣然摇动，凌波而行，其姿态也；以翠叶为人吹凉，以笑容为人销酒，其情思也。如此美人，岂无“情人”？情人不见，岂无忧虑？词人一一代为设想。高柳、老鱼，共怜荷花之将谢，更留词客以共怜之，这种设想，婉转含蓄，极富余味。

全篇塑造了一位情怀寂寞的清丽“佳人”形象，着笔清空，造语精雅，其迟暮之感，涵咏可得。

扬州慢　姜夔

淳熙丙申至日①，予过维扬②。夜雪初霁，荠麦弥望。入其城，则四顾萧条，寒水自碧，暮色渐起，戍角悲吟。予怀怆然，感慨今昔，因自度此曲。千岩老人以为有黍离之悲也③

淮左名都④，竹西佳处⑤，解鞍少驻初程。过春风十里，尽荠麦青青。自胡马、窥江去后⑥，废池乔木，犹

厌言兵。渐黄昏，清角吹寒，都在空城。　杜郎俊赏[7]，算而今、重到须惊。纵豆蔻词工[8]，青楼梦好[9]，难赋深情。二十四桥仍在[10]，波心荡、冷月无声。念桥边红药[11]，年年知为谁生？

【注释】　①淳熙丙申：即宋孝宗淳熙三年（1176）。至日：冬至日。②维扬：即扬州。③千岩老人：即萧德藻，居湖州弁山之千岩，因以为号。他是作者的伯岳父。黍离：《诗》中篇名，内容是对西周宫室遗址的感伤。④淮左：淮东，即宋代设置的淮南东路辖区。⑤竹西：竹西亭，在禅智寺侧，扬州城东。⑥胡马窥江：指宋高宗绍熙三十一年（1161）金兵侵犯扬州。⑦杜郎：唐代诗人杜牧。他曾在扬州任职多年，有“十年一觉扬州梦，赢得青楼薄幸名”之句。⑧豆蔻词：指杜牧《赠别》诗中有“娉娉袅袅十三余，豆蔻梢头二月初”的句子。⑨青楼梦：参注⑦。⑩二十四桥：扬州桥名，以曾有二十四美人吹箫于此而得名。一说是扬州有二十四座桥。⑪红药：芍药花。据说扬州开明桥左右有芍药花市。

【评析】　宋人张炎说：《扬州慢》诸曲，“不唯清空，又且骚雅，读之使人神观飞越。”（《词源》）

词写怀古之意，而古是极近之古，与现实关系极为密切。

上片即景言情。由远而近，由虚而实，由城外而城门，由白昼而黄昏，写兵火之后的扬州面貌，极其逼真。发端三语，于叙事中寓有对昔日杜牧笔下的扬州的无限向往及对今日扬州的情景的不安揣测，而后写春风荠麦之景；胡马三语于叙事，写景中抒厌兵之情；黄昏三语则写城边之景。景中有情，是上片特点。

下片景语少而情语多，但非直抒己情，而是借古人之口言情。过拍请出杜郎，猜想他重到时惊骇神态，实则表达自己的感受；豆蔻三句亦如此，杜郎难赋，即词人难赋也。二十四桥三句景，结拍情中有景。桥犹在，月犹荡，药犹生，繁华衰歇、世事沧桑之意在言外。无意恢复、唯图苟安，是扬州遭兵火之后凄凉破败的主观原因。

词人通过空城景象的描绘及虚拟的杜郎感慨，含蓄地表达了自己对现实的态度，确有“于伊郁中饶蕴藉”的艺术特色。

长亭怨慢[①] 姜夔

予颇喜自制曲。初率意为长短句，然后协以律。故前后阕多不同。桓大司马云[②]：“昔年种柳，依依汉南；今看摇落，凄怆江潭。树犹如此，人何以堪！”此语予深爱之。

渐吹尽、枝头香絮。是处人家，绿深门户。远浦萦回，暮帆零落向何许？阅人多矣[③]，谁得似长亭树？树若有情时，不会得、青青如此。　　日暮，望高城不见[④]，只见乱山无数。韦郎去也[⑤]，怎忘得、玉环分付[⑥]？第一是、早早归来，怕红萼、无人为主。算空有并刀[⑦]，难剪离愁千缕[⑧]。

【注释】　①长亭怨慢：姜夔创制，旁注工尺谱。②桓大司马：东晋时桓温，官至大司马。以下六句，前四句见庾信《枯树赋》，末二句是其所言，见《世说新语·言语》。③阅人多矣：语出《旧唐书房玄龄传》：“仆阅人多矣。未见如此郎者。必成伟器。”④望高城不见：唐人欧阳詹《赠太原妓》：“驱马渐觉远，回头长路尘。高城已不见，况复城中人?”⑤韦郎：指唐人韦皋游江夏，遇小青衣玉箫，有情。别时相约，七年后再会，赠以玉指环以为记。皋逾期不至，玉箫绝食而死。事见唐人范摅《云溪友议》。⑥玉环：即玉指环。⑦并刀：并州出产的剪刀。并州：今太原。⑧难剪离愁：语本南唐李煜《相见欢》：“剪不断，理还乱，是离愁。”

【评析】 本篇作时稍晚于上篇。内容写别情。近人麦孺博以为“浑灏流转，脱胎稼轩”（《艺蘅馆词选》引）。俞陛云谓有桓大司马江潭之慨。

词以桓温、庾信之语为序曲，起笔即写杨柳变化，点出暮春时令，继而写到柳阴中特定的别离对象。暮帆句写出别时别处，何许之问，则见出行人的迷茫情态，实则表现其不忍离别的心境。阅人以下数语，再就柳树而表达离恨。阅人之多，无过于柳。然而它对于人间离别全然无动于衷，不然的话，它就该像愁人一样一夜头白了。这是以有我之眼观物，情感沉痛迫烈，清人陈廷焯极为称赏。

下片时空转换，已是别后舟中，回望城郭，转入追忆。韦郎是自比，以下几句实是以恋人口气来写，见出相爱之深。爱之愈深，恨别愈切，故结拍有离愁千缕，并刀难剪之语。

全篇将桓温时光易逝的政治感慨、庾信的秋风摇落的人生况味，与自身的欢情难久融汇起来，借柳色以言之，深沉悠远。起以柳絮欲尽，终以柳条“千缕”，亦柳亦愁，哀怨无端。

淡黄柳[1] 姜夔

客居合肥南城赤阑桥之西[2]，巷陌凄凉，与江左异。唯柳色夹道，依依可怜。因度此阕，以纾客怀[3]。

空城晓角，吹入垂杨陌。马上单衣寒恻恻[4]。看尽鹅黄嫩绿，都是江南旧相识。 正岑寂[5]。明朝又寒食。强携酒，小桥宅[6]。怕梨花、落尽成秋色。燕燕飞来，问春何在？唯有池塘自碧。

【注释】 ①淡黄柳：姜夔创制，并旁注工尺谱。②客居：时间约在宋光宗绍熙二年（1191）。③纾（shū）：缓解，排遣。④恻恻：凄愁貌，难以禁受。⑤岑寂：沉寂。⑥小桥：即小乔，三国时东吴将领周瑜之妻。《三国志》中乔姓本作桥。这里是借指旧时恋人。

【评析】 宋人张炎将此词列入“清空骚雅”一类。

全词借咏柳以写客怀，故发端以柳色起兴。城曰空，风曰寒，都不可耐，唯垂杨满路，差可慰人。故词人不独看之，且又看尽，直如看江南旧友，不忍暂离。

下片直抒寂寞客怀，而与惜春之意相绾合。空城客居，已觉凄情，又届寒食，凄清倍增。为纾客怀，为除寂寞，乃有强携酒以访小桥的举动。怕梨花句极言时光流逝之速，而燕燕之句写出物有惜春之心，则人之惜春不言而喻。燕亦如此，人岂不“怕”？故结拍的拟人法写景，恰能为上句的人情起映衬作用。

总的来看，上片写看柳所见，寓寂寥之意；下片言惜春之意，见迟暮之悲。表达清空而不质实。

暗香[①] 姜夔

辛亥之冬[②]，予载雪诣石湖。止既月，授简索句，且征新声[③]。作此两曲。石湖把玩不已，使工妓隶习之[④]，音节谐婉。乃名之曰暗香、疏影[⑤]。

旧时月色。算几番照我、梅边吹笛？唤起玉人，不管清寒与攀摘。何逊而今渐老[⑥]，都忘却、春风词笔。但怪得、竹外疏花，香冷入瑶席[⑦]。　江国。正岑寂。叹寄与路遥[⑧]，夜雪初积。翠尊易泣[⑨]，红萼无言耿相忆。长记曾携手处，千树压、西湖寒碧。又片片、吹尽也，几时见得？

【注释】 ①暗香：与下篇疏影，皆姜夔所创。参见前《庆宫春》注释②。②辛亥：宋光宗绍熙二年（1191）。这年冬季，词人应范成大之邀来到石湖。③新声：新谱的曲调及按曲填的词。④工妓：乐工歌妓。隶习：练习、演练。⑤暗香、疏影：出自林逋《山中小园》诗“疏影横斜水清浅，暗香浮动月黄昏”二句。⑥何逊：南朝梁代诗人，他曾作《早梅》诗。⑦瑶席：指范成大所设的赏梅酒席。范家有深院花圃，玉梅几树。⑧寄与路遥：寄与远方之人。用南朝宋代陆凯折梅自江南寄往长安友人范晔的故事。⑨翠尊：碧玉酒杯。

【评析】 宋人张炎认为，词之咏梅，本篇及下篇（《疏影》）“前无古人，后无来者，自立新意，真为绝唱”；词“清空中有意趣，无笔力者未易到”（《词源》）。后人多有评赏，但在对题旨的理解方面尚不一致。本篇当是以对梅怀旧为主题。

上片写咏梅、摘梅，以月色、笛声、梅影、玉人构成清寒高洁而奇丽的意境，表现了词人自身、玉人及梅花各自的情致和品格。然后写赋梅、赏梅，但与前面的咏梅、摘梅已有今昔之分。何郎渐老，玉人何处？闻冷香满席，发怀旧幽情，既不情愿，却又无可避免，便只有“怪”这梅花故意送香而来了。

下片写寄梅、忆梅与惜梅。寄梅者，玉人难忘，路遥者，玉人难见。忆梅者，不独忆昔日共攀之梅树与共攀之人，更忆携手赏梅之时。结拍惜梅之易落，亦即叹人之易散，今昔同悲。

全篇由昔而今，又自今忆昔，以梅之盛衰写人之聚散，寄意题外，包蕴无穷。

疏影　姜夔

苔枝缀玉[①]。有翠禽小小[②]，枝上同宿。客里相逢，篱角黄昏，无言自倚修竹[3]。昭君不惯胡沙远[4]，但暗忆、江南江北。想佩环、月夜归来[5]，化作此花幽独[6]。

犹记深宫旧事，那人正睡里[7]，飞近蛾绿[8]。莫似春风、不管盈盈，早与安排金屋[9]。还教一片流波去，又却怨、玉龙哀曲[10]。等恁时[11]，重觅幽香，已入小窗横幅。

【注释】 ①苔枝：苔梅之枝。吴越之地有苔梅，苔须垂于枝间，随风飘绿，甚美。②翠禽：翠鸟。隋时赵师雄游罗浮山，卧梅树下，梦见美人与绿衣童子嬉笑歌舞，醒而视之，则梅枝上有翠禽相顾。事见《龙城录》。③倚修竹：语本杜甫《佳人》“天寒翠袖薄，日暮倚修竹”。④昭君：即王昭君。汉元帝时远嫁匈奴单于。唐人王建《塞上梅》诗言昭君殁后，塞上梅花无人品赏。⑤佩环：用杜甫《昭君村》诗“环佩空归月夜魂”句意。⑥此花幽独：语本苏轼《寓居定惠院之东杂花满山有海棠一株土人不知贵也》“只有名花苦幽独”。⑦那人：指南朝宋武帝女寿阳公主。她卧于殿檐下，梅花落于额间，成五出花，拂之不去，经三日，洗之乃落。⑧蛾绿：指眉毛。⑨金屋：用汉武帝故事。武帝少时，曾说：若得阿娇（姑母之女），当作金屋贮之。⑩玉龙：笛名，即玉笛。笛曲有《梅花落》。⑪恁（rèn）时：那时，那种时节。

【评析】 本词是《暗香》的姊妹篇。历来备受赞赏。宋人张炎谓为全章精粹，清空骚雅（《词源》）。在写法上与上篇有异，题旨也被认为不同，这里仍视为咏梅本意。

上片以赏梅为主。苔枝缀玉是写梅的外貌之美。翠禽句以花神来衬托梅花，于神话色彩之中见其灵秀。篱角等语则以修竹作衬，以美人为喻，写梅花之态度优雅。昭君数语，则写梅花之魂，见其深沉幽怨。故从发端写其貌到歇拍写其魂，逐步深入，中间让咏梅主体介入，见出高洁者之孤独。

下片侧重写惜梅之意。深宫之梅，犹自飞坠，则可见对她应特别爱惜，即使以金屋贮之亦不为过。然而不论怎样呵护，恐怕也难免有一片两片随波而去，因而惜梅者听曲而怨是必然的了。留给人们的，只有小窗外月色中的一枝斜影了。下片连续转折。梅在深宫，尚且飘零，是一转；金屋相贮，还教随波，再转；听曲而怨，花落不回，三转；幽香已散，疏影尚留，四转。如此转进，将惜梅者的无可奈何及寻求慰藉表现得委曲动人。

翠楼吟[1] 姜夔

淳熙丙午冬[2]，武昌安远楼成[3]，与刘去非诸友落之[4]，度曲见志[5]。余去武昌十年，故人有泊舟鹦鹉洲者[6]，闻小姬歌此词，问之，颇能道其事；还吴[7]，为余言之。兴怀昔游，且伤今之离索也[8]。

月冷龙沙[9]，尘清虎落[10]，今年汉酺初赐[11]。新翻胡部曲[12]，听毡幕[13]、元戎歌吹[14]。层楼高峙。看槛曲萦红，檐牙飞翠。人姝丽。粉香吹下，夜寒风细。　此地。宜有词仙，拥素云黄鹤[15]，与君游戏。玉梯凝望久，但芳草、萋萋千里[16]。天涯情味。仗酒祓清愁[17]，花销英气。西山外[18]，晚来还卷、一帘秋霁。

【注释】　①翠楼吟：姜夔创制，旁注工尺谱。②淳熙丙午：即淳熙十三年（1186）。③安远楼：为庆祝抗金胜利而建。④刘去非：作者友人。诸友：包括刘过。参见后刘过《唐多令》注释①。落：落成。这里指参加庆祝落成的典礼。⑤度曲：填词。见志：言志。⑥鹦鹉洲：原在今武汉汉阳西南长江中。明代后期被大水冲没。⑦吴：吴兴。⑧离索：离别。⑨龙沙：西北方沙漠中有白龙堆，故称。⑩虎落：护营的竹篱障碍。⑪汉酺初赐：秦汉时禁民聚饮，朝廷有庆祝曲礼时方准许，称“赐酺”。《汉书·文帝纪》：“人主延寿，令天下大酺。”宋高宗八十寿辰时，曾赐诸军大酺。⑫新翻：改编，改制。胡部曲：北方边地乐曲。⑬毡幕：毛毡帐幕。指军用帐篷。⑭元戎：军队主帅。⑮素云黄鹤：即白云黄鹤。

崔颢《黄鹤楼》："昔人已乘黄鹤去，此地空余黄鹤楼。"⑯但芳草二句：语本崔颢《黄鹤楼》"晴川历历汉阳树，芳草萋萋鹦鹉洲。"⑰祓（fú）：除去。⑱西山：当指长江西岸的龟山。

【评析】 词前小序，是作词十年之后补写，以追述本事。高楼落成，作者与诸友前去共贺，因而度曲，似为应景之篇。但通读全词，才知绝非为了娱宾遣兴。

上片起首写景，龙沙、虎落，当是边塞气象。但词人却写在登楼所见的景物之中。此中用意，应是讽刺当局以长江为边境，苟且偏安。汉酺以下，先写军帅沉湎歌舞，意旨甚明。而写新楼华丽，或写歌妓香气，则都是侧面用笔，所指仍然是当政者。

换头处提出，如此胜景，应有"词仙"游戏。是为了风雅？清人周济以为，词人之意是说，"此地宜得人才，而人才不可得。"（《宋四家词选》）此说不无道理。玉梯三句，芳草千里，景中之情，恐怕不仅是乡思，而更可能是恢复之想。"酒祓清愁，花销英气"二语，看似矛盾，实是忧愤。结末用景语，写西山夕照，微露亮色，意味深长。

本篇上片写登楼所见，意旨隐约。下片情景相间，题意渐明。写景深远阔大，颇有唐人气象。抒情则含蓄凄婉。故陈廷焯评为"白石最高之作"（《白雨斋词话》卷二）。

杏花天影[①] 姜夔

丙午之冬[②]，发沔口[③]。丁未正月二日[④]，道金陵，北望淮、楚，风日清淑，小舟挂席，容与波上[⑤]。

绿丝低拂鸳鸯浦。想桃叶[⑥]，当时唤渡。又将愁眼与春风，待去。倚兰桡[⑦]，更少驻。 金陵路，莺吟燕舞。算潮水[⑧]，知人最苦。满汀芳草不成归[⑨]，日暮。

更移舟，向甚处？

【注释】 ①杏花天影：姜夔创制，旁注工尺谱。又名《杏花天》。②丙午：即宋孝宗淳熙十三年（1186）。③沔口：汉水入长江处，在今湖北汉阳。④丁未：淳熙十四年（1187）。⑤容与：闲适自得之貌。⑥桃叶：东晋王献之爱妾名桃叶。见《古今乐录》。王献之曾在渡口迎接她。这渡口后来被称为桃叶渡。⑦兰桡：木兰舟。桡：船桨。引指船只。⑧潮水：指金陵城外长江潮水。刘禹锡《石头城》：“山围故国周遭在，潮打空城寂寞回。”⑨芳草不成归：语本《楚辞·招隐士》“王孙游兮不归，芳草生兮萋萋”。

【评析】 词写旅途思人之情。所思之人，从“北望淮楚”一语可以窥见，乃是合肥二女。词人由沔口直达金陵，显然没有经过合肥，于是依依北望，于是“容与波上”，于是“更少驻”，诚然不忍即去。上片表达的就是这种怀想之情。

下片则预想此后路途中的凄苦无依。莺燕芳草，俱是乐人景色，唯石头城边日日潮水能知我苦。由此写出此情的深隐与持久。

一萼红　姜夔

丙午人日[1]，余客长沙别驾之观政堂[2]，堂下曲沼，沼西负古垣，有卢橘幽篁[3]，一径深曲。穿径而南，官梅数十株，如椒[4]、如菽[5]、或红破白露，枝影扶疏。著屐苍苔细石间，野兴横生，亟命驾登定王台[6]，乱湘流[7]入麓山[8]。湘云低昂，湘波容与。兴尽悲来[9]，醉吟成调。

古城阴[10]，有官梅几许，红萼未宜簪。池面冰胶[11]，墙阴雪老，云意还又沉沉。翠藤共、闲穿径竹，渐笑

语、惊起卧沙禽。野老林泉，故王台榭[12]，呼唤登临。

南去北来何事？荡湘云楚水，目极伤心。朱户粘鸡[13]，金盘簇燕[14]，空叹时序侵寻[15]。记曾共、西楼雅集[16]，想垂柳、还袅万丝金。待得归鞍到时，只怕春深。

【注释】 ①丙午：宋孝宗淳熙十三年（1186）。人日：正月初七日。②长沙别驾：萧德藻，即千岩老人。作者的叔岳父。别驾：通判的另一种称呼。③卢橘：金柑的别名。④椒：花椒。花白而实红。⑤菽：豆类的总名。⑥定王台：在今长沙城东。西汉长沙定王刘发筑以望母。⑦乱：横渡。⑧麓山：即岳麓山，在长沙西部，湘江西岸，为南岳衡山七十二峰之一。⑨兴尽悲来：语出唐人王勃《滕王阁序》："兴尽悲来，识盈虚之有数。"⑩城阴：城北。⑪冰胶：冰结。⑫故王台榭：即定王台。⑬朱户：富贵人家的门户。粘鸡：画鸡于门上，上面悬挂芦苇索，旁边插上神符，用以驱除百鬼。见《岁时记》。⑭金盘簇燕：立春日陈列春盘，上面放置"翠缕红丝，金鸡玉燕"。见《武林旧事》。⑮侵寻：侵淫，渐进。⑯雅集：文人间风雅的集会。

【评析】 本词因"兴尽悲来"而作。"兴"为何？"悲"为何？姜夔一生未能仕进，貌似闲云野鹤。但作为出生于仕宦之门的文人，必然深受儒家文化的浸染，传统的"忧患"意识不可能不在他的作品中有所反映。纵观白石登览之作，大约隐含着这样的思路：即有嫣红嫩翠，亦仅点缀而已；若遇游宴良辰，亦仅忘情片刻。纵使眼前佳景美不胜收，但词人最终还是将视点落在苍茫幽暗处，情绪渐渐变得凄厉痛楚。《翠楼吟》如此，本词也是如此。

上片写"兴"之所起。发端以特写推出未绽开的红梅之萼，这是最初的发"兴"点。池面三句，写其背景，以暗淡色彩作反衬。翠藤四句，复又细写，现出活气，是又一发"兴"点。歇拍叙行止，点"登临"。按理说，其"兴致"应该尚未达到高峰状态，下片仍应有所发挥。过片发问，旋即"目极伤心"，其"兴"尽极速，其"悲"来亦极速。实则兴少而悲多。所悲何事？飘荡云水，时序侵寻，友人离散，都是堪悲之事。骨子里，是悲凉时代给清醒文人所强加的深沉苦痛。虽未明言，味之可得。

这首词写兴写悲，清空而不质实，又且骚雅，真如张炎所称：“读之使人神观飞越。”（《词源》卷下）

霓裳中序第一[1]　姜夔

丙午岁[2]，留长沙，登祝融[3]，因得其祠神之曲曰：《黄帝盐》、《苏合香》[4]。又于乐工故书中，得商调《霓裳曲》十八阕[5]，皆虚谱无辞。按沈氏《乐律》[6]：《霓裳》道调。此乃商调。乐天诗云“散序六阕”[7]，此特两阕[8]。未知孰是？然音节闲雅，不类今曲。余不暇尽作，作《中序》一阕传于世。余方羁游，感此古音，不自知其辞之怨抑也。

亭皋正望极[9]。乱落江莲，归未得。多病却无气力。况纨扇渐疏[10]，罗衣初索[11]。流光过隙[12]。叹杏梁[13]、双燕如客。人何在？一帘淡月，仿佛照颜色[14]。　幽寂。乱蛩吟壁[15]。动庾信、清愁似织[16]。沉思年少浪迹。笛里关山[17]，柳下坊陌[18]。坠红无信息。漫暗水、涓涓溜碧。飘零久、而今何意？醉卧酒垆侧[19]。

【注释】　①霓裳中序第一：姜夔创制，旁注工尺谱。②丙午：宋孝宗淳熙十三年（1186年）。③祝融：衡山七十二峰之最高峰。④祠神之曲三句：陈田夫《南岳总胜集》：“迎神曲……三献：苏合香、黄帝炎、四朵子。”黄帝炎，即黄帝盐。⑤霓裳曲：本即唐人大曲《霓裳羽衣曲》。据考，此曲三十六段；每遍二段，即十八遍，即十八阕。⑥沈氏：即北宋沈括。其《梦溪笔谈》中有《乐律》一章。⑦散序六阕：没有节拍的六段曲子，指《霓裳曲》的前六阕。白居易《和元微之霓裳羽衣歌》云：“散序六奏未动衣，阳台宿云慵不飞。”⑧特：仅仅。⑨亭皋：水边平地上所建的亭子。⑩纨扇渐疏：纨扇渐渐被疏远，暗示天凉。⑪罗衣初索：罗衣开始放置一旁。索：离弃。⑫流光过隙：喻时光流逝。

《庄子·知北游》："人生天地之间，若白驹之过隙。"白驹：喻阳光。⑬杏梁：语本司马相如《长门赋》："饰文杏以为梁。"文杏：杏树的异种，材质有花纹。⑭仿佛照颜色：语本杜甫《梦李白二首》："落月满屋梁，犹疑照颜色。"⑮蛩（qióng）：蟋蟀。⑯庾信：南北朝文学家，作有《哀江南赋》、《愁赋》。⑰笛里关山：语本杜甫"三年笛里关山月"。⑱柳下坊陌：即坊陌人家，歌舞妓所居。⑲醉卧酒垆侧：用三国魏末阮籍故事。《世说新语·任诞》载，阮籍"邻家妇，有美色，当垆酤酒。阮籍常往从妇饮酒，醉，便眠其侧，亦终无他意。"

【评析】 曲虽仿古，词则写怀。序中有"怨抑"的"羁游"二词，可为读词的头绪。

首句以远望始。见江莲乱落而动归心，但欲归难归，一无奈；下言多病无力，二无奈；天又转凉，则更难，三无奈；"流光过隙"，难以挽留，四无奈；伊人久违，颜色于淡月之下只恍惚可见，五无奈。上片中，词人行迹已经从亭皋回归居室，写所见杏梁、帘月。

换头续写室中所闻所思。借庾信意象，暗寓乡关之思，家国之恨，应上片"归来得"句。"沉思"三句，虽似忆年少畅快的浪游，实则以此彰显今日之无奈，"笛里关山"反衬"多病无力"，"柳下坊陌"应上片"人何在"，"坠红"应上片"乱落江莲"句。"飘零久"句应上片"归未得"。而今二句，正用阮籍故事，表明醉翁之意既不在酒，更不在色，而在于归思。

本词上下两阕，将一腔怨情反复申诉，形如复沓，实为"织体"。

小重山　章良能

柳暗花明春事深[①]。小阑红芍药，已抽簪[②]。雨余风软碎鸣禽[③]。迟迟日[④]，犹带一分阴。　　往事莫沉吟。身闲时序好，且登临。旧游无处不堪寻[⑤]。无寻处，惟有少年心。

【注释】 ①柳暗花明春事深：语本王维《早朝》："柳暗百花明，春深五凤城。"②抽簪：红芍药花抽出了尖尖的花苞，状如发簪。③风软碎鸣禽：语本杜荀鹤《春宫怨》："风暖鸟声碎，日高花影重。"④迟迟日：春天的太阳缓缓升起。《诗·七月》："春日迟迟。"⑤旧游：旧日游踪。

【评析】 本词上片写"春事"。发端总写。然后从花、鸟两个角度分写，有形有声有色。九分春色，一分阴暗。

过片先提"往事"。但是，即提即放，旋即回归现实。身闲，一乐；时序好，二乐；旧游堪寻，三乐。这是对"往事"的反拨。结末复又说难寻"少年心"，又一回旋。

此篇明丽轻婉，言情婉约曲折，极有思致。

玉楼春 严仁

春思

春风只在园西畔。荠菜花繁蝴蝶乱。冰池晴绿照还空[①]，香径落红吹已断。 意长翻恨游丝短[②]。尽日相思罗带缓[③]。宝奁明月不欺人[④]，明日归来君试看。

【注释】 ①冰池：水面平洁如冰的池子。②翻：反而，反倒。③罗带缓：人消瘦而觉衣带宽。《古诗十九首》："相去日以远，衣带日以缓。"④宝奁：饰有珍宝的梳妆匣。明月：皎如明月的圆镜。

【评析】 本词是一篇闺阁女子怀人之作。

上片纯为景语。视点在"园西"：花、蝶、水、落红，等等。但起首一句所含"只在"二字，即露怨情，怪东风不度"玉门关"。蝴蝶乱，呼应心神之乱；冰池空，呼应闺室之空；落红断，呼应魂梦之断。可见词人选景的精当。

过片的“意长”，既暗接上片的景中之情，又开出下片。游丝反衬深长的思绪。罗带缓，侧面写相思之苦。明镜不欺人，则是说面容消瘦，呼应衣带的松弛，写足苦情。

先景后情。景中含情，情中见形。

风入松　俞国宝

一春长费买花钱。日日醉湖边。玉骢惯识西湖路[①]，骄嘶过、沽酒楼前。红杏香中歌舞，绿扬影里秋千。

暖风十里丽人天。花压鬓云偏。画船载取春归去，余情付、湖水湖烟。明日重扶残醉[②]，来寻陌上花钿[③]。

【注释】　①玉骢（cōng）：毛色青白相杂的骏马。②重扶残醉：这是宋高宗所改定的。作者原文是“重携残酒”，高宗见后以为有儒酸气，遂改之。③花钿（diàn）：以金翠珠宝制成的花形首饰。

【评析】　这首词当时写于酒店壁间，被宋高宗（已退位称太上皇）发现，说是此词甚好，但又为他改定数字。后世多以为不改则拙，一改即工。明人沈际飞以“馨逸”评此词（《草堂诗余正集》），清人况周颐以“流美”誉之（《蕙风词话》），陈廷焯则评为“香艳”（《白雨斋词话》）。这些看法都是有得之见，盖此作诚有此韵致。

全词犹如一幅西湖春游画卷。

上片发端写主体春来日日买花，亦日日买酒，故日日成醉。这是概述。玉骢句以下写游春所见，惯识应长费，酒楼应醉字，红杏应买花，绿杨应湖边。读之味之，可以想见词人之醉不独由于酒，亦由于花香、歌舞，由于若隐若现的秋千美人。

下片果然将视角转向丽人，写出丽人珠翠满头且又花枝压鬓的艳丽情态，安知这头上之花不是词人所买？画船载人，多是美人，而曰载春，则游春之人亦是西湖一景；无此一景，西湖唯有湖水湖烟，凄迷一片了。结拍写游兴未尽，陌上重寻，可谓余波绮丽，真切动人。原作重携残酒，表明作者似醉似不醉；若谓众人皆醉而作者独醒，有讽刺偏安之意，于字面难得内证。此词好处甚多，不在乎篇外有无深意也。

全词以赋笔为主。以花边买醉起，以扶醉寻花结，可谓“善救首尾者也”。

满庭芳　张镃

促织儿[1]

月洗高梧，露漙幽草[2]，宝钗楼外秋深[3]。土花沿翠[4]，萤火坠墙阴。静听寒声断续，微韵转、凄咽悲沉。争求侣，殷勤劝织，促破晓机心[5]。　儿时，曾记得，呼灯灌穴，敛步随音。任满身花影，犹自追寻。携向华堂戏斗[6]，亭台小[7]、笼巧妆金[8]。今休说，从渠床下、凉夜伴孤吟。

【注释】　①促织儿：即蟋蟀。本篇作于宋宁宗庆元二年（1196）。有一天，作者与姜夔在一家朋友处聚饮，闻壁间蟋蟀有声，乃同赋，以授歌者。作者先成，即此篇。②漙（tuán）：湿润。《诗·野有蔓草》：“野有蔓草，零露漙兮。”③宝钗楼：本汉武帝所建楼名，在秦故都咸阳。此处系借指。④土花：苔藓。⑤促破晓机心：惊动织妇之心。汉谚云：“趋（促）织鸣，懒妇惊。”⑥戏斗：以斗蟋蟀为戏。宋人顾文荐《负暄杂录》载，斗蟋蟀的游戏，始于唐代天宝年间。长安富人镂象牙为笼，养蟋蟀，斗之以为乐。⑦亭台：形如亭台的蟋蟀笼子。⑧笼巧妆金：笼子小巧，饰有金玉。

【评析】 本篇咏蟋蟀，宋人周密称为“咏物之入神者”（清人张宗橚《词林纪事》引），清人郑文焯谓此词“清隽幽美，实擅词家能事”（《白石道人歌曲》郑文焯校本）。

诗词之咏物，有描摹工细者，有形神兼备者，有遗貌取神者。本篇亦遗貌取神，又有变化。

上片不写其貌，却取其声。发端写月写露写楼，为蟋蟀发声提供幽静的大环境；土花、萤火，则是小环境及其陪衬物，也表明听者注意力已相对集中。然后再写听者的感受。寒声、凄咽之语，乃是以我之耳“听”物的结果；求侣、促织之意，则是以我之心“度”物的写法。意在表现出其声足以引发思妇亦即织妇的内心酸楚。

下片转写儿时捕蟋蟀、斗蟋蟀的情景，尤其真实细致地描绘出捕蟋蟀时的机警与愉悦，见出一片童趣。结拍回归现实，自嗟老大孤独，更见出昔时之可贵。

借咏促织而写出身世之感，是作者高处。

燕山亭 张镃

幽梦初回[①]，重阴未开，晓色催成疏雨。竹槛气寒，蕙畹声摇[②]，新绿暗通南浦[③]。未有人行，才半启、回廊朱户。无绪。空望极霓旌[④]，锦书难据。 苔径追忆曾游，念谁伴、秋千彩绳芳柱？犀奁黛卷[⑤]，凤枕云孤[⑥]，应也几番凝伫。怎得伊来[⑦]？花雾绕，小堂深处。留住。直到老、不教归去。

【注释】 ①幽梦：恍惚朦胧的美梦。多指梦中有交欢之事。秦观《八六子》："夜月一帘幽梦，春风十里柔情。"②蕙畹：种植蕙兰等香草的园地。畹：古代土地面积单位，或以三十亩为一畹，或以三十步为一畹，或以十二亩为一畹。屈原《离骚》："余既滋兰之九畹兮，又树蕙之百亩。"③南浦：别离之处。④霓旌：云霞如旌。或谓画有虹霓的旌旗，帝王的仪仗。⑤犀奁：饰有犀牛角的妇人妆奁。一作犀帘，用犀牛角作镇的帘子。黛卷：化装用的黛螺没有打开。喻未使用。⑥凤枕：绣有双凤凰的枕头。云孤：喻妇人独宿。⑦伊：指妇人所思。

【评析】 本篇为抒写闺阁思情之词。

上片先景后情。景是雨前雨后之景。景物色调暗淡，恰与别离的况味相一致，而与幽梦的玫瑰色相对照。"未有"以下是情语。半启门户，写伊人独处自守；望极霓旌，写其期待。然而，这两层总归于"无绪"——没有什么好情绪。

下片续写"无绪"。过片写追忆旧游，本来可有片刻的幸福之感，不过瞬间即逝，又还是寂寞感笼罩身心。这是第三层了。黛卷云孤，到了第四层。怎得伊来？失望至极，转生幻想，又自知难以实现，就到了第五层。最后的留人到老不去，正是爱极、恨极、苦极、思极的充分体现。

词中思妇的怀人思绪，被表达得层积累压，淋漓尽致。

唐多令 刘过

安远楼小集①，侑觞歌板之姬②，黄其姓者，乞词于龙洲道人，为赋此《唐多令》。同柳阜之、刘去非、石民瞻、周嘉仲、陈孟参、孟容。时八月五日也③。

芦叶满汀洲。寒沙带浅流。二十年、重过南楼④。柳下系舟犹未稳，能几日、又中秋？ 黄鹤断矶头⑤，

故人今在不[⑥]？旧江山、浑是新愁。欲买桂花同载酒，终不是、少年游。

【注释】 ①安远楼：在湖北武汉蛇山上，前临大江。宋孝宗淳熙丙午（1186）冬建成，作者曾和姜夔等朋友同去参加典礼，度曲《翠楼吟》以志之。②侑（yòu）觞：劝酒。③八月五日：指宋宁宗嘉泰四年（1204）或开禧元年（1205）的是日，上距淳熙丙午二十年。④南楼：武汉古楼名，在蛇山上。⑤黄鹤断矶头：蛇山近江处。传说仙人跨鹤曾游此处。⑥不（fōu）：同否，表疑问。

【评析】 此词被视为“小令中工品”（清人李佳《左庵词话》）。黄苏说是词人《得意之笔》（《蓼园词选》）。先著、程洪认为本篇和陈与义《临江仙》“并数百年来杰作”。当时“楚中歌者竞唱之”（《词苑丛谈》）。

按本篇原是登临应酬之作，其所以成为杰作，当是因为情感的深沉与表情的婉转。贯穿全词的主要是今昔之感，但词人却分三个层次逐一表现。一是江山之今昔。词中发端即写今日江山之景，时当中秋，原不致如此衰飒凄凉，但词人因有“新愁”在胸，故觉得如此，其中固有伤时忧国之意在。二是故人之今昔。二十年过去，故人或存或殁，发一问语，怀念之情感人。三是自身之今昔。昔日作少年之游，豪情烂漫，而今老大犹自漂泊——系舟未稳——无复当年心境了。所见、所思、所感，通过今昔之比，含蓄道出，豪放中见婉转，可谓得辛词之神理。

绮罗香[①] 史达祖

咏春雨

做冷欺花，将烟困柳，千里偷催春暮。尽日冥迷，愁里欲飞还住。惊粉重、蝶宿西园，喜泥润、燕归南浦。最妨它、佳约风流，钿车不到杜陵路[②]。　　沉沉江上望极，还被春潮晚急[③]，难寻官渡[④]。隐约遥峰，和泪谢娘眉妩[⑤]。临断岸、新绿生时，是落红、带愁流处。记当日、门掩梨花，剪灯深夜语[⑥]。

【注释】　①绮罗香：此曲始见于史达祖。②钿车：用金片装饰的车辆，女子所乘。杜陵：汉宣帝之陵墓，在今陕西西安南乐游原上。汉唐时均为游乐处。③春潮晚急：语本唐人韦应物“春潮带雨晚来急，野渡无人舟自横”。④官渡：官家所设渡口。⑤谢娘：唐时名妓谢秋娘。此处系泛指美女。眉妩：亦作眉怃，眉眼娇媚。⑥剪灯深夜语：化用唐李商隐诗：“何当共剪西窗烛，却话巴山夜雨时。”

【评析】　本词一出，颇受姜夔称赏。宋人张炎也认为，“全章精粹。所咏了然在目，且不留滞于物。”（《词源》）明清人尤多赞誉。实为史词的代表作之一。

上片摹写春雨而入怀人之意。发端对语，用拟人法写出春雨之神，以千里写其广。尽日冥迷二语，仍用拟人法写春雨之态，而以尽日写其久。惊、喜二语，通过摹写物情（蝶、燕）的不同，从侧面表现春雨带来的各种变化。最后一拍，则转写人情，其中或含有词人自身的感受。

下片侧重写怀人，仍就春雨言之。过拍江上望极，主体呈现，他欲寻官渡而不得，正与上片歇拍“钿车不到”、佳约受阻的叙写相接。遥峰乃江上所见，望之极久，竟成所思谢娘之愁眉泪眼，又与钿车相应。断岸数语，是望极无聊而所见之近景，新绿、落红，或生或灭，或喜或愁，形象地表现出主体的复杂感受。结拍因眼前之无奈转忆当日之佳会，于失望之余更怀后会之希望，仍不脱雨字。

全篇咏雨而不露雨字，层次井然，情景融汇，意境幽深浑成，于冥迷中写生动，于哀怨中见希冀，余味悠然。

双双燕[1]　史达祖

咏燕

过春社了，度帘幕中间，去年尘冷。差池欲住，试入旧巢相并。还相雕梁藻井[2]，又软语、商量不定。飘然快拂花梢，翠尾分开红影。　芳径。芹泥雨润。爱贴地争飞，竞夸轻俊。红楼归晚，看足柳昏花暝。应自栖香正稳。便忘了、天涯芳信[3]。愁损翠黛双蛾[4]，日日画阑独凭[5]。

【注释】　①双双燕：首见于史达祖。②藻井：古代建筑物内饰有各种纹彩的井栏状天花板。③芳信：情人书信。相传燕能传书。见《田俅子》、《开元天宝遗事》。④翠黛双蛾：指女子双眉。⑤凭（pìng）：依托。

【评析】　这是史词的另一代表作。姜夔、张炎俱各称道此词之工，明清誉之者更众。王士祯说："仆每读史邦卿咏燕词，……以为咏物至此，人巧极天工矣。"（《花草蒙拾》）近人王国维认为，就咏物词论，本篇仅次于苏轼《水龙吟（咏杨花）》。

全词可分三层来理解。

第一层写来燕试入旧巢的种种情态。发端写燕归之时令、地点，以下以一连贯的动词摹写燕子的复杂心理及行为。度是测度，言燕未入而心已至；欲住而试入，言双燕身已至而心未定；相（相看）与商量，言双燕心欲定而仍作商量。全用拟人之法，生动传神。

第二层摹写双燕定巢之后飞出红楼嬉戏春光，从上片歇拍写起。飘然二语写燕之轻捷，极具动感。换头再写燕之衔泥、争飞，见其轻俊。竞夸、看足，仍用拟人，表现出燕子爱春光、爱旧居的情性。

第三层写双燕归来，栖香正稳。此处写燕已近尾声，词人却运用美妙传说，拓开一笔，谓归燕忘却传书使命，使得红楼中佳人空倚画阑，愁损双蛾。此种天外飞来之妙笔，确实匠心独运，以双燕无心之失映衬思妇有心之望，荡出远神，难怪有人评为巧极天工了。

有学者认为，词中有讽刺南宋小朝廷偏安江左，忘却中原期待之意，虽未必然，但可备一说。

东风第一枝[①] 史达祖

咏春雪

巧沁兰心，偷粘草甲[②]，东风欲障新暖。谩疑碧瓦难留，信知暮寒轻浅。行天入镜，做弄出[③]、轻松纤软。料故园、不卷重帘，误了乍来双燕。　青未了、柳回白眼。红欲断，杏开素面。旧游忆着山阴[④]，厚盟遂妨上苑[⑤]。寒炉重熨，便放慢、春衫针线。恐凤靴、挑菜归来[⑥]，万一灞桥相见[⑦]。

【注释】　①东风第一枝：此曲始见于史达祖。②甲：草木萌芽时的外皮。③做弄：作弄，故意播弄。④山阴：即今浙江绍兴。东晋时王徽之居山阴，一日忽忆戴逵。时夜雪初霁，乃乘小舟访之，至门而返，曰："乘兴而来，兴尽而返，何必见戴？"词人有好友高观国，即山阴人。⑤厚盟：盛大的聚会。上苑：即上林苑，秦汉时园林，在长安附近。这里泛指京畿园林。⑥挑菜：唐宋时以二月二日为挑菜节。⑦灞桥：在今陕西西安市东。唐人郑綮曾说：吾之诗思，在灞桥风雪中驴子背上。事见《北梦琐言》。

【评析】　这也是受姜夔、张炎叹赏的咏物佳作。清人陈廷焯谓此词

"竟是清真（周邦彦）高境"（《白雨斋词话》）。

词咏春雪，故笔下之雪，是春时之雪；笔下之春，又是有雪之春。兼顾两面，是为切题。作者处理二者关系极为妥帖。

上片发端，先写到兰草萌心，种子破甲，都是初春物象，而此时雪来，或沁或粘，见雪之细软轻柔，不同于冬雪之凌厉。东风乍暖，春雪难障，因而碧瓦上不见存留，水面上也随落随化，也与冬雪易于凝结不一样。歇拍忆及故园双燕，仍就春景寄兴。

下片摹写雪中奇景，新柳青眼回白眼，新杏红颜变素面，拟人笔法，写出雪中生意盎然。旧游、厚盟就雪中人事说，对于下文而言只是铺垫。寒炉等句，视角转入雪天室内。闺中人暂缓逢制春衫，却去重燃已经多时未用的火炉，岂是为了自暖？而是虑及游春人路遇风雪。挑菜仍是春日事象，而雪字仍然藏于故典之内。可以看出，寒炉至结末，虽是咏雪余波，却极见人情美，与雪里春光相映成趣。

喜迁莺　史达祖

月波疑滴[①]，望玉壶天近[②]，了无尘隔。翠眼圈花[③]，冰丝织练[④]，黄道宝光相直[⑤]。自怜诗酒瘦，难应接、许多春色。最无赖，是随香趁烛，曾伴狂客[⑥]。　　踪迹。漫记忆。老了杜郎[⑦]，忍听东风笛？柳院灯疏，梅厅雪在，谁与细倾春碧[⑧]？旧情拘未定，犹自学、当年游历？怕万一，误玉人夜寒、窗际帘隙。

【注释】　①月波：月光如波。唐人李群玉《湘西夜霁》："月波荡如水，气爽星朗天。"②玉壶：喻宇宙澄明无滓。唐人王绩《赠学仙者》："玉壶横日月，金阙断烟霞。"一说指月亮。③翠眼圈花：极言花灯之华美精巧。④冰丝织练：形容月光皎洁。⑤黄道：古人认为太阳绕地而行。黄道为太阳绕地的轨道，沿黄道群星璀璨。宝光：灯光。相直：相当，相似。此处指彩灯满街，堪与黄道之光相比。⑥狂客：指性格狂放的文士。盛唐时，贺知章晚节尤放诞，遨戏里弄，自号“四明狂客”。⑦杜郎：杜牧。其《题元处士高亭》：“何人教我吹长笛？与倚春风弄月明。”⑧春碧：宋时的一种名酒。范成大《七夕至叙州登锁江亭》：“我来但醉春碧酒，星桥脉脉向三更。”

【评析】 本词一本题作“元宵”，是写元宵节日所见所感之作。

上片先写上元望月赏灯。月色灯光，上下相映。措辞精粹，见出繁华气象。接着便是感慨身世。自叹人气不敌春色，又无奈被迫追随狂客。这就与佳节景象形成反差，引人思索。虽然提到因诗因酒而瘦，但毕竟不是深层原由。

下片果然道出内心隐曲。身如老去的杜郎，何忍细听春风长笛？此其一。寂寞独处，“谁与细倾春碧”？此其二。旧情难忘，岂可效少年郎乘时游乐，追逐新欢？此其三。最后，也是最重要的，是玉人有约。我若沉湎不归，则辜负伊人每日每夜窥望于窗际帘隙矣！

景丽情悲，令人低回。

三姝媚[①] 史达祖

烟光摇缥瓦[②]。望晴檐多风，柳花如洒。锦瑟横床，想泪痕尘影，凤弦常下[③]。倦出犀帷[④]，频梦见、王孙骄马。讳道相思，偷理绡裙，自惊腰衩。　惆怅南楼遥夜。记翠箔张灯[⑤]，枕肩歌罢。又入铜驼[⑥]，遍旧家门巷，首询声价。可惜东风，将恨与、闲花俱谢。记取崔徽模样[⑦]，归来暗写。

【注释】 ①三姝媚：始见于史达祖。②缥（piāo）瓦：淡青色的琉璃瓦。③凤弦：装饰有凤凰图案的琴瑟。④犀帷：以犀形物镇住帏幕而得名。苏轼《四时》（之四）：“夜风摇动镇犀帷。”⑤翠箔：翠色门帘。⑥铜驼：街名，在洛阳故城中。南朝陈人徐陵《洛阳道》：“东门向金马，南陌接铜驼。”⑦崔徽：唐时河中府妓女，与出使至此的裴敬中相爱。敬中去后，徽请人画像寄与敬中，说是将要为他而死。后来果然发狂而卒。事见《丽情集》。

【评析】 本篇可谓是另一首悼亡词，只是追怀的对象不是亡妻，而是一名歌妓。明人卓人月（《古今词统》）、清人李调元（《雨村词话》），均注意此作。今人唐圭璋说：“此首忆旧游，辞情俱胜，最得清真（周邦彦）之神理。”（《唐宋词简释》）

上片起首先写现时景物，烟光摇曳，柳花飞洒，凄迷动人。而后由外入内，直视横琴，发挥想象，进入旧时情景。以下用三幅画面展现情人别后相思情态：泪湿风弦，不忍独理；梦绕王孙，懒出犀帷；讳言相思，自惊消瘦。一往情深，执着沉毅，描摹入神。

换头用惆怅一词，重提现实，而南楼三语将回忆逆推至更早的时候，即离别之前，欢聚之日，从而与现实的人天之隔形成强烈对照。又入三句写词人遍寻旧好，可惜三语则将悲剧性结局用比喻方式交待出来。结拍借崔徽故事表达永志不忘之情，无限低回。

全篇将现实与回忆中的多个画面交织错综，虚实变化，却始终围绕今昔不变的感情主线，因而显得章法绵密，确与周邦彦《瑞龙吟》等篇颇为神似。

秋霁 史达祖

江水苍苍，望倦柳愁荷，共感秋色。废阁先凉，古帘空暮，雁程最嫌风力。故园信息。爱渠入眼南山碧。

念上国[①]，谁是、脍鲈江汉未归客[②]？　还又岁晚，瘦骨临风，夜闻秋声，吹动岑寂。露蛩悲，青灯冷屋，翻书愁上鬓毛白。年少俊游浑断得[③]。但可怜处，无奈苒苒魂惊[④]，采香南浦，剪梅烟驿。

【注释】　①上国：大国，指南宋。或指故园。②脍鲈：以鲈鱼作脍。西晋人张翰在洛阳作官。秋风起时，就想起故乡吴中的鲈鱼脍和莼羹。于是，随即命驾便归。江汉：词人曾因遭贬而流落江汉。见《晋书·张翰传》。③浑断得：完全断绝了音信。④苒苒：即冉冉，时光渐渐流逝。

【评析】　本词当是史达祖贬谪时期的作品。《四库全书提要》以为，作者曾随李壁使金，疑此篇作于北行之始。

上片见秋色而怀乡。发端总写秋景。柳、荷能感秋色，则人不待言，更何况满怀愁倦的词人呢？废阁古帘，室内苍凉可见；又闻风中征雁悲鸣，益增凄苦。于是乡思倍增，转忆故园山水风物。

下片闻秋声而忆旧。陈匪石认为“露蛩悲”二句，“寥寥十四字，可抵一篇《秋声赋》读。”(《宋词举》)孤寂之中，遂忆起年少俊游，却又全无消息。即使要折梅采香赠与友人，又何从寄得呢？只有孤秀自馨罢了。

此词前后阕各有侧重：一是空间远隔，一是时间消逝。粗看似觉凌乱，实则层次清晰，脉络贯穿。

夜合花　史达祖

柳锁莺魂，花翻蝶梦，自知愁染潘郎[①]。轻衫未揽，犹将泪点偷藏。念前事，怯流光。早春窥、酥雨池塘[②]。向销凝里，梅开半面，情满徐妆[③]。　风丝一寸柔肠。

曾在歌边惹恨，烛底萦香。芳机瑞锦[4]，如何未织鸳鸯？人扶醉，月依墙。是当初、谁敢疏狂！把闲言语，花房夜久，各自思量。

【注释】　①潘郎：西晋诗人潘岳。他曾作《秋兴赋》，赋中有斑鬓、素发之词。这里是作者自指。②酥雨：如酥的春雨。春雨贵如油之意。③梅开二句：典出《南史·后妃传》。梁元帝眇一目。其妃徐氏，每知帝将至，必以半面妆相迎。元帝见，则大怒而出。④芳机：织机的美称。瑞锦：织有吉祥图案的锦。

【评析】　从词意来看，本篇不管是遣怀或是寄远，可见出男女主人公的关系出现僵局。这种内容，有别于常见的反映相思的作品。

上片从魂、梦开始，预示着情感的迷离难测。前事未忘，伊人颜面仿佛可以想见。虽然潘鬓斑白，只因瑞锦未织鸳鸯。其中，情感的发展与时光的流逝相对脱节。人扶醉等句，隐约告诉读者，当初可能是醉中疏狂导致了彼此的隔阂。如今，若要仔细思量，未尝没有转机。

玉蝴蝶　史达祖

晚雨未摧宫树，可怜闲叶，犹抱凉蝉。短景归秋[1]，吟思又接愁边。漏初长、梦魂难禁，人渐老，风月俱寒。想幽欢。土花庭甃[2]，虫网阑干。　无端。啼蛄搅夜[3]，恨随团扇[4]，苦近秋莲[5]。一笛当楼，谢娘悬泪立风前[6]。故国晚、强留诗酒，新雁远、不致寒暄。隔苍烟。楚香罗袖，谁伴婵娟？

【注释】 ①短景：指夏去秋来，白昼渐短。②甃（zhòu）：井壁。③蛄（gū）：蝼蛄，一种昆虫，有的地区叫土狗子。昼伏夜出，穴居土中而鸣。④团扇：典出西汉班婕妤《怨歌行》。团扇入秋即被弃置，班婕妤用以比喻自己担心年老色衰而被皇帝嫌弃。⑤苦近秋莲：语本贺铸《芳心苦》："红衣脱尽芳心苦。"⑥谢娘：谢秋娘。指歌妓或侍妾。

【评析】 本词系伤秋怀人之作。上下两片以写景为主，以景起兴，情因景生，景随情变。上片写秋夜情景，有自伤孤老的凄凉意味。晚雨三句，写雨中秋色。未摧，乃摧而未尽，故仍有闲叶。凉蝉，自比。短景，直接言愁。漏初长，坐实愁字。想幽欢三句，见出主体坐而复起，独立空庭，追忆往事。下片总写怀人之意。

首先，本想借景消愁可日暮天凉，秋声秋色皆起愁绪，只好借诗遣怀，可"吟思又接愁边"，更加以漏长人老，却琐屑凄凉，仍回到眼前，又是"啼蛄搅夜"，词人的笔触就这样从外物到诗心，又到梦魂，旧景，几乎搜索殆尽，可仍无法摆脱那团扇之恨、秋莲之苦，自救已不可能，最后竟想救人，末数句以遥念远隔苍烟的谢娘作结，境界虽然变得开阔，但情味却更为深长沉痛。

八归　史达祖

秋江带雨，寒沙萦水，人瞰画阁愁独。烟蓑散响惊诗思，还被乱鸥飞去，秀句难续。冷眼尽归图画上，认隔岸、微茫云屋。想半属、渔市樵村，欲暮竞然竹[①]。

须信风流未老，凭持尊酒，慰此凄凉心目。一鞭南陌，几篙官渡，赖有歌眉舒绿[②]。只匆匆残照，早觉闲愁挂乔木。应难奈、故人天际，望彻淮山，相思无雁足。

【注释】 ①然竹：然，同“燃”。唐人柳宗元《欸乃曲》“渔翁夜傍西岩宿，晓汲清湘然楚竹”。②舒绿：即舒眉，古以黛绿画眉，故云。

【评析】 况周颐在《蕙风词话》中认为“此阕与《玉蝴蝶》皆较疏俊者。”但若以词情相较，此篇显然更加清逸超爽。

上片写“画阁愁独”，秋江、寒沙、隔岸、云屋，皆为远景，令人郁塞的胸怀顿开；“烟蓑”、“乱鸥”远俗之物，“渔市”、“樵村”，遁世之处，故有下片“须信”六句，词人何等放达，但自“只匆匆”地句起，文情逆转，却自然、通脱。

生查子 刘克庄

元夕戏陈敬叟[1]

繁灯夺霁华[2]，戏鼓侵明发[3]。物色旧时同，情味中年别。 浅画镜中眉，深拜楼中月[4]。人散市声收，渐入愁时节。

【注释】 ①陈敬叟：词人同郡友人。刘克庄《陈敬叟集序》云：“敬叟诗才气清拔，力量宏放，为人旷达，如列御寇、庄周，饮酒如阮嗣宗、李太白，草隶如张颠、李潮，乐府如温飞卿、韩致光”。②霁华：指雨后明朗的月光。③明发：天明。《诗小宛》“明发不寐，有怀二人”。朱熹《集传》“明发，谓将旦而光明开发也”。④深拜楼中月：唐宋时人风俗，对月罗拜，表达期望团圆之意。

【评析】 本词题为“元夕戏陈敬叟”，细玩词意，此篇并非游戏之作。首二句的“夺”、“侵”二字很有意思，“繁灯”胜过“霁华”，人光盖过天光，本来就勉强，故曰“夺”；人逢乐事，亦应适可而止，

"戏鼓"直到"明发"，显然是"侵"所以上下两片皆以警策之语作结，妥帖而自然。

贺新郎　刘克庄

端午

深院榴花吐，画帘开、练衣纨纨扇[1]，午风清暑。儿女纷纷夸结束，新样钗符艾虎[2]。早已有、游人观渡[3]。老大逢场慵作戏[4]，任陌头、年少争旗鼓，溪雨急，浪花舞。　灵君标致高如许[5]，忆平生、既纫兰佩，更怀椒醑[6]。谁信骚魂千载后，波底垂涎角黍。又说是蛟馋龙怒。把似而今醒到了[7]，料当年、醉死差无苦。聊一笑，吊千古。

【注释】　①练（shū）衣：粗布衣服。②钗符艾虎：采艾类制作而成的虎形物，既可作为端午节头饰驱邪，还可作门饰。③观渡：观看龙舟竞渡。相传屈原五月端午节日投江之后，人们纷纷操舟营救。后世形成风俗。④慵：懒于参加。⑤灵均：屈原在《离骚》中自述自己名字。⑥椒醑（xǔ）：椒，香物，用来降神。醑，美酒，用来祭神。⑦把似：与其，假如。

【评析】　本词是一幅端午风俗图，起手写五月时景。石榴花放，花帘开敞，纨扇在手，都表明气温上升，借此机会以自己的"练衣纨扇"与儿女的"新样钗符艾虎"作比，又与观渡的游人，竞舟的少年作比，字里行间又流露出一种年华已晚，身被废弃的抑郁不平之情，这样下阕的议论才有着落。

下片转入怀古。对象乃是屈原。他不同于孔孟之类的圣贤，以及岳飞之类的民族英雄。他乃是独醒独清的自沉者。他的生死都有着太过浓厚的神话色彩。留下许多未解之谜。词人仅就他的祭品椒醑发抒感慨。说是当年不该独醒，却偏要独醒到而今，这期间怕是要气死急死不知多少回，也不知投江自沉多少回。倘若当年醉死了，一了百了，那该是多么轻松舒坦啊。词人以笑古权当吊古，实为现实苦笑。此种笔墨，真个“神理超然，意在笔墨之外”（清黄升《蓼园词评》）。

贺新郎　刘克庄

九日[①]

湛湛长空黑[②]，更那堪、斜风细雨，乱愁如织。老眼平生空四海，赖有高楼百尺[③]。看浩荡，千崖秋色。白发书行神州泪，尽凄凉、不向牛山滴[④]。追往事，去无迹。　少年自负凌云笔[⑤]，到而今、春华落尽，满怀萧瑟。常恨世人新意少，爱说南朝狂客[⑥]，把破帽、年年拈出[⑦]。若对黄花孤负酒[⑧]，怕黄花也笑人岑寂。鸿北去，日西匿。[⑨]

【注释】　①九日：农历九月九日，即重阳节，又称重九。古人于此日登高，佩茱萸辟邪，饮菊花酒。②湛湛：浓重貌。③高楼百尺：形容视界开阔，也表明才具非凡。东汉末，刘备与人评论当世人物，将许汜和自己相比，说是如果将许汜卧于地的话，自己就应该卧于百尺高楼了。见《三国志·陈登传》。④牛山滴：登牛山而滴泪。齐景公游牛山，北临其国城，流涕曰：“若何滂滂去此而死乎？”见《晏子春秋·内篇谏上》。杜牧《九日齐山登高》："古往今来只如此，牛山何必泪沾衣?" ⑤凌云笔：喻文才高卓。杜甫《戏为六绝句》："庾信文章老更成，凌云健笔意纵横。" ⑥南朝狂客：指东晋时名士孟嘉。九日，权臣桓温宴于龙山，僚佐毕聚。佐吏并着戎服。风至，嘉帽被吹落，不觉，谈笑如常。桓温让人写文章嘲笑他，他取笔作答，文辞超卓。四座叹服。事见《晋书》本传。⑦破帽：即孟嘉被吹落之帽。苏轼《南乡子·咏九日》："破帽多情却恋头。" ⑧若对黄花孤负酒：古人有重阳节饮菊花酒的习俗。东晋时，陶渊明某年九月九日无酒，独坐宅边菊丛之侧，久望。忽见白衣人送酒来，即便就酌，醉而后归。事见《晋语阳秋》。⑨鸿北去，日西匿：语本江淹《恨赋》："白日西匿，陇雁少飞。"

【评析】 冯煦在《宋六十一家词选例言》中说："后村词与放翁、稼轩犹鼎三足，其生于南渡，拳拳君国，似放翁；志在有为，不欲以词人自诩，似稼轩。" 本篇即是这类雄放畅达的作品。九日登高抒怀，前人名作颇多，但词人却能自出机杼，另立新意，竟发出"常恨世人新意少"的感慨，这是本词的超人之处。另外。此篇也并非一味地率直酣畅、豪情满纸，而是粗细结合，疏密有致，既有"斜风细雨，乱愁如织"，又有"看浩荡，千崖秋色"，结尾以"鸿北去，日西匿"作收，更是意余言外，令人寻味不尽。

玉楼春　刘克庄

戏呈林节推乡兄①

年年跃马长安市。客舍似家家似寄。青钱换酒日无何，红烛呼卢宵不寐②。　易挑锦妇机中字③，难得玉人心下事④。男儿西北有神州，莫滴水西桥畔泪⑤。

【注释】 ①节推：节度推官的省称，是州郡的佐理官。林节推，可能是作者的同乡林宗焕。②呼卢：赌博。骰点全黑曰卢，掷出卢可获全胜。呼卢即掷骰者争呼卢以期得胜。晏殊《浣溪沙》："户外绿杨春系马，床前红烛夜呼卢。"③锦妇：织锦之妇。窦滔被徙流沙，其妻苏若兰织锦，上有回文诗，以寄滔，循环读之，词极凄婉。见《晋书·列女传》。④玉人：指妓女。⑤水西桥：江苏丹徒、福建建瓯，都有水西桥。此处指妓女聚集之地。

【评析】 一首小词，题曰戏呈，然而却受到许多词选家赞赏，说是有"伤时念乱"之意（清人冯煦《蒿庵论词》），又说读之"慷慨激烈，发欲上指"（陈廷焯《白雨斋词话》卷六）。可见此词之特色。

上片描写林节推在都城的冶游放浪生活。行是跃马，路是都市；居在客舍，饮是美酒，事是呼卢……作者这种描写，貌似洒落、轻松而浪漫豪纵，骨子里却有一种沉痛、严肃的否定精神。抛家不顾，无所用心，作者对此很不赞成，却出以诙谐之笔。

下片意承上文又有转变，以规劝为主。过拍用对比句提醒友人，发妻真情可贵，妓女之心难测。结拍则更着眼高远，告诫友人不要因为终日偎红倚翠、儿女情长，而忘却了恢复中原的事业。

词人寓庄于谐，婉转规劝，不仅是对友人的关爱，也是对国家命运的执着关心，于批评个人之中，寄寓了对当时偏安风气的讥刺，有强烈的针砭作用。

江城子 卢祖皋

画楼帘幕卷新晴，掩银屏，晓寒轻。坠粉飘香，日日唤愁生[①]。暗数十年湖上路，能几度、著娉婷[②]。
年华空自感飘零，拥春酲[③]，对谁醒？天阔云闲，无处觅箫声。载酒买花年少事，浑不似，旧心情。

【注释】 ①杜甫《愁》："江草日日唤愁生，巫峡泠泠非世情。"②娉婷：姿态美好。③春酲（chéng）：春酒。酲，原意为酒醉后有些神志不清。这里指酒。

【评析】 这首小词粗看颇似北宋晏、秦等婉约词作，但从"暗数十年湖上路"等凄黯之辞来看，即使缠绵、伤感如昔，却也不复有北宋前辈词人的自信、从容。另外，黄升言卢词"乐章甚工，字字可入律吕"（《花庵词选》），本篇在选声降调上显然有其意图，《江城子》这一词调据苏轼在《写鲜于子骏简》所记，其节奏感当是很明显的，本宜抒写豪迈之词，但苏轼也曾用此调作"十年生死两茫茫"，卢氏效之，显然是要表现沉痛盘郁之情。

宴清都 卢祖皋

春讯飞琼管[①]，风日薄，度墙啼鸟声乱。江城次第[②]，笙歌翠合，绮罗香暖。溶溶涧渌冰泮[③]，醉梦里，年华暗换。料黛眉，重锁隋堤，芳心还动梁苑[④]。
新来雁阔云音，鸾分鉴影，无计重见。春啼细雨，笼愁淡月，恁时庭院。离肠未语先断，算犹有凭高望眼。更那堪衰草连天，飞梅弄晚。

【注释】 ①琼管：古代以葭莩灰填满律管，节候至则灰飞管通。管以玉为主，故曰琼管。②次第：转眼，纷纷。③泮：冰融解。④梁苑：即兔园，又称梁园。在今开封市东南，宋时游宴胜地。此泛指园林。

【评析】 《宴清都》词调上下片皆押仄声韵，本篇以上、去两声交错互押，以造成声情跌宕的效果。

上片写景，江城风情，突出一个"换"字，以"醉梦里"二句点题，浮现人生如梦的色彩。歇拍开出离别之事，启出下片。

下片抒情，写“无计重见”之愁，又借“春啼”二句渲染。末以景结情，辞尽意不尽。

南乡子 潘牥

题南剑州妓馆①

生怕倚栏干。阁下溪声阁外山②。唯有旧时山共水，依然。暮雨朝云去不还。　　应是蹑飞鸾③。月下时时整佩环。月又渐低霜又下，更阑④。折得梅花独自看。

【注释】　①南剑州：今福建南平。②阁：当指双溪楼。参见前辛弃疾《水龙吟》（举头西北浮云）注①。③飞鸾：飞凤。蹑鸾，指跨凤仙去。④更阑：五更将尽。

【评析】　明清人颇爱本篇。如明人先著、程洪说：“此词有许多转折委婉情思。”况周颐称：“潘紫岩词，余最喜其《南乡子》一阕。”（《蕙风词话》）

词写怀人之意，所怀者当是妓女，昔年曾与作者共倚阑干者，而今已不见其人。

故上片发端即抒“生怕”之情，即对景而生之情。所对之景有溪有山，亦是旧时溪山，与伊人同听之声，同见之山。山水依然，而云雨不返，人去楼空，这才是“生怕”的根本原因。

下片从时间上接上片来写，描述词人在月下的孤独形象。伫立已久，月沉霜降，犹不就卧，足见词人忆念之深。结拍折梅自看，动作极具典型意义，而梅花意象亦极具象征性。所谓无聊至极，是其一层；无人共赏，又是一层；无由相寄，是第三层。以梅花喻伊人，大约也是其中一义。总之，其境萧瑟凄清，其词诚挚俊雅，不同凡艳。

瑞鹤仙　陆叡

湿云黏雁影，望征路，愁迷离绪难整。千金买光景，但疏钟催晓，乱鸦啼暝。花悰暗省[1]，许多情，相逢梦境。便行去都不归来，也合寄音信。　孤迥[2]，盟鸾心在，跨鹤程高，后期无准。情丝待剪，翻惹得旧时恨。怕天教何处，参差双燕，还染残朱剩粉。以菱花与说相思[3]，看谁瘦损[4]？

【注释】　①悰（cóng）：欢乐。②孤迥：志趣高远。③菱花：即指菱花镜。④瘦损：消瘦。

【评析】　陆氏在宋词坛上称不上名家，本词亦非名作，之所以被选入本集，恐怕正看中了它普普通通的艺术特色，唯其如此，才反映出南宋词在相思等传统题材创作上驾轻就熟以及以前辈作品的某些不满足。写景方面，景物变得越来越虚幻，如“影”、“梦”等字频频出现，“参差双燕”不仅是虚似之物，而且还想象它们染着“残朱剩粉”，想到“后期无准”，竟提出了“跨鹤”，相思的狼狈无望也恰恰是南宋王朝末日将临的小小缩影。

渡江云　吴文英

西湖清明

羞红鬓浅，恨晚风未落，片绣点重茵[1]。旧堤分燕尾[2]，桂棹轻鸥[3]，宝勒倚残云。千丝怨碧，渐路入仙坞迷津。肠漫回，隔花时见，背面楚腰身。　逡巡，题门惆怅，堕履牵萦。数幽期难准，还始觉留情缘眼，宽带因春。明朝事与孤烟冷，做满湖风雨愁人。山黛暝，尘波澹绿无痕。

【注释】　①重茵：厚毯子，比喻青草。②“旧堤”句：杭州西湖苏堤与白堤交叉，形如燕尾。③桂棹：以桂木为棹。语本屈原《九歌》“桂棹兮兰桨”。

【评析】　本词一开始便出语沉痛。“羞红鬓浅”，本当闹于枝头得尽天年，词人却毫无护花之意，竟恨其“未落”。这种奇怪的态度会引起读者深揭谜底的兴趣，故本词的中间部分即以追叙为主。末三句与起处形成鲜明的对照，同是“西湖清明”，心境一转，景色也大异其趣。

夜合花　吴文英

白鹤江入京[①]，泊葑门外有感[②]

柳暝河桥，莺晴台苑，短策频惹春香[③]。当时夜泊，温柔便入深乡。词韵窄，酒怀长，剪烛花、壶箭催忙[④]。共追游处，凌波翠陌，连棹横塘。　　十年一梦凄凉，似西湖燕去，吴馆巢荒[⑤]。重来万感，依前唤酒银罂[⑥]。溪雨急，岸花狂。趁残鸦飞过苍茫。故人楼上，凭谁指与，芳草斜阳。

【注释】　①白鹤江：在今江苏武进，与运河相通。②葑门：在今苏州东南角。③策：马鞭。④壶箭：古以铜壶盛水，壶中立箭以计时。⑤吴馆：春秋时吴王夫差为西施建造的"馆娃宫"，在苏州寻岩山，此指诗人旧居。⑥银罂（yīng）：一种大腹小口的酒器。

【评析】　上片从姑苏风光落笔，以"短策频惹"交代频频出游，"惹"字，不光是惹动春香，更是揭开了回忆的序幕。

过片惊醒倍觉凄凉。溪雨急三句，虽是极目所见，但与其说是词境，不如说是心境。

霜叶飞　吴文英

重九

断烟离绪。关心事，斜阳红隐霜树。半壶秋水荐黄花[1]，香口巽西风雨[2]。纵玉勒、轻飞迅羽，凄凉谁吊荒台古[3]？记醉踏南屏[4]，彩扇咽寒蝉，倦梦不知蛮素[5]。

聊对旧节传怀，尘笺蠹管[6]，断阕经岁慵赋[7]。小蟾斜影转东篱[8]，夜冷残蛩语。早白发、缘愁万缕，惊飙从卷乌纱去[9]，谩细将、茱萸看[10]，但约明年，翠微高处[11]。

【注释】　①荐：献上祭品，祭奠。②口巽（xùn）：含在口中而喷出。③荒台：即彭城（今江苏徐州）戏马台，为项羽阅兵处。南朝宋武帝刘裕曾于此大会众宾僚。④南屏：杭州西湖南有南屏山，且有“西湖十景”之一“南屏晚钟”。⑤蛮素：小蛮与樊素，白居易的两个侍妾。⑥尘笺蠹管：纸笔被灰尘蒙住，被虫子蛀坏，喻指久不使用。⑦断阕经岁慵赋：经岁没能完成的词曲。⑧小蟾：初九的月亮尚是半圆，故曰小蟾。⑨惊飙从卷乌纱去：用东晋孟嘉东山落帽的故实。参见前刘克庄《贺新郎九日》词注释。⑩谩细将、茱萸看：语本唐杜甫《九日蓝田崔氏庄》：“明年此会知谁在，醉把茱萸仔细玩。”⑪翠微：轻微的青葱色。唐人杜牧《九日齐山登高》：“江涵秋影雁初飞，每日携壶上翠微。”

【评析】　重九本是重阳登高之日，因为唐人王维有诗曰：“独在异乡为异客，每逢佳节倍思亲。遥知兄弟登高处，遍插茱萸少一人。”引申为思亲之日，本词所思显然是重九日一起“醉踏南屏”之人。

上片“断烟”一句定下全词基调，陈洵说“起七字已将‘纵玉勒’以下摄起在句前”（《海绡说词》），次句写斜阳，虽然“红”为暖色，只因隐于“霜树”，反觉清冷。“半壶”二句关合时节，“半”字貌似无心，实已暗含蛮素既去，词人亦身若不全之意。“纵玉勒”二句情绪激荡，过片“慵”字承上“倦”字而来，“残蛩”亦与“寒蝉”相应，只是夜深更见时久。末“但约”二句，仅为无望之望而已，“现在如此，未来如此，极感怆却闲冷，想见觉翁胸次”。

宴清都 吴文英

连理海棠

绣幄鸳鸯柱，红情密、腻云低护秦树。芳根兼倚，花梢钿合[1]，锦屏人妒。东风睡足交枝，正梦枕瑶钗燕股[2]。障滟蜡、满照欢丛，嫠蟾冷落羞度[3]。　人间万感幽单，华清惯浴，春盎风露[4]。连鬟并暖[5]，同心共结，向承恩处。凭谁为歌长恨？暗殿锁、秋灯夜雨。叙旧期、不负春盟，红朝翠暮。

【注释】　①钿合：即钿盒，有上下两扇。②燕股：钗有两股和燕尾。③嫠蟾：无夫的嫦娥。嫠，寡妇。④盎：池水盈溢。⑤连鬟：古时女人所梳双髻，叫同心结。

【评析】　此词咏连理海棠，却与一般的借物寓情的咏物词不同，它并没有明显的主观表露，指涉不确，但若细玩词意，还是能理出一个大致的头绪。上片写乐景美态，令人又妒又羞。

下片“华清”五句承上，仍写连鬟同心，然而“凭谁”句转折一落千丈，直至歇拍。按此，则本词先写乐，后写哀，条理井然，只是过片“人间万感幽单”似乎来得有些突兀，陈洵在《海绡说词》中认为此句“将全篇精神振直”，其实是很有道理的，词人一开始虽极写树姿花态，并借助典故牵入李、杨情事，但言外之意并不限于笔墨之内，“锦屏人妒”等句便是暗示，可见作者写作目的更深更远，可谓措辞委曲，“其中所存者厚”。

齐天乐 吴文英

烟波桃叶西陵路，十年断魂潮尾。古柳重攀，轻鸥骤别，陈迹危亭独倚。凉飔乍起[①]，渺烟碛飞帆[②]，暮山横翠。但有江花，共临秋镜照憔悴[③]。　华堂烛暗送客，眼波回盼处，芳艳流水。素骨凝冰，柔葱蘸雪[④]，犹忆分瓜深意。清尊未洗，梦不湿行云[⑤]，漫沾残泪。可惜秋宵，乱蛩疏雨里。

【注释】　①飔（sì）：凉风。②碛（qì）：沙洲，沙岸。③秋镜：指秋水如镜。④柔葱蘸雪：形容白皙的纤手。⑤行云：用巫山神女为云为雨之典，意指男女欢会。

【评析】　首句提到西陵路，有注家指实为西湖一桥名，按此，则本篇当为怀念杭姬而作。

篇首以邂逅之地提起，“古柳”二句先今后昔，“陈迹”句歇步。“‘凉飔乍起’，转身；‘渺烟碛飞帆，暮山横翠’，空际出力；‘但有江花，共临秋镜照憔悴’，收合”。换头开始追叙，至“清尊”句煞上，末以凄景作结，倍觉伤感。

花犯　吴文英

郭希道送水仙索赋

小娉婷，清铅素靥[1]，蜂黄暗偷晕，翠翘欹鬓[2]。昨夜冷中庭，月下相认，睡浓更苦凄风紧。惊回心未稳，送晓色、一壶葱蒨[3]。才知花梦准。　　湘娥化作此幽芳，凌波路，古岸云沙遗恨。临砌影，寒香乱、冻梅藏韵。熏炉畔、旋移傍枕，又还见，玉人垂绀鬒[4]。料唤赏、清华池馆，台杯须满引[5]。

【注释】　①靥（yè）：酒涡。②翠翘：翡翠头饰。③葱蒨（qiàn）：青翠色。④绀鬒（gàn zhěn）：美发。⑤台杯：大小杯重叠成套。

【评析】　词人将水仙写得似人似神，空灵轻婉。"自起句至'相认'，全是梦境，'花梦准'三字钩转作结"（《海绡说词》）。"湘娥"数句点出"水仙"之"仙"。全首将花、人、神有机地杂糅在一起，用笔奇幻，又有人情味。

浣溪沙　吴文英

门隔花深梦旧游。夕阳无语燕归愁。玉纤香动小帘钩[1]。　　落絮无声春堕泪，行云有影月含羞。东风临夜冷于秋。

【注释】 ①玉纤：纤纤玉手。

【评析】 这是怀人感梦之作。近人陈洵谓此词“游思飘渺，缠绵往复”(《海绡说词》)。

词的上片写梦境。门外、花外，是主体梦中所到之处，亦即旧游之地；夕阳、燕归，表明梦中时令是春日傍晚；而帘钩微动，香泽暗传，则是主体望人不见而据以猜想伊人犹在的细微征象。作者常在词中以燕喻人，以玉手喻整体，这里再次体现了这一表现方式。

下片则写梦后感受：见落絮无声，觉得一如伊人春日堕泪；见行云掩月，又觉得恍似别时伊人含羞遮面。睹物思人，都在两句中写出。结拍不言东风之暖而言东风之寒，正是心境凄凉使然。

梦中梦后，亦景亦情，没有情节贯串其中，只见时间推移，确实耐人寻味。读者唯于美艳幽馨的境界去想象伊人之所以难以忘怀之处。

浣溪沙 吴文英

波面铜花冷不收[①]，玉人垂钓理纤钩[②]，月明池阁夜来秋。 江燕话归成晓别，水花红减似春休[③]，西风梧井叶先愁。

【注释】 ①波面铜花：指水面清澈如镜，古代有些铜镜刻有花纹，故称铜花。②纤钩：月影。③水花：荷花。崔豹《古今注》：“芙蓉一名荷华，一名水芝，一名水花。”

【评析】 前人论吴词，多病其太晦，本词首二句，初读似觉晦涩难解，“波面”句，言水平如铜镜，又因水面涟漪如镜有花纹，故曰“波面铜花”，这还易解。次句言小月纤纤如鱼钩，黄庭坚即有词句“惊鱼错认月沉钩”（《浣溪沙》），这更明了，至于为何言“玉人垂钩”，原因有二。一是以人喻景，陈洵云：“以玉人言风景之佳耳。”又云：“西子、西湖，比兴常例，浅人不察，则谓觉翁晦耳。”（《海绡说词》）

二是本篇为怀人之作，下片即追忆当日晓别情景，言“玉人”是为伏笔，实际上，为下片铺垫的不光是“玉人”二字，“波面”句以铜花设喻，也有明显的指向，所以说本词言辞幻而不晦，文情畅而不涩。

点绛唇　吴文英

试灯夜初晴[1]

卷尽愁云，素娥临夜新梳洗。暗尘不起，酥润凌波地。　辇路重来[2]。仿佛灯前事。情如水。小楼熏被，春梦笙歌里。

【注释】　①试灯：元宵节张灯结彩，正月十四日为试灯日。②辇路：帝王车驾经行之路。此泛指京城大道。

【评析】　古人写词，强调过变。上、下两阕，以过变为衔接，周济认为过变“或藕断丝连，或异军突起，皆须令读者耳目振动，方成佳制”，藕断是句断，丝连是情连，“异军突起”是就造语奇巧、新人耳目而言。本词起句言“卷尽愁云”，实为反话，与“无银三百两”同类，谭献云“起稍平”（《谭评词辨》），其实平为不平之平，怨气已暗藏，“暗尘”句言“不起”，亦是不起之起，“凌波地”三字已机关初露，故曰过变的“辇路重来”，来得并不突然。结句“春梦笙歌里”，与前“临夜新梳洗”对照，是老人、废人悲语。

祝英台近　吴文英

春日客龟溪[①]，游废园

采幽香，巡古苑，竹冷翠微路。斗草溪根，沙印小莲步[②]。自怜两鬓清霜，一年寒食，又身在、云山深处。

昼闲度。因甚天也悭春[③]，轻阴便成雨？绿暗长亭，归梦趁风絮。有情花影阑干，莺声门径，解留我、霎时凝伫。

【注释】　①龟溪：在浙江德清县。②莲步：女子足迹。南朝齐东昏侯以金制莲花贴地，令潘妃行其上，说是“步步生莲花”。事见《南史》。后世以金莲喻女子双足。③悭（qiān）：吝啬。

【评析】　本篇抒客里归情，而于游园之际发之。清人陈廷焯说作者“婉转中自有笔力”（《云韶集》）。今人唐圭璋以为，“此首游园之感，文字极疏隽，而沉痛异常”（《唐宋词简释》）。

上片写游废园之所见。幽、古、冷等字见废意，斗草、踏沙，见出春日游乐。一哀景，一乐景，共写主体凄清之思，各尽其妙，而内心感受显得变幻曲折。自怜，孤独无告之谓；以下数语，则分写人生易老、岁月如流、客居无奈的复杂感受，而以云山深处作废园的大背景，倍觉多漂泊之恨。

下片再写废园所见雨景，于游园之感上又添一层。长亭句暗示归思，风絮句则形容思乡之梦凭借杨花柳絮飞过万里行程，其实也是游园所见之景以及由此而联想到的景物。

结拍有情数语，于写景则呼应发端的幽香古苑，收合游字；于抒情则化无情为有情，聊以自慰。霎时一词，仍表现出归心难驻，欲止还行的微妙心理。故近人杨铁夫以为：“凝伫二字，有无限之情思在也。”

祝英台近 吴文英

除夜立春

剪红情，裁绿意，花信上钗股[①]。残日东风，不放岁华去。有人添烛西窗，不眠侵晓，笑声转新年莺语。

旧尊俎，玉纤曾擘黄柑[②]，柔香系幽素[③]。归梦湖边，还迷镜中路[④]。可怜千点吴霜[⑤]，寒消不尽，又相对落梅如雨。

【注释】 ①花信：开花的信息。自小寒开始，有二十番花信风。②尊俎：古代盛酒肉的器具。俎：砧板。擘（bò）：分剖。③幽素：幽情素心。④镜中路：指湖面如镜。⑤吴霜：指白发。

【评析】 除夜立春，迎来新年新春，“剪红情”三句即是新春气象，“有人”三句，则关合新年，粗看上片，何等欢欣喜悦，然陈洵在《海绡说词》中认为“旧字”乃“一篇精神所注”，这里即讲出了天意人情之不同。巧逢双节，此为天意；“不放岁华去”则分明人心所致。辞旧，辞而不去，只因“旧尊俎”上飘来若有若无的玉纤柔香；迎新，迎来的是新年新愁，“归梦”二句，即言新年有归梦却无归路，最后唯有“相对落梅如雨”。此篇词笔奇幻，“兼有天人之巧”。

澡兰香 吴文英

淮安重午

盘线系腕[①]，巧篆垂簪，玉隐绀纱睡觉。银瓶露井[②]，彩箑云窗[③]，往事少年依约。为当时曾写榴裙，伤心红绡褪萼。黍梦光阴，渐老汀洲烟蒻[④]。　莫唱江南古调，怨抑难招，楚江沉魄[⑤]。薰风燕乳，暗雨梅黄，午镜澡兰帘幕。念秦楼[⑥]，也拟人归，应剪菖蒲自酌。但怅望，一缕新蟾，随人天角。

【注释】　①盘丝系腕：腕上系五色丝以辟邪。②银瓶：酒器，此代指酒宴。③彩箑（shà）：彩扇。④蒻（ruò）：柔嫩的蒲草。⑤楚江沉魄：指屈原自沉。⑥午镜：即唐宋时于五月五日午时所铸之镜。又称江心百炼镜。今人黄崇浩有《午镜考》。秦楼：春秋时秦穆公女弄玉与萧史吹箫引凤，穆公为他们筑凤台，后来称为秦楼。此词中泛指女子居所。

【评析】　《澡兰香》词调名，始见于吴文英词。

上片以应时服饰写起，难分今昔，直至末句才点明时间，并以萼褪、蒻老寄黍梦之慨。换头虽是空中设景，却仍紧扣端午，“薰风”三句，写家中节物，一则以幽密的意象暗示思念之深曲，二则以此引出“念秦楼”二句，歇拍的“一缕新蟾”，乃初五之月，更见其运意深远。全词词采幽艳，如古锦灿然。多用典故，词情深曲。

风入松 吴文英

听风听雨过清明。愁草瘗花铭[①]。楼前绿暗分携路[②]，一丝柳、一寸柔情。料峭春寒中酒，交加晓梦啼莺。 西园日日扫林亭。依旧赏新晴。黄蜂频扑秋千索，有当时、纤手香凝。惆怅双鸳不到[③]，幽阶一夜苔生。

【注释】 ①瘗（yì）花铭：北朝文学家庾信所作。瘗：埋葬。②分携：分手。③双鸳：鸳鸯履，指女鞋。

【评析】 清人谭献说："此是梦窗极经意词。"（《词辨》谭评）陈廷焯也说："情深而语极纯雅，词中高境也。"（《云韶集》）词人曾纳一湘女为妾，自苏而杭，相处十年，最后在杭州化度寺分手。分手之时是清明时节，以后常于这一时节作词以寄怀。本篇大约是分手后的第一个清明节所作。

上片写雨中度节所见所感。听风听雨，已具愁情，夜以继日，愁情更甚，故有葬花、草铭之举。登楼望雨中杨柳，绿暗千条，而其下是昔年分携之路，见柳不免思人，柔情万端，与柳丝无异。中酒句不独因为春寒料峭，亦为销愁，亦为得梦相寻，岂料又被啼莺惊破！此意确实深婉动人。

下片则写雨后入园所见所感。日扫林亭，依旧吟赏，岂是雅兴，实是无聊，又藏望其复来之意。亦赏亦寻，见秋千而忆纤手，望蜂扑而念余香，则愈赏愈痴。至结拍则注目幽阶之苔，又生惆怅，不苦日日扫苔难尽，只悲伊人双鸳不来。

全篇以痴语表深情，无理而妙。

莺啼序　吴文英

残寒正欺病酒，掩尘香绣户。燕来晚、飞入西城，似说春事迟暮。画船载、清明过却，晴烟冉冉吴宫树。念羁情游荡，随风化为轻絮。　十载西湖，傍柳系马，趁娇尘软雾。溯红渐、招入仙溪[①]，锦儿偷寄幽素[②]。倚银屏，春宽梦窄，断红湿、歌纨金缕[③]。暝堤空，轻把斜阳、总还鸥鹭。　幽兰旋老，杜若还生，水乡尚寄旅。别后访、六桥无信[④]，事往花委，瘗玉埋香，几番风雨。长波妒盼，遥山羞黛，渔灯分影春江宿。记当时，短楫桃根渡[⑤]。青楼仿佛，临分败壁题诗，泪墨惨淡尘土。　危亭望极，草色天涯，叹鬓侵半苎[⑥]。暗点检、离痕欢唾，尚染鲛绡[⑦]，亸凤迷归[⑧]，破鸾慵舞[⑨]。殷勤待写、书中长恨，蓝霞辽海沉过雁，漫相思、弹入哀筝柱。伤心千里江南，怨曲重招[⑩]，断魂在否？

【注释】　①仙溪：用刘晨、阮肇入天台山得遇仙女的故事。见南朝宋人刘义庆《幽明录》。②锦儿：钱唐妓杨爱爱的侍婢名。见宋人洪迈《侍儿小名录》。这里借指所恋女子之侍儿。③歌纨金缕：歌时所持之纨扇，舞时所着之金缕衣。④六桥：西湖之堤桥，有里湖六桥、外湖六桥之别。外湖六桥为苏轼所建，里湖六桥为明人杨孟映所建。这里指的是外湖六桥。⑤桃根渡：桃根是东晋时王献之爱妾桃叶的妹妹。有桃叶渡。未闻有桃根渡。⑥苎（zhù）：麻类植物，叶背面有白毛，纤维亦白色。这里借指白发。⑦鲛绡：鲛人所织之绡，此指薄纱手绢。⑧亸(duǒ)：下垂之貌。这里形容凤翅。⑨破鸾：这里指鸾镜。⑩怨曲重招：楚辞有《大招》《招魂》。古时有在亲人死后行招魂之礼的习俗。

【评析】 《莺啼序》是词中长调之极致，要填好颇须才情。清人陈廷焯说，此篇“全章精粹，空绝千古”（《云韶集》）。近人陈洵以为：“通体离合变幻，一片凄迷。细绎之，字字有脉络。然得其门者寡矣。”（《海绡说词》）

词中写自己“十载西湖”期间的一段情事，悲欢离合，曲折尽致。全篇四叠，各有侧重，又相关联映照。

一叠写游湖恨羁。起首说病酒欺于残寒，已发人猜想；绣户春闭，亦令人不解，其中暗藏客居独处之意。因无聊而游春，则清明已过，盛况亦减，宫柳如烟，飞絮游荡，从而引出羁情如絮的联想。这一叠伤春恨羁之思明，伤别之意不显。

二叠追忆欢会，正从游湖引起。昔年或跨马，或乘舟，或暗随香车尘雾，或追踪画船歌吹，终于得会伊人。春宽梦窄，是喻春情极美而又恨其时间甚短，造语警策，断红二语则从女子角度表达欢情恨短的苦痛。暝堤三语则写今日重游，只觉四望皆空，当日浓情，当日佳境，一去不复了。

三叠写重寻伤逝。先写时序流转，自己水乡漂泊。待到归来重寻踪迹，始则不闻其人消息，继则得知其人弃世。长波、遥山二语复忆伊人美貌，渔灯句则忆当日舟中同宿的情致，与俗人取乐的方式不同，而与古人风味（晋王献之与桃根、桃叶）相近。最后再写重寻时得见当日别时赠诗，败壁犹存，泪墨惨淡，不堪入目。

四叠写赋曲招魂。危亭三语，重提伤春伤老之意，与一叠之春事迟暮，二叠之春宽梦窄，三叠之春江共宿相映带，见春情不再之恨。离痕、欢唾，则分承二、三叠中的离合之事。亸凤、破鸾，是自伤孤寂。最后两拍，一写欲寄长恨，寄与何处？二写赋曲招魂，魂在何所？表达出存亡隔世，情愫难通，唯余自恨的悲苦。

词中将昔日之欢情、别情，今日之思情、羁情，以及伤春伤老之情，与景物交织融汇起来，在意境方面显得深沉开阔，于结构方面则显得开合动荡，就意象来看则觉得绵密博丽，就语言来说则觉得凝练醇厚，从而表现出作者的非凡笔力。

惜黄花慢 吴文英

次吴江，小泊。夜饮僧窗惜别。邦人赵簿携小妓侑尊，连歌数阕，皆清真词。酒尽已四鼓，赋此词饯尹梅津[1]。

送客吴皋，正试霜夜冷，枫落长桥。望天不尽，北城渐杳，离亭黯黯，恨水迢迢。翠香零落红衣老[2]。暮愁锁，残柳眉稍。念瘦腰、沈郎旧日[3]，曾系兰桡。

仙人凤咽琼箫[4]，怅断魂送远，《九辩》难招[5]。醉鬟留盼[6]，小窗剪烛，歌云载恨，飞上银霄。素秋不解随船去，败红趁一叶寒涛。梦翠翘，怨鸿料过南谯[7]。

【注释】 ①尹梅津：名焕，字惟晓，山阴人，嘉定十年（1217年）进士，曾为《梦窗词》作序。②红衣：指荷花。③瘦腰、沈郎：本指因愁而消瘦的齐梁人沈约。这里是自喻。④仙人句：用秦穆公女弄玉与萧史吹箫引凤，跨凤而去的故事。此处指周邦彦（清真）。⑤《九辩》：楚辞篇名，屈原弟子宋玉作。⑥醉鬟：指伊人昔日的神貌。⑦谯(qiáo)：谯楼，指建在城门上用以远望的高楼。

【评析】 本词小序已交代作词缘由，是饯别之作。

上片实叙送别，起处点明时和地，并以景融情，渲染了一种凄清愁苦的送别气氛。

下片写僧窗夜饮，又用楚辞中招魂之典，借“仙人凤咽琼箫”，遣自身之郁怀。“素秋”二句想象奇特，却不离江边小泊实事实景，笔法细婉。末以梦作结，明寄情归之情。

高阳台　吴文英

落梅

宫粉凋痕，仙云堕影，无人野水荒湾。古石埋香，金沙锁骨连环[①]。南楼不恨吹横笛，恨晓风、千里关山。半飘零，庭上黄昏，月冷阑干。　寿阳空理愁鸾[②]。问谁调玉髓，暗补香瘢[③]？细雨归鸿，孤山无限春寒。离魂难倩招清些[④]，梦缟衣[⑤]、解佩溪边[⑥]。最愁人，啼鸟清明，叶底青圆。

【注释】　①锁骨：指锁骨菩萨。他化作延州妇人，颇有姿貌，与少年狎昵，数岁而殁。有胡僧识得，敬礼其墓。友人不信，开墓视人，骨勾结皆如锁状。见《续玄怪录》。后人说锁骨菩萨是为了度脱世上淫欲之人归于正道才化身为女的。②寿阳：寿阳公主。参见姜夔《疏影》“那人”注。愁鸾：照了使人发愁的镜子。鸾：鸾镜。③玉髓：用玉屑与獭髓等物合药，敷在面颊上的伤痕上，愈后无瘢迹。见《拾遗记》。④清些（suō）：凄清的楚调。这些是楚辞中常见的语词，后世引指楚调。⑤缟衣：指梅花神。见姜夔《疏影》“翠禽”注。⑥解佩：解下佩珠相赠。用江妃解佩赠与郑交甫故事。见《列仙传》。

【评析】　此词咏落梅，清人陈廷焯认为，“既幽怨，又清虚”，“是集中最高之作”（《白雨斋词话》卷二）。许昂霄说，全篇精粹，“可云蹙金结绣”（《词综偶评》）。字面咏落梅，其实寓有悼亡伤逝之意。

上片前二拍落梅背景极其幽僻荒凉，又以锁骨菩萨故事作喻，以埋香作比，更以仙云堕影作象征，悼亡之意味可得。南楼以下二拍写梅花随风飘散，随笛声飞扬，直至空庭黄昏，直入阑干月色，一如昭君塞上之魂，独自来归。故梅花之瓣即逝者之魂。

下片又借寿阳公主梅花妆故事，以喻昔年相处境况；又以曾居孤山的林逋以梅为妻故事，喻今日之林逋（主体自喻）已失梅妻、独耐春寒。离魂句说魂去难招，只余一梦可供回想；不料此梦又被啼鸟惊破，起寻故枝，唯见梅子青圆。

词中既有对落梅飞散状态的描绘，又运用多种比喻写其神韵，还选择若干与落梅相关的优美故典以作烘托，使意象显得空灵飘渺，似梅影亦似离魂，读之使人凄然。

高阳台　吴文英

丰乐楼分韵得余字[①]

修竹凝妆，垂杨驻马，凭阑浅画成图。山色谁题？楼前有雁斜书。东风紧送斜阳下，弄旧寒、晚酒醒余。自消凝[②]，能几花前？顿老相如[③]。　伤春不在高楼上，在灯前欹枕[④]，雨外熏炉。怕舣游船[⑤]，临流可奈清癯？飞红若到西湖底，搅翠澜、总是愁鱼。莫重来，吹尽香绵，泪满平芜。

【注释】　①丰乐楼：宋时杭州涌金门外的一座酒楼。②消凝：消魂、凝神伫立。③相如：指西汉文学家司马相如。④欹（qī）：倾斜，斜倚。⑤舣（yǐ）：撑船靠岸。

【评析】　本篇亦是佳制。清人陈廷焯叹其笔力，近人陈洵叹其沉痛，麦孺博叹其秾丽而又清空，俞陛云则叹其凄清如是。

词人聚饮于“宏丽冠湖山”的丰乐楼，却写伤春之意，已不同于人。

上片起首前五句，写登楼所见之景，既有近处的秾丽繁华，又有远处的清淡疏隽，相映成趣。以下未写宴饮之盛，却直写宴饮之后之所见，东风紧，斜阳下，旧寒生，隐隐露出痛惜年光之恨。能几花前，就是直言岁月无多了。

下片过拍以伤春总承上片，又以不在高楼开出下片意境。灯前雨外，是词人平日孤眠独坐场景。怕舣数语，重新落笔楼外西湖，发挥想象。词心深入湖底，替潜鱼写出惜春之愁，从侧面烘托了作者不敢临流自照的心情。结拍与发端相呼应，又将伤春之意从消凝、清癯递增至泪满平芜，臻于极致。

词中富于想象，思入幽邃，而托物兴悲，令人起倾亡之预感。

三姝媚　吴文英

过都城旧居有感

湖山经醉惯。渍春衫，啼痕酒痕无限。又客长安，叹断襟零袂，涴尘谁浣[1]？紫曲门荒[2]，沿败井、风摇青蔓。对语东邻，犹是曾巢、谢堂双燕[3]。　春梦人间须断。但怪得当年，梦缘能短[4]！绣幄秦筝，傍海棠、偏爱夜深开宴。舞歇歌沉，花未减、红颜先变。伫久河桥欲去，斜阳泪满。

【注释】　①涴（wǎn）：污染，沾染。②紫曲：紫陌，歌楼聚集的热闹街巷。③谢堂：王谢之堂，前代权贵的堂庑，用唐人刘禹锡《乌衣巷》诗意。一说，某女寓处。唐宋时多以谢娘喻妓女。④能（rèn）：通恁。如此，这样。

【评析】　这是晚年之作。有说是凭吊亡宋之作，有说是追怀亡姬之词。这里视作南宋未亡之前所作，于凭吊旧姬之居的同时，亦寓国亡无日之惧。近人对此篇俱极推崇。陈绚、杨铁夫、俞陛云都作了详尽解说，今人亦评为“低回掩抑，寄恨无穷”。

上片发端，概括昔年客居临安的悲欢交集的情感历程，而以啼痕、酒痕两意象表示之，可谓以小见大。又客以下数语，叙重来旧地，追寻亡姬旧迹，所见皆荒凉破败景象，也有昔盛今衰的时代感在其中。

下片以春梦应春衫、春草（青蔓）以及春燕，慨叹欢情不永，兼及承平难久之意。绣幄以下数语即具体地写“春梦”情景，而红颜先变应上文梦缘之短。结拍自写形象，见其怀旧之久、感时之深，而以泪满应开头啼痕，收束全篇。

词中虽以旧居为视点，而目光则遍及“长安”、“湖山”、“人间”，远及“斜阳”，可见其境界并不局限于紫曲谢堂。词人怀抱，包蕴实广。

八声甘州　吴文英

灵岩陪庾幕诸公游[①]

渺空烟四远，是何年、青天坠长星？幻苍崖云树，名娃金屋[②]，残霸宫城[③]。箭径酸风射眼[④]，腻水染花腥。时靸双鸳响[⑤]，廊叶秋声。　宫里吴王沉醉，倩五湖倦客[⑥]、独钓醒醒。问苍波无语，华发奈山青。水涵空，阑干高处，送乱鸦、斜日落渔汀。连呼酒，上琴台去[⑦]，秋与云平。

【注释】　①灵岩：山名，在今苏州西南。上有春秋时吴王宫遗址。庾幕：幕僚的美称。一说，庾幕，仓幕，仓台幕府。②名娃：指越国美女西施。西施送至吴国，吴王为筑馆娃宫。③残霸：吴王夫差曾争霸中原，后亡于越，故云。④箭径：即采香径。吴王种香草于香山，使美人自山边溪中泛舟往采之，故名。因远望溪水直如箭矢，又名箭径。⑤靸（sà）：拖鞋而行。相传吴王令西施靸木鞋行于木廊，廊虚而响，因名响屟廊。双鸳：指鞋。⑥五湖倦客：指越国谋臣范蠡。他佐越王勾践灭吴后乘扁舟出三江入五湖，不知所去。⑦琴台：在灵岩山顶，亦吴宫遗迹。

【评析】 近现代评选家对本篇十分赞赏。麦孺博说："奇情壮彩。"唐圭璋说："全篇波澜壮阔，笔力奇横。"按此词为吊古之作，成于寓居苏州之际。词人与诸友所游者吴宫旧址，故所吊者吴国兴亡也。

上片就所见所闻着笔。起首由远而近，由大而小，由古而今，自四远写到中心（灵岩），自青天写到地表，自幻觉写到现实，笔势之奇，出人意料，一如长星坠自青天。幻字以下，逐层展现历史，初时之苍崖云树，继之则名娃金屋，终之则残霸宫城。实则幻中见真。箭径、响廊两处遗迹，就酸风射眼，秋叶鸣廊，是实；而腻水花腥，双鸳回响，则又是幻。总之，上片真幻交互，虚实相生，令人浮想联翩。

下片由景及人，引出凭吊对象吴王，而又以范蠡作为对照，醉醒相形。这是就史而言。自问字以下，则由古及今，表达对现实的思考。苍波暗接五湖，问苍波即问范蠡，即问独醒人；范蠡无语，则词人实为自问，词人即独醒人矣。然而人虽独醒，无奈愁何，故发之易白，难敌山之长青。句中有无限苍凉意绪。水涵空数语，以乱鸦、斜日寓伤今之感，而目光归于渔汀，亦即归于倦客独钓之处，隐约可见词人的价值取向。结拍呼酒登高，身与云平，亦与秋平，于沉郁忧愤之上更见出豪迈超远，直是神与物游。

踏莎行 吴文英

润玉笼绡[①]，檀樱倚扇[②]。绣圈犹带脂香浅[③]。榴心空叠舞裙红，艾枝应压愁鬟乱[④]。 午梦千山，窗阴一箭。香瘢新褪红丝腕[⑤]。隔江人在雨声中，晚风菰叶生秋怨[⑥]。

【注释】 ①润玉：指身体润白如玉。笼绡：穿着薄纱。②檀樱：

浅红色的樱桃小口。檀：红檀木。③绣圈：绣花圈饰。④艾枝：端午时用艾叶做成虎形，或剪彩作虎形粘上艾叶，戴着用以辟邪。⑤红丝：即长命缕，也是端午节系在手臂上用来避祸的。一说，指结成姻缘。⑥菰(gū)：水边植物，俗称茭白，春时生新芽如笋，可食。

【评析】 这是端午感梦之作。近人陈洵等称赏不已。连不爱梦窗词的王国维，也认为此词中有“如天光云影，摇荡绿波，抚玩无极，追寻已远”的佳处。

词的上片用实笔写梦幻中人：润玉写肌肤之色，又以薄绡掩映之；檀樱写唇吻之形，又以团扇掩映之。其色其态，都极美。又以领袖刺绣、石榴红裙见其服饰之丽，以脂香见其气味之香。描写逼真，如在目前，而舞裙空叠、愁鬟零乱的提示，又见其神情的寂寞无主。

下片始于过拍点破上片梦境，而写梦后迷惘之态。千山言伊人去之甚远，一箭则言梦之甚短。唯其梦短，故醒而复迷，又恍惚见伊人玉腕香瘢。但从此梦境难真，而在江风暮雨之中，感受菰叶之凄凉，于端午节中生无穷“秋怨”。王国维也不得不承认：“介存谓梦窗词之佳者，如天光云影，殆‘隔江人在雨声中，晚风菰叶生秋怨’二语乎？”

全词写梦境觉其真，写梦后反觉其幻，反差强烈，效果特别；结拍以外景以衬深心，更觉空灵警动。

瑞鹤仙 吴文英

晴丝牵绪乱。对沧江斜日，花飞人远，垂杨暗吴苑[①]。正旗亭烟冷[②]，河桥风暖[③]。兰情蕙盼[④]。惹相思，春根酒畔[⑤]。又争知、吟骨萦销，渐把旧衫重剪[⑥]。

凄断。流江千浪，缺月孤楼，总难留燕[⑦]。歌尘凝扇。待凭信，拚分钿[⑧]。试挑灯欲写，还依不忍，笺幅偷和泪卷。寄残云剩雨[⑨]，蓬莱也应梦见[⑩]。

【注释】 ①吴苑：春秋时吴国的官苑遗迹。②旗亭：市中酒楼。烟冷：指时值寒食时节，是日禁烟，故云。③河桥：河梁，送别处。汉李陵《送苏武》："携手上河梁，游子暮何之。"④兰情蕙盼：指顾盼时深含着雅情厚意。⑤春根：春前。根，前边，边沿。⑥把旧衫重剪：以形体消瘦而嫌衣衫宽大，再加裁剪。⑦孤楼，留燕：用唐人关盼盼故事。参见前苏轼《永遇乐彭城燕子楼》注释①。⑧拚（pàn）：同"拼"，情愿，不惜。分钿：将金钗钿盒分为两半，情人各执一半，以为凭信。⑨残云剩雨：喻未做完的交欢之梦。用战国宋玉《高唐赋》《神女赋》故事。⑩蓬莱：仙山，此指所思人居处。

【评析】 此词亦为怀念苏州去妾之作。

写词读词，情景不可太分，所谓情中有景，景中含情。

本词上片以景起，即已悲情无限。"兰情蕙盼"以下，虽为情语，"流红千浪，缺月孤楼"，已难分是心中景还是眼中景。"待凭信"五句，欲语还休，笔底生澜，《海绡说词》中认为是"疑往而复，欲断还连，是深得清真之妙者"。结句"也应梦见"以虚设之笔收束全词，愈。见凄苦无奈。本篇写景疏淡，抒情缠绵真挚，十分感人。

鹧鸪天 吴文英

化度寺作①

池上红衣伴倚阑②，栖鸦常带夕阳还③。殷云度雨疏桐落④，明月生凉宝扇闲。 乡梦窄⑤，水天宽，小窗愁黛淡秋山。吴鸿好为传归信⑥，杨柳阊门屋数间⑦。

【注释】 ①化度寺：在杭州。在人和县北江涨桥。在临安都城附近。原名水云，宋治平二年改。②池上红衣：指莲花。③栖鸦句：傍晚归栖之鸦。唐人储嗣宗《秋墅》："虹随余雨散，鸦带夕阳归。"④殷云：厚密的云层。⑤梦窄：梦短。⑥吴鸿：指吴地来的大雁。⑦阊门：苏州西门。

【评析】　化度寺在杭州，阊门是苏州西门，可见此词是在杭怀念苏州家人之作。

上片四句写景，由荷池倚栏落笔，暗寓客居他乡孤独无聊无况，从夕阳写到明月，时移景变，一句一画，异地虽美，仍不忘故园，思情更见深挚。"小窗"句或许以愁黛暗指伊人，故引出末二句，"杨柳阊门屋数间"，与上片秀丽景色相映衬，浓淡搭配，可见作者词笔婉细。

夜游宫　吴文英

人去西楼雁杳，叙别梦，扬州一觉[1]。云淡星疏楚山晓[2]，听啼鸟，立河桥，话未了。　雨外蛩声早，细织就、霜丝多少[3]？说与萧娘未知道[4]，向长安，对秋灯，几人老[5]？

【注释】　①扬州一觉：唐人杜牧《遣怀》："十年一觉扬州梦，赢得青楼薄幸名。"②楚山晓：喻梦醒。楚山指巫山。用楚襄王入高唐之梦故事。③霜丝：指白发。④萧娘：女子泛称。⑤几：多么，感叹副词。

【评析】　本词写梦，一反以往先梦后醒的手法，而是点明"叙别梦"，再以平缓的语气略叙梦境。下片以雨声、蛩声为背景，直抒胸臆，陈洵在《海绡说词》中谓此词"沉朴浑厚，是清真后身"。确实如此，是梦窗词又一风格。

贺新郎　吴文英

陪履斋先生沧浪看梅[①]

乔木生云气[②]，访中兴、英雄陈迹。暗追前事。战舰东风悭借便[③]，梦断神州故里。旋小筑、吴宫闲地。华表月明归夜鹤，叹当时、花竹今如此。枝上露，溅清泪。　遨头小簇行春队[④]，步苍苔、寻幽别坞，问梅开未？重唱梅边新度曲，催发寒梢冻蕊。此心与东君同意[⑤]。后不如今今非昔，两无言，相对沧浪水[⑥]。怀此恨，寄残醉。

【注释】　①履斋先生：吴潜，字毅夫，号履斋，淳祐中，观文殿大学士，封庆国公。沧浪：亭名，在今苏州市南。五代十国时曾为吴越广陵王的池馆，后废为寺，寺后又废。北宋诗人苏舜钦在苏州买水石，作沧浪亭于丘上，后为南宋中兴名将韩世忠别墅。②乔木：指梅树。③战舰东风：指高宗建炎四年（1134年）韩世忠黄天荡大捷。④遨头：指太守。宋时成都自正月至四月浣花，太守出游，士女纵观，称太守遨头。⑤东君：原指春神，此指吴履斋。⑥沧浪水：本指沧浪亭下之水。亦用典，《楚辞·渔父》："沧浪之水清兮，可以濯吾缨。"

【评析】　词题写"沧浪看梅"，词中便紧扣于此，"前阕沧浪起，看梅结；后阕看梅起，沧浪结，章法一丝不走。""沧浪"之所以能与"看梅"相融于同一题旨，在于亭与梅在底蕴精髓的相通。吴潜是爱国名臣，曾任苏州地方官，吴文英为其幕僚，从本词"此心与东君同意"及"催发寒梢冻蕊"等词句来看，确有"言外寄慨"之意，小词即是共道二人忠款。

唐多令 吴文英

何处合成愁？离人心上秋[①]。纵芭蕉、不雨也飕飕。都道晚凉天气好，有明月，怕登楼。　　年事梦中休。花空烟水流。燕辞归、客尚淹留。垂柳不萦裙带住[②]，漫长是、系行舟。

【注释】　①心上秋："心"、"秋"二字合起来即是"愁"字。②萦：牵挽。

【评析】　宋末张炎不喜梦窗词，但独赏此词，以为"疏快却不质实"(《词源》)，在风格上确实与其它作品不同。词写伤秋恨别之情。上片侧重伤秋，以拆字法发端，有南朝乐府民歌风味，显得隽妙。"心上秋"云云，正表明作者以我观物，造有我之境。故下句云：纵使无雨，亦觉芭蕉叶上秋意袭人，下句更云：纵使天凉月好，也怕登楼伤目。下片侧重写恨别。过片先说情事如梦，空悲逝水，然后写离别。燕辞归，喻所爱之人别去，兼指别时节令；客乃自指，抒羁情。可见这一拍言愁不止一端。结拍以拟人法，恨垂柳不与我同心，将惜别之情表达得更为委婉曲折，实是"无理而妙"之笔，颇耐吟诵。

湘春夜月[①] 黄孝迈

近清明，翠禽枝上销魂。可惜一片清歌，都付与黄昏。欲与柳花低诉，怕柳花轻薄，不解伤春。念楚乡旅宿，柔情别绪，谁与温存？　　空尊夜泣，青山不语，残月当门。翠玉楼前，唯是有、一波湘月，摇荡湘云。天长梦短，问甚时[②]，重见桃根？者次第[③]，算人间，没个并刀、剪断心上愁痕。

【注释】 ①湘春夜月：清人万树云："此调他无作者，想雪舟自度。"②甚时：何日。③者次第：这情形，这时节。

【评析】 清人万树云："风度婉秀，真佳词也。"（《词律》）查礼于《铜鼓堂诗话》中亦颇叹赏此作。词中抒春日羁旅怀人之情。

上片就听闻之声进入抒情。翠禽之鸣，时近暮春，这是一层令人销魂处；清歌之韵，时近黄昏，这是第二层令人销魂处。美好事物竟付与阴暗寂灭，此情此景，足可引发许多联想，何况当国势衰微之际？故近人麦孺博以为，"时事日非，无可与语，感喟遥深。"欲共三语接翠禽而来，更写出第三层销魂处：难觅知音。歇拍处主体呈现，楚乡孤旅，无人慰藉，恰与枝上孤禽相映，有人鸟互喻之妙。

下片就所见之物抒发感慨。残月句应黄昏句，写出时间推移，暗示酒樽已空的原因；而青山不语更渲染出处境的寂寥。湘水湘云，摇动湘月，则象征着主体情怀的动荡不宁。天长梦短，应旅宿；问甚时重见，应谁与温存，而又更进一层。结拍写愁怀难耐，复应发端的销魂，却更觉深沉。刘克庄谓雪舟词清丽而绵密，于斯可见。

大有 潘希白

九日

戏马台前[①]，采花篱下[②]，问岁华、还是重九。恰归来、南山翠色依旧。帘栊昨夜听风雨，都不似登临时候。一片宋玉情怀[③]，十分卫郎清瘦[④]。　红萸佩[⑤]，空对酒。砧杵动微寒，暗欺罗袖。秋已无多，早是败荷衰柳。强整帽檐攲侧，曾经向天涯搔首。几回忆、故国莼鲈[6]，霜前雁后。

【注释】　①戏马台：有三处、一在河南临漳县西，又称阅马台，后赵石虎所筑。石虎于台上放鸣镝，以为军将出入之节。一在江苏铜山县南，即项羽所筑之掠马台。乃项羽阅兵处。后又有南朝刘宋武帝刘裕北伐途中于重阳日在此聚会宾僚赋诗。本篇当指后者。②采花篱：语本陶渊明《饮酒》："采菊东篱下，悠然见南山。"③宋玉情怀：悲秋情绪。宋玉《九辨》："悲哉！秋之为气也。"④卫郎清瘦：指西晋卫介。卫介风神秀异，然多病，劳疾乃甚，卒年二十七。事见《晋书·卫瓘传》。⑤红萸：古时于重阳节佩茱萸于臂上以避邪。⑥莼鲈：典出《晋书·张翰传》。张季在洛阳为官，见秋风起，便想念家乡的鲈鱼和莼菜。

【评析】　本词为重九日有感，篇首关合时节，又明知故问，着语沉痛。以下句用"依旧"与"都不似"对照，暗寓"国破山河在"之慨。下片"秋已无多"等语亦是典型的易代之际的悲叹，到结句，故国风物只能在"霜前雁后"回忆了。查礼赞此词"用事用意，搭凑得瑰伟有姿，其高淡处，可以与稼轩比肩"。

青玉案　无名氏

年年社日停针线[1]，怎忍见，双飞燕？今日江城春已半。一身犹在，乱山深处，寂寞溪桥畔。　春衫著破谁针线？点点行行泪痕满。落日解鞍芳草岸。花无人戴，酒无人劝，醉也无人管。

【注释】 ①社日：古时祭社神之日，有春社、秋社之分，这里指春社。

【评析】 本词写社日怀旧的苦况。首句从社日不作针线的习俗写起，慨叹自己独自飘零他乡，春衫著破，泪痕布满。“落日”四句，貌观之，似流于打油恶道，其实因有前文的盘马弯弓式的铺垫，故不觉其干嚎，袈裳评比四句为“语淡而情浓，事浅而言深，真得词家三昧，非鄙俚朴陋者可冒”。

摸鱼儿 朱嗣发

对西风、鬓摇烟碧，参差前事流水。紫丝罗带鸳鸯结[①]，的的镜盟钗誓[②]。浑不记，漫手织回文[③]，几度欲心碎。安花著蒂，奈雨覆云翻[④]，情宽分窄，石上玉簪脆。 朱楼外，愁压空云欲坠。月痕犹照无寐。阴晴也只随天意，枉了玉消香碎。君且醉，君不见、长门青草春风泪[⑤]。一时左计[⑥]，悔不早荆钗[⑦]，暮天修竹，头白倚寒翠[⑧]。

【注释】 ①鸳鸯结：古时人将罗带织成菱形连环回文结，以示恩爱。又叫同心结。②的的（dì）：明显貌。镜盟，用南朝陈乐昌公主与徐德言破镜重圆故事。③织回文：用前秦苏蕙兰手织《织锦回文璇玑图》寄与被贬之夫窦涛故事。④雨覆云翻：语本唐人杜甫《贫交行》“翻手为云覆手为雨，纷纷轻薄何须数”。⑤长门青草春风泪：语本五代薛昭蕴《小重山》“春到长门春草青”。春风泪，语本王安石《明妃曲》“泪湿春风鬓角垂”。⑥左计：失策，失计。范成大《秋日二绝》“无事闭门非左计，饶渠屐齿上青苔”。⑦荆钗：以荆枝当髻钗，为贫家妇女装束。⑧暮天句：语本唐人杜甫《佳人》：“天寒翠袖薄，日暮倚修竹。”

【评析】　本篇为弃妇词，创作上受乐府民歌和白居易新乐府诗的影响。

上片开头以“对西风，鬓摇烟碧”交代女主人公的现状，接着例折入对往事的怀念，换头处“朱楼处”遥应“对西风”句，“愁压”二句以“空云”、“月痕”的景语稳住上片激越而下的率直表露，并自然引出“阴晴”以下聊且自慰之态。接着用长门宫的典故，深化了主题，加强作品的感人力量，末以清高自守的理想表达了那个时代的女性难以实现的愿望。此词实借弃妇之恨寄托亡国之思，有自诫并告诫士林的意味。

兰陵王　刘辰翁

丙子送春[①]

送春去，春去人间无路。秋千外，芳草连天，谁遣风沙暗南浦？依依甚意绪，漫忆海门飞絮[②]？乱鸦过、斗转城荒，不见来时试灯处。　春去，最谁苦？但箭雁沉边，梁燕无主。杜鹃声里长门暮。想玉树凋土[③]。泪盘如露[④]，咸阳送客屡回顾[⑤]。斜日未能度。春去，尚来否？正江令恨别[⑥]，庾信愁赋。苏堤尽日风和雨。叹神游故国，花记前度。人生流落，顾孺子[⑦]，共夜语。

【注释】　①丙子：宋恭帝德祐二年（1276）。这年春，元兵迫近临安，恭帝奉表请降。三月，元以太后、恭帝等北行。五月，端宗立。②海门飞絮：喻南宋幼帝南下从海上逃亡。③玉树：喻为国捐躯的爱国志士。东晋时，庾亮亡，何充送葬时说：“埋玉树于土中，使人情何能已！”见《世说新语·伤逝》。④泪盘：指宋宫已空。唐人李贺《金铜仙人辞汉歌·序》中说，魏明帝下诏，令官牵车拆取长安汉宫中的捧露盘的仙人，欲移置魏官前殿。即拆盘。仙人临载，潸然泪下。⑤咸阳，秦都。仙人捧露盘本在甘泉宫（在今陕西淳化），运至洛阳，须经咸阳，故云。后运至灞水，作罢。⑥江令：江淹，南朝齐梁间文学家，作有《恨赋》。⑦孺子：指作者之子。

【评析】 这首词可以说是词人为南宋小朝廷所唱的一曲挽歌。清人陈廷焯说："题是送春，词是悲宋。曲折说来，有多少眼泪。"（《云韶集》）近人俞陛云认为是"句意并到之作"。

词分三叠，每叠都以"春去"发端，可谓重笔振起，但各片内容有别。

第一叠写春去后南浦风沙迷目，海门飞絮无踪，荒城乱鸦鸣噪，暗喻小朝廷君臣离散，或北徙，或东逃，昔日繁华尽归乌有。景语中有喻亦有情。

第二叠抒情为主，或用比喻，或用典故，写君后被掳，遗民流落，志士死节，宫室凄凉，形象地回答了"谁最苦"的问题。

第三叠问春去后能否重回？似痴似绝，以下则主要表现词人自己的苦痛。恨别赋愁，以古拟今；故国前度，以今忆昔。悲慨无限，愈转愈深，何况流落江湖，唯有孺子相依为命？

全篇情景交汇，用典浑融，述怀曲折顿挫，生动地表现了爱国遗民在亡国巨变到来时仓皇迷惘、孤苦无依的精神状态。

宝鼎现 刘辰翁

春月[①]

红妆春骑，踏月影，竿旗穿市，望不尽，楼台歌舞，习习香尘莲步底，箫声断，约彩鸾归去，未怕金吾呵醉[②]。甚辇路[③]，喧阗且止[④]，听得念奴歌起[⑤]。

父老犹记宣和事，抱铜仙、清泪如水。还转盼、沙河多丽[6]。滉漾明光连邸第[7]，帘影动，散红光成绮。月浸葡萄十里，看往来、神仙才子，肯把菱花扑碎？　肠断竹马儿童，空见说，三千乐指[8]。等多时春不归来，到春时欲睡。又说向灯前拥髻[9]，暗滴鲛珠坠[10]。便当日亲见《霓裳》[11]。天上人间梦里[12]。

【注释】　①春月：疑为元宵节那天，适逢立春节气。盖因为词中既写元宵节日之事，又写“等春”，可知。②金吾：官名，即执金吾，负责京城防务治安的官员。③辇路：帝王之车所行的道路。④喧阗(tián)：人声喧闹。⑤念奴：唐玄宗时名妓。此处泛指妓女。⑥沙河：即沙河塘，在今杭州市。⑦滉（huàng）漾：汪洋，水广大无边貌。⑧三千乐指：三百人的乐队。指，一人十指，用以计数。此处指宫廷乐队。⑨拥髻：表示愁苦。⑩鲛珠：鲛人泪珠。晋人张华《博物志》载，鲛人从水中出，寄寓人家累日。卖绢将去，索一器，泣而成珠，满盘，以与主人。后世以指泪珠。⑪霓裳：霓裳羽衣曲，本指宫廷歌舞。这里指南宋临安时的宫廷歌舞。⑫天上人间梦里：语本南唐后主李煜《虞美人》“流水落花春去也，天上人间”。

【评析】　本词作于大德元年即1197年，而作者即卒于是年，故此篇可称绝笔。据元人张孟浩说：“刘辰翁作《宝鼎现》词，时为大德元年，自题曰‘丁酉元夕’，亦义熙（东晋安帝年号）旧人（指陶渊明）只书甲子之意”（王弈清《历代词话》引）词人抚今追昔，倍感凄凉。

词分三片。首片极写当年元夕游乐。

次片亦紧承此意，但明确点出时间：“宣和”。地点：以“沙河”见临安都城，末片“肠断”起，写此时此地的悲凉心境。

全篇以丽词乐景写哀，“炼金错采，绚丽极矣；而一二今昔之感处，尤觉韵味深长”（陈廷焯《白雨斋词话》）。

永遇乐 刘辰翁

余自乙亥上元[1]，诵李易安《永遇乐》[2]，为之涕下。今三年矣，每闻此词，辄不自堪。遂依其声[3]，又托之易安自喻，虽辞情不及，而悲苦过之。

璧月初晴[4]，黛云远淡[5]，春事谁主？禁苑娇寒[6]，湖堤倦暖[7]，前度遽如许[8]！香尘暗陌，华灯明昼，长是懒携手去。谁知道，断烟禁夜[9]，满城似愁风雨[10]！

宣和旧日[11]，临安南渡[12]，芳景犹自如故。缃帙流离[13]，风鬟三五[14]，能赋词最苦。江南无路，鄜州今夜[15]，此苦又谁知否？空相对，残釭无寐，满村社鼓。[16]

【注释】 ①乙亥上元：宋恭帝德祐元年（1275）元宵节。②李易安《永遇乐》：即李清照《永遇乐》（落日熔金）。③依其声：按照原词的声律来填词。④璧月：圆润如璧的月亮。璧：平圆而中间有孔的玉石。⑤黛云：暗黑色的云。⑥禁苑：南宋帝王的宫苑，在临安。⑦湖堤：指西湖中的白堤、苏堤等处，历来游冶之地。⑧前度：暗用唐人刘禹锡《再游玄都观》“前度刘郎今又来”诗意，喻自身先后两度来到此地。⑨断烟：炊烟断续。禁夜：宵禁。宋未亡时，元宵夜都城原本并不实行宵禁。⑩风雨：语本潘大临“满城风雨近重阳”。⑪宣和旧日：参见上篇注释⑧。⑫临安南渡：指北宋政权结束，南宋政权建立。⑬缃帙（zhì）：浅黄色书套。指李易安作品集。⑭风鬟三五：语本李清照原词“风鬟雾鬓”，“中州旧日，记得偏重三五”等语。⑮鄜州：用唐人杜甫《月夜》诗意。诗中有句云：“今夜鄜州月，闺中只独看。”⑯残釭：灯油或蜡将尽的残灯。社鼓：村社里祭祀神明的锣鼓声。

【评析】 上片写景开始，“春事难主”一问令人猛省，次二句“娇”、“倦”、连下“懒”字，均以主观感觉表现作者的情感态度，笔触愈细致，愈见其感喟遥深。

下片托李清照故事及杜甫诗意寄慨，最后以灯下听满村社鼓声作结，全词以静景开始，却结以喧闹之声，足见词人当时内心的烦乱悲苦。

摸鱼儿 刘辰翁

酒边留同年徐云屋[①]

怎知他、春归何处[②]，相逢且尽尊酒[③]。少年袅袅天涯恨，长结西湖烟柳。休回首，但细雨断桥[④]，憔悴人归后。东风似旧。问前度桃花[⑤]，门郎能记，花复认郎否？ 君且住，草草留君剪韭[⑥]，前宵正恁时候。深怀欲共歌声滑，翻湿春衫关袖。空眉皱，看白发尊前，已似人人有。临分把手。叹一笑论文[⑦]，清狂顾曲[⑧]，此会几时又！

【注释】 ①同年：指同一年考中进士的人。徐云屋，无考。②春归何处：语本黄庭坚《清平乐》：“春归何处，寂寞无行路。”又，辛弃疾《摸鱼儿》：“是他春带愁来，春归何处，却不解，带将愁去。”③相逢且尽尊酒：语本唐人张登《冬至夜郡斋宴别前华阴卢主簿》：“相逢一尊酒，共结两乡情。”④断桥：在杭州西湖白堤上。“断桥残雪”为“西湖十景”之一。⑤前度桃花：语本唐人刘禹锡“玄都观里桃千树，尽是刘郎去后栽”。⑥草草：随便，简陋。剪韭：语本唐人杜甫《赠卫八处士》："夜雨剪春韭，新炊间黄粱。"⑦论文：语本唐人杜甫《春日忆李白》："何时一尊酒，重与细论文。"⑧顾曲：听人弹琴，并随时指出其错误。三国时东吴统帅周瑜精于音律，他人演奏琴曲有误，周瑜必指正之。时人曰："曲有误，周郎顾。"见《三国志·周瑜传》。

【评析】 同年，即同榜中进士者，言"留"，实为送别。本词虽写别情，但同时融进了作者的身世之慨。

上片发端突兀，可见词人早已满腹愁怨。既有惜春惆怅之感，又含亡国之悲。

下片写"酒边"惜别之情。末再以问句结尾。通观全篇，可谓三问三致意。

全词以景带情，以西湖风景，寄寓无穷的"天涯恨"。"东风仍旧"四句，以一痴问表达深深的沧桑感。

高阳台 周密

送陈君衡被召①

照野旌旗，朝天车马②，平沙万里天低。宝带金章，尊前茸帽风欹③。秦关汴水经行地，想登临、都付新诗。纵英游、叠鼓清笳，骏马名姬。 酒酣应对燕山雪，正洋河月冻，晓陇云飞。投老残年④，江南谁念方回⑤。东风渐绿西湖岸，雁已还、人未南归。最关情、折尽梅花，难寄相思。

【注释】 ①陈君衡：名允平，一字衡仲，号西麓。宋亡后，应元王朝征召至大都。不仕，归。②朝天：朝见天子。③茸帽：皮帽。④投老：垂老。⑤方回：贺铸，字方回。

【评析】 上片从送别场景的描写开始，又以拟想之辞写友人在秦关汴水经行地如何纵怀游乐，换头承上，至“投老”句，念及自身，但仍从双方着眼，末结以折梅寄相思之情。俞陛云：《唐五代两宋词选释》云“下阕但赋离情，于陈君衡出处，不加褒贬之词，仅言江南投老，两人穷达殊途，新朝有振鹭之歌，而故国无归鸿之信，意在言外也。”全词虚实结合，言辞委婉，沉挚感人。

瑶华[①] 周密

后土之花[②]，天下无二本。方其初开，帅臣以金瓶飞骑进之天上，间亦分致贵邸[③]。余客辇下，有以一枝（以下原文缺十八行）……[④]

朱钿宝，天上飞琼[⑤]，比人间春别。江南江北，曾未见，漫拟梨云梅雪。淮山春晚，问谁识、芳心高洁？消几番、花落花开，老了玉关豪杰[⑥]。 金壶剪送琼枝，看一骑红尘，香度瑶阙[⑦]。韶华正好，应自喜、初识长安蜂蝶。杜郎老矣[⑧]，想旧事、花须能说。记少年、一梦扬州，二十四桥明月。

【注释】 ①瑶华：一作瑶花慢。②后土：扬州的后土祠。花是琼花，天下独一株，不能移植，只能嫁接到聚八仙这种植物之上。据说宋恭帝德祐（1275）年元兵至，花遂不荣。③贵邸：权贵的府第。④一枝：以下原文缺十八行。⑤飞琼：许飞琼，传说为西王母的侍女。⑥玉关：本指玉门关，引指当时南宋的抗元前线，淮南一带。⑦瑶阙：皇帝宫殿，指临安的宫阙。⑧杜郎：唐诗人杜牧。他曾有《华清宫绝句》讽刺杨贵妃嗜食荔枝之事："一骑红尘妃子笑，无人知是荔枝来。"他还作了一些吟咏扬州生活的诗，如"二十四桥明月夜，玉人何处教吹箫"。（《寄扬州韩绰判官》）

【评析】 草窗词中有不少咏物佳作。清人周济说：草窗长于赋物，此篇及《绣鸾凤花犯》（楚江湄）二阕，"一意盘旋，毫无渣滓"（《宋四家词选》）。陈廷焯也很叹赏。

此词当作于南宋未亡之时。

上片极力描写琼花之孤芳难赏。发端即以天上神女相比，说是天上春色，人间难并。此其神。梨云梅雪，漫劳想象，实在无法比拟。此其韵。芳心高洁，更是无人能识。此其魂。花落花开，春去春来，映照人世兴衰，其中无限感慨。玉关豪杰之老，恰与下片中的红尘瑶阙、长安蜂蝶形成鲜明对比，讽刺之意，与杜牧相同。

扬州兴衰，自北宋而南宋，琼花是其见证；杜郎已老，而琼花犹在，它是可以向人们陈说旧日沧桑的。结拍以二十四桥明月的扬州美景，寄情旧梦，与琼花相烘托，意境深远恬淡。

词中琼华、杜郎，都有自喻之义，足可吟赏。

玉京秋 周密

长安独客，又见西风、素月、丹枫，凄然其为秋也，因调夹钟羽一解[①]。

烟水阔。高林弄残照，晚蜩凄切[②]。碧砧度韵[③]，银床飘叶[④]。衣湿桐阴露冷，采凉花，时赋秋雪[⑤]，叹轻别，一襟幽事，砌蛩能说[⑥]。　客思吟商还怯[⑦]，怨歌长[⑧]、琼壶暗缺[⑨]。翠扇恩疏[⑩]，红衣香褪，翻成消歇。玉骨西风[⑪]，恨最恨、闲却新凉时节。楚箫咽，谁倚西楼淡月。

【注释】 ①玉京秋：周密自度曲。词咏调名本意，属夹钟羽调。调，谱曲。夹钟羽，谓律中夹钟而以羽为调。一解，一曲，一段。长安：借指临安。②蜩（tiáo）：蝉。③碧砧：青绿色的捣衣砧。砧的美称。④床：井栏。⑤秋雪：指芦花。⑥砌蛩：台阶边的蟋蟀。⑦吟商：吟唱秋歌。秋属金在律为商。⑧怨歌：汉乐府有班婕妤《怨歌行》。梁肖纲《筝赋》："奏相思而不见，吟夜月而怨歌。"⑨琼壶暗缺：用西晋人王敦用麈尾敲击唾壶以作节拍，咏唱曹操："老骥伏枥，志在千里。烈士暮年，壮心不已。"事见《世说新语·排调》。周邦彦《浪淘沙慢》："怨歌永，琼壶敲尽缺。"⑩翠扇：指荷叶。红衣：指荷花。⑪玉骨：语本李商隐《偶成转韵七十二句赠四同舍诗》"玉骨瘦来无一把"。

【评析】 本词为客中悲秋之作。上片写景，能将声色融成一炉，"叹轻别"三句，则又转入直接抒情。换头以"客思吟商"点题，将悲秋、相思、投闲诸愁怀穿插写来，末以景作结，余韵高远，难怪陈廷焯赞此词"精金百炼，既雄秀，又婉雅"（《白雨斋词话》）。

曲游春　周密

禁烟湖上薄游，施中山赋词甚佳[①]。余因次其韵。盖平时游舫，至午后尽入里湖，抵暮始出，断桥小驻而归[②]，非习于游者不知也。故中山极击节余"闲却半湖春色"之句[③]，谓能道人之所未云。

禁苑东风外[④]，飏暖丝晴絮，春思如织。燕约莺期，恼芳情偏在、翠深红隙。漠漠香尘隔。沸十里、乱弦丛笛。看画船、尽入西泠[⑤]，闲却半湖春色。　　柳陌。

新烟凝碧。映帘底宫眉[6]，堤上游勒[7]。轻暝笼寒，怕梨云梦冷、杏香愁幂[8]。歌管酬寒食。奈蝶怨、良宵岑寂。正满湖，碎月摇花，怎生去得？

【注释】 ①施中山：即施岳，中山乃其字，号梅川，作者词友。②断桥：在西湖的外湖中，通于孤山与白沙堤。断桥残雪，是宋时西湖十景之一。③击节：叹赏之状。④禁苑：湖边皇家园林。⑤西泠（líng）：西泠桥，也在孤山边，近于苏堤，由此可入里湖。⑥宫眉：宫中式样的眉妆。⑦游勒：游骑。⑧幂（mì）：笼罩，覆盖。

【评析】 本篇是描写西湖游赏风俗的词，以寒食探春活动为题材。词出，时人便颇为称赏，如马臻便说，春游景致，“应被弁阳模写尽”（《霞外集·西湖春日壮游》）。今人唐圭璋说：“此首记游湖胜景，自午至夜，次序井然”，“通体精炼，读来音响交胜”（《唐宋词简释》）。

上片写午时景象。发端总写湖畔风光，引出春思，语带双关。燕约莺期，既切实景，又喻人事，点明芳情，呼应春思。漠漠数句，复由小景推至大景，由写色转为写声。画船以下则由写动转为写静，眼光独到，道人之所未云，既是纪实，又饶情致，确是警句。

下片写入暮景色。烟柳凝碧，已不用于午时暖丝飘絮，见出朦胧趣味，为帘中马上之人作衬托。梨云杏香，呼应上片翠深红隙，然而芳情随人已去，故词人为之生怕。歌管照应上片乱弦丛笛，然而寒食已酬，则良宵自应岑寂无声，一任蜂蝶怀怨。结拍注目湖中月色花光，写出空蒙境界，见出词人独有的审美情趣，大有余味。

花犯 周密

赋水仙

楚江湄[1]，湘娥乍见[2]，无言洒清泪，淡然春意。空独倚东风，芳思谁寄？凌波路冷秋无际[3]，香云随步起。谩记得、汉宫仙掌[4]，亭亭明月底。 冰弦写怨更多情，骚人恨，枉赋芳兰幽芷[5]。春思远，谁叹赏国香风味[6]？相将共、岁寒伴侣[7]，小窗静，沉烟熏翠袂。幽梦觉、涓涓清露，一枝灯影里。

【注释】 ①湄（méi）：岸边，水草交接处。②湘娥：湘水女神。相传是舜二妃娥皇女英自投湘水而化。③凌波：语本曹植《洛神赋》："凌波微步，罗袜生尘。"④汉宫仙掌：即仙人承露盘。汉武帝为求长生，在宫中立金铜仙人承露，和玉屑服之。⑤骚人：指屈原。其《离骚》及其他作品常咏香草美人。⑥国香：本称兰边国香。此处谓水仙为国香。⑦岁寒：积竹经冬不凋，梅则耐寒开花，故有"岁寒三友"之称。

【评析】 周密工于咏物，此篇即是咏物结构，周济曾赞其"一意盘旋，毫无渣滓"。

词的上片写花，以湘娥女神相喻，遗貌取神，着重写其清逸脱俗的流品，孤独幽怨的心情以及亭亭飘飞的神韵。

下片写赏花，从湘灵鼓瑟一典申述其出尘远世的超然情怀，并为其无人叹赏愤愤不平，最后折回自身，以人与花相对相赏作结，境清意远，余味无穷。全词工于寄托，遗貌取神，有出尘之致。

瑞鹤仙　蒋捷

乡城见月

绀烟迷雁迹[①]，渐碎鼓零钟，街喧初息。风檠背寒壁[②]，放冰蟾[③]，飞到蛛丝帘隙。琼瑰暗泣[④]。念乡关、霜华似织。漫将身化鹤归来[⑤]，忘却旧游端的。　欢极蓬壶蕖浸[⑥]，花院梨溶[⑦]，醉连春夕。柯云罢弈[⑧]，樱桃在，梦难觅[⑨]。劝清光、乍可幽窗相照，休照红楼夜笛。怕人间换谱《伊》《凉》[⑩]，素娥未识。

【注释】　①绀：天青色，一种深青带红的颜色。②檠：灯架，也指灯，风檠，灯光在风中摇曳不定，故称。③冰蟾：传说月中有蟾蜍，故以蟾代指月，明月皎洁晶莹，因称冰蟾。④琼瑰：指美玉。《诗·秦风·渭阳》："琼瑰玉佩。"《左传·成公十七年》："声伯梦涉洹，或与己琼瑰，食之，泣而为琼瑰，盈其怀。"此处形容泪珠晶莹如玉。⑤化鹤归来：见王安石《千秋岁引》注。⑥蕖：芙蕖，荷花，《诗·郑风·山有扶苏》："隰有何华。"郑玄笺："未开曰菡萏，已发曰芙蕖。"此处指荷花灯。宋代元宵多点红莲灯。⑦花院梨溶：晏殊《寓意》诗："梨花院落溶溶月，杨柳池塘淡淡风。"⑧柯云罢弈：用烂柯故事。《述异记》："信安郡石室中，晋时樵者王质，逢二童子弈棋，与质一物，如枣核食之，不铠，置斧子坐而观。童子曰：'汝斧柯烂矣。'质归乡间，无复时人。"此处指时移世改。⑨樱桃二句：段成式《酉阳杂俎》："姑婿裴元裕言群从中有悦邻女者，梦女遗二樱桃，食之，及觉，核堕枕边。"此处指往事如梦，空留记忆。⑩《伊》《凉》：唐曲调名，即伊州、凉州二曲。王灼《碧鸡漫志》卷三："唐史及传载称'天宝乐曲，皆以边地为名，若凉州、伊州、甘州之类'"，均为少数民族乐曲，此处借指元人的北方曲调。

【评析】　本词见月抒怀。

将明月设置在各个不同的环境而寄慨。首次出现，是大雁匿迹，钟鼓声歇，街喧声止之后，用了一个“放”字，词趣意趣甚佳。望月必然思归，故有“念乡关”句。

上片结处以身化仙鹤的典故过渡到换头的蓬壶仙境，这是闹景，与前头静景相衬，但烂柯、樱桃又令人戒惧。下面“劝清光”二句，先著赞曰：“句意警拔，多由于拗峭，然须炼之精纯，殆不失于生硬……妙语独立，各不相假借，正不必举全词，即此数语，可使长留数公天地间。”（《词洁》）

歇拍写人间换谱，托意深微，抒发了故国山河之痛，悲郁苍凉。

贺新郎　蒋捷

梦冷黄金屋。叹秦筝[1]、斜鸿阵里[2]，素弦尘扑。化作娇莺飞归去，犹识纱窗旧绿。正过雨、荆桃如菽。此恨难平君知否？似琼台、涌起弹棋局[3]。消瘦影，嫌明烛。　鸳楼醉泻东西玉[4]。问芳踪、何时再展？翠钗难卜。待把宫眉横云样，描上生绡画幅[5]。怕不是、新来妆束。彩扇红牙今都在[6]，恨无人、解听开元曲[7]。空掩袖，倚寒竹[8]。

【注释】　①秦筝：乐器，似瑟，相传为秦时蒙恬所造。②斜鸿阵：喻筝上标识音位的弦柱，因斜排如雁阵，称雁柱。③弹棋局：弹棋游戏所用的棋盘，石制，中心隆起，四周平夷。古人常用以喻心之不平。李商隐：“莫近弹棋局，中心最不平。”④鸳楼：鸳鸯楼。东西玉：指酒，兼指盛酒之具。⑤生绡：未经漂煮的生丝织品，古人常用来作画。⑥红牙：调节乐曲节拍的牙板，因多用檀木制成，故色红。⑦开元曲：本指盛唐开元年间的乐曲，引指宋盛时乐曲。⑧空掩袖二句：语本杜甫《佳人》："天寒翠袖薄，日暮倚修竹。"

【评析】 清人陈廷焯认为本篇是《竹山集》中"最高之作"，说是"处处飞舞，如奇峰怪石，非平常蹊径"（《白雨斋词话》）。今人唐圭璋也说"此首感旧词，极吞吐之妙"（《唐宋词简释》）。

词的上片以梦起，言己之魂于梦中入黄金屋而觉其冷，即见构想之巧。以下言梦冷之由，秦筝久寂，素弦蒙尘，人去已杳。梦魂复又幻化成莺，只见纱窗绿暗，荆桃红稀，旧迹难寻。于是此恨难平，形影皆瘦。读上片，可以感到词人的怀旧之情起伏动荡。

下片将怀旧之笔集中于黄金屋中人，更就此恨来申说。鸳楼应黄金屋，醉泻一语写两相离别，触目惊心，是一层。芳踪难再，二层。眉妆难描，三层。物在人非，知音已失，四层。开元曲，透出亡国之悲，是此恨真难平处。结拍以描写之笔表现恨极而无人理解的孤独，首尾冷寒相应。

全篇感旧之词借人琴俱亡以寄故国之思，妙合无垠；遣词哀艳奇警而不晦涩，疏密有间而不雕琢。的确是竹山词的代表作。

女冠子 蒋捷

元夕

蕙花香也[1]。雪晴池馆如画。春风吹到、宝钗楼上，一片笙箫，琉璃光射[2]。而今灯漫挂[3]。不是暗尘明月[4]，那时无夜。况年来、心懒意怯，羞与蛾儿争耍。

江城人悄初更打。问繁华、谁解再向天公借？剔残红灺[5]。但梦里、隐隐钿车罗帕。吴笺银粉砑[6]。待把旧家风景，写成闲话。笑绿鬟邻女，倚窗犹唱、夕阳西下⑦。

【注释】 ①蕙花：指蕙草制成的香炷。说是兰花者，非。②琉璃：指用五色琉璃制成的灯泡。③漫：散乱，零乱。④暗尘明月：元夕夜市情景。语本唐人苏味道《正月十五夜》："暗尘随马去，明月逐人来。"⑤红灺（xiè）：红色的灯烛之灰。⑥吴笺：又名苏笺，产于吴地的笺纸。砑（yà）：碾压。⑦夕阳西下：指北宋人范周《宝鼎现》咏元夕词中语："夕阳西下，暮霭红隘，香风罗绮。"

【评析】 本篇是一首著名的咏元夕词，与李清照《永遇乐》（落日熔金）异曲同工。清人陈廷焯认为此词极善"渲染"（《白雨斋词话》）。今人唐圭璋亦极叹赏。

词当作于宋亡之后，写今昔之感。

上片起笔，极写当年元夕盛况，香气氛氲，晴景辉煌，乐声鼎沸，灯彩摇曳。此情此景，何等醉人！所谓渲染之极，正是此处。而今二字，陡转今宵，灯非昔灯，月非昔月，总之元夜非昔时元夜。这种笔法，有"水逝云卷，风驰电掣之妙"（《白雨斋词话》）。歇拍则道出自家心情，曰懒曰怯曰羞，其中有不与忘却丧亡之恨的人同乐的洁身之意。

下片过拍重申元夕人悄街空的今日光景，与上片发端相对比。繁华一问，表达出盛时难再的哀痛。钿车罗帕之梦，不过是怀旧的一种反映。一切旧事，只堪写成闲话，供后人玩味而已。结拍中邻女的唱先朝元夕欢曲，与词人心情恰成反差。

全词今与昔、真与幻、人与我多方对比，聚集成强烈的兴亡之感，给读者以深沉的艺术感染力量。

天香　王沂孙

龙涎香[1]

孤峤蟠烟[2]，层涛蜕月，骊宫夜采铅水。汛远槎风，梦深薇露，化作断魂心字。红瓷候火[3]，还乍识、冰环玉指。一缕萦帘翠影，依稀海天云气。　几回殢娇半醉[4]，剪春灯、夜寒花碎。更好故溪飞雪，小窗深闭。荀令如今顿老[5]，总忘却樽前旧风味。谩惜余熏，空篝素被。

【注释】　①天香：或谓悼怀南宋诸帝而作。南宋灭亡后，元朝总管江南浮屠的僧人杨琏真伽，盗发在会稽之南的南宋帝后陵墓，启棺时，见宋理宗容貌如生，有说是因口中含有夜明珠。掘墓者为了滤取水银，竟将其尸倒悬树间，惨状令人不敢目睹，又将其骨头遗弃于草丛。有义士唐钰闻讯悲愤异常。邀集乡人，收拾帝后遗骸埋葬。龙涎香：香料名。②峤（jiào）：尖而高的山，此指海中礁石。③候火：焙制龙涎香时须时刻守候的适当文火。④殢娇：撒娇。⑤荀令：东汉荀彧，字文若，为汉侍中，守尚书令，故称荀令。

【评析】　上片着重写龙涎香的产生、制作、形状等，语凝字练，极力渲染了神秘奇幻氛围，想象丰富而又贴切，“一缕”二句写香烟绕屋如海天云气，又与篇首产地呼应，脉络分明。下片转入对当年焚香的回忆，感念撩人心旌的旧事，又拈出荀令一典，以示自伤自有失清雅之度。此词虽写无生命情感的龙涎香，但想象丰富，结撰精心，故显得所生之地奇，所成之形奇，所燃之烟奇，所选之境奇。其中又融入时世沧桑之感，自然不露痕迹。

高阳台　张炎

西湖春感

接叶巢阴[1]，平波卷絮，断桥斜日归船。能几番游？看花又是明年。东风且伴蔷薇住，到蔷薇、春已堪怜。更凄然。万绿西泠[2]，一抹荒烟。　当年燕子知何处？但苔深韦曲[3]，草暗斜川[4]。见说新愁，如今也到鸥边。无心再续笙歌梦，掩重门、浅醉闲眠。莫开帘。怕见飞花，怕听啼鹃。

【注释】　①接叶巢阴：语本杜甫诗："卑枝低结子，接叶暗巢莺。"②西泠（líng）：西泠桥，在孤山边，近于苏堤，由此可入里湖。③韦曲：地名，在唐时长安城南，皇子陂西。当时贵族韦氏世居于此，故名。此处借指临安繁华去处。④斜川：地名。在江西星子、都昌两县之间，风景佳处。晋末陶渊明曾作《游斜川》诗。

【评析】　此词当作于宋亡以后。清人对此词备极推赏。许昂霄云："淡淡写来，泠泠自转，此境大不易到。"（《词综偶评》）陈廷焯说：本篇"凄凉幽怨，郁之至，厚之至"，"集中亦不多"（《白雨斋词话》卷二）。近人俞陛云更以为是"集中压卷之作"（《唐五代两宋词选释》）。

词的上片描写西湖暮春景象。发端平起，实写二景，对仗工练而雅致。断桥句点出西湖，斜日句点明不独节近暮春，亦时近日晚。能几番游再切春暮，但由实而虚，由景入情，扣词题中感字。东风三句，以拟人法写东风与花草之关系，语意深婉，寄意东风，且伴蔷薇暂住，留供再游，此是放开；即使如此，春又余几？唯觉可怜，则是收合，仍归于叹惋。歇拍作大写意之笔，涂抹西湖残春景象，补足上文惜春之感。

下片侧重抒感。换头以当年燕子寓易代之意，字面上应上片发端的春莺，内涵上应发端的斜日（乌衣巷口夕阳斜之夕阳）。韦曲、斜川之变，既是虚写西湖春景荒凉处，亦是实写南宋王朝的丧亡遗迹。鸥是所见之景，词人借以自喻，兼言难以避愁。无心句抒情；掩重门以下至结拍，写动作亦写心态；飞花啼鹃，既切暮春，又切亡国史实，情景兼到。

词中情景交错，虚实相生；其中感慨激迫，但音节婉约。读之真觉凄凉幽怨之情，溢于字里行间。

渡江云　张炎

山阴久客[1]，一再逢春。回忆西杭[2]，渺然秋思。

山空天入海，倚楼望极，风急暮潮初。一帘鸠外雨[3]，几处闲田，隔水动春锄。新烟禁柳，想如今、绿到西湖。犹记得、当年深隐，门掩两三株。　愁余。荒洲古溆[4]，断梗疏萍[5]，更漂流何处？空自觉、围羞带减，影怯灯孤。常疑即见桃花面[6]，甚近来、翻笑无书。书纵远，如何梦也都无？

【注释】　①山阴：今浙江绍兴。②西杭：西湖杭州。③鸠外雨：指春雨。鸠指鹁鸠，雨前鸣声甚急，且屏逐其雌鸠；雨止，复呼之。④溆（xù）：水边，岸。⑤断梗：折断的苇梗。此处词人自喻漂泊不定。⑥桃花面：指所思女子。唐时崔护游春至长安城南，叩门求饮，见一女子，独倚小桃树，颇属意于护。来岁，复往求之，则闭门无人。护因题诗，云："去年今日此门中，人面桃花相映红。人面不知何处去，桃花依旧笑春风。"事见《本事诗》。

【评析】　清人许昂霄、陈廷焯均欣赏此词。近人俞陛云以为："通首警动，无懈可击。"（《唐五代两宋词选释》）

词作于久客绍兴之时，以伤春念远为主旨。

上片写景。起首言登楼纵目，见山耸海空，潮生风急，一派远景，见出笔力雄健。一帘以下是近景，鸠雨霁霁，春锄起落，笔墨有唐人田园诗风味。以上是实写，新烟以下则是想象中记忆中春景，其地点亦由眼前转换到旧居所在的西湖一带。禁苑烟柳，门外数株，都是故国遗迹。杨柳依依，与禾黍离离，自是一意。

下片抒情，先写客怀，后忆旧友。愁予为上下片关节。荒洲等语就眼前景象凄清兴起漂泊之感，孤寂之悲。常疑等语则表现思人入痴之状及失望之态，层折深婉。

整首词层次明晰，首尾呼应（结末以远应发端），而情真景真，语淡味浓，是玉田佳作。

八声甘州　张炎

辛卯岁[1]，沈尧道同余北归[2]，各处杭越。逾岁，尧道来问寂寞，语笑数日，又复别去。赋此曲，并寄赵学舟[3]。

记玉关[4]、踏雪事清游。寒气脆貂裘。傍枯林古道，长河饮马，此意悠悠。短梦依然江表[5]，老泪洒西州[6]。一字无题处，落叶都愁。　载取白云归去，问谁留楚佩，弄影中洲[7]？折芦花赠远，零落一身秋。向寻常、野桥流水，待招来、不是旧沙鸥。空怀感，有斜阳处，却怕登楼。

【注释】　①辛卯：元世祖至元二十八年（1291）。②沈尧道：即沈钦。号秋江。他于上年与词人一道共赴大都写经。③赵学舟：即赵与仁，也是赴大都写经者。④玉关：玉门关。借指北方边关。⑤江表：江南。⑥西州：古城名，在南京城西。东晋时，谢安因病还都，自西城门经过。谢死，曾被谢推重的羊昙悲恸而避行此道。一日，昙大醉，误入西州门，觉后痛哭而去。见《晋书·谢安传》。⑦楚佩、中洲：语本《楚辞·九歌》之《湘君》。原文谓湘夫人寻湘君而不得见，遗佩江浦。此处借以表达依依惜别之情。

【评析】 此是玉田壮词。清人陈廷焯谓似唐人悲歌之诗（《云韶集》）。近人俞陛云称是玉田词中所罕有（《唐五代两宋词选释》）。

词作于自大都南归之后，送别友人之时。

发端以一记字领起五句，踏雪玉关，饮马长河，是清游亦是壮游。悠悠此意，颇费沉吟，是悠然还是深沉抑郁？短梦总北行之事，以下写眼前事，抒此时情。人归江表，泪洒西州，暗示北行则难觅知音，南归则知音已逝。故一字无题，题亦无人解矣，更何况叶叶皆愁，无从下笔！

下片表惜别之情。昔日同游，今朝相别，不独见孤寂之感，亦具彷徨无依之态。折芦花以下，全系悬想，可分三层。芦花赠远而不是梅花赠远，是用芦花易于零落以状自己的身世飘零。此是一层。闲寻鸥盟，不见旧鸥，喻挚友难得。此是二层。结拍写怕见斜阳，怕登层楼，是由于不独难于望见故人，而且易于兴起故国之悲，聚散兴衰，打并一语。

全词起得劲峭，一气直下，流畅疏宕，而又曲折层深，结处悠然。诚为上乘之作。

解连环　张炎

孤雁

楚江空晚。怅离群万里，恍然惊散。自顾影、欲下寒塘[①]，正沙净草枯、水平天远。写不成书，只寄得、相思一点。料因循误了，残毡拥雪[②]，故人心眼。

谁怜旅愁荏苒[3]？漫长门夜悄[4]，锦筝弹怨。想伴侣、犹宿芦花，也曾念春前，去程应转。暮雨相呼[5]，怕蓦地、玉关重见。未羞他、双燕归来，画帘半卷。

【注释】 ①欲下寒塘：语本唐人崔涂《孤雁》："暮雨相呼失，寒塘欲下迟。"②残毡卧雪：指汉时苏武持节牧羊故事。武使匈奴，囚大窖中，以雪与毡毛共咽食之。后有汉使求苏武，称天子射雁，得雁足上所系苏武帛书，言武所在。武因得放还。事见《汉书·苏建传》。③荏苒(rén rǎn)：时间推移。④长门：汉武帝陈皇后被废后所居。唐人杜牧《早雁》云："长门灯暗数声来。"⑤暮雨相呼：语本崔涂《孤雁》："暮雨相呼失，寒塘欲下迟。"

【评析】 这也是使张炎词名四扬的一篇咏物佳作。据元人孔齐说，因为词咏孤雁，遂称之为"张孤雁"（《至正直记》）。清人及近人尤喜此词，以为"允推绝唱"（俞陛云《唐五代两宋词选释》）。

词以拟人法写孤雁行程及其心理活动，极其生动感人。

上片自发端至水平天远，描绘出空阔黯淡、寒寂苍凉的境界，有力地烘托了孤雁离群后的惊怖迟疑的形象。写不成书至歇拍，就独飞如点的状态展开想象，又与苏轼故事关联起来，于咏雁之中融合对陷北故人的思念，变纤巧为沉郁奇警。

过片以问句再写人雁关系，用陈阿娇长门听雁的意境，表达出对北迁的宫人的哀怜之意，与用苏武事前后映照。想伴侣以下至结拍，写孤雁思侣念侣、呼侣待侣心情，特别表现其坚贞自守，而以双燕相对照，别饶风致。

词中所咏，亦雁亦人，雁之形象中寓人之心理，自然之境界含社会之变迁，以小见大，寄托浑然无迹。咏物如此，已臻化境。

疏影　张炎

咏荷叶

碧圆自洁，向浅洲远浦，亭亭清绝。犹有遗簪，不展秋心，能卷几多炎热？鸳鸯密语同倾盖[①]，且莫与、浣纱人说。恐怨歌忽断花风，碎却翠云千叠。　回首当年汉舞[②]，怕飞去，漫皱留仙裙摺。恋恋青衫[③]，犹染枯香，还叹鬓丝飘雪。盘心清露如铅水，又一夜西风吹折。喜净看、匹练飞光，倒泻半湖明月。

【注释】　①倾盖：行车时车盖相碰，指朋友相契，一见如故。汉代古谚云："白头如新，倾盖如故。"②回首三句：是说荷叶初出水时多有皱褶，仿佛起皱的裙子。而当年汉武帝爱妃赵飞燕起舞时被风吹起，侍从惊慌地拉住裙子，因而弄出不少褶皱，而有了褶皱的裙子更好看。其后，宫人竞相仿效，称为留仙裙、事见《飞燕外传》。③青衫：唐代下级官员所着的官服。白居易《琵琶行》："座中泣下谁最多，江州司马青衫湿。"

【评析】　本篇词调一作《绿意》，陈炎在《山中白云词》卷六《红情》序："《疏影》，《暗香》，姜白石为梅着语。因易之曰《红情》、《绿意》，以荷花荷叶咏之。"可见本词乃有意仿姜夔咏梅二词，实际上，通观其论名篇《词源》，主张好词要间趣高远、雅正合律，意境清空，并力推姜夔。而后人论及玉田，也常与白石比较。本词咏荷叶，亦颇具白石词清空骚雅之致，但已由幽韵冷为残韵枯香，尤其是"盘心清露如铅水"句，托意甚明。

月下笛　张炎

孤游万竹山中[1]，闲门落叶，愁思黯然。因动黍离之感。时寓甬东积翠山舍[2]

万里孤云，清游渐远，故人何处？寒窗梦里，犹记经行旧时路。连昌约略无多柳[3]。第一是、难听夜雨。漫惊回凄悄，相看烛影，拥衾谁语？　张绪[4]。归何暮？半零落依依，断桥鸥鹭。天涯倦旅。此时心事良苦。只愁重洒西州泪，问杜曲[5]、人家在否？恐翠袖、正天寒[6]，犹倚梅花那树。

【注释】　①万竹山：在浙江天台县西南四十五里，山上有村。②甬（yǒng）东：今浙江舟山市。③连昌：唐时宫殿名，在今河南宜阳，中植柳树甚多。唐高宗时所置。这里借指临安宋宫。④张绪：南齐时吴郡人，风姿清雅，齐武帝曾以殿前之柳风流可爱比喻张绪。事见《南史·张绪传》。⑤杜曲：地名，在今陕西长安南，唐时杜氏世居于此。这里借指临安繁华之地。⑥恐翠袖二句：语本杜甫《佳人》："天寒翠袖薄，日暮倚修竹。"

【评析】　清人陈廷焯评此词云："骨韵俱高，词意兼胜。"（《词则·别调集》）

词作于元大德二年（1298）游浙东时，距宋亡已二十载，而亡国丧家之痛耿耿不磨。

上片以万里孤云自喻发端，而后转入故人之忆。忆极而梦，魂返临安旧宫，见故柳凋残，落叶如雨。漫惊回数语，转写梦余情景，极见孤独凄清。遗民心曲，深沉悲凉。

下片过拍以张绪老去自比，暗接连昌遗柳，极为自然贴切。断桥鸥鹭是比在杭故交。以下抒情：自身倦于孤旅，而又忧及友人零落。结拍想象故人与梅花相倚互勉，傲寒守节，形象孤高可敬，复与开端故人何处相呼应。

词人身居空山，神游故国，心念旧友，两种境界虚实相映，同一凄凉。于亡国之痛中发抒怀人之情，有相怜，有相励，真挚感人。

附录　作者简介

钱惟演（962–1034）

字希圣，临安（今浙江杭州）人，吴越王钱俶之子，博学能文，辞藻清丽，从其父归宋。曾参与编撰大型类书《册府元龟》。他是西昆诗派的代表诗人之一。历翰林学士、工部尚书，累官至枢密使。卒谥文僖。

柳永（约987–1053）

原名三变，字景庄，后改名永，字耆卿，因排行第七，世称"柳七"，福建崇安（今武夷山市）人。他与长兄三复、二哥三接都先后中进士，被人称为"柳氏三绝"。柳永虽有才，但仕途坎坷，只做过屯田员外郎一类的小官。究其因，还是被他常在妓女堆里厮混的生活态度所累。据吴曾《能改斋漫录》记载，早年柳永到汴京应试，结果一头扎进花花世界，在风月场里潇洒，与青楼歌妓打得火热，考试自然是落了榜，他就忍不住发了发牢骚，在一首《鹤冲天》词中表示考试失利是偶然，何况他也没把功名放在心上，还宣称自己现在的生活也挺好的："烟花巷陌，依约丹青屏障。幸有意中人，堪寻访。且恁偎红翠，风流事，平生畅。青春都一饷。忍把浮名，换了浅斟低唱。"柳永对自己"偎红翠"的生活津津乐道不要紧，谁知给仁宗皇帝听到了，就跟他较真儿，在柳永再次应试已入围的情况下，仁宗皇帝在临轩放榜时，有意将他黜落，还不无嘲讽地说："且去浅斟低唱，何要浮名！"柳永也就干脆打出"奉旨填词柳三变"的旗号，公然无忌地纵游青楼歌馆，为歌妓们写作，而妓女们也爱惜他写词的才华，经常以钱物资助他。更有甚者，当时娱乐圈还流传着这样的歌谣："不愿君王召，愿得柳七叫；不愿千黄金，愿得柳七心；不愿神仙见，愿识柳七面。”正因为柳永与歌妓们的交往不同于一般文人的逢场作戏，所以他也赢得了妓女们真心相待。传说柳永死时，家无余财，还是那些妓女有情有义，凑了一笔钱将他安葬。每年清明时节，诸名姬不约而同，各备祭礼，到柳永坟上扫墓，唤做“吊柳七”。有感于此，后人题诗柳墓云：“乐游原上妓如云，尽上风流柳七坟。可笑纷纷缙绅辈，怜才不及众红裙。”

聂冠卿（988-1042）

字长孺，安徽歙县人。大中祥符五年（1012）中进士，授连州军事推官。曾任兵部郎中、翰林学士等职。著有《蕲春集》，已佚。

范仲淹（989-1052）

字希文，苏州吴县（今属江苏）人。范仲淹是北宋名臣，然他早年身世凄凉，出世第二年，父亲范墉病逝，母亲谢氏改嫁到山东淄州长山县（今山东邹平县附近）一户姓朱的人家，范仲淹亦改名为朱说。受母亲改嫁一事的刺激，范仲淹刻苦自励，于大中祥符八年（1015）中进士，第二年（1016）恢复范姓并把母亲接到身边奉养。成功地解决了自己母亲的归属问题，范仲淹又干涉起皇帝的家务事。出仕后，他见仁宗皇帝早已成年而刘太后仍包揽国家大事，于是直言进谏。据《宋史》记载，天圣七年（1029）冬至，仁宗率百官贺太后于会庆殿，范仲淹认为前殿是议朝政的地方，庆寿之事不宜放在前殿，更不应要皇帝跟群臣同列向太后叩首，于是进言：“奉亲于内，自有家人礼，顾与百官同列，南面而朝之，不可为后世法。”后来范仲淹又上疏，力请太后撤帘罢政，还政于春秋已盛的仁宗皇帝，因此得罪了太后，被外放到河中府做通判。直至三年后，刘太后去世才被召回京师，做了右司谏。此后不久，发生了仁宗皇帝废后风波。皇后郭氏是刘太后主张策立的，并不为仁宗宠幸。一次，郭皇后在与皇帝宠爱的尚美人争风吃醋时，误伤宋仁宗，其指甲在宋仁宗颈上划出了两道血痕。曾与郭后有隙的宰相吕夷简趁机怂恿皇帝废后，消息传开，范仲淹遂挺身而出加以反对，极言“后无过，不可废”。然郭后还是以入宫九年无子的理由被废黜，范仲淹也跟着一起倒霉被贬睦州。

不管是处理母亲的事，还是在对待刘太后、郭皇后的态度上，范仲淹都不是从个人爱憎出发，而是遵礼法而行。宋仁宗时，以龙图阁直学士为陕西经略安抚招讨副使，守卫西北边境，遏制了西夏的侵扰。拜枢密副使，进参知政事。卒，赠兵部尚书。范仲淹在政治上主张革新，为“庆历新政”的主持者之一。他不仅是当时著名的政治家，而且诗文词均有名篇传诵于世。就是这样一位立身严正、政绩斐然的大儒，所作《苏幕遮》、《御街行》等词却将离愁别恨写得缠绵深致，故而昭梿《啸亭杂录》卷十云：“希文正气千秋在，欧九才名天下知。至今二公集具在，也皆有赠女郎词。”

张先 (990-1078)

字子野，乌程（今浙江湖州市）人。仁宗天圣八年（1030）进士，七十四岁时以尚书都官郎中致仕，优游杭州、吴兴间，以垂钓和诗词自娱，与歌儿舞女为伍。张先一生流连风月，对各色美女、少女很是“多情”。在杭州混迹青楼时，他曾为很多官妓填词，但独独遗忘了一个名为龙靓的女子，此女心有不满，便献上一诗：“天与群芳十样葩，独分颜色不堪夸。牡丹芍药人题遍，自分身如鼓子花。”其中的委屈使张先动了怜惜之意，于是为之作《望江南》（青楼宴）词，将她比为瑶台仙子。张先高寿，享年八十九岁。他的怜香惜玉之心，老来弥坚，八十五岁高龄时纳十八岁的少女为妾，友人苏轼就写了一首《张子野年八十五尚闻买妾，述古今作诗》诗调侃道：“诗人老去莺莺在，公子归来燕燕忙。”张先词与柳永齐名，才力不如柳永，而词风含蓄蕴藉，情味隽永，韵致高逸，是上承晏、欧，下启苏、秦的一位重要词人。

晏殊 (991-1055)

字同叔，临川（今江西抚州）人。他七岁能属文。少年时以神童召试，滁州知州李虚己见了大为惊奇，马上就把女儿许配给他。晏殊与李氏夫人感情甚笃，但没几年李氏就去世了。晏殊后来又先后续娶孟氏、王氏。别看晏殊在朝中贵为宰相，在家中还有几分惧内呢。据宋人王暐《道山清话》记载，晏殊做京兆尹的时候，曾辟张先为通判。张先每次到晏府宴饮，作了新词，晏殊都要让自己非常宠幸的一个侍女吟唱，然而晏殊夫人王氏不容此女，晏殊无奈只得将她遣出。一日，晏殊又招张先前来饮酒，张先追怀往事，便作《碧牡丹》词，命营妓歌之，唱道："望极蓝桥，但著云千里。几重山，几重水。"晏公听了，悻悻不乐，说："人生行乐耳，何自苦如此。"于是又出钱将此歌女取回。由此可见，家中的歌姬侍妾虽然无关紧要，但迫于夫人的压力把人家赶走却让晏殊大丢面子，同时也使他少了许多声色方面的享受。于是，为了自尊与自适，他也顾不得夫人是否闹情绪了。官至同中书门下平章事兼枢密使，封临淄公，卒谥元献。殊平居好贤，为相务进贤才，守郡则兴学，号为贤相。文章赡丽，工诗。词全为小令，风格承袭南唐，不铺金缀玉而清雅婉丽，音韵和谐。有《珠玉集》。

韩缜（1019-1097）

字玉汝，真定灵寿（今河北正定）人，仁宗庆历二年（1042）进士。英宗时任淮南转运使，神宗时知枢密院事，哲宗时拜尚书右仆射兼中书侍郎。存词一首。

宋祁（998-1061）

字子京，安州安陆（今属湖北）人。宋仁宗天圣二年（1024）进士，累官知制诰、工部尚书、翰林学士承旨。曾与欧阳修同修《新唐书》。谥景文。《宋史》卷二八四有传。清人辑有《宋景文集》。词今存六首。

欧阳修（1007-1072）

字永叔，号醉翁，晚年又号六一居士。吉州永丰（今江西永丰）人。宋仁宗天圣八年（1030）进士。累官知制诰、翰林学士，官至枢密副使、参知政事等，卒谥文忠。欧阳修是北宋诗文革新的领袖，一代文宗，散文名列唐宋八大家。《宋史》卷三一九有传。有《欧阳文忠集》一百五十三卷，附录五卷。词今存近三百首。

王安石（1021-1086）

字介甫，晚号半山居士，抚州临川（今属江西）人。宋仁宗庆历二年（1042）进士。神宗熙宁间两度拜相。封荆国公，世称王荆公。卒谥曰文，赠太师。《宋史》卷三二七有传。王安石是一位大政治家，又是一位大文学家，散文为唐宋八大家之一。有《王文公集》。词有辑本《临川先生歌曲》，今存二十九首。

王安国（1030-1076）

字平甫，临川（今西抚州）人，王安石弟。官至大理寺丞、集贤校理。与兄政见不合，且结怨于吕惠卿。安石罢相后，吕遂以郑侠事陷安国，夺官，放归田里。

晏几道（1038-1110）

字叔原，号小山，晏殊第七子。仕宦不得志，曾任颍昌府许田镇（在今河南许昌市南）监。事见《邵氏闻见后录》、《碧鸡漫志》等书。著有《小山词》。词今存二百五十余首。词与父晏殊齐名，号“二晏”。词风受《花间》、南唐影响，凄婉清新，秀丽精工，哀怨自然处颇近李煜。

苏轼（1037-1101）

字子瞻，号东坡居士，眉山（今属四川）人。宋仁宗嘉祐二年（1057）进士。神宗朝，历任密州、湖州等地知州，贬为黄州团练副使；哲宗朝累官至翰林学士、侍读，出知定州，再贬惠州、儋州。徽宗即位，赦还，卒于常州。《宋史》卷三三八有传。

苏轼是北宋文坛领袖，建树了多方面的文学业绩，散文与欧阳修并称“欧苏”。后人辑其著作为《东坡七集》一百十卷。词有《东坡乐府》。今存词三百六十余首，苏轼一生沉浮宦海，历经磨难，多次被贬，直至晚年还被放逐到荒远之地海南儋州，赦归的次年便病死于常州。

在苏轼大起大落的人生中，有四个陪着他共同经受命运的风风雨雨的卓越女子，值得一提。首先要说的是苏轼的母亲程氏。《宋史》记载，苏轼十岁时，父亲苏洵游学四方，母亲程氏亲自教他读书。一次读到《后汉书》中的《范滂传》，程夫人慨然太息。苏轼就问：“长大后我若成为范滂那样的人，母亲您赞成吗?”程氏夫人回答道：“你若能做范滂，难道我就不能做范滂的母亲吗?”由此看来，苏轼特立独行的性格，首先来自胆识不凡的母亲的培养。

其次要说的是苏轼的发妻王弗，这位温婉贤淑、知书达礼的女子从十六岁嫁给苏轼之后，就成为他的贤内助。婚后，王弗红袖添香，终日陪伴丈夫读书。有一次，苏轼背诵《汉书》，偶有遗忘，她还能从旁提醒。而且丈夫问及其他书籍时，她也都约略知道。当时社会只是要求“女子无才便是德”，因此王弗的文化水平出乎才子苏轼的意料，令他又惊又喜。有了这样的闺中文友，苏轼读书自然更有劲头，二十一岁就进士及第，意气风发地步入了仕途。然苏轼的个性豪爽坦率，待人接物毫无防范之心，心细如发的王弗唯恐丈夫难以适应复杂的官场，对苏轼的一举一动都极为关心。丈夫外出，她要反复叮咛；丈夫归来，她还不断提醒。更有甚者，家里来了客人，苏轼出来接待，她便在屏风后静听，以便充分了解丈夫身边的人和事。章惇第一次来拜访苏轼时说了许多花言巧语，王弗便断定此人属于得志便猖狂的小人，今后可能对丈夫不利。后来章惇果然成为苏轼的政敌，苏轼被贬到惠州、儋州，都是他从中作祟。如果有王弗一路陪在苏轼左右，也许苏轼后半生的命运不会那么坎坷。可惜这个通达人情世故的聪慧女子，在与苏轼共同生活了十一年之后染病去世。苏轼依照父亲苏洵的嘱咐，将她葬在母亲的坟旁。

王弗逝世后第三年，她的堂妹王闰之嫁给了苏轼，这是苏轼生命中第三个重要的女人。王闰之比苏轼小十一岁，与苏轼共同生活了二十五年。她性格柔顺贤惠，为苏轼生下次子苏迨与三子苏过，连同王弗生的长子苏迈，三个儿子都由她一手抚养成人。苏轼曾为她作《蝶恋花》词，中有“三个明珠，膝上王文度”之句，就是赞她对三个儿子一视同仁，都疼爱有加。更重要的是，王闰之陪着苏轼历经了“乌台诗案”和“黄州贬谪”，跟随丈夫在宦海浮沉中相濡以沫。当苏轼因“乌台诗案”被捕入狱时，她赶忙将丈夫的诗稿焚毁，以免朝中小人进一步从诗文中罗织罪状。贬谪中为生活所迫时，她和丈夫一起采摘野菜，赤脚耕田，并不时安慰心情郁闷的丈夫。因此她去世时，苏轼在亲笔写的祭文中许下“惟有同穴，尚蹈此言”的承诺。果然在王闰之死后十年，苏辙将她与苏轼合葬，帮哥哥实现了这个诺言。

还有一个与苏轼甘苦与共的女子是他的侍妾王朝云，歌妓出身的她从十二岁被送给当时任杭州通判的苏轼后，一直陪伴苏轼生活了二十二年。王朝云多才多艺、善解人意，堪称苏轼的红颜知己。一次，苏轼退朝回家，饭后在庭院中散步，指着自己的腹部问身边侍妾："你们有谁知道我这里面有些什么？"一个侍妾回答："您满腹文章。"另一侍女说："您腹中都是见识。"苏东坡皆摇头，王朝云笑道："大学士一肚皮不合时宜。"苏轼闻言大笑，赞道："知我者，唯有朝云也。"当苏轼被贬往南蛮之地惠州时，他身边的姬妾陆续散去，只有王朝云始终追随。她在惠州为苏轼生下一子，由于产后身体虚弱，不久便溘然长逝，年仅三十四岁。朝云死后，苏轼将她安葬在惠州西湖孤山南麓，墓上筑六如亭，柱上镌有一副对联："不合时宜，惟有朝云能识我；独弹古调，每逢暮雨倍思卿。"集中表达了苏轼对朝云的独特情感。

舒亶（1041–1103）

字信道，号懒堂，明州慈溪（今属浙江）人。治平二年（1065）进士，试礼部第一。累官知制诰，试御史中丞，权直学士院。曾与李定同劾苏轼，酿成"乌台诗案"。后除名，追两官勒停。工小词，思致妍密。赵万里辑《舒学士词》一卷。词存五十首。

黄庭坚（1045–1105）

字鲁直，号涪翁、山谷道人。洪州分宁（今江西修水）人，宋英宗治平四年（1067）进士，曾任校书郎、著作佐郎等职。因修《神宗实录》而贬涪州别驾，安置黔州等地。徽宗初，羁管宜州卒。他是北宋著名的诗人和书法家，开创了"江西诗派"，是"苏门四学士"之一。诗与苏轼并称"苏黄"；词与秦观齐名，有《山谷琴趣外篇》。

晁端礼（1046–1113）

字次膺，任城（今山东济宁）人。神宗熙宁六年（1073）进士，授单州成武簿，迁瀛州防御推官。知平恩县，秩满，授泰宁军节度推官，知大名府莘县事。政和三年（1113），除大晟府协律郎，三阅月而卒，享年六十八。事迹参李昭玘《乐静集》卷二十八《晁次膺墓志铭》。有词集《闲斋琴趣外篇》传世，存词一百三十九首。

朱服（1048–?）

字行中，湖州乌程（今浙江湖

州）人。熙宁六年（1073）进士。累官国子司业、起居舍人，知润、泉、婺、宁、庐、寿五州。入为中书舍人、礼部侍郎，出知广州，徙袁州，贬蕲州安置，改兴国军安置，卒于贬所。

秦观（1049-1100）

字太虚，后改字少游，别号邗沟居士，学者称淮海先生。“苏门四学士”之一。扬州高邮人。宋神宗元丰八年（1085）进士，累官太学博士、国史院编修，后屡遭贬谪，徙处州、郴州、横州、雷州。徽宗即位，放还，卒于藤州。《宋史》卷四四四有传。著有《淮海集》。诗、文、词皆工，词名尤著。词有《淮海居士长短句》，今存一百一十首。

赵令畤（1051-1134）

初字景观，苏轼改为德麟。自号聊复翁。涿郡（今河北蓟县）人。太祖次子燕王德昭玄孙。元祐中，签书颍州公事。坐与苏轼交通，入党籍。绍兴初，袭封安定郡王，迁同知行在大宗正事。著有《侯鲭录》、《聊复集》。词存三十六首。

僧仲殊

生卒年不详。俗姓张氏，字师利，安州（今湖北安陆）人。曾举进士后出家为僧，居苏州承天寺，杭州吴山宝月寺，与苏轼交游唱酬。崇宁中，自缢而死。有《宝月集》，不传。

晁补之（1053-1110）

字无咎，号归来子。济州巨野（今属山东）人，元丰二年（1079）进士。历仕秘书省正字、校书郎等。受知于苏轼，为“苏门四学士”之一。出知齐州。坐党籍，连贬应天府、亳州、信州等地。徽宗立，召拜吏部员外郎、礼部郎中。崇宁追贬元祐旧臣，出知河中府。后退闲故里，啸傲田园。晚年起知泗州，死于任所。文章温润典缛，工诗词。著有《鸡肋集》、《晁氏琴趣外篇》。词存一百七十余首。

晁冲之

生卒年不详。济州巨野（今属山东）人。字叔用。初字用道。补之从弟，南宋藏书家晁公武之父。少有才名，然举进士不第。绍圣初，冲之亦坐党籍，离京隐居河南禹县具茨山下。诗有《具茨集》。近人辑有《晁叔用词》一卷，十六首。

毛滂（1060–1124?）

字泽民，衢州江山（今浙江江山）人。哲宗元祐间为杭州法曹（司法官），元符二年（1009）任武康（今浙江德清）知县。政和中，守嘉禾（今浙江秀水）。今存《东堂集》。

时彦（？–1107）

字邦美，开封（今属河南）人。元丰二年（1079）进士第一。历开封府尹、兵部员外郎、河东转运使、吏部尚书等职。《全宋词》录存其词一首。

李之仪（1048–1127）

字端叔，晚号姑溪居士、姑溪老农，沧州无棣（今属山东人）。神宗熙宁三年（1070）进士。苏轼知定州时，他做过幕僚。累官枢密院编修。后编管太平州、徙唐州，终朝议大夫。《宋史》卷三四四《李之纯传》有附传。著有《姑溪居士文集》、《姑溪词》。词今存九十四首。

贺铸（1052–1125）

字方回，号庆湖遗老。卫州（今河南汲县）人。宋太祖孝惠皇后族孙。十七岁进京，授右班殿直，后改任地方武职。四十岁转文职，通判泗州。晚居吴下。《宋史》卷四四三有传。铸长于度曲，作《东山寓声乐府》（一名《东山词》）。词存二百八十余首，风格多样。

周邦彦（1056–1121）

字美成，号清真居士，钱塘（今浙江杭州人）。神宗时为太学生，献《汴都赋》，歌颂新法，被擢为太学正。居五年，出为庐州教授，知溧水县，还京为国子主簿。徽宗朝提举大晟府，出知顺昌府，徙知处州。周邦彦妙解音律，能自度曲。工词，风格浑雅典丽，为词家正宗。今存词一百八十六首。有《清真集》（一名《片玉集》）传世。

赵佶（1082–1135）

神宗皇帝第十一子。元符三年（1100），哲宗崩，佶以弟继位，庙号为徽宗。他在位期间，不善理政，迷信道教。在位二十五年（1100–1125），宣和七年禅位于长子赵桓

（钦宗），自己做了教主道君太上皇帝。但是他多才多艺，擅长音乐、绘画、书法、诗词等。他的个人情感生活也极其风流。后宫妃嫔如云，达数千人。然这还不能使他满足，他竟然不顾帝王的身份与体面，经常微服出宫去妓院嫖娼，与当时名妓李师师打得火热。为李师师兴建精美华楼，并亲题“醉杏楼”三字为楼额，又画了一幅《百骏朝阳图》挂在李师师接客的客厅中。徽宗这样的行为，引起了一批正直大臣的反对，其嫂刘皇后更是认为“皇帝行娼，自古所无”而力劝之。然而徽宗风流奢靡的生活在靖康二年（1127）被金兵的铁蹄踏破，此年金兵攻陷汴京，他和钦宗一起被掳入金，几乎所有妻子女儿都被女真人瓜分，沦为姬妾侍婢，他自己也被囚，死于五国城（今黑龙江依兰县）。《宋史》卷二〇有本纪。今存词十二首。

李甲

生卒年不详。字景元，华亭（今上海松江）人。元符（1098－1100）中，为武康（今浙江德清）令。工画，尝得米芾称许。词存九首。

李重元

约1122年前后在世。《唐宋诸贤绝妙词选》卷七收其《忆王孙》词四首。

万俟咏

字雅言，自号大梁词隐。生卒年里均不详。哲宗元祐间，即以词著名。绍圣中废科举，以三舍法取士，遂绝意进取，纵情歌酒，自号大梁词隐。每制一腔，哄传京中。徽宗崇宁年间召试补官，为大晟乐府制撰。高宗绍兴五年（1120），补下州文学。自编词集，周邦彦名曰《大声集》。近人赵万里辑得其词二十九首。

徐伸

生卒年不详。字干臣，三衢（今浙江衢州）人。政和初，以知音律为太常典乐。出知常州。事见王明清《挥麈馀话》。有《青山乐府》，已佚。词存《转调二郎神》一首。

田为

生卒年不详。字不伐。籍里无考。善琵琶，通音乐。政和末，充大晟府典乐。宣和元年（1119）为乐令。词善写人意中事，杂以俗言俚语，曲尽要妙。词存六首。

曹组

生卒年不详。字元宠。颍昌阳翟（今河南禹县）人。宣和三年（1121）进士及第。官至阁门宣赞舍人，睿思殿应制。有《箕颍集》，今不传。工词，《全宋词》录其词三十六首。

叶梦得（1077-1148）

字少蕴，号石林居士。长洲（今江苏苏州）人。宋哲宗绍圣四年（1097）进士。累官中书舍人、翰林学士、吏部尚书，帅杭州。南渡后，除尚书右丞，终知福州兼福建安抚使。《宋史》卷四四五有传。著有《建康集》。词有《石林词》，今存一百零二首。词风早年婉丽，中年学东坡，晚岁简洁而时出雄杰。

汪藻（1079-1154）

字彦章，饶州德兴（今属江西）人。崇宁五年（1106）进士。高宗朝，累官中书舍人，兼直学士院，擢给事中，迁兵部侍郎，拜翰林学士。又知徽州，徙宣州。以尝为蔡京、王黼客，夺职，居永州。博极群书，工骈文。有《浮溪集》。所为制词，人多传诵。词存四首。

刘一止（1078-1161）

字行简，湖州归安（今浙江湖州）人。宣和三年（1121年）进士，为越州教授。绍兴初，累官中书舍人、给事中。直言敢谏。忤秦桧，罢去。桧死，召还，因疾致仕。为文敏捷。有《苕溪集》、《苕溪词》。词今存四十二首。

韩璆

生卒年不详。字子耕，号萧闲，《全宋词》录其词六首。

周紫芝（1082-1155）

字少隐，号竹坡居士，宣城（今安徽宣州市）人。绍兴间，进士及第，历右迪功郎、敕令所删定官，累官枢密院编修，周紫芝知兴国军。后退居庐山。工诗文，有《太仓稊米集》七十卷。能词，风格清丽婉曲，自然酣畅。今存《竹坡词》三卷，一百五十首。

李清照（1084-1155?）

号易安居士。章丘（今属山

东）人。金石家赵明诚之妻。靖康难作，避难于金陵。明诚卒（1129），乃流离江浙，晚年寓居临安。事见宋人晁公武《郡斋读书志》及清人俞正燮《癸巳类稿·易安居士事辑》。原著《易安居士文集》、《漱玉词》俱佚。词今存五十余首。

李邴（1085-1146）

字汉老，号云龛居士。任城（今山东济宁）人。宋徽宗崇宁五年（1106）进士，累官翰林学士。南渡后官至参知政事。后闲居十七年，卒谥文敏。《宋史》卷三七五有传。著《云龛草堂集》百卷，不传。词今存八首。

蔡伸（1088-1156）

字伸道，号友古居士，莆田（今属福建）人。蔡襄孙。徽宗政和五年（1115）进士。历太学博士，通判真、饶、徐、楚四州，知滁、徐、和等州。其词长于铺叙，笔致雄爽。有《友古居士词》，存一百七十余首。

陈与义（1090-1139）

字去非，号简斋。洛阳（今属河南）人。宋徽宗政和三年（1113）进士。曾官太学博士等。南渡后累官至参知政事。《宋史》卷四四五有传。著有《简斋集》。以诗著名，原属江西诗派，南渡后，诗风有明显变化，由清新明净变为沉郁悲壮。词亦工，以清婉秀丽为特色，豪放处又近东坡。有《无住词》，今存十八首。

张元干（1091-1161）

字仲宗，号芦川居士、真隐山人。永福（今福建永泰）人。初为李纲僚属。南宋初，任将作监丞，以右朝奉郎致仕。后因作送胡铨词被秦桧下狱，削籍除名。后漫游江浙，客死异乡。著有《芦川归来集》、《芦川词》。词今存一百八十余首。早期词风清新婉丽；南渡后，变得慷慨激昂，豪放悲凉。

李玉

生平事迹不详，词仅存一首。见黄升《花庵词选》。

廖世美

生平不详。今存词二首。

吕滨老

生卒年不详。一作渭老。字圣

求，嘉兴（今属浙江）人。嘉定五年（1212），赵师岌序其词云：“宣和末，有吕圣求者，以诗名，讽咏中率寓爱君忧国意。”“圣求居嘉兴，名滨老，尝位周行，归老于家。”有《圣求词》一卷。集中词题干支者，一为壬寅，当是宣和四年（1122）；一为甲子，当是绍兴十四年（1144）。词风婉媚深窈，今存一百三十四首。

鲁逸仲

生卒年不详。孔夷的隐名，字方平，汝州龙兴（今属河南）人。孔子四十七世孙，孔旼之子。元祐（1086-1093）间，隐居滍阳，与李廌为诗酒侣，自号滍皋渔父。《全宋词》录其词三首。

岳飞（1103-1142）

字鹏举。汤阴（今属河南）人。少时从军抗金，屡建大功，累迁镇宁、崇信军节度使，少保兼河南北诸路招讨使。因朝廷主和，勒令退军，解其兵权。继而被诬下狱死。孝宗时始平反。《宋史》卷三六五有传。后人编其诗文为《岳武穆集》。词今存三首。

张抡

生卒年不详。字材甫，自号莲社居士，开封（今属河南）人。绍兴间，知阁门事。淳熙五年（1178年）曾为宁武军承宣使，又为知阁门事，兼客省四方馆事。今传《莲社词》一卷。

程垓

生卒年不详。字正伯，眉山（今属四川）人。苏轼中表程正辅之孙。淳熙十三年（1186）游临安，陆游为其所藏山谷帖作跋，未几归蜀。绍熙三年（1192），已五十许，杨万里荐以应贤良方正科。工诗文，词风凄婉绵丽。有《书舟词》，存一百五十七首。

韩元吉（1118-1187）

字无咎，号南涧，开封雍邱（今河南杞县）人。以荫为龙泉县主簿。绍兴二十八年（1158），为建安令。乾道间，历江东转运判官、以朝散郎入守大理少卿、权中书舍人。归，除吏部侍郎。淳熙间，为吏部尚书。后晋封颍川郡公，归老于信州南涧，因自号南涧翁。曾与张元干、张孝祥、范成大、陆游、辛弃疾等以词唱和。自编词集一卷，题为《焦尾集》。后人辑有《南涧诗余》，词存八十首。

袁去华

生卒年不详。字宣卿，奉新（今属江西）人。绍兴十五年（1145）进士。曾任善化（今湖南长沙）令，因反对郡守于荒年向百姓征赋，贬为醴陵县丞。后知石首（今属湖北）知县。曾与张孝祥、杨万里相交往。学识渊博，长于词赋。有《宣卿词》一卷，存九十八首。

陆淞

生卒年不详。字子逸，号云溪。越州山阴（今浙江绍兴）人。陆佃之孙，陆游长兄。以祖恩补通仕郎，历秘阁校理、工部郎中、知辰州。晚以疾废，卜筑于秀野，放傲世间。今存词二首。

陆游（1125-1209）

字务观，号放翁。山阴（今浙江绍兴）人。宋高宗绍兴二十四年（1154），省试第一，竟被秦桧除名。孝宗时，赐进士出身。除翰林院编修，先后通判建康、夔州，入王炎及范成大幕府，后知严州。《宋史》卷三九五有传。著有《剑南诗稿》、《渭南文集》、《放翁词》等。著名诗人。词今存一百三十首。

范成大（1126-1193）

字致能，号石湖居士。吴郡（今江苏苏州）人。宋高宗绍兴二十四年（1154）进士。累官广南西路安抚使、四川制置使、权吏部尚书、参知政事。《宋史》卷三八六有传。著有《石湖集》等。词有《石湖词》，今存近百首。

张孝祥（1132-1169）

字安国，号于湖居士。乌江（今安徽和县）人。宋高宗绍兴二十四年（1154）进士第一。历任中书舍人，直学士院，建康留守，荆南湖北路安抚使等职。《宋史》卷三八九有传。善诗文，工词。著有《于湖居士文集》、《于湖词》。

辛弃疾（1140-1207）

字幼安，号稼轩。历城（今山东济南）人。宋高宗三十一年（1161）聚众抗金，南渡归宋，历任建康府通判，江西提点刑狱，湖南湖北转运使，湖南、江西安抚使，知绍兴府兼浙东安抚使，知镇江府等。《宋史》卷四〇一有传。著有《稼轩长短句》等，存词六百二十余首，为宋代词人之最。

辛弃疾生于金人占领区的济南，年青时曾组织抗金起义军，有过匹马踹金营生劫叛徒的传奇经历。回归南宋后，历任湖北、湖南、福建、浙东等地安抚使，然其间也曾被劾落职，闲居上饶长达二十余年。政敌们弹劾辛弃疾时所举罪状之一，即是说他“好色”。虽然这或许有恶意攻击的成分在内，但辛弃疾妻妾成群也是不争的事实。除原配夫人范氏外，他至少有整整、钱钱、田田、香香、卿卿、飞卿六位侍妾。田田、钱钱二人是才女，“皆善笔札，常代弃疾答尺牍”。飞卿也能替主人作答书，整整擅长吹笛。据岳飞的孙子岳珂《桯史》记载，辛弃疾每次开宴会，都有歌妓陪侍，让她们演唱自己的词作。由此可见，他平日的生活还真是依红偎翠，过得十分舒适。

有一回他的妻子范氏生病，请医生来看诊，正值长于吹笛的整整陪侍在旁，为了让医生尽心医治妻子的病，看出医生对整整有些意思，辛弃疾便指着她许诺道：“若是能够治愈老妻的病，我就将她赠送给你。”医生大喜，自然竭尽全力，不出数日就医好了范氏的病，辛弃疾果然践约将整整赠给医生，并口占《好事近》词以送之：“医者索酬劳，那得许多钱帛？只有一个整整，也合盘盛得。下官歌舞转凄凉，剩得几枝笛。觑着这般火色，告妈妈将息。”说自己因经济拮据才以整整抵酬劳，这当然是句玩笑话。但说此举也是为息灭妻子的“火色”，只怕不假。看到丈夫周围整天跟着一群美女，哪个老婆没火呢。辛弃疾跟岳父范邦彦、大舅子范如山志同道合、相得甚欢，自然对“老妻”范氏也敬重有加，自然不会为一个侍婢坏了与岳丈家和睦的关系，所以整整就这样被赶走了。

陈亮（1143-1194）

字同甫，号龙川。永康（今属浙江）人。宋光宗绍熙四年（1193），举进士第一，授签书建康府判官，未到任而卒。一生力主抗金，反对和议。遭人嫉恨，三度下狱。《宋史》卷四三六有传。著有《龙川文集》。后人辑有《龙川词》。词风豪迈，今存七十四首。

姜夔（1155？-1209）

字尧章，号白石道人，鄱阳（今江西波阳）人。他的父亲曾做过汉阳知县，姜夔早年随父宦游，父亲去世后，便一直寄居在汉阳的姐姐家中，飘游于湘鄂江淮等地近二十年。姜夔屡试不中，从没做过官，长期依靠他人的周济过活，是名公巨卿的座上清客。但他才华横溢，工于诗词，擅长书法，精通音律，故得到许多著名词家如杨万里、范成大、辛弃疾等的推重，诗人萧德藻更是对他十分赏识，将自己的侄女嫁给了他。不过姜夔对这位妻子是否情深意重就很难说，因为他把最铭心刻骨的爱情给了在合肥认识的一对善弹琵琶的歌妓姐妹。姜夔与她们情投意合，交往了很久，后来为了生计，离开了合肥。姜夔只有把这段情事写入词中，通过浅斟低唱来追念、回忆。此外，得到小红也是让姜夔喜出望外的艳遇。小红是范成大家中一位色艺双绝的歌妓，范成大因为欢喜姜夔的词，就把小红送给他作妾。有小红相伴，姜夔度过了一段“小红低唱我吹箫”的快乐时光。但因为晚景凄凉，便将小红遣嫁，看来“红袖添香”对于落魄的他来说，是一个奢侈的梦想。

姜夔有《白石道人歌曲》，《白石道人诗集》。能自度曲，今存词八十七首。

章良能（？-1214）

字达之，丽水（今属浙江）人，淳熙五年（1178）进士。除著作佐郎，历枢密院编修、起居舍人、宗正少卿，兵部、礼部、吏部侍郎，官至同知枢密院事、参知政事。有《嘉林集》百卷，不传。今存词一首。

严仁

生卒年不详。字次山，号樵溪，邵武（今属福建）人。与严羽、严参同称“邵武三严”。有《清江欸乃集》不传。词存《花庵词选》中，今存三十首。

俞国宝（1174-1189）

宋孝宗淳熙间太学生。临川（今属江西）人。事见周密《武林旧事》。著有《醒庵遗珠集》，今不传。词今存五首。

张镃（1153-1235）

字功甫，一字时可，号约斋。

临安（今浙江杭州）人。张俊之孙。累官大理司直、司农寺少卿。后除名编管象州，卒。著有《南湖集》、《玉照堂词》。词今存八十四首。

刘过（1154-1206）

字改之，号龙洲道人，吉州太和（今江西泰和）人。累试不第。屡陈抗战方略，亦不报。乃放浪湖海，依人作客，与辛弃疾、陆游、陈亮相推重。著有《龙洲集》、《龙洲词》。词风豪放激越，今存八十三首。

史达祖（1163-1220）

字邦卿，号梅溪。汴（今河南开封）人。屡试不第，先在江汉间为幕宾。开禧间，为宰相韩侂胄堂吏，深受信用，奉行文字，拟帖撰旨，俱出其手。曾随李壁使金。韩败，达祖亦贬死。著有《梅溪词》，以咏物逼真著称，亦有感慨国事之作。今存一百一十二首。

刘克庄（1187-1269）

字潜夫，号后村。莆田（今属福建）人。宋理宗淳祐六年（1246），赐同进士出身，累官秘书监、工部尚书兼侍读。南宋江湖诗人和辛派词人的重要作家。著有《后村先生大全集》一百九十六卷，中有《后村长短句》五卷。词风粗豪肆放、慷慨激越。今存二百七十九首。

卢祖皋

生卒年不详。字申之，号次夔，又号蒲江，永嘉（今浙江温洲市）人。庆元五年（1199）进士。官至权直学士院。词风婉秀淡雅。有《蒲江词稿》。

潘牥（1204-1246）

字庭坚，号紫岩，闽县（今福建闵侯）人。宋理宗端平二年（1235）进士。历太学正，通判谭州。著有《紫岩集》。词今存五首。

陆叡（？-1266）

字景思，号西云，会稽（今浙江绍兴人）。绍定五年（1232）进士。官至集英殿修撰，江南东路计度转运副使兼淮西总领。

吴文英（1212-1272）

字君特，号梦窗，晚号觉翁。四明（今浙江宁波）人。本姓翁氏，而入继吴氏。曾为苏州仓台幕僚、嗣荣王客。行迹不出江浙，长期居住苏杭。著有《梦窗甲乙丙丁稿》。词今存三百五十六首。

黄孝迈

生卒年不详。字德文，号雪舟，黄师参之子，福州闽清（今属福建）人。与刘克庄同时而略晚。存词二首。

藩希白

生卒年不详。字怀古，号渔庄，永嘉（今浙江温州）人。理宗宝祐元年（1253）进士，干办临安府节制司公事。宋恭帝德祐初（1275–1276），以史馆征诏，不赴。今存词一首。

朱嗣发（1234–1304）

字士荣，号雪崖，乌程（今浙江湖州）人。宋亡前，居家奉亲。宋亡，举充提学，不受。

刘辰翁（1232–1297）

字会孟，号须溪，庐陵（今江西吉安）人。宋理宗景定三年（1262）廷试对策，忤权奸贾似道，被置进士丙等。曾为濂溪书院山长、临安府教授等。宋亡，不仕。事见《宋诗纪事》卷六十八等。著有《须溪集》，今存三卷。词近稼轩，存三五三首。

周密（1232–1298）

字公谨，号草窗，又号蘋洲、弁阳啸翁、萧斋等。吴兴（今浙江湖州）人。曾为义乌（今属浙江）令。宋亡，不仕。著有《齐东野语》、《武林旧事》等多种。词有《蘋洲渔笛谱》、《草窗词》等，今存一百五十二首。

蒋捷

生卒年不详。字胜欲，号竹山。阳羡（今江苏宜兴）人。宋度宗咸淳十年（1274）进士。入元，隐遁不仕，居太湖竹山，抱节以终。著有《竹山词》一类。词今存九十四首。

王沂孙（1240–1290）

字圣与，号碧山、中仙、玉笥山人。会稽（今浙江绍兴）人。宋亡后，曾为庆元路学正。著有《花外集》，一名《碧山乐府》、《玉笥山人词》。词今存六十八首。

张炎（1248-1320?）

字叔夏，号玉田。临安人。张俊后裔，青少年时为贵公子。宋亡，家产籍没。曾召至元大都，参加缮写金字《大藏经》（1290-1291）。南归后，落拓浪游于苏杭间。著有《山中白云词》及《词源》。其词用字工巧，追求典雅，今存三百二十首。